BÖSE BLUMEN

Klaudia Blasl kocht gerne und gut, noch lieber befeuert sie allerdings ihre kriminelle Giftküche. Das Ergebnis dieser Leidenschaft sind spannende Kriminalromane mit schwarzem Humor, bösen Blumen und fiesen Gewächsen. Die Österreicherin lebt und mordet in der Steiermark und dem Südburgenland, wo sie auch einen Giftpflanzengarten betreibt.
www.damischtal.at

Dieses Buch enthält fiktive Geschichten, deren Handlungen und Personen frei erfunden sind. Ähnlichkeiten mit lebenden oder toten Personen sind nicht gewollt und rein zufällig.
Die zwölf Pflanzenporträts sind dem Buch »111 tödliche Pflanzen, die man kennen muss« (Klaudia Blasl, emons 2018) entnommen.

KLAUDIA BLASL

BÖSE BLUMEN

Zwölf giftige Pflanzenkrimis

emons:

Lust auf mehr? Laden Sie sich die »LChoice«-App runter, scannen Sie den QR-Code und bestellen Sie weitere Bücher direkt in Ihrer Buchhandlung.

Bibliografische Information der Deutschen Nationalbibliothek
Die Deutsche Nationalbibliothek verzeichnet diese Publikation in der Deutschen Nationalbibliografie; detaillierte bibliografische Daten sind im Internet über http://dnb.d-nb.de abrufbar.

MIX
Papier aus verantwortungsvollen Quellen
FSC® C083411

Umschlagmotiv: shutterstock.com/Gannie
Umschlaggestaltung: Nina Schäfer, nach einem Konzept von Leonardo Magrelli und Nina Schäfer
Umsetzung: Tobias Doetsch
Gestaltung Innenteil: César Satz & Grafik GmbH, Köln
Lektorat: Susanne Bartel
Druck und Bindung: CPI – Clausen & Bosse, Leck
Printed in Germany 2019
ISBN 978-3-7408-0609-5
Zwölf giftige Pflanzenkrimis
Originalausgabe

Gift übt eine gewisse Faszination aus.
Es hat nicht die jähe Brutalität einer Revolverkugel
oder einer blanken Waffe.
Agatha Christie

Die Sexualmotive, welche zum Giftmorde führen,
verschmähte Liebe, Eifersucht, sexuelle Rache,
Abneigung und Hass gegen den Ehegatten,
liegen vor allem im weiblichen Gemüte.
Erich Wulffen, »Psychologie des Giftmordes«, 1917

Inhalt

Vorwort

»Blumen sind das Lächeln der Erde«, hat Ralph Waldo Emerson einst sehr treffend bemerkt. Und ich liebe Blumen. Wenn mein Garten in voller Blüte steht, geht mir die Sonne im Herzen auf. Oft rede ich sogar mit meinen Gewächsen, wünsche dem Bilsenkraut einen schönen Tag, danke den Waldreben für ihren herrlichen Duft und rüge die Rosmarinheide wegen ihres kümmerlichen Wuchses. Manchmal hingegen sitze ich einfach nur schweigend in meinem alten Schaukelstuhl und genieße den Anblick der botanischen Bösewichter.

Andernorts mögen Gartenfreunde ja ihre Freude an Rosen, Tulpen und Nelken haben, mir sind mörderische Gewächse wie Adonisröschen, Akelei, Eisenhut und Zaunrüben allerdings mehr an mein kriminelles Herz gewachsen. Immerhin sorgen diese gemeinen Gewächse nicht nur für ein Lächeln auf Erden, sie können einen durch ihre lebensbedrohlichen Seiten auch ganz schön zum Weinen bringen. Zumindest, wenn »Stirb durch die Blume« angesagt ist.

Bis vor einem Jahrhundert standen Giftmorde ja generell noch hoch im Kurs. In Frankreich gab es sogar einen eigenen »Cour de Poison« (Gift-Gerichtshof), denn bei nahezu zwei Dritteln aller vorsätzlichen Tötungsdelikte war der Übeltäter pflanzlicher Natur. Die Opfer bissen zuverlässig und umweltschonend ins giftige Grünzeug, was durchaus Vorteile hat(te): Man hinterlässt weder Fingerabdrücke noch Blutspuren am Ort des mörderischen Geschehens. Eine saubere Sache sozusagen, ideal für Menschen wie mich, die sich beim Töten nicht gern die Hände schmutzig machen und zudem Wert auf eine »schöne Leich« legen.

Für den perfekten Giftmord bedarf es aber nicht nur böser Blumen und einer noch böseren Phantasie, es braucht auch einen wirklich guten Grund – für die Pflanzen zum Wachsen und für die Opfer zum Sterben.

All das habe ich in den folgenden Erzählungen zu einer spannenden literarischen Reise verwoben, mit erschreckenden Einblicken in die Abgründe der menschlichen Psyche und informativen Ausblicken auf die giftigen Glanzleistungen gemeiner Gewächse.

Egal, ob aus Liebe, Hass, Rachegelüsten oder Hungergefühlen gemordet wird, und egal, ob es Nazi-Schergen, Katzenliebhabern, Hausmütterchen oder Blümchensex-Fetischisten ans Leben geht, die Wurzel allen Übels findet sich stets im Blumenbeet. Denn wozu in die Ferne schweifen, wenn das Böse wächst so nah …

Klaudia Blasl

Blüte um Blüte, Blatt um Blatt

Zärtlich strich Sieglinde Semmelrock dem üppig blühenden Alpenveilchen über die samtigen Blätter, bevor sie es behutsam zurück auf seinen Fensterplatz stellte. Zu ihren Zimmerpflanzen hatte die alte Dame ein sichtlich besseres Verhältnis als zu ihrer Zimmergenossin. Wanda Woppel – ein unmöglicher Name für eine siebzigjährige Speckrolle mit Gichtzehen und einer Neigung zu Extremfürzen – war ihr von Anfang an zuwider gewesen. Grußlos und schwerfällig hatte ihre neue Mitbewohnerin fünf Tage zuvor das kleine Apartment der Seniorenresidenz »Edelweiß« betreten und die schmucken Räumlichkeiten umgehend mit üblen Ausdünstungen gefüllt. Dem Geruch nach zu urteilen, schien dieses Weib sogar zu rauchen. Oder in Bahnhofskneipen zu verkehren. Dennoch verwendete Wanda weder Deodorant noch Duftwasser, was dem Raumklima ganz und gar nicht bekam. Und ausgerechnet mit dieser Person musste Sieglinde sich nun die kleine Wohnung teilen. Bis dass der Tod sie scheide.

Eine schreckliche Sache war das. Mit Wandas Vorgängerin, der ruhigen Hedi, hatte es niemals Probleme gegeben. Hedi war eine echte Dame gewesen, hatte Wert auf Anstand, Ordnung und Sauberkeit gelegt und immer dezent nach Eau de Cologne geduftet. Genau wie sie. Ihre harmonische Zweisamkeit hatte einem Stillleben in Pastellfarben geglichen, mit gedämpfter Salonmusik und Rosinenbrötchen zum Tee. Und während Sieglinde ihr gemütliches Reich – zwei Schlafzimmer, Wohnzimmer, Küche und Bad – botanisch aufgehübscht hatte, hatte Hedi im Lehnstuhl gesessen und kleine Blümchenunterleger gehäkelt. Doch so still und leise, wie sie gelebt hatte, war sie vor nicht einmal zwei Wochen auch gestorben. Vertieft in ein kompliziertes Muschelmuster in Lavendeltönen hatte sie auf einmal die Nadel fallen lassen, sich ans Herz gegriffen, leise aufgestöhnt und schon war sie tot gewesen. Einfach so.

Für Sieglinde war es weniger einfach gewesen. Der Schock saß ihr noch tief in den porösen Knochen, als die Heimleiterin bereits den Einzug einer neuen Mitbewohnerin ankündigte. Für ein Einzelapartment fehlten Sieglinde leider die finanziellen Mittel, für ein Zusammenleben mit Wanda hingegen die Nerven. Es gab auch absolut nichts, das sie mit diesem Trampeltier gemein hatte, sah man von der gegenseitigen Antipathie einmal ab.

Sieglinde Semmelrock hatte vierzig Jahre lang im Dienst der höheren Bildung gestanden – oder besser gesagt gesessen – und den Nachwuchs der neuen Mittelschule in Sachen Musikgeschichte belehrt. Ein hehres, wenngleich meist sinnloses Unterfangen. Die Jugend hatte damals wie heute mehr Flausen als Dreiklänge im Kopf. Und wen kümmerte schon ein mittelalterliches Madrigal, wenn es Techno Beat gab. Oder Einstürzende Neubauten. Egal, wie inbrünstig die Frau Lehrerin den pubertären Fratzen die akustischen Vorzüge klassischer Musik auch ans Ohr gelegt hatte, ihre schöngeistige Mission war Jahr für Jahr zum Scheitern verurteilt gewesen.

Endlich, an einem wunderschönen Herbsttag vor über fünfzehn Jahren, hatte sie in den Ruhestand treten und dem lautstarken Pöbel für immer den zarten Rücken zukehren dürfen. Und was ein ordentlicher Ruhestand sein wollte, der musste vor allem eins sein, nämlich ruhig. Nur ausgesuchte Kammermusik und Klaviersonaten fanden Gnade vor Sieglindes Ohren. Und natürlich das zarte, nahezu unhörbare Rauschen ihrer innig geliebten Zimmerpflanzen, von denen sie eine Hundertschaft besaß, die dank ihrer hingebungsvollen Pflege prächtig gedieh.

Doch dann kam Wanda. Und Wanda hatte keinerlei Verständnis oder gar Liebe zum Grünzeug. Weder im Topf noch auf dem Teller.

»Wie sieht's denn hier aus?«, blaffte sie Sieglinde an, kaum hatte sie ihr neues Domizil betreten. Missmutig schob sie sich am prächtigen Fensterblatt vorbei, bedachte den Kolbenfaden mit einem Blick, der wenig Gutes verhieß, und ließ sich schwerfällig auf dem bequemen Fauteuil nieder, was dieser mit einem lauten Knarzen quittierte.

Sieglinde hingegen stöhnte. Das ließ sich wahrlich nicht sehr gut an mit ihrer Mitbewohnerin. Dabei hatte sie als Zeichen ihres guten Willens sogar den Gummibaum, einen besonders schön gezeichneten Ficus tricolor, auf Hochglanz poliert. Mit dunklem Bier, was seinen Blättern sehr gut bekommen war.

Doch Wanda schien kein Auge für die Schönheit der Natur zu haben. Ganz im Gegenteil.

»Ich komm mir ja vor wie aufm Zentralfriedhof«, mokierte sie sich. »Überall Blumen, Kerzen, Krimskrams und dazu noch diese Trauermusik.«

»Das ist Brahms, Sonate für Violoncello und Klavier in e-Moll«, belehrte Sieglinde sie aus alter Gewohnheit.

»Klingt wie Sterben auf Raten«, entgegnete Wanda ungerührt und zupfte mit ihren fetten Wurstfingern achtlos eine Blüte von der herrlichen Orchidee, die auf dem kleinen Couchtisch neben dem Fauteuil stand.

Sieglinde erstarrte. Wie konnte dieses Miststück es wagen, sich an ihrer Cymbidium aloifolium zu vergreifen? Als wäre dieses filigrane Schmuckstück ein banaler Salatkopf. Wo doch jeder Blumenfreund wusste, wie ungemein aufwendig die Pflege einer Kahnorchidee war.

»Was fällt dir ein!«, fauchte sie Wanda entsprechend unfreundlich an und brachte die exotische Schönheit rasch aus der Gefahrenzone, bevor der Fettsack zur Wiederholungstäterin werden konnte.

Dann nahm sie ihren ganzen Mut zusammen, pflanzte sich vor Wanda auf und kreischte: »Wenn du dich noch einmal an meinen Blumen vergreifst, kannst du was erleben.«

»Was'n?«, konterte Wanda völlig ungerührt. Nach fünfzig Jahren Dienst in einer schmuddeligen Bahnhofsrestauration machte ihr nichts mehr Angst. Außer einer Hungersnot. Aber bestimmt kein altes, verhutzeltes Weiblein, das offenbar nicht alle Tassen im Schrank hatte, dafür aber einen halben botanischen Garten auf der Küchenanrichte.

Dass es zu keiner Ausweitung der Kampfzone kam, war allein dem Erscheinen des Hausdieners zu verdanken, der unvermittelt mit Wandas Koffern im Flur stand und zum Abendessen in den Speisesaal rief.

Und da Wanda Woppels häusliche Dreifaltigkeit hauptsächlich aus Essen, Schlafen und Fernsehen bestand, leistete sie dem Ruf umgehend Folge.

Sieglinde hingegen lag ihre neue Mitbewohnerin bereits so schwer im Magen, dass sie keinerlei Appetit mehr verspürte.

Und während Wanda begann, sich im gemeinsamen Apartment zunehmend breiter zu machen, fühlte Sieglinde sich mit jedem Tag weiter ins Eck gedrängt. Ihre unwillkommene Mitbewohnerin besaß nicht nur die Fülle eines ausgewachsenen Walrosses, sondern auch dessen Umgangsformen. Nie kam ihr ein »Bitte« oder »Danke« über die wulstigen Lippen, viel zu selten ein paar verständliche Worte. So wie sie Knödel oder Kuchen nahezu in einem Stück hinunterschlang, so verfuhr sie meist auch mit ihren Sätzen. »Scheissitzir, netzumushaltn, doschwitzmawisau«, grunzte sie gefühlte zwanzig Mal am Tag, und nur, weil sie danach stets die Fenster aufriss, hatte Sieglinde irgendwann verstanden: »Scheißhitze hier, nicht zum Aushalten, da schwitzt man wie Sau«, sollte das heißen. Sie erschauerte bereits bei der Wortwahl, vom kühlen Luftzug ganz zu schweigen. Der tat weder ihr noch ihren Pflanzen gut. Immerhin fehlten ihnen die dicken Fettschichten, die wie maßgeschneiderte Wärmflaschen an Wanda hingen und ihre Schweißdrüsen rund um die Uhr zu Höchstleistungen antrieben. Sieglinde hingegen fröstelte ebenso rasch wie der wunderbare gefüllte Hibiskus oder die selbst gezogene Mimose, die bereits beim leisesten Lufthauch ihre prachtvollen Blüten verloren. Ein Anblick, der der leidenschaftlichen Hobbygärtnerin beinahe das Herz brach. Sie konnte ihren zart beblätterten Schützlingen ja keine Häkeldecke umlegen wie sich selbst, wenn ihr kalt wurde. Und, was weitaus schlimmer war, sie konnte auch Wanda nicht einfach so umlegen, obwohl sie nichts lieber getan hätte.

Dieses Weib war eindeutig ein wandelndes Katastrophengebiet. Es zog wie ein permanentes Sturmtief über alles hinweg, was Sieglinde lieb und teuer war, hinterließ eine Schneise der botanischen Verwüstung und zeigte zudem null Verständnis für den angerichteten Schaden. Das anspruchslose Einblatt, eine biologische Wunderwaffe im Kampf gegen Luftverschmutzung, hatte im Kampf gegen Wandas perfide Bewässerungsstrategie nicht die geringste Chance gehabt. Mehr als einmal hatte Sieglinde ihre Mitbewohnerin dabei ertappt, wie sie ihre dritten Zähne frühmorgens dem Aufbewahrungsbehälter entnahm und die Reinigungslösung, eine Mischung aus Kukident, Apfelessig und Backpulver, vorsätzlich und mutwillig über die arme Spathiphyllum kippte. Primeln, Topfrosen, Narzissen und selbst dem wundervollen Christusdorn erging es wenig besser. Wanda vergiftete sie mit Flüssigkeiten aller Art. Augentropfen, Magenbitter, Zitronensaft – egal. Hauptsache, es tat den wehrlosen Blumen kurzfristig weh und brachte sie langfristig um.

Die Sonnenanbeter auf der Anrichte und dem Fensterbrett hingegen wurden zu einem Schattendasein im Badezimmer verbannt, weil dieses gefühllose Miststück keinesfalls auf die Zurschaustellung ihrer Sammlung an Zinnkrügen verzichten wollte. Und da Sieglinde das einzige kleine Regal in ihrem gemeinsamen Wohnraum mit Schallplatten, CDs, den Biografien berühmter Komponisten sowie der Geschichte der klassischen Musik in zwölf Bänden befüllt hatte, musste sie im Gegenzug Platz für die hässlichen Krüge schaffen. Im Mietvertrag war das Recht auf eine faire Raumaufteilung unter den Bewohnern eindeutig festgelegt. Da half kein Jammern und Lamentieren, nicht einmal der Verweis auf Wandas Körperfülle, die jene der pensionierten Lehrerin um mehr als die Hälfte übertraf und die daher auch weitaus mehr Raum brauchte. Was alles andere als gerecht war.

Um auf die Unerträglichkeit ihrer Situation hinzuweisen, wandte Sieglinde sich sogar an die Heimleiterin.

»So glauben Sie mir doch, Frau Müller-Myrthenberg, meine Zimmergenossin bringt mich noch ins Grab. Diese Frau hat keine Kultur, keine Ordnungsliebe, weder Benehmen noch Anstand, nicht einmal Tischmanieren. Außerdem stinkt sie.«

Wobei Wandas Ausdünstungen in Wirklichkeit schon eher in Richtung Giftgas gingen, fand zumindest Sieglinde.

Sonja Müller-Myrthenberg seufzte. Sie führte ein Pensionistenwohnheim, keine Partnerbörse. Würde sie persönliche Befindlichkeiten über wirtschaftliche Belange stellen, wäre das Haus »Edelweiß« längst wegen Überschuldung geschlossen. Aber das verstanden die Leute nie.

»Schauen Sie, meine liebe Frau Semmelrock«, begann sie schließlich und griff beschwichtigend nach Sieglindes Hand, »ich verstehe ja, dass Frau Woppel nicht ganz Ihrem Geschmack entspricht und gewisse Spannungen bei einer neuen Mitbewohnerin nie auszuschließen sind. Aber ich fürchte, ich kann Ihnen da auf die Schnelle keine Lösung anbieten.«

Nun seufzte auch Sieglinde.

»Sie wissen ja, wir können es uns nicht leisten, ein Apartment zur Hälfte leer stehen zu lassen, da müssten wir Ihnen einen Einzelzimmerzuschlag berechnen, was sicher auch nicht in Ihrem Sinn wäre.«

»Nein, natürlich nicht.«

»Na also.«

Für Frau Müller-Myrthenberg war die Sache damit erledigt, nicht aber für Sieglinde.

»Wäre es nicht möglich, eine andere Mitbewohnerin zu bekommen? Also, ich meine, anstelle der Frau Woppel?« Die Hüterin der Zimmerpflanzen gab nicht auf. Selbst der schwerhörige Opi aus dem ersten Stock, der den Frauen immer an den Hintern grapschte, wäre ihr lieber als Wanda. Der würde sich zumindest nicht an ihren Blumen vergreifen.

Für die Heimleiterin kam so etwas aber gar nicht in Frage. »Wir betreiben doch keinen Partnertausch hier.« Empört schüttelte sie den Kopf. »Was glauben Sie, was hier los wäre, wenn wir ein Wunschkandidaten-System einführen würden? Die Leute würden beim kleinsten Krach einen neuen Mitbewohner fordern.« Tadelnd blickte sie Sieglinde an. »Mit dem Ergebnis, dass alle alle zwei Monate umziehen möchten.«

An Tagen wie diesen bereute es Sonja Müller-Myrthenberg zutiefst, eine Seniorenresidenz zu leiten und keinen Kindergarten. Dort wurden die Plagegeister zumindest am Nachmittag alle wieder abgeholt. Außerdem mochte sie weder die pensionierte Lehrerin, deren ständig wachsende Pflanzensammlung den wöchentlichen Reinigungsdienst zur Verzweiflung brachte, noch sympathisierte sie mit Wanda Woppel, für die der Koch täglich ein Extrafleischgericht zubereiten musste, weil die dicke Kuh sich lautstark weigerte, Gemüse oder gar Obst zu essen. Doch das behielt sie natürlich für sich.

Stattdessen meinte sie: »Meine liebe Frau Semmelrock, zwei Menschen, die sich nicht kennen und die bei uns eine gemeinsame Wohnung beziehen, brauchen erst mal viel Zeit, um sich aneinander zu gewöhnen. Aber mit etwas Geduld und gegenseitiger Rücksichtnahme werden Sie sicher bald bestens miteinander auskommen. Gut Ding braucht eben Weile.« Und mit diesen wenig tröstlichen Worten komplimentierte sie die erschöpfte Beschwerdeführerin resolut nach draußen.

Doch für Weile fehlte Sieglinde die Zeit. Seit Wandas Einzug fühlte sie sich bereits um Jahre gealtert, während immer mehr Blumen unter ihren fürsorglichen Händen wegzusterben drohten.

Das Einzige, was in diesem vergifteten Klima prächtig gedieh, war Wanda. Mit jedem Tag beziehungsweise jeder Kalorie wurde sie noch runder und gesünder. Und schien ungeachtet all der Schnitzelsemmeln, Malakofftorten und Leberaufstrichbrote, die sie ständig vertilgte, weder an Bluthochdruck noch an Diabetes zu leiden. Nicht einmal Sodbrennen oder Magendrücken machten ihr zu schaffen.

Sieglinde hingegen war mittlerweile um zwei Konfektionsgrößen geschrumpft und musste immer öfter zu Beruhigungsmitteln greifen, um einigermaßen durch den Tag zu kommen. Und damit nicht genug. Neben der olfaktorischen Kriegsführung in Form von Extremfürzen begann Wanda eines Tages auch mit der akustischen. Sie hatte ihre Liebe zum Alpenrock entdeckt und drehte das Radio voll auf, sobald eines dieser unsäglich volksdümmlichen Lieder gespielt wurde. Das war doch keine Musik, das war Folter. Selbst die Blumen schienen bei diesem Geschrammel, Gesülze und Gedudel die Blätter einzuziehen, was Wanda natürlich ebenso wenig kümmerte wie Sieglindes leidender Gesichtsausdruck.

Bei ihrer Mitbewohnerin stieß jeglicher Protest auf taube Ohren.

»Geht das nicht vielleicht ein wenig leiser?«, fragte Sieglinde oft.

»Wshschstgsagt?«, murmelte Wanda dann als Antwort, da sie meist den Mund voll hatte. Und fügte noch erklärend hinzu: »Vrschtehnixwegndamusik.«

Klar verstand sie nichts bei diesem Krawall, genau das war ja das Problem. Doch da der Fettsack kein Figurbewusstsein, kein Stilbewusstsein und kein Ordnungsbewusstsein besaß, konnte man auch kein Problembewusstsein erwarten. Geschweige denn einen Lösungsansatz für die angespannte häusliche Situation.

Es mussten noch drei Wochen vergehen, in denen Sieglinde weitere zwei Kilo und vier herrliche Topfpflanzen verlor, bevor sie auf den lang ersehnten Ausweg stieß. Und zwar ausgerechnet in einer alten, abgegriffenen Klatsch-und-Tratsch-Zeitschrift, die sie eines gewohnt unschönen Abends auf der Anrichte entdeckte. Offenbar hatte Wanda ihre Schnitzelsemmel darin eingewickelt gehabt – das Skandalblatt wies Dutzende Fettflecken auf – und das dreckige Stück Papier nach dem Genuss der Semmel einfach liegen lassen. Sie räumte ja nie etwas weg, obwohl Ordnung doch bekanntlich das halbe Leben war. Missbilligend schüttelte Sieglinde den Kopf, während sie mit spitzen Fingern nach dem zerknitterten Magazin griff, um es in den Eimer für Altpapier zu werfen. Dabei fiel ihr Blick auf das Foto eines Weihnachtssterns, neben dem in riesigen blutroten Lettern stand: »Dackel Daisy starb durch die Blume«. Gefolgt von einer warnenden Abhandlung über die vielfältigen toxischen Wirkungen von Pflanzengift mitsamt einer Auflistung von potenziell bösen botanischen Übeltätern, die in nahezu jedem Haushalt zu finden waren. Der tragische Tod des eidgenössischen Dachshundes, der etwas zu lange am Weihnachtsstern geknabbert hatte, ließ Sieglinde zwar ziemlich kalt, doch angesichts der vielfältigen mörderischen Möglichkeiten, die sich ihr unvermittelt auftaten, wurde ihr auf einmal richtiggehend warm ums Herz. Zum ersten Mal seit Monaten.

Wie hatte sie nur so blind sein können, wo die Lösung aller Probleme doch direkt vor ihren Augen lag. Oder besser gesagt auf der Fensterbank stand. Eine schmucke Reihe an scheinbar harmlosen Zimmerpflanzen. Dekorativ anzusehen und tödlich in ihrer Wirkung. Offenbar gab es weitaus mehr pflanzliche Sterbehelfer als Eibe, Oleander und Fingerhut. Doch mit den schlimmen Seiten der Botanik hatte sie sich nie zuvor befasst, immer nur das Gute und Schöne an ihren Ziergewächsen gesehen. Das würde sich von nun an ändern.

Bereits am nächsten Morgen begab sie sich zur öffentlichen Bibliothek, um sich in die Materie einzulesen. Da sie seit Jahren Berge an botanischen Werken, Blumenratgebern und Fachzeitschriften für Gartenfreunde konsultierte, fiel es niemandem auf, dass sie diesmal auch ein paar pharmakologische Bände studierte. Die gesammelten giftigen Schattenseiten der heimischen Flora kamen ihr vor wie ein endloses Heilsversprechen. Es gab doch tatsächlich botanische Killer, die derart giftig waren, dass bereits zwei Gramm für einen Platz auf dem Friedhof genügten. Ein kleiner Spaziergang im Grünen, ein Besuch im Blumenladen, ein Griff zum nächstbesten Blumentopf – angereichert mit genügend Fingerspitzengefühl, Fachwissen und bösen Absichten – und schon würden tödliche Zeiten anbrechen. Zumindest für ihre verhasste Mitbewohnerin.

Mit jeder neuen Seite, in die Sieglinde sich vertiefte, wuchs ihre Zuversicht. Sie erfuhr von Gewächsen, die nicht nur zu Wahnvorstellungen, Durchfallattacken, Schwangerschaftsabbrüchen oder Kammerflimmern führten, sondern sogar das Zeug zum Massenmord hatten. Mit Christrosen etwa wurden einst die Brunnen vergiftet, Dieffenbachien hatten jahrhundertelang als Folterinstrument gedient, Buschwindröschen wurden als Pfeilgift verwendet, und mit dem Wurzelstock der Alpenveilchen hatte man bis vor gar nicht langer Zeit nicht nur ungewollte Leibesfrüchte eliminiert, sondern auch erfolgreich Fischfang betrieben. Dafür hatte man etliche Knollen ins Wasser gehalten, die Tiere wurden durch die Wirkstoffe der Zyklamen betäubt und konnten dadurch mit bloßen Händen gefangen werden.

Jetzt hatte Sieglinde allerdings einen besonders fetten Fisch an der Angel, einen Fisch namens Wanda sozusagen, den sie nicht nur vorübergehend betäuben, sondern auf ewig begraben wollte. Denn – das hatte sie bereits in dieser kurzen Zeit ihres Studiums gelernt – gegen jedes Übel war ein effizientes Kraut gewachsen.

Die zukünftige Giftmischerin wurde immer aufgeregter, die Schmöker, in die sie sich mit wachsender Begeisterung vertiefte, immer dicker. Die Stunden vergingen wie im Flug. Seit ihrer Diplomprüfung als Lehramtskandidatin hatte sie sich den Kopf nicht mehr mit derart vielen Fachtermini und Fremdwörtern vollgestopft.

Sie las über Alkaloide, Saponine und Glykoside, über Pflanzen, die krebserregend waren, Leukozyten zerstörten oder als Neuroleptika eingesetzt wurden, vertiefte sich in Statistiken von Giftzentralen, Fallstudien von Toxikologen und in pharmazeutische Dosierungshinweise und lernte vor allem, verdächtige von unverdächtigen Symptomen zu unterscheiden. Wegen der erwünschten Wirkungen, Nebenwirkungen und Kollateralschäden konnte sie ja weder Arzt noch Apotheker fragen.

Dennoch musste Wandas Tod absolut natürlich erscheinen, das war Sieglinde klar. Kein noch so altersschwacher Kurpfuscher durfte den geringsten Verdacht schöpfen oder gar die Ausstellung des Totenscheins verweigern. Also schieden viele über Jahrtausende erprobte Killerpflanzen leider von vornherein aus. Eine Vergiftung mit Oleander sorgte für blaue Lippen, Tollkirschen, Christrosen und Rainfarn würden die Pupillen erweitern, Seidelbast, Märzenbecher und Akelei dieselben verengen, Herbstzeitlosen konnten Haarausfall verursachen, Efeu scharlachartige Hautausschläge. Und der in Kriminalromanen so beliebte Fingerhut hatte sich im Praxistest leider allzu oft als unzuverlässiges Mittel zum Mord erwiesen, da er heftiges Erbrechen hervorrufen konnte, was eine nachhaltige Wirkung verhinderte. Fazit: viel zu riskant. Sie brauchte eine unfehlbare Methode, einfach in der Handhabung und jederzeit verfügbar.

Es war schon Nachmittag, als sie zum Alpenveilchen zurückblätterte. Davon besaß sie bereits eine beträchtliche Sammlung. Bekannt auch als Schweinbrodt, Erdschwamm oder Gichtapfel, wurden diese dekorativen Primelgewächse seit der Antike als Abwehrzauber, Liebestrank und Abortivum eingesetzt. Heilsam waren die Zyklamen dennoch nicht. Bereits acht bis zehn Gramm der Knolle genügten für einen ebenso raschen wie unauffälligen Tod.

Sieglinde war derart in ihre Machbarkeitsstudien vertieft, dass sie weder Hunger noch Durst verspürte und beinahe die Zeit vergessen hätte. Erst das vorwurfsvolle Hüsteln Mathildas, der Büchereiangestellten, die wie stets unbeweglich an ihrem Tisch saß und ein Kreuzworträtsel löste, holte sie aus ihren Mordphantasien zurück in die Gegenwart. Schnell schob sie die Giftpflanzenbücher zwischen zwei Bildbände über immergrüne Gartenstauden und die wundersame Welt von Dickblattgewächsen ins Regal zurück.

Mathilda, die gerade verzweifelt nach einem Nebenfluss der Wolga mit sieben Buchstaben suchte, nachdem ihr endlich das spanische Wort für Stierkampf eingefallen war, hätte es nicht einmal bemerkt, hätte Sieglinde eine Bauanleitung für ein Atomkraftwerk kopiert. Und abgesehen von der Angestellten sowie ein paar Hausfrauen, die schnell noch ein Kochbuch oder einen Liebesroman ausliehen, hielt sich sowieso niemand mehr in der Bücherei auf, die in Kürze schließen würde.

»Bis zum nächsten Mal, meine Liebe«, säuselte Sieglinde zum Abschied, half Mathilda noch schnell mit Schönberg, dem Erfinder der Zwölftonmusik, aus und trat beschwingt den Heimweg an. Zwischen Stadtpark und Seepromenade trällerte sie sogar ganz leise »So muss allein ich bleiben« aus der »Fledermaus«, obwohl sie Operetten eigentlich gar nicht mochte.

Selbst die kleine Treppe zu ihrem Apartment stieg sie leichter hoch als sonst. Ganz wie Frau Müller-Myrthenberg prophezeit hatte, alles war nur eine Frage der Zeit.

Schon bald würde ihre Mitbewohnerin still und leise vor sich hin kompostieren, während sie und ihre Pflanzen sich endlich wieder entfalten könnten. Sie störte sich nicht einmal mehr an Wandas übler Angewohnheit, ihre dreckigen Schuhe mitten auf dem dunklen Teppich im Flur stehen zu lassen. Wie leicht könnte man da drüberstolpern, sollte das Licht mal nicht funktionieren. Aber egal, Wandas Tage waren fortan gezählt. Selbst die ärgerliche Tatsache, dass dieses fette Weib nach dem Essen in ihrem flauschigen Fauteuil versank, die Beine auf das kleine Blumentischchen daneben legte und eine Stunde lang schnarchte, regte Sieglinde nur noch halbherzig auf. Sie warf einen kurzen Blick auf diese Skulptur aus ranzigem Schweinefett, die wie stets ihren Stuhl okkupierte, hob die Zeitung vom Boden auf und brachte die von Wandas Füßen geknickte Primel in Sicherheit. Danach zog sie sich lautlos ins Schlafzimmer zurück, um sofort mit der Detailplanung ihres mörderischen Vorhabens zu beginnen.

Bereits drei Tage später hatte die Giftmischerin alles vorbereitet. Nun musste sie nur noch warten, bis sich Wanda ihren ersten Morgenkaffee kochte, ein Ritual, das Sieglinde bislang zutiefst verabscheut hatte. Das Walross bereitete den Kaffee ja nicht wie andere Menschen zu, mit einem Filter oder der Kapselmaschine, oh nein. Zuerst musste Wanda frische Bohnen in einer elektrischen Kaffeemühle mahlen, was sich anhörte, als würden Flugsaurier an einer Blechwand entlangschrammen. Dann füllte sie eine rostige Espressokanne mit Wasser, verschüttete unweigerlich einen Teil davon auf dem Boden, löffelte das Pulver in den Filtereinsatz und stellte die Kanne auf die kleine Kochplatte. Während das Wasser in der Kanne zu blubbern begann, schlurfte sie ins Bad, reinigte ihr Gebiss, kippte das widerwärtige Gemisch aus Kukident, Backpulver und Apfelessig über eine der schutzlosen Pflanzen ringsum und kam erst in die Küche zurück, wenn der Kaffee bereits übergekocht war und die Herdplatte geflutet hatte.

»Kafeeammorgnvrtreibtkummaunsorgn«, bemerkte sie dann ein ums andere Mal, schenkte sich eine Tasse der schwarzen Brühe ein und verzog sich auf den Balkon, um das Gesöff zu trinken und dazu mindestens drei Zigaretten zu rauchen. Die Sauerei wegzuputzen blieb Sieglinde überlassen.

Doch an jenem denkwürdigen Montagmorgen war alles anders. Der schreckliche Krach der Kaffeemühle kam Sieglinde süßer vor als alle Sphärenklänge, die Kukidentdusche des Kolbenfadens nahm sie mit einem Schulterzucken hin, und das Überschwemmungsgebiet rund um die Kochplatte legte sie mit einem Lächeln auf den Lippen und nahezu tänzelnd trocken. Dazu summte sie leise »Kaffee am Morgen vertreibt Kummer und Sorgen« und warf immer wieder verstohlene Blicke nach draußen, wo Wanda auf dem Balkon stand, ihre schwarze Brühe schlürfte und die Asche der Zigarette achtlos in den Topf mit dem Wandelröschen schnippte. Offenbar hatte sie nichts bemerkt.

Erleichtert ließ Sieglinde den Putzlappen fallen. Zum Leidwesen aller Giftmischer besaß die Wurzelknolle des Alpenveilchens eine ausgesprochen bittere Note. Sie hatte zwar nur ein mikroskopisch kleines Stückchen davon unter das Kaffeepulver gemischt, während Wanda im Badezimmer ihrer minimalistischen Körperpflege nachgekommen war, aber die Angst, dass ihr Anschlag auffliegen könnte, hatte sie nahezu gelähmt. Doch das Glück war eindeutig auf ihrer Seite. Der starke Kaffee, den Wanda schwarz und ohne Zucker trank, schien jeden Beigeschmack zu überdecken.

Der Anfang vom Ende war hiermit getan. Bei einer Dosis von etwa einem halben Gramm pro Tag – acht bis zehn Gramm galten gemeinhin als tödliche Dosis – würde Wanda tatsächlich auf Raten sterben. Dieses furchtbare Weib hatte sich schon viel zu lange einer guten Gesundheit erfreut. Dabei sollte sie, bedachte man ihren Lebenswandel, ihr Ablaufdatum längst überschritten haben. Wanda rauchte wie ein Schlot, verbrachte die Zeit zwischen den Mahlzeiten bevorzugt in einer Art Energiesparmodus, ernährte sich höchst ungesund und besaß die Intelligenz eines Schafwollpullovers. Von ihrer Marotte, sich ständig die Krampfadern blutig zu kratzen, mal ganz abgesehen.

Natürlich konnte Sieglinde bei ihrer aktiven Sterbehilfe nicht auf wissenschaftlich belegte Fallstudien hoffen, aber einige Wochen sollte sich der Verfall von Wanda Woppel schon hinziehen, um keinerlei Verdacht zu erregen. Und wirksam war Cyclamin in jedem Fall. Angeblich galt es selbst in homöopathischen Arzneimitteln ab der vierten Potenz als gefährlich. Nur Schweine waren dagegen immun. Doch Wanda war kein Schwein, sie sah beim Essen nur manchmal so aus.

Danach geschah fünf Tage lang gar nichts. Erst am sechsten Tag machte Wanda einen leicht kränklichen Eindruck, aß nur eine einzige Schnitzelsemmel zum Abendbrot und verspürte keinerlei Lust auf Alpenrockkrawall mit Kartoffelchips. Stattdessen ging sie früh zu Bett und stöhnte im Schlaf. Mehr passierte vorerst nicht.

Dieses leichte Unwohlsein, wie der herbeigerufene Dr. Seidenbart es zwei Tage später bezeichnete, hatte beruhigenderweise keinerlei Auswirkungen auf Wandas Koffeinkonsum. Sieglinde hätte ihr die tägliche Dosis Cyclamin ja nicht intravenös verabreichen oder aufs Schinkenbrot schmieren können.

Nach weiteren zwei Wochen klagte Wanda über ein komisches Gefühl im Bauch, gepaart mit Magendrücken und leichten Schwindelanfällen.

Erneut wurde der Arzt, ganz gegen Wandas Willen, zurate gezogen, und erneut kam nichts dabei heraus außer absurden Dialogen.

»Schauen Sie, Frau Woppel, Sie werden halt nicht jünger. Jetzt kommt die Zeit, wo's immer wieder wo zwickt und zwackt. Vor allem, wenn man so ungesund lebt wie Sie. Rauchen, Alkohol, fettes Essen, kein Sport, wie lange Ihr Körper das noch aushält, ist fraglich«, meinte der Arzt und klang sogar aufrichtig besorgt.

Wanda zuckte mit den Schultern und schien ernsthaft über seine Worte nachzudenken. Doch dann meinte sie nur: »Also statt ana Malakofftorte an Guglhupf, oda?«

»Frau Woppel, mit seiner Gesundheit scherzt man nicht«, reagierte der Arzt empört. Und mit mir auch nicht, fügte er in Gedanken hinzu. »Sie hören mir jetzt einmal gut zu: Mit

Ihrem Herz stimmt etwas nicht. Wahrscheinlich haben Sie auch ein Magengeschwür, jedenfalls starken Bluthochdruck, leichte Darmblutungen, und kurzatmig sind Sie auch. Hört man ja, wie Sie schnaufen. Ich werde also ein großes Blutbild veranlassen, dazu ein ordentliches EKG und wegen Ihrer Magen-Darm-Probleme natürlich auch eine Gastroskopie.«

»Ich brauch ka Gaschtropipi. Und ich brauch schon gar keine depperten Pillen von an Kurpfuscher. Wenn ich was brauch, geh ich ins Bahnhofsbeisl.« Mit einer entschlossenen Handbewegung fegte Wanda die Tablettenpackungen und Pillenröhrchen vom Tisch, die der Arzt bereits auf dem Wohnzimmertisch angeordnet hatte.

Dr. Seidenbart verlor langsam die Geduld. »Da stehen diese alten Weiber eh schon mit einem Fuß im Grab, und dann teilen sie mit dem anderen auch noch Tritte aus«, grummelte er. »Ganz wie Sie meinen«, erwiderte er dann lauter und packte seine Medikamente wieder ein. »Man kann niemanden zu seiner Gesundheit zwingen. Machen Sie ruhig weiter wie bisher, und Sie werden sich wundern, wie rasch so ein Leben zu Ende sein kann.«

Eine Prophezeiung, die sich schon bald erfüllen sollte, wenngleich weniger wegen Wandas ungesunden Lebensstils, sondern vielmehr dank Sieglindes effizienter Sterbehilfe in Form einer täglichen Dosis Cyclamin.

Genau dreizehn Tage lang kämpfte Wanda Woppel weiter gegen die Giftwirkung an, versuchte, Schwindelanfälle, Bauchgrimmen, Durchfallattacken und Muskelschmerzen ebenso zu ignorieren wie alle ärztlichen Ratschläge.

Dann kam der Tag, an dem es Schweinsbraten mit Knödeln gab. Und Schweinsbraten mit Knödeln war Wandas erklärtes Lieblingsgericht. Da durfte sie doch nicht einfach schlappmachen. Oder gar den Soßenlöffel vor dem Nachschlag abgeben. Tapfer verschlang sie zwei Stück Braten, begleitet von vier Kartoffelklößen. Danach wurde ihr schlecht. Mordsmäßig schlecht. Sie murmelte: »Ifühlmitotalbeschissn«, torkelte in ihr Apartment, dann ins Badezimmer und erbrach das ganze gute Essen. Sozusagen ihr letztes Abendmahl.

»Du Ärmste, das ist bestimmt eine Magen-Darm-Grippe, die geht grad überall rum«, suchte Sieglinde sie scheinheilig zu trösten und brühte ihr einen Kräutertee auf.

»Bevoridastrinkbeißinsgras«, erwiderte Wanda und schleppte sich mit vorletzter Kraft ins Bett.

Also trank Sieglinde ihren Tee selbst und beschloss, noch einen kleinen Spaziergang zu machen. Der Tag war schwül gewesen, der Abend lau, und im Park der Seniorenresidenz lauerten keinerlei Gefahren, sofern man tief hängenden Ästen aus dem Weg ging.

Erst gegen zehn betrat sie erneut ihre Wohnung, drehte das Licht an, erblickte Wandas Leiche inmitten einer Lache aus tiefrotem Blut und fiel in Ohnmacht. Eigentlich hatte sie ja um Hilfe rufen wollen, aber Sieglinde hatte den Anblick von Blut noch nie ertragen. Bereits ein kleiner Schnitt in den Finger, eine offene Blase am Fuß, selbst frische Blutwurst brachte sie umgehend um ihr Standvermögen.

Gefunden wurden die beiden kurz darauf vom Erlhofer Schorsch, dem grapschenden Opi aus dem ersten Stock. Der rüstige Witwer kam gerade aus dem Keller, wo er seine Bierdeckelsammlung täglich neu sortierte. Da Sieglinde kollabiert war, bevor sie die Wohnungstür hatte schließen können, waren ihre Beine vom Treppenhaus aus zu sehen.

Erlhofer trat näher, riss die Augen auf und stöhnte: »Jessasmariaundjosef.« Dann schrie er los, laut, schrill und ohne das geringste Verlangen, einer der beiden Damen, die da bäuchlings und wehrlos vor ihm lagen, in den Hintern zu kneifen.

Kurz darauf war im Haus die Hölle los. Außer für Sieglinde, die wieder bei Sinnen war und sich fühlte wie im siebten Himmel. Zwar war sie noch etwas schwach auf den Beinen, aber das würde sich rasch geben. Wanda hingegen würde niemals wieder auferstehen und sich zwischen sie und ihre Pflanzen drängen. Und das Beste daran: Nicht einmal der kleinste Verdacht würde auf sie, die Giftmischerin, fallen. Denn Wanda war nicht durch

Cyclamin gestorben, sondern durch ihre eigene Unordnung. Ordnung war halt wirklich das halbe Leben. Vielleicht sogar etwas mehr.

Zumindest Dr. Seidenbart sah es so. Und Sieglinde würde ihm keinesfalls widersprechen.

Seiner Ansicht nach hatte die Tote fast eine halbe Flasche Magenbitter getrunken, die geöffnete Flasche stand als stumme Zeugin der Anklage noch neben dem Bett, wollte dann mit letzter Kraft das Bad aufsuchen und war im dunklen Korridor über ihre eigenen Schuhe gestolpert, zu Boden gestürzt und dabei mit dem Kopf gegen den gusseisernen Schirmständer geknallt.

»Ein wirklich sehr bedauerlicher Unfall«, meinte er und wies Frau Müller-Myrthenberg nachdrücklich auf die Gefahr derartiger Einrichtungsgegenstände hin.

»Außerdem hätte sie längst keinen Alkohol mehr trinken dürfen«, bemerkte er weiterhin und wies die Heimleiterin noch nachdrücklicher auf die Folgen einer allzu liberalen Haltung gegenüber Spirituosen hin.

»Nach dem Abendessen war ihr furchtbar schlecht, wahrscheinlich hat sie deshalb den Magenbitter getrunken. Fetter Schweinsbraten mit Knödeln ist halt keine leicht verdauliche Altweiberkost«, ergänzte Sieglinde, was ihr einen bösen Blick von Frau Müller-Myrthenberg und ein zustimmendes Nicken von Dr. Seidenbart einbrachte.

Dass Übelkeit, Brechreiz, Bauchgrimmen und ein schwankender Gang weder vom Alkohol noch vom Abendessen hergerührt hatten, sondern das alleinige Werk des Alpenveilchens gewesen waren, das kam allerdings nie zur Sprache.

Es war bereits früher Morgen, als endlich Ruhe im Apartment Nummer sechs einkehrte. Auch Sieglinde war todmüde, doch bevor sie zu Bett ging, strich sie dem Alpenveilchen noch zärtlich über seine samtigen Blätter, hauchte ein »Danke« und stellte es liebevoll zurück auf das Fensterbrett.

Alpenveilchen, Cyclamen persicum (giftig)
Fischtod und Pfeilgift

Das Alpenveilchen (egal, ob Zimmerpflanze oder Frischluftgewächs) gilt als Tausendsassa unter den Heil- und Giftpflanzen. Der Wurzelstock, von Plinius in der »Naturalis Historia« als »tuber terrae« (Erdschwamm) bezeichnet, wurde in der Antike als Mittel gegen Schlangenbisse und Milzleiden, als Abwehrzauber, Liebestrank und potentes Abortivum eingesetzt. Im Mittelalter hingegen rührte man bevorzugt Salben aus dem Pflanzenmaterial, um sie auf eiternde Wunden und Geschwüre zu streichen. Was heutzutage als Versuch anmutet, den Teufel durch den Beelzebub auszutreiben, denn der Pflanzensaft des Veilchens kann selbst schwere Hautreizungen hervorrufen. Nur Stiel und Blätter sind relativ harmlos.

Die Giftigkeit von Cyclamin war allerdings schon vor Jahrhunderten durchaus bekannt. So bemerkte etwa der alte Heilkundige Dioskurides zum Alpenveilchen: »Es ist dieses Kraut nicht wol jnnerlich zu gebrauchen / dieweil es in seiner Operation zu viel starck ist: Unnd sonderlich sollen sich schwangere Frauen darfür hüten / dann es der Frucht gar leichtlich grossen Schaden thut.«

Gefeit vor den üblen Nebenwirkungen der Knolle scheinen allein Schweine zu sein. Menschen hingegen werden und wurden bereits durch acht Gramm ins Jenseits befördert, wobei Blattwerk und Wurzel bitter schmecken, sofern sie nicht fein gemahlen im Kaffee landen. Bei Tieren genügt aufgrund der hohen Toxizität eine entsprechend geringere Menge. Nicht umsonst war Cyclamin als Pfeilgift einst sehr beliebt. Und vielleicht sogar ähnlich wirksam wie die Knollen der Pflanze beim Fischfang. Dazu wurde im Mittelmeergebiet der Wurzelstock mit etwas Ton vermengt und ins Wasser gehängt, wodurch die Fische gelähmt und an der Flucht gehindert wurden. So konnte man sie leicht fangen.

Das Gift Cyclamin ist derart stark, dass es angeblich sogar

in homöopathischen Arzneimitteln ab der vierten Potenz gefährlich werden kann.

Info: ähnlich der wildwüchsigen Art (Cyclamen purpurascens syn. Europaeum). Auch Erdbrot, Hasenohr, Schweinbrodt, Kreuzwehkraut, Gichtapfel oder Geißkas genannt. Etwa 20 cm hohes Primelgewächs mit unterirdischer Knolle und herzförmigen, langstieligen, duftenden Blüten. Dunkelgrüne Blätter mit heller Zeichnung, Blüten in Weiß, Rosa, Rot oder Lila (Letzteres nur bei der Wildform). Während die Zimmerpflanzen nahezu ganzjährig blühen, ist die Blüte bei der Wildform auf Juni bis September beschränkt. | **Inhaltsstoffe:** giftige Saponine (unter anderem Cyclamin) | **Vergiftungserscheinungen:** bei Berührungen Kribbeln der Haut, Reizungen; bei Verzehr ab 0,2 g Knolle toxisch mit Symptomen wie Übelkeit, Durchfall, Blutzersetzung, Kreislaufproblemen, Konvulsionen, Atemlähmung

Röslein rot, Röslein tot …

März 2018, Bad Rosenbrunn, Oberallgäu

Giftanschlag in Thermenhotel fordert Hunderte Opfer +++ Heilendes Wasser brachte Hotelgäste ins Krankenhaus +++ Trinkkur mit tödlichen Folgen +++ Giftmischer versetzt Fünf*-Resort in Panik

So oder ähnlich lauteten die Schlagzeilen an jenem 8. März auf den Titelseiten nahezu sämtlicher Zeitungen. Nie zuvor in seiner mehr oder weniger heilsamen Geschichte hatte das Bad Rosenbrunner Thermalresort für ein derart großes Medienecho gesorgt. Nicht nur im Inland, selbst im benachbarten Ausland schrieben sich die Journalisten über diesen lebensbedrohlichen Vorfall die Finger wund. Wen kümmerten schon die Volkswirtschaft, Regierungsquerelen oder gar der Tag der Frauen, wenn in einem renommierten Thermenhotel ein Giftmischer sein Unwesen trieb.

Exakt hundertdreiundsiebzig Gäste hatten die morgendliche Trinkkur mit derart schweren Vergiftungserscheinungen bezahlt, dass sie ihren Urlaub nun statt auf Wellnessliegen in Krankenhausbetten verbringen mussten. Einem weiteren gesundheitsbewussten Schluckspecht, der offenbar maßlos übertrieben und viel zu tief ins Thermalwasserglas geschaut hatte, hatte der Teufelstrank noch übler mitgespielt. Der Pechvogel ruhte nach einem Zwischenstopp auf der Intensivstation bereits im Leichenschauhaus. Und das, obwohl das Bad Rosenbrunner Heilwasser wegen seiner säurebindenden Wirkung sogar von der Ärzteschaft als ausgesprochen wohltuend für den Magen-Darm-Trakt gelobt wurde. Zwei bis drei Glas dieser fluoridhaltigen Hydrogencarbonat-Chloridquelle pro Tag könnten Stoffwechselleiden lindern, das Immunsystem stimulieren und vitalisierend auf Körper und Geist wirken, hieß es. Über zehn

Jahre lang war das auch oft genug der Fall gewesen. Bis ein größenwahnsinniger Massenmörder das Reservoir des Trinkwasserbeckens vergiftet und dem Wellness- und Tourismusbetrieb dadurch einen tödlichen Schlag versetzt hatte.

Binnen kürzester Zeit reisten die meisten der unversehrten Gäste ab, während Heerscharen an sensationsgierigen Pressefuzzis und aufdringlichen Kriminalbeamten in Bad Rosenbrunn einfielen und der beschaulichen Idylle aus dem Fremdenverkehrsprospekt ein jähes Ende bereiteten.

Zum ersten Mal in der langen Erfolgsgeschichte des Bad Rosenbrunner Thermalresorts lag deshalb trotz strahlend blauem Himmel ein dichter Trauerflor über der exklusiven Anlage. Nirgendwo drang die geringste Zukunftshoffnung ans Licht, nirgendwo keimte ein Funken Zuversicht auf. Dieses heimtückische Verbrechen hatte der Bilanz des Unternehmens den Todesstoß versetzt. Schon bald würden die Fremden an anderen Orten fernab dieser toxischen Gefahrenquelle verkehren und mindestens hundert Kilometer Sicherheitsabstand zu Bad Rosenbrunn halten. Nur wagemutige Adrenalinfreaks, denen es an der nötigen Zeit für Andenüberquerungen, Eismeerdurchsegelungen oder ein Survivaltraining in Afghanistan fehlte, würden den Fünf-Sterne-Betrieb in der Hoffnung auf unvergessliche Abenteuer noch frequentieren.

Ein Trauerspiel, dessen katastrophale Ausmaße den Abgasskandal der deutschen Automobilindustrie bei Weitem in den Schatten stellten.

Herbert Hugendünkl, der Inhaber des Thermalresorts, durchlebte angesichts der finanziellen Kollateralschäden dieses Dramas bereits eine existenzielle Grenzerfahrung.

Seit Stunden saß er bewegungslos in seinem feudalen Büro und murmelte in einer Endlosschleife »Wie konnte das nur passieren?« vor sich hin.

Als die ersten Gäste am Frühstückstisch in einer nahezu konzertanten Aktion über Schwindel, Herzrasen und Atemnot zu klagen begonnen hatten, wollte er das noch als harmlose Folge der frühlingshaften Fönwetterlage abtun. Doch der herbeigerufene Kurarzt hatte ihm jede Hoffnung auf atmosphärisch bedingte Befindlichkeitsstörungen geraubt und umgehend Notarzt, Rettung und Polizei alarmiert. Nun lagen hundertdreiundsiebzig seiner insgesamt zweihundertvierundzwanzig Gäste seit zehn Uhr morgens mit Kammerflimmern, Koliken und Lähmungserscheinungen im Kreiskrankenhaus, ein weiterer war seinen schweren Vergiftungserscheinungen bereits erlegen.

»Wie konnte das nur passieren?«, fragten sich aber auch die siebenundvierzig Mitarbeiter des Wellnessbetriebs, die tausendeinhundertdreiunddreißig Einwohner der winzigen Gemeinde im Oberallgäu, die sensationslüsternen Reporter und alle Mitarbeiter des Landeskriminalamts.

Doch die Antwort wusste nur der Giftmischer, und der behielt sie für sich.

»Wie konnte das nur passieren?«, hatte sich natürlich auch der Gebäudetechniker gefragt und das direkt von der unterirdischen Heilquelle gespeiste Trinkwasserreservoir Dutzende Male von ganz oben bis tief unten penibelst untersucht, aber nichts Verdächtiges gefunden. Was wenig verwunderlich war, denn bei Giftstoffen handelte es sich so gut wie nie um leicht sicherzustellende Objekte wie etwa Gummistiefel oder Handfeuerwaffen, die mit bloßem Auge untrüglich zu erkennen waren. Daher hatte das Reservoir weder auf den ersten noch auf irgendeinen weiteren Blick sein giftiges Geheimnis preisgegeben. Außer einer winzigen toten Spitzmaus war das Becken frei von Fremdstoffen jeglicher Art gewesen.

Selbst das umgehend in Auftrag gegebene Wassergutachten hatte kein Licht ins toxische Dunkel gebracht, und die mittlerweile von vielen Einheimischen sowie einigen Boulevardblättern geäußerten abstrusen Hypothesen trugen auch nicht zur Klärung des Vorfalls bei. Da war die Rede von Arsen, Strychnin, Leichengift, Chemtrailspuren, der Strafe Gottes oder Exkrementen von Außerirdischen, angereichert mit ungünstigen Planetenkonstellationen oder bislang unbekannten giftigen Wasserschwämmen, die sich wegen der Klimaerwärmung ein neues Habitat im Bad

Rosenbrunner Rohrleitungssystem gesucht hätten. Erst die medizinischen Laborbefunde vom Kreiskrankenhaus beendeten den allgemeinen erkenntnistheoretischen Stillstand.

Der Übeltäter war eindeutig als Helleborus niger – besser als Schnee- oder Christrose bekannt – identifiziert worden, ein todbringendes Gewächs, mit dem man bereits vor Jahrtausenden erfolgreich Brunnen vergiftet hatte und das bis heute nicht mit seinen giftigen Reizen geizt.

Hauptkommissar Schiessl vom Landeskriminalamt München, der mit dem Fall betraut worden war, bekam die verstörenden Befunde als Erster übermittelt.

»Die orale Zufuhr von beträchtlichen Mengen des mit einer Mischung aus Steroidsaponinen, Helleborin, Deglucohellebrin, Bufadienoliden, Protoanemonin und Telocinobufagin versetzten Bad Rosenbrunner Heilwassers verursachte bei den Patienten akute Manifestationen von Bradykardien und Arrhythmien, Erregungszustände der motorischen Hirnzentren, starke Diarrhoen, vereinzelt Anurien sowie negative inotrope Effekte. Zudem zeigte sich die kasuale Symptomatik einer massiven Mydriasis …«

Der Kommissar schüttelte den Kopf, während er die fachärztliche Expertise in dieser ihm völlig unverständlichen Ausdrucksweise las. Am Ende des vierseitigen Befunds stand er knapp vor einem Schleudertrauma, so oft hatte er den Kopf geschüttelt. Kurz kam ihm Goethes »Faust« in den Sinn, in dem es hieß: »Da steh ich nun, ich armer Tor, und bin so klug als wie zuvor.« Nur dass er nicht stand, sondern saß. In seinen Augen grenzten die Formulierungen von Ärzten oftmals an intellektuelle Nötigung. Mit diesem Befund konnte er ebenso wenig anfangen wie mit der Relativitätstheorie. Zum Glück hatte er einen Schwager, dessen Sohn Pharmazie studierte und der ihm noch einen Gefallen schuldig war.

Drei Stunden später riskierte auch Herbert Hugendünkl ein veritables Schleudertrauma, denn er konnte einfach nicht glauben, was der Kommissar ihm da gerade zu erklären suchte.

»Ihr Heilwasser wurde mit Christrosen vergiftet, auch bekannt als schwarze Nieswurz, Helleborinkraut, Teufelszahn oder Schneerose«, las Schiessl stolz sein neu erworbenes botanisches Wissen von einem Blatt ab. »Christrosen enthalten gefährliche Herzglykoside, besonders im Wurzelstock. Ich erspare Ihnen die ganzen lateinischen Fachbegriffe, die ohnedies unaussprechlich sind, aber diese Giftstoffe führen zu schweren Herzrhythmusstörungen bis hin zu Kammerflimmern und Herzstillstand, schädigen die Nieren, verursachen starke Erregungszustände, Durchfall, erweiterte Pupillen und kolikartige Magen-Darm-Beschwerden.«

»Das glaub ich einfach nicht«, entgegnete Herbert Hugendünkl. »Sie meinen also, jemand hat versucht, meine Gäste mit einer Blume zu vergiften?«

»Ich meine nicht, ich weiß. Das chemisch-toxikologische Gutachten lässt keine Zweifel am mörderischen Blumengruß im Wasserreservoir. Jemand muss gewusst haben, dass Christrosen bereits in der Antike als eine Art chemischer Kampfstoff genutzt wurden. Doch warum dieser Jemand Ihren Thermalbrunnen mit Unmengen an pulverisiertem Wurzelextrakt versetzt und dadurch einen Menschen getötet und das Leben vieler anderer in Gefahr gebracht hat, das weiß ich leider auch noch nicht.«

Hugendünkl schwieg. Er hatte nicht nur keine Ahnung, er konnte sie auch nicht in Worte fassen. Für derart komplexe Giftmordszenarien waren seine betriebswirtschaftlich trainierten Gedankengänge nicht gebaut. Er wusste nicht einmal, wie diese Christrosen überhaupt aussahen. Blumen interessierten ihn nicht, sie warfen kein Geld ab, nur Blätter. Und die botanische Aufhübschung des Thermalresorts war nun wirklich keine Chefsache, die oblag einzig und allein dem Personal.

Doch plötzlich hatte er eine Idee.

»Haben diese Christrosen etwas mit Religion zu tun?«, fragte er unvermittelt. »Ich meine, könnte es sich vielleicht um ein islamistisches Attentat handeln?«

Hauptkommissar Schiessl riss Augen und Ohren auf. Es erstaunte ihn immer wieder, wie viel kondensierten Schwachsinn selbst gebildete Menschen in Extremsituationen von sich gaben.

»Das halte ich für eher unwahrscheinlich«, versuchte er, Hugendünkl zu beruhigen, »aber wir werden natürlich auch diese Spur verfolgen.«

Das hatte ihm gerade noch gefehlt, ein Verschwörungstheoretiker am gefühlten Arsch der Welt. Als ob die Sache nicht schon kompliziert genug wäre.

»Haben Sie sonst noch einen Verdacht? Hat es bereits früher einmal unliebsame Vorfälle mit Ihrem Heilwasser gegeben? Hegt ein ehemaliger Gast einen Groll gegen Sie? Gibt es Konkurrenten, die über Leichen gehen würden, oder fällt Ihnen sonst noch jemand ein, der Sie in den Ruin treiben möchte?«

Noch einmal schüttelte Hugendünkl entschieden den Kopf. Seit sein Vater vor fast vierzig Jahren den Beherbergungsbetrieb vom Großvater übernommen und ihn vom einfachen Wirtshaus mit Zimmervermietung zum exklusiven Thermalresort ausgebaut hatte, war es, von den Schikanen kleingeistiger Bauaufsichtsbehörden und einem als Hilfskoch getarnten Taschendieb mal abgesehen, eigentlich nie zu unschönen Vorfällen gekommen. Zumindest konnte er sich nicht daran erinnern. »Ich werd mal mit meinem Vater sprechen«, antwortete der Direktor ausweichend und dachte schon mit Schrecken daran, was ihm blühte. Hubert Hugendünkl litt seit dem Tod seiner Frau an Alzheimer. Jede Unterhaltung mit ihm war so zielführend wie drei Runden im selben Kreisverkehr. Und dessen Vater, also Herberts Großvater, der gleichfalls noch lebte, war längst Opfer einer altersbedingten Senilität geworden. Die Chancen auf erhellende Erkenntnisse aus der Vergangenheit standen demnach denkbar schlecht.

»Machen Sie das. Die Vergangenheit wirft oft lange Schatten«, ermunterte ihn der Kommissar, ohne zu wissen, wie recht er damit hatte.

September 2017, Tucson, Arizona

Grandma Carolyn war tot. Vor genau einer Woche war sie gestorben, hatte abends einfach die Augen geschlossen und war morgens nicht wieder aufgewacht, und zwar kurz vor ihrem einundneunzigsten Geburtstag. Dass sie der Tod so ganz ohne Leiden und Schmerz ereilt hatte, betrachtete Jennifer mittlerweile als ausgleichende Gerechtigkeit. Grandma hatte ohnedies fast ihre gesamte Jugend in der Hölle verbracht. Doch weil die betagte Dame zeit ihres Lebens kein einziges Wort über jene Gräueltaten in der Alten Welt verloren hatte, erfuhr Jennifer erst nach ihrem Tod durch eine alte Aktenmappe aus brüchigem Leder von den unfassbar schrecklichen Ereignissen, die Carolyn, damals noch Karoline, in jungen Jahren durchlebt hatte.

Poor Grandma, barbaric Germans, just terrifying, befand die Enkelin jetzt und griff zum wiederholten Mal nach dem inhaltsschweren Ordner, der ihr bei der Durchsicht von Grannys Habseligkeiten vor drei Tagen in die Hände gefallen war. Mit der dunklen Mappe unterm Arm betrat sie ihren gepflegten Garten hinter dem Bungalow und ließ sich in der knarzenden Hollywoodschaukel mit den rosafarbenen Sitzkissen nieder. Der ausladende Mesquitebaum spendete kühlen Schatten, in allen Farben schillernde Kolibris umschwärmten feuerrot blühende Königskronen und Monarden, in der Ferne heulte ein Kojote, und Jennifer blätterte erneut durch Grandmas grauenvolle Geschichte.

In einer stellenweise noch recht kindlichen Handschrift hatte die damals ganz junge Carolyn die wichtigsten Ereignisse ihres Lebens auf kleinen karierten Zetteln notiert und gemeinsam mit vergilbten Fotografien, Zeitungsausschnitten und abgegriffenen Urkunden aufbewahrt. Ein Sammelsurium des Schreckens und der Niedertracht, bewusst oder auch zufällig verborgen unter einer oberflächlichen Schicht an harmlosen Bildern.

»Bad Rosenbrunn, Sommer 1936, Hansi und Karoline beim Christrosensuchen«, war auf einer der alten Schwarz-Weiß-Aufnahmen mit gezacktem Rand zu lesen. Auf der Vorderseite lachten zwei Kinder händchenhaltend in die Kamera, neben ihnen standen große geflochtene Körbe voller Christrosen, im Hintergrund sah man eine bergige Landschaft mit verschneiten Gipfeln sowie eine einsame Landstraße, auf der zwei kräftige Pferde einen Milchwagen zogen. Ein anderes Bild zeigte laut Beschriftung »Hermann, Gerti und unsere Kinder bei der Feldarbeit«. Die Kinder schichteten Heu auf, die Eltern schwangen die Sensen, Grandma Carolyn trug ein helles, ärmelloses Kleid, die Jungen kurze Hosen. Trotz der vermutlich schweren körperlichen Arbeit machten alle einen zufriedenen, beinahe ausgelassenen Eindruck. Wie Jennifer aus den Aufzeichnungen ihrer Oma mittlerweile wusste, hatten ihre Urgroßeltern in Bayern eine kleine Landwirtschaft mit Ausschank betrieben und dadurch ihr bescheidenes Auskommen gefunden. Und weil der Hof direkt am Waldrand lag, wurde das Wirtshaus »Zur Christrose« genannt. Es gab sogar einige Bilder, auf denen üppige Sträuße dieser Winterblüher auf den rustikalen Tischen der Gaststube zu sehen waren.

Langsam begann Jennifer das besondere Verhältnis ihrer Grandma zur sogenannten *christmas rose* zu verstehen. Wegen dieser immergrünen Pflanze, deren schwarzes Rhizom einst in den Schnupftabak gebröselt worden war, hatte es in den letzten Jahren unweigerlich eine schöne vorweihnachtliche Bescherung bei ihnen gegeben. Da Carolyn schon alt und nicht mehr mobil war, mussten Freunde, Verwandte und Bekannte auf botanische Schatzsuche gehen, um im wüstenheißen Arizona dieses Hahnenfußgewächs aufzuspüren. Was sich meist schwieriger gestaltete als die berüchtigte Suche nach der Nadel im Heuhaufen, denn Grandma bestand auf einem Original. Weder Hybride noch Pflanzen aus dem Gartencenter kamen ihr ins Haus, nur ein in freier Natur gewachsenes Exemplar fand Gnade vor ihren blassblauen Augen.

Im Vorjahr war Jennifers Cousin Ethan in Flagstaff fündig geworden und hatte die Winterblume eigenhändig ausgegraben. Ein, glaubte man alten Überlieferungen, riskantes Unterfangen, denn der Legende nach brauchte man dafür starke Helfer und musste unter ständigen Gebeten möglichst rasch graben, ohne dabei von einem Adler gesehen zu werden, ansonsten wäre es um einen geschehen. Ethan hatte jedenfalls überlebt, die Blume auch. Zumindest drei Monate lang, dann hatte ihr die Hitze wie all ihren Vorgängerinnen den Garaus gemacht. Zuvor jedoch hatte Grandma Carolyn noch sämtliche Blütenköpfe säuberlich abgeschnitten, getrocknet und in eine Schmuckschatulle gelegt. An die zweihundert mumifizierte Christrosenköpfe hatten sich zum Zeitpunkt ihres Todes darin befunden. Eine davon hatte Jennifer aus der Schatulle genommen und vor sich auf den Tisch gelegt. Danach vertiefte sie sich wieder in die schriftlichen Aufzeichnungen ihrer heiß geliebten Grandma, fühlte sich durch deren knappe Sätze von der grausamen Vergangenheit zunehmend mehr in Geiselhaft genommen.

»8. März 1938. Heute mit Hansi im Dunkelsteinerwald gewesen. Zwei Körbe Christrosen haben wir gepflückt und um je fünf Groschen auf dem Markt verkauft. Wenn wir noch zwanzigmal in den Wald zum Sammeln gehen, können Papa und Mama endlich das gebrochene Fenster im Schlafzimmer reparieren lassen und es schneit ihnen nicht mehr auf die Tuchent.«

Dann, gerade mal vier Monate später, fand sich der erste Hinweis auf die beginnende Tragödie.

»12. Juli 1938. Ich bin furchtbar traurig. Heute war Zeugnistag, und bis auf meine Handarbeitsnote hab ich nur ›sehr gut‹ in allen Fächern. Ich wäre so gern aufs Gymnasium gegangen, aber die Lehrerin hat gesagt, als Jüdin darf ich keine deutsche Schule mehr besuchen. Das versteh ich nicht, ich bin doch Deutsche.«

Das Abschlusszeugnis, trauriger Beweis dieser unverständlichen Vorschrift, hatte Jennifer gleichfalls unter den Dokumenten gefunden. Karoline Rosenkrantz war eine ausgezeichnete Schülerin gewesen, doch die Rassengesetze hatten ihre vielversprechende Zukunft in ein Trümmerfeld begrabener Hoffnungen verwandelt.

Jennifer langte nach dem nächsten Blatt. Obwohl es inzwischen über dreißig Grad im Schatten hatte, fröstelte sie mit jedem Satz mehr. Nie zuvor hatte sie derart tief in die Abgründe menschlichen Verhaltens geblickt, sich nie zuvor so direkt betroffen gefühlt von den Auswüchsen eines Terrorregimes. Natürlich gab es überall Kriege, Mord und Totschlag, doch Empathie und Mitleid sanken bekanntlich mit dem Quadrat der Entfernung. Man empörte sich, spendete ein paar Dollar und setzte guten Gewissens sein Tagwerk fort. Doch die furchtbaren Geschehnisse, die sie nun rekonstruierte, betrafen ihre höchst persönliche Familiengeschichte.

Jennifers Eltern waren bei einem Autounfall ums Leben gekommen, als sie noch ein ganz kleines Mädchen gewesen war, weshalb ihre Großmutter sie in Obhut genommen und aufgezogen hatte. Daher ging ihr die Sache nicht nur unter die Haut, sondern direkt ins Herz.

Als sie den Zettel vom 12. November 1938 betrachtete, schossen ihr sogar Tränen in die Augen. Vor Traurigkeit, aber auch vor Zorn. Dabei war sie nie eine Heulsuse gewesen. Und wenn sie mal weinte, was seit dem Verlust ihrer Eltern selten bis nie vorkam, dann war meist eine verrutschte Kontaktlinse schuld daran. Oder die Vorbereitung für eine Zwiebelsuppe. Doch nun heulte sie Rotz und Wasser, während sie las.

»Gestern war der schlimmste Tag in meinem Leben. Die Nachbarn sind ins Gasthaus gekommen und haben alles kaputt geschlagen. Die Krüge, die Teller, die Fenster, die Stühle, sogar die Blumenvasen haben sie auf den Boden geworfen und sind auf den Astern und Goldruten herumgetrampelt. Seitdem hören Papa und Mama nicht mehr auf zu weinen. Und der Hansi hat sich vor lauter Angst in die Hose gemacht. Dabei ist er fast neun.«

Offenbar hatte Karoline die Reichskristallnacht beschrieben, mit ihren zwölf Jahren aber noch nicht verstanden, dass das kein bedauernswerter Einzelfall war, sondern Teil eines menschenfeindlichen Vernichtungsfeldzugs.

Nach diesem Vorfall fehlten die Zettelchen für einige Zeit. Entweder hatte Grandma keine geschrieben, oder sie waren über die Jahre verloren gegangen. Erst für den Februar 1939 fand Jennifer wieder eine Notiz, versehen mit der kindlichen Zeichnung einer geknickten Christrose, die zudem schwarz ausgemalt war: »Alle reden vom Sterben. Aber ich will nicht sterben. Niemand soll sterben, schon gar nicht Papa, Mama oder Hansi.«

Doch nicht einmal zwei Jahre später waren Papa, Mama und Hansi gestorben, und das nicht an Altersschwäche oder einer Grippeepidemie, sondern wegen der Habgier eines vermeintlich netten Nachbarn. Ein privates Verbrechen, vertuscht durch einen politischen Massenmord. Jennifer, die als Anwältin eine brillante Karriere hingelegt hatte, beschlich langsam, aber sicher das Gefühl, bald selbst etwas sehr Unrechtes tun zu müssen.

März 2018, Bad Rosenbrunn, Oberallgäu

Massenmord und Giftanschlag im Thermenhotel weiterhin ungeklärt +++ Giftmischer unverändert auf freiem Fuß +++ Keine Spur vom Schneerosen-Mörder +++ Skandalös: Polizei tappt im Dunkeln, Bevölkerung in Todesangst

Hauptkommissar Schiessl stöhnte. Die Bestuhlung der winzigen Besenkammer, die der Hoteldirektor ihm als provisorisches Büro für seine Vernehmungen zur Verfügung gestellt hatte, stellte seine Bandscheiben auf eine – im wahrsten Sinne des Wortes – sehr harte Probe. Und mit den Menschen erging es ihm auch nicht besser. Vor allem die Zeitungsschreiberlinge brachten ihn an den Rand eines Nervenzusammenbruchs.

Wenn es um die sensationsgierige Berichterstattung gewisser Presseheinis ging, verspürte selbst er zunehmend den Wunsch nach Lynchjustiz oder Todesstrafe. Konnten diese Schmierfinken nicht einfach schweigen, solange es nichts Neues zu berichten gab? Oder sich ans aktuelle Tagesgeschehen halten, wie etwa an den rüstigen Rentner, der bei der Suche nach Bärlauch kürzlich in den Faltenbach gefallen war? Ein tragisches und faktisch leicht nachvollziehbares Unglück. Aber nein. Neben den üblichen Fehlinformationen zum Thema Politik und Wirtschaft ließen diese Nullnummern der Journalistik einfach keine Gelegenheit aus, um die Polizei als untätigen Haufen übergewichtiger Schreibtischtäter mit defizitären Geisteszuständen und handgreiflichen Ermittlungsmethoden darzustellen.

Verärgert warf er die Tageszeitungen in einen der Behälter für Altpapier und nahm erneut die Vernehmungsprotokolle zur Hand, deren Lektüre kaum erfreulicher war.

An Tagen wie diesem bedauerte es der Hauptkommissar zutiefst, sich nie ein echtes Laster zugelegt zu haben. Säufer würden sich angesichts dieser Ansammlung an bösen Unterstellungen, selektiver Vergessenheit und sinnloser Wichtigtuerei entspannt einen hinter die Binde gießen, Raucher zur Zigarettenschachtel greifen und angegraute Hippies sich einen Joint drehen. Ihm blieb nur der Griff zum Bleistift, in den er nun seine Zähne schlug.

Über dreihundert Leute hatten sie mittlerweile befragt, Gäste wie Angestellte, Lieferanten und Dorfbewohner, selbst den Pfarrer auf Herz, Nieren und Weihwasser überprüft, und doch war nicht der geringste verwertbare Hinweis aufgetaucht. Nur zwei Fälle von Steuerhinterziehung und ein absurder Vaterschaftsstreit in der Fleckviehzucht waren ans Licht gekommen, doch das kratzte ihn so wenig wie ein Wimmerl am Arsch der Welt. Nicht einmal der hauseigene Gärtner und Landschaftspfleger des Resorts, der wegen seines profunden Pflanzenwissens ganz oben auf seiner Liste der Verdächtigen stand, hatte etwas zur Aufklärung beitragen können. Ganz im Gegenteil:

»Ja, wissen S', Christrosen hab ich ewig schon nicht mehr gepflanzt, weil man die nicht in Vasen stellen kann. Die machen nämlich, wenn s' blühen, wegen der Pollen so gelbe Flecken auf des Tischtuch, und dann hat mich die Gerli, also die Chefin vom Service, immer ausgschimpft, weil des so schlampig aussehen tät. Und beim Waschen hätten s' die Flecken oft auch nicht rauskriegt, so was Depperts …«

Dabei hatte der Luis offen gelassen, ob er damit den Sauberkeitsfimmel der modernen Leut gemeint hatte oder die Unmöglichkeit, Blütenstaubflecken rückstandslos aus der Weißwäsche zu entfernen.

»Hab ich dann halt statt der Rosen Schnittsalat gepflanzt, der staubt einem nur bei die Ohren raus, aber nicht aufs Tischtuch drauf.«

Somit wusste der Kommissar zwar über den betriebseigenen Waschzwang Bescheid, aber mehr auch nicht. Dass keine Christrosen auf der Anlage wuchsen, bestätigte allerdings auch besagte Gerlinde, der neben der Restaurantleitung auch die optische Aufhübschung des Hotels oblag.

»Der Luis hat die Wahrheit gesagt«, hatte sie zu Protokoll gegeben. »Die Christrosen haben wir schon vor über zehn Jahren von Haus und Hof verbannt, aber nicht nur, weil sie diese lästigen Staubflecken hinterlassen, was Lilien oder Weidenkätzchen im Übrigen auch tun, sondern auch, weil es immer wieder vorgekommen ist, dass Gäste Hautreizungen bekommen haben, weil sie ein paar Blumen gepflückt haben. Vergiftet hat sich allerdings bisher niemand damit.«

Dafür hätte man die brennend scharf schmeckenden Pflanzen auch essen müssen, wusste der Kommissar mittlerweile vom Sohn seines Schwagers, wobei vor allem Samenkapseln und Wurzelstock tödlich sein konnten. Noch vor hundert Jahren hatte man Helleborus-Aufgüsse oder Extrakte sogar noch als lebensbedrohliches Wurmmittel verwendet, wobei die unerwünschten Nebenwirkungen die erhofften Wirkungen bei Weitem übertroffen hatten. Und gegen Geiz und böse Geister, Wahnsinn, Pest, Stuhlverstopfung, Schwangerschaft und Fallsucht sollte das heilige Kraut gleichfalls geholfen haben, hatte der angehende Pharmazeut und Hobby-Botaniker dem staunenden Kommissar erklärt. Wohl ein klassischer Versuch, das Kind mit dem Bade auszuschütten. Doch egal, ob man dem Kraut nun ewiges Leben oder den raschen Tod unterstellte, der Bad Rosenbrunner Giftmischer hatte bestimmt keine medizinischen Versuchsreihen im Sinn gehabt, als er geschätzte zehn Kilo Wurzelpulver in den Thermalwassertank gekippt hatte.

Was Schiessl zu denken gab, war primär die offensichtliche Kaltblütigkeit des Täters, dem die weitreichenden Konsequenzen seines Giftanschlags gänzlich egal gewesen waren. Abhängig von Alter, Konstitution und natürlich der Menge des getrunkenen Heilwassers hatten die Folgen ja von Marathonsitzungen auf dem Klo über Herzrasen, Erregungs- und Erschöpfungszustände bis hin zum Tod durch Atemlähmung gereicht.

Schiessl kaute immer verzweifelter auf seinem Bleistift herum. Der in gewisser Hinsicht recht umweltbewusste Täter schien aber nicht nur skrupellos und botanisch sehr versiert zu sein, er musste auch gewusst haben, dass der Inhalt des Dreihundert-Liter-Thermalwassertanks ausschließlich für die auf Wunsch verabreichten Trinkkuren vorgesehen war. Schließlich standen auf dem Gelände noch ein paar weitere Wasserbassins herum, die jedoch dem Flüssigkeitsaustausch der Schwimmbecken und Whirlpools dienten. Hätte der Unbekannte seine Giftmischung dorthinein geleert, hätte das schlimmstenfalls allgemeine Übelkeit und ein paar mehr oder weniger bösartige Hautausschläge zur Folge gehabt. Der gemeine Resortgast stillte seinen Durst normalerweise ja nicht durch einen kräftigen Schluck vom gut temperierten Badewasser.

Der Mann vom Landeskriminalamt kaute noch immer auf seinem Bleistift herum, als Hugendünkl das zum Ermittlungszimmer umfunktionierte Kabuff betrat.

»Gibt es schon verwertbare Spuren?«, wollte er wissen und nahm vorsichtig auf einem der ausrangierten Stühle Platz.

»Meiner Ansicht nach kommen nur die Bediensteten oder Menschen, die häufig in Kontakt mit dem Resort stehen, also etwa Stammgäste, als Schuldige in Betracht«, erklärte der Kommissar dem Hoteldirektor nach langen gemeinsam verbrachten Schweigeminuten.

Hugendünkl, der mittlerweile aussah wie eine gealterte Kopie seiner selbst, nickte. Keine Spur mehr vom lässigen Casual Chic des besten Herrenausstatters vor Ort, der Inhaber des Thermalresorts schlich eher im Sargtischler-Stil durch die größtenteils verwaisten Räume. »Aber warum? Und vor allem: wer?«, meinte er und seufzte.

Doch darauf wusste auch Schiessl keine Antwort, stand auf und verabschiedete sich mit einem bedauernden Schulterzucken.

Herbert Hugendünkl riskierte beinahe einen gedanklichen Kurzschluss, so intensiv hatte er sich bereits das Gehirn zermartert. Auch der Besuch bei seinem Vater, von dem er eben erst zurückgekommen war, hatte wie erwartet nichts gebracht. Hugendünkl senior war wegen seiner Krankheit alles andere als ein geistiges Naherholungsgebiet, jeder Dialog entwickelte sich binnen Sekunden zu einem absurden Theaterstück.

»Vater, kennst mich noch?«, hatte der Junior gefragt.

»Ja, glaubst vielleicht, ich bin deppert? Ich werd doch noch meinen Lieblingsspezi Karl erkennen. Jetzt pack ma's dann wieder mal und gehen kegeln.«

»Vater, ich bin's, dein Sohn.«

»Eh klar. Heut hab ich Fleischlaiberl ghabt zu Mittag, die waren fein.«

»Bitte, Vater, es ist ganz wichtig. Sag, haben wir Feinde? Leut, die uns wegen irgendwas hassen, die uns umbringen wollen?«

Kurz sah es danach aus, als hätte Hugendünkl senior ein kleines Ende vom Gesprächsfaden erhascht, denn er sah dem Sohn direkt in die Augen, doch dann schweifte sein Blick wieder in unerreichbare Ferne.

»Der Alkohol ist ein schlimmer Feind, erst wiegt er dich in Sicherheit, dann haut er dich um. Jaja, ein schlimmer Feind.«

Es machte einfach keinen Sinn. Die Gehirntätigkeit seines Vaters bestand nur noch aus einer endlosen Serie geistiger Fehlzündungen.

»Pfiat di, Vater, mach's gut, bis zum nächsten Mal«, verabschiedete sich Herbert Hugendünkl, griff nach seinem Mantel und wollte das Zimmer verlassen.

Er hatte die Türe bereits halb geöffnet, da rief sein Vater ihm noch nach: »Den Opa musst fragen, frag den Opa!«

Der Junior machte auf dem Absatz kehrt und eilte zu dem Alten zurück, doch der war erneut in seine Traumwelt abgetaucht.

»Vater, was meinst du damit? Was weiß der Opa? So red doch bitte«, flehte er ihn an, erhielt aber keine Antwort mehr.

Sein Vater hatte bereits die Augen geschlossen und schnarchte vor sich hin.

Zu Hause ließ er das Erlebte Revue passieren und konnte nicht anders, als in Selbstmitleid zu versinken. Noch nicht einmal dieser behördliche Verlustposten Schiessl hatte ihm eine Antwort auf seine Fragen liefern können. Der Mann war immerhin Kriminalbeamter, schien aber auch nur im Schritttempo zu denken.

Dass weder die Urlaubsvertretung des pakistanischen Paketboten noch die wegen eines Schneesturms gestrandete Eisschützenrunde des Rentnerverbands als Täter in Frage kamen, leuchtete ihm auch ganz ohne amtliche Gedankenstütze ein. Niemand trug spontan kiloweise perfekt präpariertes Pflanzengift mit sich herum, um es bei nächstbester Gelegenheit in ein Heilwasserreservoir zu kippen. So eine Tat musste Monate im Voraus geplant werden, um dabei nichts dem Zufall zu überlassen. Wer auch immer seine Gäste ins Krankenhaus und ihn in den Ruin getrieben hatte, musste mit den Gegebenheiten vor Ort so gut vertraut sein, dass er über die Verabreichung von Trinkkuren ebenso Bescheid wusste wie über den Aufbewahrungsort der Schlüssel für das Wasserbassin. Der riesige Tank stand ja nicht mit geöffnetem Deckel und ungesichertem Einfüllstutzen herum. Um sich Zugang zum Thermalwasser zu verschaffen, musste man erst zwei schwere Eisenketten und ein Vorhängeschloss vom Behältnis entfernen.

Der mörderische Giftmischer hatte demnach bestens über die Gewohnheiten des Haustechnikers Bescheid gewusst, denn der bewahrte die Schlüssel in seinem Büro auf, vergaß allerdings des Öfteren, den Raum auch ordnungsgemäß zu verschließen. Letztlich lag seine Kammer ja im hintersten Winkel des zweiten Kellergeschosses, unter den Umkleidekabinen für den Spa- und

Wellnessbereich und hinter den Biomasseheizanlagen. In diesen dunklen, fensterlosen und schlecht durchlüfteten Gang hatte sich bislang nie jemand verirrt, der nicht dort arbeiten musste.

Bis auf den Täter. Er hatte den Weg gefunden, die Schlüssel an sich genommen, das Schloss des Reservoirs geöffnet, den Inhalt vergiftet, alles wieder versperrt, die Schlüssel zurückgebracht und ordnungsgemäß an den richtigen Haken gehängt. Kein Betriebsfremder hätte das bewerkstelligen können. Und kein Kommissar hätte ihm das erklären müssen.

Herbert Hugendünkl zog sich zum dritten Mal an diesem betrüblichen Tag den Mantel über und beschloss, auch noch seinem senilen Großvater einen Besuch abzustatten.

Dezember 2017, Tucson, Arizona

Jennifer stand am Fenster ihres gemütlichen Bungalows und betrachtete die schmucke Christrose, die sie im Gedenken an Grandma erworben hatte. Es war zwar kein wildwüchsiges Exemplar, sondern stammte aus einem Gewächshaus, aber dafür hatte Jenny ihr den schönsten und sonnigsten Platz im ganzen Zimmer eingeräumt. Stellvertretend für ihre verstorbene Oma sozusagen. Zudem verbreitete der Winterblüher ein Minimum an weihnachtlicher Stimmung, denn der Winter im Süden Arizonas hatte wenig mit *white christmas* zu tun.

Doch Jennifer lag ohnedies nichts an diesem kommerziellen Fest, an dem die Geburt von Gottes Sohn gefeiert wurde. Ihre *beloved* Grandma war gestorben, und das zählte weitaus mehr für sie. Jennifer hatte nur wenige Verwandte, der Genpool der Rosenkrantz-Bates war vom Aussterben bedroht. Die Eltern waren tot, die Großeltern auch, und Grandpa hatte ja schon vor über zwanzig Jahren das Zeitliche gesegnet. Was blieb, waren eine Tante in North Carolina, ein Cousin zweiten Grades in Massachusetts und ihre Schwester Lynn, die das exakte Gegenteil von ihr war. Während Jennifer dem sprichwörtlichen Strich in der Landschaft ähnelte, über den man hinwegsah wie über einen verdorrten Grashalm, verkörperte die um zwei Jahre ältere Lynn das blühende Leben. Wohin sie auch kam, hingen die Menschen nach kürzester Zeit an ihren Lippen, buhlten um ihre Aufmerksamkeit und hofierten sie königinnengleich. Kurz gesagt, Lynn hatte alles, was ihr fehlte, Charme, Esprit und Geist, lange Beine, langes Haar und einen üppigen Busen. Jennifer hingegen war das typische Mauerblümchenmodell, farblos und fad; böse Zungen behaupteten sogar, beiger Wandfarbe beim Trocknen zuzusehen wäre immer noch spannender als eine Unterhaltung mit ihr.

Das Einzige, worin die farblose Jenny ihre Schwester übertraf, war ihre Intelligenz. Sie war zwar weder geistreich noch schlagfertig, aber sie hatte ihr Jus-Studium in Bestzeit mit Bestnoten beendet, sich vom Junior Consultant über den Senior Consultant bis zur Abteilungsleiterin der renommierten Anwaltskanzlei Booster & Booster hochgearbeitet und galt als Garant für Zuverlässigkeit, Unfehlbarkeit und Hochgeschwindigkeitsexpertisen. Lynn hatte nicht studiert, nicht einmal die High School beendet, jobbte mal hier, mal dort und sah das Leben als unendliche Abfolge sorgloser Sonntagsspaziergänge. Dennoch hatten die beiden sich gern.

Der Tod von Grandma Carolyn ging jedoch nur Jennifer wirklich nahe. Sie war nach dem Verlust ihrer Eltern bei der Großmutter in Tucson geblieben, ihre Schwester hatte man der Tante in North Carolina anvertraut, weshalb sich die beiden nur sporadisch gesehen hatten. Nun, da sie erwachsen waren, trafen sie sich zwar weitaus öfter, dennoch verspürte Jennifer nicht das geringste Verlangen, Lynn von den grauenvollen Ereignissen, die Grandma in jungen Jahren hatte durchstehen müssen, zu erzählen. Carolyns europäische Vergangenheit ging ihre Schwester nichts an, es würde ein Geheimnis zwischen ihr und Grandma bleiben.

Sie selbst hatte den Inhalt der Mappe des Grauens mittlerweile bis zum bitteren Ende durchgelesen und dabei zwei erstaunliche Erkenntnisse gewonnen. Erstens: Schmerz, Leid und

Schrecken verliehen den Dingen selbst nach Jahrzehnten noch Wirklichkeit. Und zweitens, die weitaus bedeutsamere Einsicht: Sie war gar keine hoffnungslose Emotionsminimalistin, wie Lynn und die wenigen Männer, mit denen sie sich kurzfristig eingelassen hatte, immer behauptet hatten. Sie war sehr wohl zu starken und alles beherrschenden Gefühlen fähig, nämlich zu Hass, Wut und Rachegelüsten. Sie würde Grannys Peiniger oder deren Nachfahren finden und für Gerechtigkeit sorgen, denn nur Feiglinge hofften auf das Jüngste Gericht.

März 2018, Bad Rosenbrunn, Oberallgäu

Herbert Hugendünkl betrachtete seinen Großvater, der seinerseits auf ein Grießnockerl starrte, als würde er dieses appetitlich duftende Objekt zum ersten Mal im Leben sehen. Der Vater Alzheimer, der Großvater dement und ich selbst knapp vor dem Ruin, dachte er in einem Anflug von akutem Selbstmitleid und nahm gegenüber dem uralten Mann Platz. Der Julius-Opapa, wie er ihn früher immer genannt hatte, sezierte die Suppeneinlage mit einer Akribie, als müsste er eine Handgranate entschärfen.

»Grüß dich, Opa.«

…

»Wie geht's dir?«

…

»Gut schaust aus.« Im Unterschied zur früh verstorbenen Großmutter war der Großvater immer sehr eitel gewesen.

…

»Und sonst?«

»Aaarrggghh!« Jetzt hatte der Opa sich an einer Karotte verbrannt, die er mit den Fingern aus der heißen Suppe gefischt hatte.

»Opa, es gibt Leute, die mich vernichten wollen. Und das Thermalhotel in den Ruin treiben. Dein früheres Gasthaus,

Opa.« In der Hoffnung, die Aufmerksamkeit des alten Mannes zu erregen, griff er nach dessen Hand. »Sag, hast du Feinde? Haben wir Feinde? Bitte denk nach.«

Doch der Großvater schien ihn nicht zu hören und zerteilte auch das zweite Grießnockerl mit einem Zahnstocher in mikroskopisch kleine Stücke.

Hugendünkls Blutdruck stieg in immer ungesundere Höhen, während er verzweifelt die Fäuste ballte. Am liebsten hätte er diesen lebendigen Leichnam mit dem Kopf voran in den Suppenteller getaucht, damit zumindest dieser furchtbare wachkomatöse Zustand ein Ende hätte.

Doch als könnte der Greis Gedanken lesen, hob er plötzlich den Kopf und sah ihn an. »Grau steht dir nicht, Bub. Du bist viel zu blass für so eine Farbe, kauf dir besser einen anderen Mantel.«

Offenbar konnte der Alte mittlerweile besser schauen als denken.

Auf einmal hatte Herbert Hugendünkl eine Idee. Er sprang auf, rannte aus dem Zimmer, stürzte zu seinem Auto und raste zum Baumarkt ein paar Straßen weiter. Dort hetzte er in die Gartenabteilung, brüllte einen Verkäufer von der Stehleiter herunter, ließ sich eine Christrose zeigen, ergriff den Topf, eilte zur Kasse, drängelte sich an zwei heftig protestierenden Kunden vorbei, zahlte, sprang ins Auto, raste zurück zum Altenpflegeheim, sprintete den langen Korridor entlang und betrat nach exakt sechzehn Minuten erneut das Zimmer seines Großvaters, der immer noch mit seiner Grießnockerlsuppe beschäftigt war.

Den Tontopf mit der Christrose weit von sich gestreckt, trat Herbert Hugendünkl wieder an den Esstisch des alten Herrn, der gerade den Löffel in die Suppe tunken wollte.

»Opa, kennst du …« Weiter kam er nicht, denn sein Großvater ließ den Löffel fallen, hielt sich erschrocken beide Hände vor den Mund und starrte die Pflanze an wie ein gefährliches Reptil.

»Tu das weg«, stammelte er, »tu das verdammte Zeug weg.« Dann brach der alte Mann unvermittelt in Tränen aus, während er murmelte: »Ich hab s' aber nicht umbracht, ich war das nicht. Ich schwör's, ich hab das nicht gewusst. Ich war ja noch so jung …«

Binnen Sekunden war seine Gesichtsfarbe zu einem beunruhigenden Leichengrau mutiert, während er zitterte wie ein Parkinsonpatient.

»Opa, um Gottes willen, was ist passiert?«, fragte Hugendünkl junior, erhielt aber keine Antwort.

Der Großvater war in seinem Stuhl zusammengesunken und ließ sich durch nichts mehr beruhigen.

Der Hoteldirektor klingelte nach der Schwester, die wiederum nach dem diensthabenden Arzt schickte, der das Häufchen Elend ins Bett verfrachtete, ihm eine Spritze und dem Enkel eine Strafpredigt verpasste. Wie habe er den armen alten Mann nur so aufregen können, er sei schließlich hundertunddrei Jahre alt, ein wahrlich biblisches Alter.

»Aber ich wollte ihm doch nur ein paar Blumen schenken«, verteidigte sich Hugendünkl junior und hielt zum Beweis die Christrose hoch, doch der Blick, mit dem ihn der Arzt bedachte, ließ ihn verstummen. Wortlos entfernte er sich mitsamt dem Unglücksgewächs, das er draußen vor der Tür in den nächsten Biomüllcontainer stopfte.

Zumindest eines konnte er nun mit Bestimmtheit sagen: Der Täter hatte diese giftige Pflanze nicht zufällig gewählt. Und sein Großvater wusste, warum.

»Sie meinen also, es gibt in Ihrer Familiengeschichte ein dunkles Kapitel, das mit Christrosen zu tun hat?« Hauptkommissar Schiessl, den der Hoteldirektor nach seiner Rückkehr aus dem Altenpflegeheim umgehend im Besenkammerlbüro aufgesucht hatte, war zwar nicht wirklich überzeugt, hatte aber leider selbst keine bessere Idee vorzuweisen.

»Glauben Sie mir, der Anblick allein hat meinen Großvater fast das Leben gekostet. Er hat immer nur gebetsmühlenartig wiederholt, dass er sie nicht umgebracht hat, dass er's nicht gewesen ist und dass er nichts gewusst hat. Aber wen und was, hat er leider nicht gesagt.«

Schiessl nickte nachdenklich. Wenn an Hugendünkls Theorie wirklich etwas dran war, hatte der Täter mit der Vergangenheitsbewältigung allerdings sehr lange gewartet, denn im Altenheim, in dem der Großvater schon jahrzehntelang weilte, hatte er bestimmt nicht für Mord und Totschlag gesorgt. Es musste also früher, viel früher passiert sein.

»Haben Sie noch lebende Verwandte, die über eine derart lang zurückliegende Tat informiert sein könnten?«, fragte er.

Hugendünkl schüttelte den Kopf. »Nein, leider gar keine.«

Sekunden verstrichen, in denen beide in trauter Eintracht diese betrübliche Erkenntnis sacken ließen.

»Vielleicht gibt es ja noch Dienstboten oder alten Dorftratsch, Unterlagen oder Fotos, irgendetwas aus der damaligen Zeit«, schlug der Kommissar vor.

Der Resortdirektor überlegte. Was immer in Großvaters Jugend vorgefallen war, lag heute etwa achtzig Jahre zurück. Wer sich daran noch erinnern könnte, müsste demnach selbst an die hundert sein, ein Alter, das so gut wie niemand erreichte. Außer seinem Großvater.

Die Gedanken des Kriminalbeamten schienen in ähnlichen Bahnen zu kreisen, denn auf einmal meinte er: »Vielleicht ist das mit dem Jungbrunneneffekt der Christrosen doch nicht so ganz von der Hand zu weisen. Immerhin ist Ihr Opa steinalt geworden. Und das, obwohl sein Verhältnis zu diesen Blumen offenbar nicht das beste ist.«

Der pflanzenkundige Sohn des Schwagers hatte Schiessl nämlich auch erzählt, dass die Hexen im Mittelalter Helleborus niger in ihre Salben gerührt hätten, um ewige Jugend zu erlangen. Ein Unterfangen, an das selbst Paracelsus geglaubt hatte. Und auch heute noch würde dieses schmucke Hahnenfußgewächs in der Alternativmedizin als Mittel gegen Krebs, Gicht, Rheuma, Herzschwäche und Depressionen hohes Ansehen genießen, was den Kommissar noch mehr erstaunt hatte. Das Zeug war ja nachweislich giftig, um nicht zu sagen tödlich. Aber richtig dosiert schien es tatsächlich ein paar positive Wirkungen zu haben, auch wenn niemand zu sagen wusste, wie der greise Hugendünkl sich diese zunutze gemacht haben könnte.

Der Hoteldirektor nickte. »Möglich ist alles, der Opa ist Jahrgang 1916, der hat zwei Kriege überlebt.«

»Jemand anders offenbar nicht«, erwiderte der Kommissar, der sich gedanklich von der Botanik ab- und erneut dem Fall zugewandt hatte. Wenn das Motiv des aktuellen Giftmords in einem Verbrechen aus der Zeit des Zweiten Weltkriegs zu suchen war, dann gnade ihm Gott, denn seine Vorgesetzten würden bestimmt nicht gnädig sein. Er sah sich bereits dazu verdammt, bis zu seinem Pensionsantritt in alten Archiven verstaubte Akten zu wälzen, aus denen wenig hervorgehen würde, denn damals wollten ja alle von nichts etwas gewusst haben.

Doch Unwissenheit schützt bekanntlich nicht vor Strafe. Und vor Rache auch nicht.

Dezember 2017, Tucson, Arizona

»Oh, that's great, that's just fantastic, oh, thank you soooo much!« Lynn war derart begeistert von Jennifers *christmas present*, dass die Umarmung, mit der sie ihre Schwester bedachte, schon eher in Richtung Schwitzkasten ging. Aber Jenny verspürte keinen Schmerz, ganz im Gegenteil. Auch sie war rundum glücklich. Hätte Lynn ihre großzügige Gabe abgelehnt, wäre ihr genialer Plan von vornherein zum Scheitern verurteilt gewesen.

»Drei Wochen, ich kann's gar nicht glauben, du lädst mich drei ganze Wochen lang nach Europa ein? *That's wonderful, yeah!*« Lynn ließ von ihr ab und strahlte.

»Ach, ich freue mich doch selbst so«, beteuerte Jennifer. »Wir haben bislang viel zu wenig miteinander unternommen, ich hab immer gearbeitet und Grandma versorgt, da ist fürs Leben so wenig Zeit geblieben. Aber ich wollte schon immer mal nach *good old Europe*. London, Paris, Venedig, Meer, Kultur, Shopping und zum Abschluss ein kleiner Wellness-Aufenthalt, das wird uns guttun.«

»Aber das wird dich auch ein Vermögen kosten«, warf Lynn anstandshalber ein.

»*Don't worry, my dear*, ich verdiene mittlerweile genug für uns beide«, beruhigte sie Jenny. Sie hatte sich geschworen, das Schicksal ihrer Großmutter zu rächen, und zwar um *jeden* Preis.

»Ich kann's kaum erwarten! *Europe, we're coming!* Wann soll es denn losgehen?« Lynn umarmte ihre Schwester erneut und begann dann, mit wilden Schritten durch den Raum zu tanzen.

»Ich denke, Mitte Februar ist eine gute Zeit. Da kann ich leichter Urlaub kriegen, auch wenn's drüben noch etwas kühl sein wird. *But who cares*, dann kaufen wir uns einfach richtig klasse Winterklamotten.«

»*Great, great, great.*« Lynn kriegte sich vor Freude fast nicht mehr ein und strahlte wie ein Atommeiler.

Jennifer frohlockte eher innerlich. Überschwängliche Emotionen waren nicht so ihre Art, und ab sofort musste sie ohnedies stets Haltung bewahren. Nichts durfte darauf hinweisen, dass sie diese Reise nicht zum Vergnügen unternahm.

Als Lynn endlich gegangen war, goss sie sich ein Root Beer ein und setzte sich zur Christrose. Nur mit ihr konnte sie ihre Gedanken teilen. Gedanken, die um Rache kreisten, um Rache für ein furchtbares Verbrechen, das Jennifer mittlerweile bis ins Detail rekonstruiert hatte. Ihre Grandma hatte eine glückliche Kindheit gehabt, eine brave, anständige Familie, die sich mit ihrem Gasthaus und der kleinen Landwirtschaft redlich ihren Lebensunterhalt verdient hatte. Dann war der Krieg ausgebrochen und mit ihm der Judenhass. Grandma durfte keine Schule mehr besuchen, im Haus der Eltern hatte ein rasender Pöbel randaliert, das Vieh hatte man ihnen gestohlen und sie zudem jeder Freiheit beraubt. Ihre Eltern durften keine Wirtschaft mehr betreiben, abends das Haus nicht mehr verlassen und keine Besucher empfangen. Als immer mehr Juden zusammengetrieben und in Konzentrationslager verfrachtet wurden, hatten Karolines Eltern ihren gesamten Besitz, die Gastwirtschaft, den Wald und die vier Hektar Grund weit unter Wert an den Nachbarn, einen gewissen Julius Hugendünkl, verkauft, weil er ihnen im Gegenzug versprochen hatte, die beiden Kinder so lange bei sich im alten Kohlenkeller zu verstecken und für deren Sicherheit zu sorgen, bis die Eltern ins Ausland geflohen wären und Karoline und Hansi nachholen könnten. Der Plan war gut gewesen, der Nachbar nicht. Er war umgehend auf ihr Angebot eingegangen, hatte ihnen jede erdenkliche Hilfe zugesagt und sich dadurch den gesamten Besitz der Familie Rosenkrantz für ein Butterbrot unter den Nagel gerissen. Doch bereits zwei Tage später hatte er sein Wort gebrochen und war, flankiert von drei schwer bewaffneten Nazi-Schergen, vor ihrer Haustür gestanden. Lächelnd hatte er zugesehen, wie man die ganze Familie unter Schlägen und Tritten zum Bahnhof getrieben hatte.

»Jetzt hab ich auch Angst«, hatte Grandma im Frühling 1939 auf einen Zettel geschrieben. »Sie haben mich, Mama und Hansi wie Tiere in einen dunklen Waggon gesteckt. Ich krieg kaum Luft, vielleicht, weil keine Luft hier drinnen ist, oder vor lauter Angst. Sehen kann ich auch nichts, aber hören. Hunderte Menschen, die auch Angst haben.«

Der Transport hatte direkt nach Dachau geführt, wo Hansi Monate später an Unterernährung gestorben war und die Mutter erschossen wurde, weil sie Brot für ihren Sohn gestohlen hatte. Der Vater, der zum Arbeitseinsatz in der Flugzeugindustrie ins Lager Kottern-Weidach gebracht worden war, war ebenfalls noch im ersten Kriegsjahr umgekommen. Nur Grandma hatte Vergewaltigungen, Schläge, medizinische Experimente, Hunger, Durst und den Verlust ihrer Familie wie durch ein Wunder überlebt, weil man sie wegen einer schweren Lungenentzündung in eine desolate Baracke des Häftlingslazaretts verlegt und dort vergessen hatte. Bevor auch sie den Hungertod starb, hatten die Alliierten das Lager befreit. Zwei Tage nach Großmutters zwanzigstem Geburtstag. Ihre letzte schriftliche Erinnerung war auf den Herbst 1945 datiert: »Hier gibt es nichts mehr, wofür es sich zu leben lohnt. Keine Familie, keine Heimat.«

Dann war sie nach Amerika emigriert, hatte bald darauf geheiratet, den Namen geändert und ihre Vergangenheit in einer Mappe aus brüchigem Leder begraben. Bis zu ihrem Tod.

April 2018, Bad Rosenbrunn, Oberallgäu

Nie zuvor in der gesamten Geschichte des Bad Rosenbrunner Thermalresorts hatten die Osterfeierlichkeiten derart wenig Platz eingenommen. Keine Gästescharen zogen über die Wiesen auf der Suche nach Ostereiern, blühenden Narzissen oder wärmenden Sonnenstrahlen, die Wellnessliegen waren größtenteils leer, die Gästezimmer auch. Gerade mal zwei Dutzend Urlauber hatten sich von den extrem günstigen Osterschnäppchenpreisen anlocken lassen, und selbst die hielten sich fern von Trinkkuren jeglicher Art. Dabei hatte es seit dem Giftanschlag Anfang März keinen einzigen bedenklichen Vorfall mehr gegeben, doch da der Täter immer noch auf freiem Fuß war, trauten die Touristen dem Frieden nicht. Schließlich könnte der Irre jederzeit wieder zuschlagen. Da half es auch nicht, dass die Wassertanks mittlerweile sogar alarmgesichert waren, jeder einzelne Kochtopf in der Großküche videoüberwacht wurde und Herbert Hugendünkl vier polnische Muskelpakete als Security angestellt hatte. Mit seinem Heilwasser konnte er baden gehen.

»Da trink ich lieber einen Schierlingsbecher«, hatte ein Stammgast gesagt, »dann sterb ich wenigstens philosophisch.« Anschließend hatte er erstmals seit zwanzig Jahren seinen Osteraufenthalt storniert. Und gefühlte dreihundert potenzielle Urlauber waren seinem Beispiel gefolgt.

Hugendünkl blieben nur die Verzweiflung und jede Menge Hass auf seinen Großvater, dessen Geheimnis bislang nur geringfügig gelüftet war. Der Kommissar hatte zwar herausgefunden, dass Julius Hugendünkl, der Sohn bitterarmer Tagelöhner, in sehr jungen Jahren und unter sehr dubiosen Umständen in den Besitz des Gasthofs »Zur Christrose« gekommen war und plötzlich auch über Landbesitz verfügt hatte, als dessen ursprünglicher Eigentümer ein gewisser Hermann Rosenkrantz eingetragen war, doch der hatte das KZ Kottern-Weidach nachweislich ebenso wenig überlebt wie dessen Frau und die beiden Kinder. Die SS-Leute hatten die Sterbefälle im Lager penibelst dokumentiert. Daher endete auch diese Spur im Nichts. Und weitere waren bis heute nicht aufgetaucht.

Dass Karoline gar nicht an ihrer Lungenentzündung gestorben war, ihr Leben vielmehr einem Versehen in der martialischen Buchhaltung der Vernichtungsmaschinerie Hitlers verdankte, konnte Hauptkommissar Schiessl natürlich nicht wissen.

»Da muss der Teufel seine Finger im Spiel gehabt haben«, erklärte er daher nach wochenlanger Ermittlungstätigkeit seinem Vorgesetzten und bereitete sich innerlich schon auf eine Strafversetzung zur Verkehrspolizei vor.

»Da müssen höhere Mächte am Werk gewesen sein«, meinte zeitgleich auch Hugendünkl zu seinem Küchenchef und stellte sich innerlich schon auf eine Karriere als Staubsaugervertreter ein.

März 2018, Bad Rosenbrunn, Oberallgäu

»It's been just wonderful!« Lynn lag ausgestreckt auf einer Wellnessliege im Fünf-Sterne-Thermalresort und blickte verträumt durch die riesige Fensterfront in den Kurpark.

»Sure, just wonderful«, sekundierte Jennifer, die auf der Liege neben ihr lag, allerdings mit geschlossenen Augen. Im Unterschied zu Lynn stand ihr das Highlight dieser Reise ja noch bevor. Venedig, London und Paris waren durchaus nett gewesen, aber deshalb war sie nicht über den großen Teich geflogen und hatte beinahe drei Wochen lang ihre Schwester ertragen, die auf Dauer doch ziemlich nervtötend sein konnte. Doch der Zweck heiligte bekanntlich die Mittel. Und zur Vollendung ihres Plans war sie nun mal auf Lynns umwerfenden Charme und deren

ebenso umwerfende Oberweite angewiesen. Sie musste an die Schlüssel des Bassins kommen, das das Wasser für diese seltsamen Trinkkuren lieferte. Die giftige Helleborus-Mischung hatte sie bereits in London vorbereitet, hatte – als Lynn wieder mal auf Shoppingtour war – einfach ein paar Blumenläden leer gekauft und den Wurzelstock in einem robusten Steinmörser aus Venedig zu feinem Pulver vermahlen. Mörser, Handschuhe und die Überreste der Pflanzen ruhten seitdem in der Themse. Nun fehlte nur noch die günstige Gelegenheit. Und dafür brauchte es Lynn.

Am dritten Tag ihres Aufenthalts war es endlich so weit. Jennifer, die stets mit dem ersten Hahnenschrei aus den Federn kroch, hatte im Badezimmer die Klospülung manipuliert und zur Sicherheit auch noch den Duschkopf ruiniert, indem sie ihn in ein Handtuch gewickelt und einige Male gegen die Fliesen geschlagen hatte. Lynn wusch sich täglich ihr langes, glänzendes Haar, für sie würde ein defekter Brausekopf einer mittleren Katastrophe gleichkommen. Und so war es auch. Nachdem Lynn den Schaden entdeckt und sich lautstark darüber alteriert hatte, rief die stets praktisch veranlagte Jennifer den Haustechniker an, erklärte ihm das Malheur und bat um rasche Abhilfe.

Eine Stunde später erschien der gute Mann auch wirklich und ließ bei Lynns Anblick – ganz wie erhofft – beinahe den Werkzeugkoffer fallen. Dieses Wahnsinnsweib übertraf allein mit ihrer Oberweite sämtliche Masturbationsvorlagen, die er in der untersten Schublade seines Schreibtisches stapelweise hortete. Natürlich werde er den Schaden umgehend und mit dem allergrößten Vergnügen beheben, strahlte er sie an und machte sich ans Werk. Bei sich dachte er, selten eine derartig üppig bemessene erotische Nutzfläche gesehen zu haben. Für diesen Anblick würde er sich ordentlich ins handwerkliche Zeug legen.

Jennifer, die dank ihrer Großmutter ziemlich gut Deutsch sprach, assistierte dem schwitzenden Mann, reichte ihm nacheinander Vierkantschlüssel, Rohrzange und ein Glas Wasser und fragte ihn nebenbei über die Besonderheiten dieser tollen Wellnessanlage aus.

Ihre Schwester klimperte derweil gewohnheitsmäßig mit den Wimpern und erstickte jedes Misstrauen im Keim. Dadurch wusste Jenny schon bald, wofür die Wassertanks genutzt wurden und wo der Techniker sein Büro hatte, in dem die Schlüssel zu den Bassins aufbewahrt wurden. Und weil der gute Mann ständig am Reden war, erzählte er ihr auch noch völlig irrelevante Dinge, etwa dass er Motocrossmaschinen und Krautkrapfen liebe und die Aufrüstung der Biomasseheizung durch Einspeisung von Solarenergie seiner Ansicht nach misslungen sei.

Nicht einmal eine Stunde später funktionierten Dusche und Toilette wieder einwandfrei, und der Techniker verabschiedete sich mit einem schmachtenden Blick Richtung Lynn. Vier Stunden später kehrte er allerdings mit glänzenden Augen und strahlendem Lächeln zurück, denn kurz nach dem Mittagessen hatte Jennifer noch rasch der Fernbedienung für Radio und TV zu einem Tauchgang verholfen, was die sensiblen elektronischen Geräte natürlich nicht unbeschadet überstanden hatten.

Doch kaum hatte der Mann seinen Wiederbelebungsversuch der Fernbedienung begonnen, sprang Jenny panisch auf. Sie habe ihren Badeanzug in der Umkleide vergessen, habe ihn dort neben den Haartrockner gelegt, würde nur ganz kurz weg sein, aber es sei ihr Lieblingsbadekleid, und das müsse sie unbedingt wiederhaben, erklärte sie, griff nach ihrem Rucksack und eilte Richtung Tür. Dem Allroundreparateur war das nur recht, so konnte er allein mit der knackigen Schwester bleiben. Lynn zeigte zwar keinerlei Interesse an einem trauten Beisammensein mit dem stiernackigen Typen, verstand aber die Tragik eines verloren gegangenen Kleidungsstückes.

»Bin gleich zurück, *I'll be back soon!*«, rief Jenny den beiden zu und machte sich eilig auf den Weg. Das Haustechnikbüro lag strategisch günstig unter der Umkleide, wo ihr grüner, am Morgen mit Absicht zurückgelassener Badeanzug unverändert hing.

Sie stieg die Treppe ins zweite Untergeschoss hinab, schlich durch den elend langen Gang zum Büro, nahm zwei Schlüssel vom ordnungsgemäß beschrifteten Schlüsselbrett und querte auf leisen Sohlen das gesamte zweite Untergeschoss bis zu den Tiefgaragen, von wo aus eine enge Feuerleiter noch einen Stock tiefer unter die Erde führte. Dort standen die Wasserbecken. Das zweite von links musste es sein, es war etwas kleiner als die anderen und sah irgendwie gepflegter aus. Sie sperrte die schweren Vorhängeschlösser auf, die den Tankdeckel sicherten, stieß diesen nach oben, entnahm dem Rucksack das Giftpulver und kippte die gesamten zehn Kilo in das Bassin. Damit war ihr Werk vollendet. Der Schaden würde zwar nur den Enkel des Schuldigen treffen, doch letztlich profitierte auch der noch von den Verbrechen seines Großvaters.

Mit leichtem Schritt und euphorischen Gefühlen verschloss Jenny das Becken, rannte zurück ins Büro, hängte den Schlüssel wieder ans Schlüsselbrett und sprintete zu ihrem Zimmer, das – ein Vorteil mehr – im Erdgeschoss lag. Laut schnaufend und mit hochrotem Kopf öffnete sie die Tür.

Lynn schien zwar etwas überrascht, ihre Schwester so außer Atem zu sehen, aber da sie niemals Dinge hinterfragte, die sie nicht direkt betrafen, hatte sie ihre Verwunderung bereits eine Minute später vergessen. Der Haustechniker hingegen war ganz in seine Arbeit und Lynns Anblick vertieft. Er hätte Jennifer auch Stunden später bestimmt nicht vermisst.

»What a wonderful day«, sagte sie bestens gelaunt, als sie abends beim Essen saßen, und prostete Lynn zu.

Ihre Schwester, für die der gesamte Urlaub aus einer Abfolge an wunderschönen Tagen bestanden hatte, nickte zustimmend.

Doch am nächsten Morgen brach die Hölle los, und Jenny konnte das Schauspiel aus der ersten Reihe beobachten – fußfrei sozusagen. Zwar hatte sie, um nicht den geringsten Verdacht zu erregen, auch selbst einen kleinen Schluck ihres mörderischen Gebräus zu sich genommen, war aufgrund der nahezu homöopathischen Menge aber bereits Stunden später aus dem Krankenhaus entlassen worden. Äußerlich litt sie noch ein wenig, innerlich jubilierte sie.

Selbst Lynn, die niemals stilles Wasser trank, fand Gefallen an dem makabren Gänsehautfeeling, wenngleich aus gänzlich anderen Gründen. »*How exciting*«, wiederholte sie unzählige Male und zog sich dreimal täglich um für den Fall, dass ein Reporter sie vor laufender Kamera zu den dramatischen Ereignissen befragen wollte. Insgeheim schien es ihr sogar leidzutun, dass ihr Aufenthalt schon bald zu Ende gehen würde, denn so viel Action hatte sie noch nie erlebt. Und sie mittendrin.

Jennifer hingegen war tiefenentspannt. Die Euphorie war langsam abgeklungen, angenehme Zufriedenheit machte sich breit. *Mission completed*, Großmutter gerächt. Die Zeit bis zu ihrem Heimflug durchlebte sie wie in Trance. Sie sprach wenig, schlief viel und träumte von Grandma Carolyn. Und es waren durchweg schöne Träume.

Ganz im Unterschied zu Herbert Hugendünkl, dessen Traum vom ewiglich florierenden Familienunternehmen acht Monate später zu Ende ging. Voller Schulden und ohne jede Hoffnung musste er den Betrieb endgültig einstellen. Drei Jahre lang verdingte er sich als Servierkraft, Kellner und Paketbote, danach hatte er genug und nahm sich das Leben. Formvollendet mit einem Auszug aus Helleborus niger und einer Prise Schlafmohn. Denn zwei Tröpflein machen rot, zehn Tropfen machen tot.

Christrose, Helleborus niger (sehr giftig)

Perfekt zur Brunnenvergiftung und tödliches Wurmmittel

Dass ausgerechnet die Christrose mit ihrem wahrhaft mörderischen Potenzial in vielen Gegenden nach wie vor als lebensverlängerndes Mittel gebraucht wird, mutet schon etwas eigenwillig an. Andererseits gilt natürlich auch in diesem Fall: Was viel schadet, nützt auch viel. Wie stets eine Frage der Dosierung. Paracelsus etwa war gleich vielen anderen überzeugt, dass diese Pflanze nicht nur als botanischer Jungbrunnen fungiere, sondern auch gegen die fallende Sucht (Epilepsie), gegen Podagra (Gicht) und den Schlag helfe. Damit nicht genug, wurde die Wurzel des Helleborus auch als Medikation von Geisteskrankheiten, Verwirrtheitszuständen und Wahnsinn angewandt. Und weil der »Schaden« in solchen Fällen sozusagen im Kopf lag, wurde die Christrose in Form von Schnupftabak verschrieben. Man konnte sich seine Krankheit dann einfach hinwegniesen, sein Leben allerdings auch, verbunden mit großem Blutverlust aus der Nase. Aufgrund der schweren Kollateralschäden ist die Beimengung der Schwarzen Nieswurz zum Schnupftabak nur in kleinsten Mengen ratsam.

Immerhin sind auch die weniger heilsamen Kräfte der Pflanze bereits seit dem Altertum bekannt. Als Solon 600 vor Christus die Stadt Kirrha belagerte, würzte er deren Brunnen mit Christrosen-Wurzeln, was bei den Bewohnern zu derart heftigen Durchfällen führte, dass sie sich kampflos ergaben. Im vorigen Jahrhundert hingegen starben mehrere Menschen, weil sie Helleborus-Extrakte als Wurmmittel zu sich nahmen. Selbst Selbstmörder griffen gern zu diesem winterharten Kraut. So liest man in Christoph Martin Wielands »Totengesprächen« über den bis in alle Ewigkeiten gequälten Tantalus: »Hätte ich nur gleich einen tüchtigen Schluck Helleborus, ich wollte ihn gewiss nicht verschmähen!« Ein tüchtiger Schluck würde auch gewiss reichen für ein rasches Ende. Denn »zwei Tröpflein machen rot, zehn Tropfen machen tot«, so äußert sich Ludwig Ganghofer in seinem Roman »Der Klosterjäger« über die Schneerose, die Leben und Tod zugleich ist. Die zwei Tropfen Nieswurzsirup für den Friedenstrunk von Harry Potter scheinen also durchaus richtig dosiert.

Info: auch als Schneerose, Schwarze Nieswurz, Eisblume, Feuerwurzel, Helleborinkraut, Teufelskraut, Märzenkaibl und Wolfszahn bezeichnet. Ausdauerndes Hahnenfußgewächs, das mitten im Winter zu blühen beginnt. Mit ledrigen, gezackten Blättern und scheibenförmigen, großen, weißen bis leicht rosaroten hängenden Einzelblüten. Die Pflanze kann über 20 Jahre alt werden und hat schwarze Wurzeln. Blüte: November–April | **Inhaltsstoffe:** Saponine, Alkaloide, Helleborin | **Vergiftungserscheinungen:** Herzklopfen, Schwindel, Atemnot, Durst, langsamer Puls, Pupillenerweiterung, Koliken, Rastlosigkeit, Kammerflimmern, Koma, Tod. Kann auch haut- und schleimhautreizend sein.

Post aus dem Jenseits

September 2018

Der berühmte Botaniker Professor Dr. Rüdiger Bornefeld saß auf seinem mit feinstem Leder bezogenen Lieblingsstuhl von Adolf Loos und las die Morgenzeitung. Im Hintergrund erklang ein Streichquartett von Brahms aus dem Radio, vor ihm stand eine Tasse exquisiter Pu-Erh-Tee und verströmte einen anregenden Duft. Entspannt blätterte der Professor durch das Weltgeschehen. *Tornado in Kuba fordert dreizehn Tote. Amokläufer in Boston, Massachusetts, massakriert halben Kindergarten. Schlammlawine in Peru verschüttet drei Dörfer.* Gelangweilt nippte er an seinem Tee. Immer das Gleiche. Überall nur Chaos.

Dürrekatastrophe in Australien lässt zwanzigtausend Fische verenden. Keine Einigung beim Klimagipfel in Davos. Bombendrohung im ICE nach München. Busunfall in den Tiroler Bergen. Stardirigent Riccardo Muti bricht sich linken Arm.

Das war allerdings wirklich unerfreulich. In nicht einmal fünf Wochen sollte Muti eigentlich bei den Salzburger Festspielen dirigieren. Rüdiger hatte bereits einen Logenplatz für »Don Giovanni« reserviert, der ihn ein kleines Vermögen gekostet hatte. Nicht dass man die Vorstellung nun verschieben musste. Oder Muti durch einen Mann zweiter Wahl ersetzte. Er hatte schließlich nicht 5.274 Euro geopfert, um einem Platzhalter zu applaudieren. Ärgerlich, sehr ärgerlich das Ganze.

Rüdiger legte die Zeitung zur Seite und griff erneut nach seinem Tee. Er konnte es gar nicht leiden, wenn das Schicksal seine Pläne durchkreuzte. Und 5.274 Euro lagen auch bei ihm nicht einfach in der Portokasse herum, das entsprach beinahe einem Monatsgehalt. Nun ja, vielleicht könnte er sich angesichts der Umstände einen Teil der Kosten rückerstatten lassen, sollte Muti nicht persönlich den Taktstock schwingen. Er würde seine

Sekretärin schon mal vorsorglich mit entsprechenden Schritten beauftragen.

Danach begann er, immer noch leicht verstimmt, die Morgenpost zu sortieren, die der Portier stets pünktlich um halb neun auf der Fußmatte vor seiner Wohnungstür deponierte. Da seine erste Vorlesung am Botanischen Institut der Universität Saarbrücken erst gegen Mittag begann, blieb ihm auch dafür noch ausreichend Zeit.

Spendenaufrufe, Einladungen zu Wohltätigkeitsveranstaltungen und Bettelbriefe der Verwandtschaft warf er gleich ungeöffnet in den Papierkorb, die Tagungsunterlagen der fünften Biodiversitätskonferenz sowie eine Anfrage zu einem Vortrag über Neophyten in der Kulturlandschaft legte er sorgfältig zur Seite, um sie später genauer in Augenschein zu nehmen, und das Wochenmagazin der Botanischen Vereinigung zum Schutz seltener Knollen- und Zwiebelpflanzen landete ordnungsgemäß im Zeitungsständer. Rüdiger griff vorfreudig nach einem großformativen Kuvert, in dem bestimmt der Verlagsvertrag für sein neuestes Werk steckte, als er die Ansichtskarte sah. Er riss die Augen auf, das Kuvert entglitt seinen Händen, er schnappte nach Luft, und seine üblicherweise recht gesunde Gesichtsfarbe kippte Richtung Kalkweiß.

Der Professor für Botanik, der im Ruf stand, über Leichen zu gehen, wenn es seiner Karriere zuträglich war, hatte erstmals in seinem Leben Angst. Angst um sein Leben.

»Das muss ein Irrtum sein, ein schrecklicher Irrtum«, murmelte er nahezu lautlos und blickte erneut auf die Karte. Es war eine dieser ältlichen ausgeblichenen Ansichtskarten mit gezacktem Rand und einem Blumenmotiv, wobei die abgebildete Pflanze nicht einmal sonderlich hübsch war. Laien hätten das krautige Gewächs mit den lanzettartigen breiten Blättern und den üppigen schmutzig weißen Blütenrispen durchaus für eine Enzianart halten können, doch er, Professor Bornefeld, wusste es besser. Das hier war Weißer Germer, auch Nieswurz oder Läusekraut genannt. Und Weißer Germer galt als tödliches Gift. Auch das war ihm bestens bekannt.

Rüdiger durchquerte sein Arbeitszimmer, riss das Fenster zum Hof auf und sog die kühle Luft so tief in seine Lungen, als hätte er sich gerade im Apnoetauchen versucht. Schwer atmend bückte er sich zu der riesigen Schefflera, die neben dem Fenster stand, und wühlte kurz im Topf herum. Um seine Putzfrau nicht in Versuchung zu führen, hatte er den Schlüssel zu seinen Schreibtischschubladen im feuchten Erdreich vergraben. Zwar war die ältliche Janka bestimmt nicht an seinen Forschungen über Viruserkrankungen skandinavischer Hochstammgewächse oder gar der Abhandlung mit dem Titel »Anordnung der Kapselfrüchte und Besonderheiten der Bestäubung bei den Alpenheilglöckchen Primula matthioli« interessiert, aber auf den im zweiten Fach verborgenen Chivas Regal hätte sie bestimmt ein Auge geworfen.

Mit zitternden Händen holte der Professor das kostbare Getränk aus seinem Versteck, drehte den Schraubverschluss auf und nahm direkt aus der Flasche einen großen Schluck. Der Whisky brannte höllisch auf nüchternen Magen, aber er half. Rüdiger konnte wieder einigermaßen gleichmäßig atmen. Nach dem zweiten üppigen Schluck gelang es ihm sogar, sich selbst von einem unglaublichen – aber harmlosen – Zufall zu überzeugen. Vielleicht kam dieses Schreiben gar nicht direkt aus der Hölle. Vielleicht war das nur eine nett gemeinte Nachricht von einem seiner Studenten, der nach der erstbesten Karte gegriffen hatte, ohne auch nur zu ahnen, welch tödlichen Bund der Professor mit Veratrum album, dem Weißen Germer, eingegangen war.

Doch Vermutungen brachten Rüdiger jetzt nicht weiter, er brauchte Gewissheit. Und dringend einen dritten Schluck. Erst danach fühlte er sich mutig genug, die Karte mit dem Blumenmotiv umzudrehen.

»Der Germer hat mir alles erzählt«, stand dort in krakeligen Druckbuchstaben geschrieben. »Wir müssen reden! Gerda«.

Das war kein Schreiben eines Studenten, das war sein Todesurteil. Eine Botschaft vom Teufel höchstpersönlich. Erneut setzte Rüdiger die Flasche an seine trockenen Lippen und leerte sie zur Hälfte. In nahezu einem Zug. Um nicht einmal zehn Uhr morgens. Danach sagte er seine Vorlesung wegen akuter Magen-Darm-Beschwerden ab – was nicht einmal gelogen war – und schloss sich in seinem Schlafzimmer ein. Die Flasche Chivas Regal hatte er mitgenommen, die Karte auf dem Schreibtisch liegen lassen.

März–August 1999

»Madame, darf ich vorstellen? Viola kitaibeliana Schult., das Steppen-Veilchen.« Mit diesen Worten überreichte der Student der Botanik und Agrarbiologie Rüdiger Bornefeld seiner Auserwählten ein selbst gepflücktes Steppen-Veilchen.

Gerda, die einzige Tochter von Franz Florian, dem Inhaber des großen Gartencenters an der Bundesstraße, errötete geschmeichelt. Nie zuvor hatte ihr ein derart schmucker junger Mann auf dem Frühlingsball der Gartenfreunde ein Blümchen überreicht. Dass der schmucke junge Mann weniger von ihren optischen Reizen als vielmehr von ihrer lukrativen Abstammung angezogen worden war, das würde Gerda erst sehr viel später begreifen. Als es im Grunde schon zu spät war.

»Vielen Dank, Sie Charmeur«, entgegnete sie und erhob auch keinen Einspruch, als Rüdiger ihr ans Dekolleté fasste, um das fälschlicherweise am Saum ihrer Dirndlbluse platzierte Leberblümchen zu entfernen und durch das Steppen-Veilchen zu ersetzen.

»Es ist mir eine Ehre«, entgegnete der Veilchenkavalier und deutete eine leichte Verbeugung an. Wie stets hatte er das Nützliche perfekt mit dem Angenehmen verbunden, nämlich, Gerda noch einmal auf den Busen starren zu können.

Insgeheim jedoch fragte er sich, wie ausgerechnet die Tochter eines Blumenexperten sich derart in der Pflanze hatte vergreifen können. Immerhin stand der Frühlingsball seit Jahrzehnten unter der symbolischen Hoheit der Veilchen, da waren

Leberblümchen völlig fehl am Platz. Veilchen stellten doch eine eigene Gattung dar, während die blässlichen Leberblümchen zu den Hahnenfußgewächsen zählten. Hätte Gerda wenigstens ein Stiefmütterchen gewählt, das wäre zumindest artverwandt gewesen, aber nein! Bei der jungen Dame bestand wohl einiges an Aufklärungsbedarf, befand Rüdiger. Doch solange sie zumindest die Sache mit den Bienen, den Blumen und idealerweise auch den Finanzen ihres Vaters im Griff hatte, würde er einen Versuch starten.

»›Mein schönes Fräulein, darf ich wagen, meinen Arm und Geleit Ihr anzutragen?‹«, schmachtete er sie mit Goethes Unterstützung an, und Gerdas ohnedies nicht sonderlich heftiger Widerstand gegenüber den Avancen des angehenden Botanikers schmolz dahin. Die Erbin des Gartencenters war gerade erst neunzehn geworden, in jeder Hinsicht eine Spätblüherin und als echtes Landei an einen etwas raueren und eher weniger romantischen Umgangston gewöhnt.

Rüdiger Bornefeld hingegen, der zwar einem armen, dafür aber klassisch gebildeten Elternhaus entstammte und bereits seit vier Jahren in der Großstadt studierte, hatte die Klaviatur der Einschmeicheleien bestens im Griff. Auch bei Gerda wusste er rasch, welche Tasten er zu drücken hatte, um sentimentalen Wohlklang zu erzeugen.

Nach nicht einmal einem halben Jahr erklang bereits der Hochzeitsmarsch von Mendelssohn Bartholdy zur offiziellen Eheschließung. Gerda strahlte vor lauter Freude wie ein Feld voller Sonnenblumen, und selbst ihre Eltern sahen der Zukunft mit dem neuen Schwiegersohn recht wohlwollend entgegen.

»Immerhin ist er vom Fach«, meinte Bibi Florian, kaum hatten die frisch Vermählten ihre Hochzeitsreise angetreten. Sie hätte ihren Augenstern zwar gern noch ein wenig länger im Elternhaus behalten, war aber zufrieden, wähnte sie ihr Kind nun zumindest in sicheren Händen. Gerda hätte sich ja auch in einen Schweinebauern, einen notorischen Stammtischsäufer, einen Langzeittachinierer oder gar einen Pollenallergiker verlieben können – und die hätten ihrem mühsam aufgebauten Unternehmen bestimmt keine Wertschätzung entgegengebracht.

Franz Florian war der faserschmeichlerischen Art Rüdigers zwar weniger erlegen als die Weiber seiner Familie, aber es war ihm auch kein stichhaltiges Argument gegen diese Verbindung eingefallen. Vieles sprach dafür, vieles dagegen. Einerseits traute er Akademikern – und Rüdiger würde bald einer sein – aus Prinzip nicht über den Weg. Die wussten immer alles besser und machten sich selten die Hände schmutzig, was bei einer Großgärtnerei zum überlebensnotwendigen Alltag gehörte. Andererseits gönnte er Gerda ihr Glück. Dass ausgerechnet seine Tochter mit einem attraktiven und offenbar sehr intelligenten Mann angerauscht war, hatte ihn doch einigermaßen überrascht. Er liebte sie über alles, aber ihre inneren Werte übertrafen ihren weiblichen Liebreiz doch um einiges. Gerda war klein und eher pummelig, hatte mausbraunes, schnittlauchglattes Haar und eine etwas überproportionierte Nase. Dafür war sie herzensgut und eine brave Arbeitskraft, wenn sie genaue Anweisungen erhielt. Was ihr an Fachkenntnissen fehlte, machte sie durch Fleiß und Ausdauer locker wett.

»Wenn er dich nur gut behandelt, soll's mir in Gottes Namen recht sein«, hatte also letztlich auch der Vater seinen Segen erteilt.

Und die Sache ließ sich wirklich gut an. Zumindest in den ersten Jahren. Rüdiger beendete sein Studium zeitgerecht, half in den Gewächshäusern mit, behandelte Gerda fürsorglich und liebevoll, trank nicht, rauchte nicht und brachte sich sogar mit ein paar gewinnbringenden Ideen in den Betrieb ein.

»Warum verkaufen wir eigentlich nur Pflanzen?«, hatte er eines Tages gefragt. »Fast die Hälfte unserer Kunden hat einen Garten, da würde es doch Sinn machen, ihnen auch die passenden Gartengeräte zu verkaufen.« Nach längerer Diskussion wurden also exklusive rostfreie Sichelhacken, Handeggen, Rosengabeln, Sauzähne und sogar mehrere Hori-Hori ins Sortiment aufgenommen. Die Kunden waren begeistert. Der Umsatz stieg.

Aber auch Rüdigers Frustpegel stieg. Die Aufgaben, die eine Gärtnerei mit sich brachte, entsprachen nicht so recht seinen Vorstellungen. Kopfarbeit lag ihm halt weitaus mehr als Handarbeit. Daher beschloss er, als die Zeit des mühsamen und monotonen Pikierens nahte, erneut sein Studium aufzunehmen und die Doktorwürde anzustreben. Als Dissertationsthema verschrieb er sich der Forschung über das Verhältnis von rotschopfigen Sandbienen zu Kesselfallenblumen unter besonderer Berücksichtigung des Gelben Frauenschuhs. Ein weites Feld, das nahezu seiner gesamten Energie bedurfte, um wissenschaftlich beackert zu werden. Für Gartenbau und Gerda blieb beruhigenderweise kaum noch Zeit.

»Gut Ding braucht leider Weile, mein Schatz«, bekam die Ehefrau ein ums andere Mal zu hören, wenn ihr die Lust wieder einmal nach mehr als nur lauwarmen Umarmungen stand. Aber Gerda hielt tapfer durch, arbeitete ihren Frust an den Anzuchtbeeten ab, und dreizehn Monate später beendete Rüdiger sein Werk mit Glanz und Gloria und promovierte sub auspiciis.

Doch die Leidenschaft für den Gelben Frauenschuh verließ ihn auch als Dr. rer. nat. nicht. Immer mehr Zeit widmete er dieser wilden Orchideenart, immer seltener kümmerte er sich um sein Familienleben. Oder um das schwiegerelterliche Unternehmen. Das Eheleben war ihm zu anstrengend, die Arbeit in der Gärtnerei zu schweißtreibend. Doch bevor ihm seine Schwiegereltern die Rute ins Fenster stellen konnten, gelang ihm ein absolut genialer Coup, der nicht nur den betrieblichen Bilanzen zu schwarzen Zahlen verhalf, sondern Rüdiger auch einen Job als Assistenzprofessor an der Universität einbrachte. Dem jungen Wissenschaftler war tatsächlich die Domestizierung des Cypripedium calceolus gelungen. Nie zuvor hatte es jemand geschafft, den Gelb-Frauenschuh in häusliche Verhältnisse zu zwängen. Und er, Dr. rer. nat. Rüdiger Bornemann, hatte die Orchidee sogar in einem Blumentopf zum Blühen gebracht, eine botanische Sensation, die für internationales Aufsehen sorgte und die Kassen des Gartencenters ordentlich klingeln ließ. Selbst Gerda versöhnte sich mit ihrem genialen Gatten, als er sie mit einem in Gold gefassten herzförmigen Rubinring, liebevollen Blicken und der Aussicht auf einen baldigen Kuschelurlaub zu zweit überraschte.

»Rüdiger, oh mein Gott, wie wunderbar. Der ist ja traumhaft schön«, säuselte sie verzückt und steckte sich den Ring gleich an. »Dann lass uns bald nach Capri fahren, da wollte ich immer schon hin, mein ganzes Leben lang, und dort ein Kind machen.« Nach wie vor über beide Ohren verliebt, hatte sie ihn arglos angestrahlt – und er hatte feig zurückgelächelt.

September 2018

Der Professor konnte sich noch gut an diesen Tag erinnern. Und an die schreckliche Reise, die auf ihn folgte. Leider war er Konfrontationen zeit seines Lebens aus dem Weg gegangen, statt Klartext zu reden. Hätte er damals einfach die Scheidung verlangt, wäre er heute auf der sicheren Seite. Ärmer zwar und ohne prosperierende akademische Laufbahn, aber dafür auch nicht kurz vor dem Abgrund. Erneut griff er zur Whiskyflasche. Schon die Erinnerung an seine Frau lag ihm schwer im Magen, beim Gedanken an ihre bösartige Botschaft aus dem Jenseits jedoch riskierte er ein multiples Organversagen. Denn Gerda hatte ihm bestimmt keine Ansichtskarte geschrieben. Gerda konnte gar nicht mehr schreiben. Oder Postkarten mit Blumenmotiven verschicken. Er hatte Gerda bereits vor drei Jahren umgebracht.

August 2006

»Ke pello«, trillerte Gerda alle hundert Meter, kaum hatten sie die amalfitanische Küste erreicht.

Rüdiger hatte es längst aufgegeben, ihre schrecklich teutonische Aussprache zu korrigieren. Er störte sich ohnedies täglich mehr am intellektuellen Brachland seiner Gattin, während sein Interesse an ihren üppigen Kurven in gleichem Maß schwand. Erotik war halt doch reine Kopfsache.

Gerda allerdings bemerkte die zunehmende Zurückhaltung ihres Mannes nicht. Sie war hin- und hergerissen von der sonnigen Schönheit des Landstrichs und ihren rosaroten Zukunftsvisionen, die endlich eintreffen sollten.

Immerhin waren sie seit über sieben Jahren verheiratet, doch der von ihr innig erhoffte Nachwuchs hatte sich immer noch nicht eingestellt, weil Rüdiger auf der Verwendung von Präservativen beharrt hatte.

»Das musst du verstehen, Schatz, solange ich studiere, fehlt mir einfach die Zeit für die Vaterschaft«, hatte er ihr anfangs erklärt. »Ich möchte ja auch da sein und Zeit haben für mein Kind. Lass uns besser noch etwas warten.«

Und Gerda hatte gewartet. Doch nach dem Studium war die Sache mit dem Frauenschuh gekommen und dann auch noch Rüdigers Habilitation, was weitere vier Jahre in Anspruch genommen hatte. Aber nun war auch diese Hürde genommen, und Gerda sah wirklich keinen Hinderungsgrund mehr für eine Schwangerschaft. Das Gartencenter florierte im wahrsten Sinne des Wortes, das gemeinsame Haus war längst gebaut, und ihr Mann hatte einen gut dotierten Job an der Uni, wozu also noch länger warten?

Doch so exakt sie ihren Eisprungkalender auch führte und sooft sie Rüdiger an die Wäsche ging, sie wurde einfach nicht schwanger. Und das, obwohl sie ihrem Mann mittlerweile strengstes Kondomverbot auferlegt hatte, was er sogar einhielt. Es war also völlig unerklärlich.

Nicht einmal der äußerst bemühte Frauenarzt hatte eine Erklärung dafür gefunden. »An Ihnen kann es nicht liegen, Frau Bornefeld-Florian«, hatte er ihr versichert. »Alle Werte top, keinerlei pathologische Veränderungen im Gebärmutterbereich oder den Eierstöcken, keine hormonellen Auffälligkeiten, nichts. Sie sind kerngesund und im besten gebärfähigen Alter.«

Der Mediziner hatte ihr geraten, ihren Mann zu einer Untersuchung zu schicken, doch wie sich rasch herausstellte, war auch Rüdiger rundum gesund und zeugungsfähig.

Alle standen vor einem Rätsel. Bis auf Rüdiger. Doch der schwieg. Seit einiger Zeit schon wendete er sein Wissen um die schädlichen Schattenseiten schöner Gewächse auch praktisch an – für den Hausgebrauch sozusagen –, indem er seiner Frau täglich eine Mischung aus Arnika- und Diptamtropfen in den Tee kippte. Die empfängnisverhütende beziehungsweise abtreibende Wirkung der beiden Gewächse war seit Jahrhunderten bekannt. Schon Plinius hatte kurz nach Christus eindringlich davor gewarnt, einer Schwangeren Dictamnus albus – auch Pfefferkraut genannt – nur aufs Bett zu legen, um das Kindswohl nicht zu gefährden. Und die gelben Bergdotterblumen waren noch effizienter. Etwas zu viel vom Extrakt, etwas zu wenig Fingerspitzengefühl bei der Dosierung und schon wäre auch die werdende Mutter gestorben. Doch Rüdiger dachte nicht an Mord. Noch nicht.

September 2018

Drei Tage verbrachte der Professor nahezu besinnungslos im Bett, bevor er sich aufraffen konnte, zumindest den Anschein von Alltäglichkeit zu wahren. Er nahm seine Vorlesungstätigkeit wieder auf, frequentierte den Club, um mit Kollegen den aktuellen Stand der Forschung zu diskutieren, und spazierte abends wieder durch den Botanischen Garten, auch wenn er kein Auge mehr für die Schönheiten der Natur besaß. Er war in derart besorgniserregende Gedanken versunken, dass er nicht einmal eine blühende Titanwurz bemerkt hätte.

Sein Leben kreiste nur noch um eine einzige Frage: Wer hatte ihm die Karte geschickt? Denn wer auch immer das gewesen war, wusste, dass Gerda am Gift des Weißen Germer gestorben war. Doch damals, als er die Tat begangen hatte, hatte niemand, nicht einmal der untersuchende Arzt, den geringsten Verdacht auf Fremdverschulden geäußert. Und das war nun doch schon über drei Jahre her.

Dennoch gab es ganz offensichtlich einen Mitwisser, der entweder auf Rache sann oder eine lukrative Erpressung anstrebte. Warum derjenige sich allerdings so lange Zeit damit gelassen hatte, konnte der Professor sich nicht erklären.

Allerdings musste er seine quälenden Gedanken noch zwei unvorstellbar beängstigende Wochen ertragen, bis er erneut eine Karte erhielt. Diesmal mit einer hübschen Alpenlandschaft vorne drauf. Rüdiger verfiel in Schnappatmung. Das Foto zeigte nicht irgendein Dorf mit Bergen und Bäumen rundum, sondern Heiligenblut im Nationalpark Hohe Tauern. Genau dort hatte er Gerda damals umgebracht. Mit zitternden Händen drehte er die Karte um. Der Moment der Wahrheit schien gekommen. Und wegen seiner eigenen Vergesslichkeit musste er ihn auch noch durchleben, ohne sich Mut antrinken zu können, denn er hatte seine hochprozentigen Vorräte mittlerweile bis auf den letzten Tropfen geleert, aber keine neuen angelegt.

»Wir sollten uns treffen. Sonntag, 19 Uhr, hinter dem alten Rathaus im Stadtpark. Gerda«.

Der Professor rang immer stärker um Luft. Nur Satan höchstpersönlich konnte für dieses Rendezvous mit einer Leiche verantwortlich sein. Dennoch würde er hingehen müssen.

Wenigstens hatte er noch fast vier Tage Zeit, um sich auf das Treffen vorzubereiten. Allein er wusste nicht, wie. Zum nahezu ersten Mal in seinem Leben schien sein Denkapparat in eine Art Energiesparmodus gefallen zu sein. Es wollte ihm einfach keine Idee kommen, wie er dem Racheengel – oder dem Erpresser – gegenübertreten sollte. Er konnte ja nicht die Polizei informieren. Oder sich auf dem Schwarzmarkt, von dem er nicht einmal wusste, wo genau er sich befand, schnell eine Waffe besorgen.

Aber er wusste, sein Leben war keinen Cent mehr wert,

sollte der Mord ans Licht kommen. Von seiner aufstrebenden akademischen Karriere ganz zu schweigen.

Gerade erst hatte er sich für den Posten der Institutsleitung beworben, der im kommenden Jahr vakant werden würde, und geheimen Quellen zufolge standen seine Chancen ausgezeichnet. Nur ein ehemaliger Kollege namens Krenz oder Kranz, er konnte sich nicht mehr genau erinnern, der seines Wissens seit Jahren Sagopalmen und Schraubenbäume im Sumpfland von Papua-Neuguinea erforschte, könnte eine echte Gefahr für ihn werden.

Dabei hatte man ewig nichts mehr von dem Typ gehört; angeblich litt er an irgendeiner mysteriösen Dschungelkrankheit, aber so, wie es aussah, musste er genesen und wieder nach Deutschland zurückgekehrt sein. Sonst hätte er sich schließlich nicht wie er um den renommierten Posten der Institutsleitung bewerben können. Und wenn Krenz – oder Kranz – tatsächlich die bislang nahezu unerforschte Welt der Sumpfpflanzen auf diesem asiatischen Eiland wissenschaftlich dokumentiert hatte, würden seine Chancen verdammt gut stehen. Zumindest ähnlich gut wie Rüdigers. Er hatte mit seiner neuen, nahezu bahnbrechenden Studie über Pigmentschäden bei Erdrauchgewächsen zwar für großes Aufsehen in der Fachwelt gesorgt, doch Krenz-Kranz könnte seinem Ruhm gefährlich werden.

Seltsam, dass ihm dessen exakter Name nicht mehr einfallen wollte, und das, obwohl sie zusammen studiert und ihre wissenschaftliche Karriere gemeinsam begonnen hatten. Zwar hatten sie nie wirklich Freundschaft geschlossen, Krenz oder Kranz war immer recht undurchschaubar und einzelgängerisch gewesen, aber doch einige Jahre zusammen im Hörsaal und in der Mensa verbracht. Gut ausgesehen hatte er, das wusste der Professor noch, und seine leise, metallisch klingende Stimme hatte er auch noch im Ohr. Nun wollte ihm der ehemalige Kommilitone also den begehrten Posten der Institutsleitung streitig machen, was Rüdiger gar nicht gefiel.

Dennoch verursachte ihm dieser unerwartet aufgetauchte

Konkurrent nicht so viele schlaflose Nächte wie Gerdas Auferstehung.

Juni 2015

So konnte es nicht weitergehen, befand Rüdiger erschöpft. Und damit meinte er nicht diesen vermaledeiten Saumpfad, der sich auf einmal zwischen Kuhweiden, Geröllhalden und einem gesperrten Erdrutschgebiet verlor, sondern seine Ehefrau.

Da sie – dank seiner zuverlässigen naturnahen Empfängnisverhütung – nach wie vor kein Kind bemuttern konnte, hatte sie ihn zum Opfer ihrer fürsorglichen Anwandlungen auserkoren. Für seine Kollegen war er bereits zur Lachnummer mutiert, weil sie in regelmäßigen Abständen mit einem Picknickkorb oder selbst gebackenem Kuchen im Institut erschien.

»Unterlass das bitte«, hatte er sie wiederholte Male angefleht, »du machst mich damit nur zum Gespött der Leute.«

Aber Gerda verstand nicht, warum eine Frau sich nicht um das leibliche Wohl ihres Gatten sorgen durfte. Manchmal, wenn das Wetter besonders launisch war und sie sich gerade in der Stadt aufhielt, brachte sie ihm sogar Schirm oder Schal an den Arbeitsplatz. Und weil das Weib ein ganz furchtbares Plappermaul besaß, fing sie mit jedem, der ihr zufällig über den Weg lief, ein Gespräch an. Was Rüdiger mindestens ebenso unangenehm war. Dann erzählte sie arglos von den Mulchbeeten für den Kopfsalat oder der Nachfrage nach Süßkartoffeln, von seiner Veranlagung zu Hühneraugen und ihrer Liebe zu Helene Fischer.

Es war einfach blamabel. Und natürlich ganz unter seiner akademischen Würde. Eine Großgärtnerei war das Proletariat der Botanik, erst die Forschung erhob ein Gewächs in den Adelsstand. Dummerweise brauchte er das Geld, das Schnittsalate, Polsterstauden, Balkonblumen, Anzuchterde und natürlich seine topftauglichen Frauenschuhe abwarfen, um sein neues Forschungsprojekt zu finanzieren.

Er hatte sich vorgenommen, mit seiner Frau darüber zu reden, solange sie in Österreich im Urlaub waren. Die bergige Abgeschiedenheit dieses wildwüchsigen Kärntner Landstrichs schien ihm ideal für schwierige Gespräche. Gerda liebte ihn zwar über alles, aber die Liebe zu wissenschaftlichen Studien ging ihr gänzlich ab. Da musste er die Gunst der gefühlvollen Stunde nutzen, um weniger ihr Herz als vielmehr ihre Brieftasche zu erweichen. Und das würde nirgendwo besser funktionieren als hier, denn im Unterschied zu ihm war Gerda von dieser unwegsamen Landschaft ganz begeistert. Die Aussicht auf die Berge fand er ja auch ganz nett, aber so einen anstrengenden Aufstieg wie den am Vortag wollte er sich kein zweites Mal antun, weshalb sie nun eher unterhalb der Baumgrenze herumstreiften. Doch auch hier lag Romantikduft in der Luft. Die Vöglein zwitscherten das Blaue vom Himmel herab, während er und Gerda händchenhaltend über blühende Almen und durch schattige Wälder wanderten. Mittags legten sie an einem lauschigen Gebirgssee eine Rast ein, und Rüdiger öffnete den Rucksack, den er morgens im Bauernladen liebevoll befüllt hatte. Sogar an Kristallgläser und eine gute Flasche Wein hatte er gedacht. Zärtlich drückte er seiner Angetrauten einen Kuss auf die Lippen und prostete ihr zu.

»Meine Liebste, ich wollte, wir könnten hier Wurzeln schlagen, nur du und ich und die friedliche Natur«, hob er an und liebkoste Gerdas Arm.

Schmachtend blickte sie ihn an und nippte verhalten an ihrem Weinglas.

»Aber nichts währt ewig, außer unserer Liebe natürlich«, säuselte er.

Gerda nickte.

»Bald werden wir wieder zu Hause sein, wo die Arbeit bereits auf uns wartet.«

Gerda nickte erneut und griff nach einer Scheibe Schwarzbrot und etwas Speck.

»Und weil wir grad beim Thema Arbeit sind, muss ich dir unbedingt etwas erzählen.«

Interessiert blickte sie ihn an.

»Stell dir vor, ich hab vor gar nicht langer Zeit eine unglaubliche Entdeckung gemacht. Also, genau genommen bin ich einer wissenschaftlichen Sensation auf der Spur, die alle bisherigen Theorien zur Pigmentierung von Rainfarn und Färberkamillen revolutionieren könnte.«

Er nahm einen großen Schluck Wein. Da seine Gattin zur Gattung intellektueller Flachwurzler zählte, tat sich Rüdiger immer sehr schwer, ihr seine tief greifenden Gedanken einigermaßen verständlich nahezubringen.

»Eine Entdeckung, die mich nicht nur zu einem der wohl angesehensten Wissenschaftler des Landes machen würde, sondern aus der wir langfristig gesehen auch enorme finanzielle Gewinne ziehen könnten.«

»Das hört sich ja toll an«, erwiderte Gerda und nahm erneut eine homöopathische Dosis Wein zu sich. »Da haben wir ja bald so einiges zu feiern.«

Als ob ihr näher rückender Hochzeitstag ein Grund zum Feiern wäre, dachte Rüdiger.

Laut aber meinte er: »Das Einzige, was meinem Pigmentierungsprojekt jetzt noch fehlt, sind diverse Versuchsreihen, um spontane Mutationen und sonstige Fehlerquellen auszuschließen. Und«, er strahlte seine Frau an, »ich würde noch eine kleine Finanzierungshilfe brauchen.«

»Wie meinst du das?«

»Nun ja, zweihunderttausend Euro würden schon sehr viel helfen. Das können wir uns beim derzeitigen Umsatz doch sicher leisten.«

Nach dem tragischen Unfalltod von Gerdas recht großzügigen Eltern im Vorjahr war der Betrieb an seine Frau übergegangen. Nur sie hatte es in der Hand, den Geldhahn nach Belieben auf- oder zuzudrehen. Rüdiger blieben nur die Einnahmen aus dem Verkauf seiner Frauenschuhzüchtung. Und natürlich sein Professorengehalt. Doch so begeistert Menschen und Medien auch von seinem Zuchtexperiment waren, das große Geld brachten immer noch Salate und Stauden ein.

»Zweihunderttausend Euro?« Nun strahlte Gerda nicht mehr.

»Ja, so in etwa. Aber auch wenn dir das jetzt viel vorkommt, du wirst es zehnfach zurückbekommen.«

»Nein.«

»Wie, nein?«

»Ich meine, dass wir uns derzeit keine so großen Ausgaben leisten können.«

»Aber Gerda, das ist doch ein Klacks für die Betriebsbilanz.«

»Leider nicht. Seit der neue Baumarkt auch Pflanzen im Sortiment hat, gehen unsere Einnahmen zurück. Außerdem müssen wir jetzt sowieso zu sparen beginnen«, erneut strahlte sie ihn an, »denn ich bin schwanger.«

Damit hatte Rüdiger nicht gerechnet. Fast fünfzehn Jahre hatte seine Arnika-Diptam-Essenz doch bestens funktioniert. Klar, Gerda hatte immer wieder mal unter extrem starken Menstruationsblutungen mit üblen Bauchkrämpfen gelitten, aber sonst war nichts passiert. Frauen waren ja bekanntlich hart im Nehmen.

»Waaas bist du?«

»Schwanger, Liebling, ich bin schwanger. Ich hab dir doch gesagt, es gibt was zu feiern. Nun schau nicht so entsetzt, freu dich lieber.«

»Und wie ich mich freue. Das ist nur so völlig überraschend für mich«, versuchte er, seine Wut zu überspielen, und fiel ihr, um seinen entsetzten Gesichtsausdruck zu verbergen, leidenschaftlich um den Hals. Erwürgen hätte er sie können. Sein Kind war seine Forschung, und dafür brauchte er Ruhe und Geld.

Der Heimweg verlief eher schweigend, Gerda träumte vom Mutterglück, Rüdiger von Mord und Totschlag.

An diesem Abend fielen beide erschöpft ins Bett.

Der nächste Tag, es sollte Gerdas letzter werden, war dennoch sonnig und schön. Erneut spazierten sie durch Wälder und über blühende Almwiesen, hielten Händchen, lauschten den Vögeln und legten am Ufer eines rauschenden Wildbachs eine Rast ein. Auch diesmal hatte Rüdiger für das leibliche Wohl gesorgt, das noch üppiger als am Vortag ausfiel. Beim letzten gemeinsamen Mittagsmahl wollte er sich nicht lumpen lassen.

Beide aßen mit großem Appetit, wenngleich aus unterschiedlichen Gründen. Und beide waren in bester Stimmung, aus gleichfalls unterschiedlichen Gründen. Gerda zählte in Gedanken bereits die Stunden zur Niederkunft, Rüdiger die bis zum Ableben seiner Frau. Lange würde er sich ohnedies nicht mehr gedulden müssen, denn der saftige Streuselkuchen, den er ihr zum Dessert kredenzt hatte, enthielt nicht nur Eier und Schmalz, Zucker und Salz, sondern auch vier Gramm Wurzelpulver des Weißen Germer. Und das war schon ab zwei Gramm tödlich. Aber diesmal wollte Rüdiger auf Nummer sicher gehen. Er konnte sich keine zeitraubenden Versuchsreihen mehr leisten. Durch die langjährige Verabreichung der Arnika-Diptam-Tinktur im täglichen Morgen- und Abendtee hatte sein verhasstes Eheweib ja offenbar schon eine gewisse Toleranz gegenüber Pflanzengiften entwickelt.

Aber Gerda zerstreute all seine Bedenken, indem sie gleich drei Stück vom Streuselkuchen aß, so als wollte sie ihm einen letzten großen Liebesbeweis liefern. Danach wollte sie zu Verdauungszwecken noch etwas weiterwandern, doch Rüdiger hielt sie fürsorglich zurück.

»Liebstes, als zukünftige Mutter musst du ab sofort auf deinen Körper achten und jede Anstrengung vermeiden. Du legst dich jetzt ein wenig hin und ruhst dich aus. Das ist ein Befehl.« Lächelnd drückte er ihr einen dicken Kuss auf die Lippen und drängte sie sanft in die Horizontale, wo er bereits – mehr vordenn fürsorglich – eine weiche Decke auf dem Waldboden ausgebreitet hatte. Veratrum album wirkte binnen kurzer Zeit. Und während des Todeskampfes konnte er keine Zeugen gebrauchen.

Er hatte das menschenleere Waldstück direkt am Bach, der wegen der Schneeschmelze zu einem reißenden Gewässer angeschwollen war, ja durchaus mit gutem Grund aufgesucht. Hier würde nichts und niemand sein Vorhaben stören. Zumindest hoffte er das.

Nach einer knappen Stunde, Gerda war ein wenig eingenickt, begannen die Steroidalkaloide der Brechwurz ihr tödliches Werk. Um eine ausreichend hohe Toxizität der Pflanze zu gewährleisten, war Rüdiger bereits vor dem ersten Hahnenschrei zu den Flussauen drunten im Tal gewandert. Schließlich verloren die tödlichen Alkaloide der Pflanze mit zunehmender Höhenlage an Gefährlichkeit. Ein morgensportlicher Ausflug, der sich nun bezahlt machte.

Sein Weib klagte über ein schreckliches Brennen im Mund, verspürte Angstzustände und eine – selbst für eine Schwangerschaft im Anfangsstadium – ungewöhnlich heftige Übelkeit. Am ganzen Körper zitternd, versuchte sie, auf die Beine zu kommen, was ihr aber nur mit Rüdigers tatkräftiger Unterstützung gelang.

»Isch hab so ein Durscht«, nuschelte sie mit schwerem Zungenschlag. Vergiftungen mit diesem bösen Gewächs verursachten oftmals schlimme Sprachstörungen und Artikulationsprobleme. Angeblich war diesem einstigen Bestandteil des Schnupftabaks sogar Alexander der Große erlegen. Ganz zu schweigen von den tödlichen Verwechslungen, wenn unbedarfte Schnapsbrenner statt zu Enzian zu Germer gegriffen hatten.

»Durscht«, stöhnte Gerda nun erneut, und Rüdiger, der bei einem vorgetäuschten Ungeschick die Wasserflasche umgestoßen hatte, ergriff ihren Arm, um sie zum nahe gelegenen Wildbach zu führen. Zuvor aber zwang er sie, einen großen Schluck vom Schnaps zu nehmen, der gleichfalls Teil seines mörderischen Plans war.

»Der ist am besten gegen Übelkeit, glaub mir, mein Schatz«, versicherte er ihr und drängte ihr gleich noch einen Schluck auf.

Schwankend erreichten sie nach einer gefühlten Ewigkeit die Böschung des Gebirgsbachs. »Hier kannst du deinen Durst stillen, mein armer Schatz, ich halte dich schon«, sprach er ihr beruhigend zu, während sie das steile, rutschige Ufer hinabstiegen. Halb strauchelte sie, halb schubste er sie, und kaum waren sie am Ufer angelangt, stieß Rüdiger seine Frau unbarmherzig in den Bach.

Gerda fehlte die Kraft, um Widerstand zu leisten. Selbst als der Mörder ihr den Kopf unter Wasser drückte, konnte sie nichts tun, außer gegen den Schmerz und die Todesangst anzuschreien. Was zur Folge hatte, dass ein eiskalter Schwall Gletscherwasser direkt in ihre Lungen drang. Und gleich darauf noch einer und noch einer, bis sie schließlich tot war.

Rüdiger atmete auf. Es war vollbracht. Rasch warf er noch sein Handy in hohem Bogen ins Wasser und tauchte selbst ein paarmal tief in die Fluten, um gänzlich durchnässt zu sein, was seiner Geschichte die nötige Glaubwürdigkeit verleihen würde. Erst als seine Kleidung aus allen Fasern troff, ergriff er den Leichnam seiner Frau und schleppte ihn hundert Meter flussaufwärts. Dort war das Ufer dicht bewachsen und kaum zugänglich. Und genau dort zwängte er sich mit seiner Last an sperrigem Treibholz vorbei, schrammte durch dornige Brombeerbüsche, bückte sich unter ausladenden Fichtenästen hindurch und erreichte, nass, zerkratzt und blutig, erneut den kleinen Waldweg, wo er die Tote auf den Boden bettete. Dann verlegte er ihren Picknickplatz Richtung Tatort und begann, laut um Hilfe zu rufen.

Aber niemand kam. Der Professor musste fast eine halbe Stunde querfeldein laufen, bis er auf einer kleinen Waldlichtung endlich auf Menschen stieß. Dort stand eine kleine Gruppe rüstiger Rentner und fotografierte unter andächtigen »Aaahs« und »Ooohs« das Großglocknermassiv. Als sie seiner ansichtig wurden, verwandelten sich ihre staunenden Ausrufe in entsetzte Aufschreie. Rüdiger sah wohl aus wie eine Wasserleiche, was natürlich ganz in seinem Sinn war.

»Bitte helfen Sie mir«, flehte er die Pensionisten an. »Meine Frau ist …« Dann brach er in Tränen aus.

Zum Glück für ihn befand sich ein Arzt in der Gruppe, der den frischgebackenen Witwer zu Gerda zurückbegleitete und auf seinem Handy sogleich Bergrettung, Polizei und Notarzt alarmierte. Der Mediziner im Ruhestand konnte allerdings nur noch den Tod der Frau feststellen.

Kurz darauf trafen auch schon Polizei und Bergrettung ein.

Der Notarzt kam etwas später und gelangte zeitgleich mit der neugierigen Rentnerrunde an den Ort des Geschehens. Rüdiger, der immer wieder in Tränen ausbrach, schilderte mit gebrochener Stimme den Tathergang. Sie wären auf Urlaubsreise gewesen, er und seine geliebte Frau, hätten heute hier am Ufer des Baches ein romantisches Picknick gemacht, gegessen, gelacht und vielleicht etwas zu viel Schnaps getrunken. Jedenfalls wären sie beide müde geworden und hätten sich hingelegt. Er musste bald eingeschlafen sein, nachdem seine Frau – erneut flossen die Krokodilstränen – über Übelkeit und Sodbrennen geklagt habe. Sie hätte leider um einiges mehr als er getrunken, wäre hochprozentige Getränke auch nicht gewohnt gewesen, hätte sich eindeutig unwohl gefühlt – und er wäre einfach eingeschlafen. »Ich habe sie umgebracht«, flüsterte er und schlug sich die Hände vors Gesicht.

Der Notarzt legte ihm tröstend den Arm um die Schulter. Was danach geschehen sei, konnte Rüdiger nicht sagen. Vermutlich hatte Gerda Durst bekommen, sich möglicherweise übergeben wollen – so der Arzt – und war zum Bach gegangen, der um diese Jahreszeit sehr gefährlich war, ganz zu schweigen von der steilen und sehr rutschigen Uferböschung. Vor Jahren habe es schon einmal einen tödlichen Unfall an fast der gleichen Stelle gegeben, erinnerte sich der Mediziner. Doch auch diese als Trost gemeinte Information konnte Rüdigers Krokodilstränen nicht stoppen.

Gerda war also ganz offensichtlich beim Versuch zu trinken oder sich zu übergeben in den Bach gestürzt, und Rüdiger war erst aufgewacht, als er ihre Schreie hörte. Todesmutig, so erzählte er, habe er sie zu retten versucht, es aber nicht rechtzeitig geschafft. Durchnässt, innerlich gebrochen und blutverkrustet, wie er war, zweifelte niemand der Anwesenden den Verlauf des Geschehens an.

»Vermutlich hat Ihre Frau aufgrund der eisigen Wassertemperatur einen Herzinfarkt erlitten. Oder zumindest einen schweren Schock und ist dann ertrunken«, meinte der pensionierte Mediziner, und der Notarzt stimmte ihm zu.

Damit wurde der Fall behördlich abgesegnet, zu den Akten gelegt und bald vergessen.

September 2018

Obwohl der Tag kalt und regnerisch war, saß der Professor bereits seit über einer Stunde auf der verwitterten Bank hinter dem alten Rathaus und wartete. Wegen des plötzlichen Kälteeinbruchs zeigten sich kaum Menschen auf der Straße, und abgesehen von einer alten Frau, die einen ungepflegten Pudel spazieren führte, hatte bislang niemand den winzigen, baumbestandenen Park betreten. Das Wetter war aber auch wirklich trüb, genauso wie seine aussichtslose Lage. Rüdiger bedauerte aufrichtig, nie mit dem Rauchen angefangen zu haben. Dann würde er jetzt zumindest eine Zigarette halten und seine Nervosität etwas kaschieren können. So blieb ihm nichts anderes übrig, als in die Leere zu starren und dabei unsichtbare Fusseln von seiner Hose zu zupfen.

Gerade kam die alte Frau mit ihrem Pudel erneut vorbei, als sich eine Hand auf seine Schulter legte. Vor Schreck wollte Rüdiger aufspringen, doch die Hand hielt ihn nieder. Kurz blickte der Pudel in seine Richtung, trottete dann aber brav seinem Frauchen nach, während eine leise, metallisch klingende Stimme sagte: »Bleib doch sitzen, Rüdiger.«

Dann trat ein Mann hinter der Bank hervor und setzte sich neben ihn. Es war der verschollene Kollege, Krenz oder Kranz.

»Kannst du dich noch an mich erinnern?«, meinte er freundlich lächelnd und stupste den Professor vertraulich in die Seite.

Rüdiger schwieg verstört, während sein Gehirn nach künstlicher Beatmung lechzte. War das nun der gefürchtete Erpresser, oder war das ein völlig ungeplantes, unglaublich zufälliges, aber letztlich doch harmloses Aufeinandertreffen?

Doch Krenz, Oliver Krenz, wie er sich süffisant lächelnd in Erinnerung brachte, machte seinen Zweifeln rasch ein Ende.

»Du hast ja ordentlich Karriere gemacht, nachdem du deine Frau ums Eck gebracht hast«, stellte er mit kalter Stimme fest.

Rüdiger spürte, wie sich eine eisige Klaue um sein Herz legte. Sein Mund fühlte sich trocken an, er bekam schwer Luft und brachte außer einem krächzenden Räuspern keinen Ton heraus.

Aber Krenz hatte ohnedies keine Frage gestellt, die einer Antwort bedurfte. »Und wenn ich im Dschungel krepiert wäre, wärst du doch glatt damit durchgekommen.«

Leider bist du nicht krepiert, dachte der Professor, behielt diesen Gedanken aber natürlich für sich. Dennoch musste er etwas sagen, irgendetwas zu seiner Verteidigung, aber erstmals im Leben ließen ihn seine geistigen und sprachlichen Fähigkeiten im Stich. Er konnte nur »Woher?« flüstern, bevor der Frosch im Hals ihm wieder die Luft abdrückte.

»Woher ich das weiß?« Krenz dagegen wirkte völlig gelassen. In aller Ruhe zündete er sich eine Zigarette an und blies ein paar Rauchkringel in die Luft. »Ich habe deine Frau gemocht, wirklich. Sie war eine nette Person. Und sehr gesprächig.«

Der Professor verspürte eine leichte Tachykardie. Geschwätzig war dieses Weib gewesen, unerträglich geschwätzig. Fragend sah er Krenz an, der mit seiner grazilen Statur und geringen Körpergröße so gar nichts Bedrohliches an sich hatte. Zumindest optisch.

Er überlegte. Gerda konnte unmöglich gewusst haben, dass er sie umbringen wollte. Er hatte seinen teuflischen Plan zwar schon lange vor dem Urlaub gefasst und nur auf eine günstige Gelegenheit gewartet, doch ganz sicher kein Sterbenswörtchen darüber verlautbaren lassen. Zudem hatte er sich Gerda gegenüber bis zum Schluss wie ein fürsorglicher, bemühter und aufmerksamer Gatte verhalten und sie in Sicherheit gewiegt. Sie konnte absolut nichts von seinem tödlichen Vorhaben geahnt haben. Es gab schließlich keine Kristallkugel für zukünftige Gewalttaten.

»Gerda«, redete Krenz entspannt weiter, als hätte er Rüdigers Gedanken gelesen, »hat mir natürlich nicht erzählt, dass du sie vergiften willst. Das naive Mädchen hat ja stets an das Gute in dir geglaubt. Aber als sie dir wieder mal einen Kuchen ins Büro bringen wollte, sind wir uns zufällig über den Weg gelaufen. Ich war gerade aus Papua zurück, sie von einem Besuch beim Frauenarzt. Wir haben uns ein wenig unterhalten, und dabei hat sie mir ganz begeistert von ihrer Schwangerschaft berichtet. Und dass sie dich im Urlaub mit dieser Neuigkeit überraschen wollte.« Achtlos warf er den Zigarettenstummel in die Wiese. »Sie hat sich so auf das Kind gefreut. Bestimmt wäre sie eine gute Mutter geworden. Doch als ich Jahre später endgültig nach Deutschland zurückgekehrt bin, war sie stattdessen tot. Besoffen in den Bach gefallen.« Er blickte Rüdiger zum ersten Mal in die Augen. Nicht anklagend, nicht einmal hasserfüllt, sondern beinahe freundlich.

»Das kam mir irgendwie seltsam vor. Also habe ich mich als alter Freund ausgegeben, Einsicht in die Akten genommen, den genauen Tathergang nachgelesen und mich mit jeder Zeile mehr gewundert«, fuhr er fort. »Deine hoffnungslos blauäugige Gerda hat jahrzehntelang darauf gewartet, Mutter zu werden. Endlich wurde sie schwanger. In diesem Zustand hätte sie niemals Alkohol angerührt. Niemals.«

Der Kollege hatte recht. Gerda hatte in ihrem Urlaub so gut wie nichts getrunken, gerade mal ihre Lippen ans Weinglas gehalten.

»Und deshalb willst du mir einen Mord in die Schuhe schieben?« Rüdiger hatte seine Stimme wiedergefunden. Sie war zwar brüchig, aber immerhin zu hören. »Nur weil sie auf der Alm dann doch zum Schnaps gegriffen hat? Ihr war schlecht, sterbensübel, steht ja eh im Protokoll.«

»Sterbensübel, ja, aber bestimmt nicht vom Schnaps. Sondern vom Gift. Genau genommen vom Weißen Germer, der seit Jahrtausenden ein wirkungsvolles Mittel ist, um Machtkämpfen, Ehestreitigkeiten und Erbschaftsangelegenheiten ein rasches Ende zu bereiten.«

Darauf wusste Rüdiger nichts zu sagen. Es war ihm unerklärlicher als die Relativitätstheorie, woher Krenz das wissen konnte. Er war doch nicht mit im Urlaub gewesen.

»Deine Phantasie möcht ich haben«, erwiderte Rüdiger und spielte dabei den Ungerührten. Innerlich aber zerriss es ihn vor Hass, Angst und Wut.

»Aber, aber, ich als Mann der Wissenschaft habe nicht die geringste Phantasie. Schon gar keine mörderische. Ich arbeite mit empirischen Methoden, das müsstest du doch am besten wissen. Ich studiere Fakten, zähle eins und eins zusammen und ziehe anhand des Ergebnisses meine Schlussfolgerungen.«

»Ach, und welche deiner genialen Schlussfolgerungen hat dich auf die Idee mit dem Weißen Germer gebracht? Vielleicht ein Fieberschub in den Tropen?«

»Kein Fieberschub, sondern du. Du selbst.«

Rüdigers Denkapparat brach wegen Überhitzung beinahe zusammen. Er verstand immer weniger. Anscheinend wusste Krenz, was er getan hatte. Aber woher? Er war doch nicht herumgegangen und hatte den Leuten erzählt, dass er plane, sich seine Frau mit Pflanzengift vom Hals zu schaffen. Ganz im Gegenteil, er hatte allen, von der Putzfrau über die Nachbarn bis hin zu den Kollegen, die perfekte Ehe vorgespielt. Was man ihm ebenso abgenommen hatte wie seine Performance als trauernder Witwer. Nur Krenz offenbar nicht.

»Schau«, vertraulich legte der Kollege Rüdiger die Hand auf den Arm, »wenn man die Leute schon vergiftet, sollte man keine Spuren hinterlassen, die Jahre überdauern können.«

»Spuren?«

»Ja, Spuren. Etwa den Jahresregisterauszug der Institutsbibliothek, dem zufolge ein gewisser Professor Dr. Rüdiger Bornefeld kurz vor seinem Urlaub exakt dreizehn Fachzeitschriften entlehnt hat, in denen Vergiftungssymptome durch Veratrum album diskutiert werden. Da muss man sich schon fragen, warum jemand, dessen Forschungsschwerpunkt auf den Bestäubungsmechanismen und Pigmentierungscharakteristika von Nutzpflanzen liegt, auf einmal so ein großes Interesse an tödlichen chemischen Verbindungen wie etwa Ester-Alkaloiden oder Veratrumsäuren hat. Und warum genau dieser Mensch dann auch noch seine Sekretärin damit beauftragt, eine geografische Karte vom Naturschutzbund anzufordern, in der das Germer-Vorkommen genauestens eingezeichnet ist.«

Krenz schüttelte den Kopf und zündete sich eine neue Zigarette an. »Geiz ist halt nicht immer geil. Hättest du das alles als Privatperson im Internet bestellt und bezahlt, dann würde es keinerlei institutionelle Vermerke darüber geben und ich könnte dir heute keinen Strick daraus drehen.« Er machte eine symbolische Geste mit der freien Hand.

»Was willst du?«, fragte Rüdiger, obwohl er es nun zu wissen glaubte. Krenz wollte seinen Kopf.

»Ich möchte, dass du deine Forschungen unverzüglich einstellst, deine Bewerbung um die Stelle der Institutsleitung zurückziehst und mir außerdem verrätst, wo genau du die Alpenheilglöckchen gefunden hast. Die Primula matthioli sind hierzulande doch ziemlich selten. Weiter nichts.«

»Weiter nichts?« Die Forschung war sein ganzes Leben. Ob er im Gefängnis saß oder freiwillig in Frührente ging, machte für ihn keinen Unterschied. Ohne wissenschaftliche Arbeit würde auch er sterben.

Rüdiger musste Zeit gewinnen, um einen Ausweg aus der Misere zu finden. Einen erpresserischen Rivalen konnte er ebenso wenig brauchen wie ein hormongesteuertes Eheweib.

Also fragte er Krenz noch ein wenig aus. So erfuhr er, dass der Kollege erst nach seiner Rückkehr aus Papua von Gerdas Tod und seiner Bewerbung um den Posten des Institutsleiters erfahren hatte. Und gleich ihm zum Schluss gekommen war, dass nur sie beide für diesen begehrten Job in Frage kamen. Da Krenz jedoch sehr lange Zeit im Ausland gewesen war, genoss Rüdiger einen Heimvorteil. Zumindest in den Augen des Konkurrenten. Der hatte sich daraufhin auf die Suche nach Schwachstellen in Bornefelds Vita gemacht. Und diese auch gefunden.

»Also überleg es dir, ich gebe dir eine Woche Zeit. Entweder Gefängnis oder freiwilliger Rückzug. Die Blümchen und Bienchen kannst du dann ja in deinem Schrebergarten erforschen.«

Letzteres hatte der erpresserische Krenz mit einem richtig bösen Grinsen gesagt.

Allein dafür hatte er den Tod verdient.

»Ich melde mich.« Jetzt, da er der Gefahr ins Auge gesehen hatte, fühlte Rüdiger sich schon etwas besser. Er wusste, mit wem er es zu tun hatte.

Zwei Tage später wusste er auch, wie er seinen zweiten Mord begehen würde.

Oktober 2018

»Es ist unfassbar«, seufzte der Dozent für Molekularbiologie während der feierlichen Verabschiedung von Oliver Krenz. »Da hat dieser begnadete Forscher drei Jahre in Papua-Neuguinea überlebt, sich mit Eingeborenen, Tropenfieber und Schlingpflanzen erfolgreich herumgeschlagen, und dann kommt er zurück und stirbt auf der Suche nach einem Edelweiß.«

»Ich kann mir immer noch nicht vorstellen, was er da oben überhaupt gewollt hat«, meinte die Sekretärin. »Wozu hätte Oliver ein Edelweiß gebraucht?«

»Vielleicht wollte er einfach nur ein bisschen Höhenluft schnuppern«, warf der Experte für Biodiversität ein, »und dann ist ihm ist schwindlig geworden, weil er so eine körperliche Anstrengung nicht mehr gewohnt war.«

»Aber«, auch Rüdiger beteiligte sich eifrig an der Diskussion über das mysteriöse Ableben seines Konkurrenten, der aus unerfindlichen Gründen das Rappenköpfle in den Allgäuer Alpen hatte besteigen wollen und dabei zu Tode gekommen war, »er hatte doch Spaten, Kralle und ein paar Rhizombehältnisse dabei, er war bestimmt einer seltenen Pflanze auf der Spur.«

Doch wer konnte das schon wissen? Außer Rüdiger. Er hatte dem Erpresser nach Ablauf der Bedenkzeit als Erstes Punkt drei zugestanden und den Fundort des Alpenheilglöckchens, mit dem sich seine aktuellen Forschungen befassten, verraten.

Ein äußerst seltenes Gewächs, das Krenz tödliches Unheil gebracht hatte, denn das schmucke Blümlein wuchs gefährlich nahe an einer steilen Klippe, hinter der es zweihundert Meter ungebremst in die Tiefe ging.

Nicht einmal die Bergrettung hatte sich erklären können, was der Mann ausgerechnet auf dieser extrem porösen Abbruchkante gesucht hatte. Das Erdreich darunter war von der letzten Schlammlawine derart ausgehöhlt worden, dass jede Begehung einem Selbstmordkommando gleichkam. Wegen dieser drohenden Gefahrenlage hatten sie zahlreiche Warnschilder und Betreten-verboten-Tafeln aufgestellt, doch Rüdiger hatte alle eigenhändig entfernt und erst nach dem Todessturz seines verhassten Kollegen wieder in den Boden gerammt. Dass er dadurch auch das Leben anderer Tourengeher aufs Spiel gesetzt hatte, war ihm egal gewesen. Schließich hatte er selbst einen Absturz riskiert, als er Tage zuvor die andernorts ausgegrabenen Alpenheilglöckchen bäuchlings robbend knapp vor der Kante wieder eingepflanzt hatte. Sie waren mit seinem Kollegen in die Tiefe gestürzt und hatten sich aufgrund ihres geringen Gewichts in sämtliche Himmelsrichtungen verstreut. Schade um die Pflanzen. Aber er würde ihnen als zukünftiger Leiter des Instituts ein würdiges wissenschaftliches Denkmal setzen.

Januar 2019

Der berühmte Botaniker und Institutsleiter Universitätsprofessor Dr. Rüdiger Bornefeld saß auf seinem mit feinstem Leder bezogenen Lieblingsstuhl von Adolf Loos und las die Morgenzeitung. Im Hintergrund erklang ein Streichquartett von Brahms aus dem Radio, vor ihm stand eine Tasse exquisiter Pu-Erh-Tee und verströmte einen anregenden Duft. Entspannt blätterte der Professor durch das Weltgeschehen. Danach nahm er sich die Post vor.

Er hatte gerade die Spendenaufrufe, Einladungen zu Wohltätigkeitsveranstaltungen und Bettelbriefe von irgendwelchen Organisationen, die wahlweise die ganze Welt oder zumindest ein Käfighuhn retten wollten, ungeöffnet in den Mülleimer geschmissen, als er die Karte sah, eine dieser ältlichen ausgebleichten Ansichtskarten mit gezacktem Rand. Auf der Vorderseite war eine violettbläuliche Glockenblume abgebildet, hintendrauf stand in krakeligen Druckbuchstaben geschrieben: »Das Alpenheilglöckchen weiß alles, aber es schweigt. Doch ich möchte reden. Oliver«.

Weißer Germer, Veratrum album (sehr giftig)
Tödlicher »Enzian«-Schnaps

»Schnaps, das war sein letztes Wort, dann trugen ihn die Engel fort«, sang einst Willy Millowitsch, hatte dabei aber nur berauschende Karnevalszüge, bestimmt nicht den Weißen Germer im Kopf. Leider führt gerade der – im nicht blühenden Zustand – wegen seiner Ähnlichkeit zum Enzian immer wieder zu echten Schnapsleichen. Ein botanischer Fehlgriff sozusagen, mit äußerst toxischen Folgeschäden. Besonders in Österreich passieren gehäuft Verwechslungen mit dieser Wurzel allen Übels, die bereits ab einem Gramm zu schweren Muskelkrämpfen, Nervenschmerzen, Koma und dem Tod führen kann. Kaum vorstellbar, dass dieses giftige Kraut bis vor Kurzem Bestandteil des Schnupftabaks war und von Hippokrates als probates Mittel gegen geistige Krankheiten empfohlen wurde. Durch heftiges Niesen konnte man, so die Säftelehre, einer zunehmenden Verschleimung des Gehirns entgegenwirken.

Mittlerweile wird die hochgiftige Substanz allerdings fast nur noch in homöopathischen Dosen verwendet. Und das ist auch gut so, denn neben seiner einstigen Karriere als Pfeilgift, Ungeziefermittel und Medikament gegen Cholera – mit meist letalem Ausgang – steht der Weiße Germer sogar im Verdacht, am Ableben von Alexander dem Großen schuld zu sein, der im Alter von nur zweiunddreißig Jahren starb. Historiker und Toxikologen wollen festgestellt haben, dass der große Feldherr durch eine kontinuierliche Zufuhr von mit Weißem Germer versetztem Wein ermordet wurde. Zwölf Tage lang litt der König von Makedonien unter Fieber, Erbrechen, Muskelschwäche, verlangsamtem Puls und wiederkehrenden Sprachstörungen, was durchaus den Symptomen einer Vergiftung mit Veratrum entsprechen könnte. Zudem wurde die Pflanze in der Antike gerne und häufig als Brechmittel verwendet, erfreute sich also allgemeiner Beliebtheit und Bekanntheit, aber einen endgültigen

Beweis wird man nach mehr als zweitausend Jahren wohl nicht mehr finden.

Info: auch als Fieberwurz, Brechwurz, Läusekraut oder Nieswurz bekannt. Ein stattliches, bis zu 150 cm hohes, krautiges Gewächs mit gelblich-weißen Blütenrispen, behaartem Stängel, mehrfach gefalteten, großen, lanzettförmigen Blättern und intensivem, nicht sehr angenehmem Geruch. Blüte: Juni–August | **Inhaltsstoffe:** Steroid-Alkaloide | **Vergiftungserscheinungen:** Niesen, blutiger Durchfall, Schwindel, Blutdruckabfall, Zittern, Nervenschmerzen, Lähmungen, Kältegefühl, Tod durch Herz- oder Atemstillstand bei vollem Bewusstsein. Verliert in Höhenlagen an Giftigkeit, nicht aber durch Trocknung.

Stirb durch die Blume

Blut! Dickes, duftendes, dunkelrotes Blut! Der betörende Geruch benebelt meine Sinne. Ich gerate in Ekstase. Blutrausch! Was für ein blasses Wort für diesen himmlischen Zustand. Ich bin trunken vor Glück, gleite durch mystische Sphären, deren Existenz ich mir noch ein paar Tage zuvor nicht einmal erträumt hatte. Eine Orgie erweckt mich wieder zum Leben. Durch diesen herrlich roten Saft, der in meinen Venen pulsiert, treibt mein Körper seiner Auferstehung entgegen. Welch himmlischer Friede! Welch paradiesische Verzückung! Zitternd vor Gier verschlinge ich Bissen um Bissen, greife mit bloßen Händen nach dem zarten Fleisch, stopfe die saftigen Brocken in mich hinein, als hätte ich in der Vergangenheit nur von Luft und Liebe gelebt. Was genau genommen so falsch gar nicht ist. Erst jetzt, mit drei blutigen Steaks im Magen, fühle ich endlich wieder genügend Kraft in mir, um die letzten sieben Jahre meines Lebens verdauen zu können.

Dabei hatte alles so verheißungsvoll begonnen.

Daniel und ich waren uns auf einer dieser unsäglich öden Institutsfeten begegnet, ein typischer Fall von Liebe auf den ersten Blick. Wir waren so alternativ, so revolutionär und überhaupt so anders als alle andern, dass es schien, als hätte der unverstandene Prophet plötzlich seinen nie bestiegenen Berg gefunden.

Schon drei Wochen später begaben wir uns auf die Suche nach einem Heim, das unseren elitären Ansprüchen gerecht wurde, unser linkslastiges Intellektuellendasein in den richtigen Rahmen rückte und unser knapp bemessenes Budget nicht über Gebühr belastete; für derart bürgerliche Gepflogenheiten auch noch monatlich Geld ausgeben zu müssen, lief unseren eingefleischten Überzeugungen ohnedies zuwider. Dass wir zu den Auserwählten zählten, stand eindeutig fest, als wir tatsächlich ein Haus fanden, das sämtlichen unserer Vorstellungen entsprach. Der Kredit dafür lief zwanzig Jahre, unsere Liebe würde ewig dauern.

Nie werde ich unsere erste Nacht vergessen. Das harte Matratzenlager – ein Bett hatten wir kategorisch abgelehnt – verkörperte unseren Wunsch, sich im Leben wie auch in der Liebe auf das Wesentliche zu beschränken. Eng aneinandergepresst konnten wir sogar den rauen Decken aus Schafwolle eine erotische Note abgewinnen. Und Che Guevara, die einzige Zierde unserer nackten Wände, lächelte aufmunternd auf uns herab. Wir würden alles besser machen, unseren Eltern, Freunden und Kommilitonen den einzig gangbaren Weg zeigen. Mit einem Wort: Wir gedachten, einen kompromisslosen Krieg gegen Konsumterror und Establishment zu führen.

So spartanisch unsere Bleibe auch war, wurde sie schon bald zu einem Ort der Begegnung und spirituellen Bereicherung. Wie viele Nächte brachten wir damit zu, Thesen, Antithesen und Hypothesen in den Raum zu stellen, und während wir literweise billigen Landwein – aus Solidarität mit dem Proletariat – kippten und selbst gedrehte Zigaretten rauchten, schien so manche Synthese in greifbare Nähe zu rücken. Kein Thema lag uns zu fern, kein Gedanke, den wir nicht begierig an uns rissen. Auf jedes noch so abstruse Argument erhoben wir begeistert die Gläser, und im Verlauf endloser Diskussionen wurden die Prämissen des historischen Konstruktivismus im Werk Friedrich Engels ebenso leidenschaftlich zerredet wie die ökonomisch-sozialen Auswirkungen der Brandrodung auf den Evolutionsprozess von lateinamerikanischen Tropengewächsen. Und wenn mit den letzten Spirituosen unsere geistige Nahrung zu Ende ging, gaben wir uns im Bewusstsein, einen wertvollen Beitrag zur Verbesserung der Welt geleistet zu haben, bedenkenlos der Nächstenliebe hin.

Dann trat Josef in unser Leben. Da Kinder in unserem post-opportunistischen Weltbild ohnedies keinen Platz hatten, waren wir einem Hund nicht abgeneigt. Ich hatte den kleinen Wildfang mit seinen traurigen Augen von Anfang an gern. Stundenlang kuschelte er in meinen Armen, dankbar für jede Streicheleinheit, und kam es einmal zu häuslichen Streitigkeiten, schob er sofort seine feuchte Schnauze dazwischen.

Obwohl unser Leben in nicht gerade geordneten Bahnen verlief, mutierten auch wir irgendwann zu Akademikern. Ohne rechte Freude, doch treu zu unseren Prinzipien stehend, begaben wir uns nach einem wochenlangen Besäufnis auf die ernüchternde Suche nach einem sozial nützlichen Broterwerb. Ich hatte Glück im Unglück und fand einen mittelmäßig bezahlten Job bei einer mittelmäßig bekannten Kosmetikfirma, die leicht angeschimmelten Damen unter dem Deckmantel der Umweltverträglichkeit die ewige Jugend versprach, vorausgesetzt, sie verfügten über das nötige Kleingeld. Zwar musste ich mich nun an feste Arbeitszeiten gewöhnen, doch andererseits erlaubte meine Funktion als Texterin es, ungestört Zeitung zu lesen oder an Daniels Weihnachtspullover mit dem komplizierten Zopfmuster zu stricken.

Er hatte es weniger glücklich getroffen. Statt an der Umsetzung seiner ausgefeilten revolutionären Gesellschaftsmodelle arbeiten zu dürfen, musste Daniel sich damit zufriedengeben, erhöhte Schadstoffwerte aus unendlich langen roten Bildschirmkolonnen herauszufiltern und in ebenso lange grüne Kolonnen zu transferieren. Das Ganze fand in einem Großraumbüro statt, wo statt Topfpflanzen oder Kunstkalendern Umwälzpumpen in Miniaturformat als Dekoration herhalten mussten.

All diesen Widrigkeiten zum Trotz verlief unser Privatleben weiterhin in gewohnten Bahnen. Kaum nahte das Wochenende, wurden die Getränke kalt gestellt, der Grill angeheizt, und bis Sonntagabend ging es im Kreis unserer Gesinnungsgenossen hoch her. Bis eines Montagmorgens der Grundstein meines Untergangs gelegt wurde. Wehret den Anfängen, hatte meine Mutter mir immer eingebläut, doch hatte sie mich nicht gelehrt zu erkennen, an welchem Punkt ein Anfang anfing. Also begann ich blind und blauäugig meine emotionale Hungerkur.

»Wir sollten das Rauchen aufgeben.« Mit diesem lapidaren Satz meines Freundes nahm das Verhängnis seinen – zugegebenermaßen – unrevolutionären Lauf.

Als ich abends nach Hause kam, hatte Daniel bereits alle Aschenbecher entsorgt, die Feuerzeuge und Streichholzheftchen in die Werkzeugkiste verbannt, und ich fand mich in einem polartemperierten Ambiente wieder, das jeden Eisbären ins Exil getrieben hätte. Josef, in dessen Pedigree kein Polarspitz aufschien, verkroch sich mit gesträubtem Fell unters Sofa, wo er misstrauisch besserer Zeiten harrte. Der Zigarettengestank sei einfach unerträglich gewesen, ließ mich Daniel wissen, wogegen eine kühle Raumtemperatur dem Wohlbefinden durchaus förderlich sei. Jede Widerrede gefror mir auf den Lippen. Eine Wärmflasche an mich gepresst, trat ich den stummen Rückzug ins Schlafzimmer an.

Beruhigenderweise ging der Winter langsam zu Ende, denn meine Lungenflügel hatten unter den eisigen Temperaturen im Garten, wohin ich mich »zum Frönen meines verwerflichen Lasters« zurückzuziehen hatte, mehr gelitten als unter den Nikotinschüben.

Dann kam der Frühling und mit ihm eine neue Überraschung. »Wenn wir so weitertrinken, enden wir noch als Alkoholiker«, befand Daniel eines Tages und wandte sich umgehend der hohen Kunst der Teezeremonie zu. Statt abends bequem mit einem Glas Wein auf dem Sofa rumzulümmeln, galt es nun mit gekreuzten Beinen auf den harten Dielenbrettern auszuharren und sich Tee in mikroskopisch kleine Tassen einzuschenken, ohne sich das kochend heiße Wasser mit ökumenischer Geschmacksnote auf den Bauch oder sonst wohin zu schütten.

Die Wende weg vom Teer und hin zum Tee brachte einige Verluste mit sich; bei mir waren es sechs Kilo, bei Daniel vier seiner besten Freunde. Dessen ungeachtet schritt er forsch auf seinem gesundheitlichen Heilspfad voran. Ich hechelte, soweit es mir mit meinen verrauchten Lungenflügeln möglich war, tapfer hinterher.

Mit zunehmender Abnahme unserer Gesellschaftsfähigkeit wuchsen sich die Wochenenden zu echten Problemen aus. Da ein Fernsehgerät unseren Prinzipien zuwiderlief, die kritische Werkausgabe Dostojewskis jedoch die Kapazitäten von Bücherschrank und Brieftasche überschritten hätte, waren wir einander auf Leben und Tod ausgeliefert. Sobald das Wetter einigermaßen erträglich war, trabte ich stundenlang durch den Wald. Josef und mein ausgehungertes Nikotinteufelchen dankten es mir. Leider machten ein böses Tiefdruckgebiet samt nachfolgender Grippe mir bald einen Strich durch die Rechnung. Doch nach zwei Tagen Bettarrest hatte ich genug von chinesischer Kräutermedizin und zog es vor, im Büro vor mich hin zu fiebern.

Kurz darauf erlegte Daniel meinem lasterhaften Leben eine weitere Prüfung auf. Vegan, so lautete die neue Devise. Mit anderen Worten, nun ging es um die kulinarische Quadratur des Kreises, sprich: von einem Schälchen voll grünschwarzem fadenförmigen Nichts – je nach Angebot Sojakeime oder Algen – satt zu werden. Ein Ding der Unmöglichkeit. Man könne schließlich nicht einfach untätig zusehen, wie die Erde samt ihren Kreaturen beständig gequält, verdreckt und vergiftet werde, so Daniels Argument. Es sei unsere Pflicht, diesem vorsätzlichen Mord keinen Vorschub zu leisten, sondern ihm durch persönlichen Verzicht Einhalt zu gebieten. Daher hätten wir konsequenterweise von tierischen Produkten ebenso Abstand zu nehmen wie von jedweden Nahrungsmitteln, deren Anbau mit der Ausbeutung armer Menschen auf einem bemitleidenswerten Stück Land Hand in Hand ginge, denn genau genommen handle es sich dabei um Luxusgüter, die wir zu unserem Überleben gar nicht brauchen würden. Fand zumindest Daniel. Im Kampf gegen den Ruin unserer Mutter Erde müssten wir eben Opfer bringen. Nach Nikotin und Alkohol standen nun also so alltägliche Genüsse wie Milchschokolade, Schweinebraten, Cremeschnitten oder Käsefondue auf der Schwarzen Liste.

Nach drei Wochen fettarmer Körnerkost mit Tofucreme verloren wir Josef. Nicht dass er unter ein Auto gekommen oder der Fuchsräude erlegen wäre, oh nein, er kehrte einfach nicht mehr nach Hause zurück. Vermutlich hatten ihn unsere Änderungen im Speiseplan zu einer Änderung seines Domizils bewogen. Seine feuchte Schnauze fehlte mir mehr als alle Bratwürste, und wäre ich Josef gefolgt, wäre Daniel vieles erspart geblieben.

Nie zuvor war mir ein Frühling so unendlich lang vorgekommen. Graue, lasterlose Tage reihten sich aneinander und wurden noch nicht einmal von Schlemmerorgien erhellt. Von Daniels in jeder Hinsicht verschwundenen Fleischeslust ganz zu schweigen. Traurig und unbefriedigt gab ich mich der Erinnerung an geschmorte Hühnerkeulen, heiße Liebesnächte und wohltemperierten Rotwein hin.

Und während ich heimlich Kochbücher las und mir dabei das Wasser im Mund zusammenlief, stellte Daniel die Möbel nach Feng Shui um. Dem Durchzug positiver Energien mussten sogar meine Trockenblumengestecke weichen. Sie landeten lieblos auf dem Kompost, dafür kamen ein Kefirpilz und eine Essigmutter ins Haus.

Es war zum Heulen. Obwohl der Frühling die Natur zum Leben erweckte, fühlte ich mich schlapp, antriebslos und um Jahre gealtert. Sichtlich gealtert, da unsere Hausordnung nur Kernseife und Kartoffelpaste für die Körperpflege zuließ. Mein Make-up hatte ich mir im wahrsten Sinn des Wortes abschminken müssen. »Lass das, ich hass das«, hatte Daniel eines Tages gemeint und meine ganzen Schminksachen in den Restmüllcontainer gekippt.

So zogen die Jahre ins Land. Und während ich innerlich immer mehr verfiel, begannen Löwenzahn, Guter Heinrich und Brennnesseln erneut zu sprießen. Daniel und ich begaben uns nun täglich auf die Wiesen, um unser eisen- und vitaminhaltiges Abendmahl zu rupfen. Dank unserer erschöpfenden Weidetätigkeit erlebte unser Haushaltsbudget einen beachtlichen Aufschwung, der letztendlich in der Anschaffung dreier umweltverträglicher Wasserfilter gipfelte. Dass wir mit unserem Verbrauch an Grünfutter vermutlich einer Herde Wiederkäuer die Lebensgrundlage raubten, stand natürlich nicht zur Debatte. Und während Daniel beglückt an den Wasserhähnen herumschraubte, aus denen sich schon bald ein Quell an vitalisierender, mineralstoffhaltiger und rechtsdrehender Nährlauge ergießen sollte, empfand ich das erste Mal abgrundtiefen Hass auf diesen Mann. Das Gefühl überkam mich beim Zwiebelschneiden, erfasste Herz und Hirn und ließ mich nicht mehr los. Auf einmal wollte ich ihn leiden sehen, ihn quälen, Rache nehmen für sein diktatorisches Verhalten und ihn all seiner Lebensgeister berauben.

Dieser Mann hatte mich jahrelang psychisch gefoltert, mich emotional, aber auch kalorisch verhungern lassen und nie auch nur einen Funken Reue gezeigt. Der Mangel an Liebe, Lust und leckerem Essen hatte mich vertrocknen lassen wie Farnkraut im Wüstenwind. Meine Triebe waren verkümmert, meine Gefühle abgestorben. Doch dann kam der Hass. Und mein Entschluss, mich von meinem Dasein als Marionette zu befreien, indem ich die Fäden selbst in die Hand nehmen und Daniel bestrafen würde für alles, was er mir angetan hatte. Mir fehlte nur noch eine praktikable Idee, aber der zumindest für mich gute Vorsatz war getroffen. Und tatsächlich, mein Hass beflügelte auch mein Denkvermögen.

Warum in die Ferne schweifen, wenn das Böse lag so nah, dachte ich eines Abends, während ich die riesige Schüssel mühevoll gezupfter Wildkräuter anstarrte. Pappel- und Haselblätter, Scharbockskraut, Huflattich, Ahornkeime, Giersch, Gundermann, Sauerklee, Veilchen und Frauenmantel dümpelten in einer Marinade aus Essig, Öl und zerkleinerten Pfefferkörnern herum. Bestimmt hatten wir den armen Bienen wieder einmal das Essen weggepflückt. Wegen unserer pflanzlichen Ernährungsweise sahen die ohnedies bedrohten Insekten in uns vermutlich schon ernst zu nehmende Fressfeinde. Dabei empfand ich mittlerweile selbst Zecken als weniger gesundheitsschädigend als Daniel, dessen asketische Lebensphilosophie mich noch ins Grab bringen würde. Außer ich kam ihm zuvor. Und genau das war mein Plan, denn schon bald begann der Bärlauch zu wachsen. Der ideale Zeitpunkt für meinen Beitrag zur frühlingshaften Naturkost.

Zwei Wochen später kochte ich die grünen Blätter zu einer unverdaulichen Soße. Gewürzt mit Ingwer, Muskatnuss und Rosenpfeffer und verfeinert mit zwei Löffeln Walnussöl fiel

Daniel der unangenehm bittere Geschmack der Herbstzeitlosen nicht im Geringsten auf.

Er aß sogar mit großem – das Wort »gesund« scheint mir an dieser Stelle unangebracht – Appetit, während ich an meinem Kamillentee nippte, die Wärmflasche an mich drückte und lauthals die Nachteile des Frauendaseins bemängelte. Anstandshalber heuchelte der Todeskandidat sogar ein wenig Mitleid mit mir, dann nahm er sich einen üppig bemessenen Nachschlag von den Bärlauchnudeln. Ich gönnte ihm jeden Bissen seines letzten Abendmahls. So würde er wenigstens nicht mit leerem Magen sterben. Colchicin, das schleichende Gift der auch Nackte Hure genannten Herbstzeitlose, würde bald seine Wirkung tun. Und das mit – statistisch betrachtet – neunzig Prozent tödlichem Ausgang. Nicht umsonst hat man diese auch unter dem Namen Leichenblume bekannte Pflanze früher als Arsenicum vegetabile bezeichnet. Sie ist mörderisch giftig und führt zu ähnlichen Symptomen wie Arsen. Die magischen Kräfte, die man den Blättern der Herbstzeitlosen im Mittelalter zugeschrieben hatte, würde Daniel wohl nicht mehr erleben, dafür aber schreckliche Magen-Darm-Krämpfe, unstillbaren Durst, Organversagen und Tod durch Atemlähmung.

Sein Kampf ums Überleben begann kurz nach Mitternacht. Auf allen vieren kroch er ins Bad, übergab sich unter heftigen Schmerzen, fiel ins Delirium, kollabierte einige Male und lallte ständig etwas von »Wasser«. Zudem schlug seine gesunde Gesichtsfarbe in ein ungesundes Blassblau um.

Jetzt war es an mir, anstandshalber ein wenig Mitleid zu heucheln und ihm ein großes Glas Wasser zu reichen, in das ich zuvor zur Sicherheit noch eine ganze Wurzelknolle des gemeinen Gewächses gerieben hatte.

Als der Krankenwagen endlich eintraf, gab es für meinen Gesundheitsapostel keine Rettung mehr.

Zwei Tage später verstarb er an Multiorganversagen. Die Ärzte waren sehr nett und verständnisvoll, war es doch keine Seltenheit, dass Colchicum autumnale den Tod eingeläutet hatte.

Das ist sie also, meine Geschichte. Ende gut, alles gut. Ich nehme einen großen Schluck Rotwein, genieße jeden Bissen vom herrlich blutigen Steak, fühle mich lebendig wie schon lange nicht mehr. Und sobald ich mein blutiges Mahl beendet habe, fahre ich ins Tierheim und hole mir einen neuen Hund.

Herbstzeitlose, Colchicum autumnale (sehr giftig)
Pflanzliches Arsen und tödlich fürs Pesto

Friedrich Hölderlin hat die »liebliche Zeitlose« in seiner Ode »An die Hoffnung« besungen, Paul Celan den Reiz ihres »schönen, schleichenden Gifts« in deutsche Worte gefasst (im Original: »Les Colchiques« von Guillaume Apollinaire) und Emerenz Meier das Schicksal der »zarte(n) Jungfer im lila Trauergewand«, die nach herbstlicher Blüte in Schnee und Frost sterben muss, aufrichtig bedauert. Dabei ist diese kuriose Pflanze ein gnadenloser Killer, der wenig Mitleid verdient und selten Gutes tut. Ihre lindernde Wirkung auf schmerzende Gichtzehen fällt da kaum ins Gewicht. Hunderte Tote wiegen mehr.

Schon die berühmt-berüchtigte Medea soll im mystischen Kolchis – daher der Name Colchicum – in Georgien einen Giftpflanzengarten gepflegt haben, während die Hexen zur Walpurgisnacht einen Salat aus den Blattspitzen verspeisten, um magische Kräfte zu erlangen. Ein Unterfangen, bei dem man riskiert, mit Multiorganversagen ins Gras zu beißen. Etwa im Frühling zur Bärlauchzeit, wenn statt der knoblauchartigen Blätter versehentlich das Kraut der Herbstzeitlose auf dem Teller landet.

Aufgrund der verzögerten Wirkung kommt bei Vergiftungen durch Colchicin meist jede Hilfe zu spät. Daher griffen und greifen Mörder immer noch gerne zu diesem pflanzlichen Arsen, denn schon fünf Gramm Samen oder fünfzig Gramm Blattmaterial können tödlich sein.

1995 brachte ein Pharmareferent seine Gattin mit einer Messerspitze Colchicin im Johannisbeersaft ums Eck, ein Absud aus in Milch gekochten Blüten hingegen beförderte ein Kind ins Jenseits. Selbst harte Drogen werden zunehmend öfter damit gestreckt, was einen tagelangen Horrortrip bis ins Leichenschauhaus bewirken kann. Und vor dem noch heute mancherorts gebrauten Zeitlosenwein sei gleichfalls gewarnt. Das angebliche Wundermittel gegen Gicht, Rheuma und Bandwürmer ist wegen seiner choleraartigen Nebenwirkungen ganz und gar nicht berauschend.

Info: auch Nackte Hure, Teufelswurz, Leichenblume, Wilde Zwiebel, Wiesensafran, Giftkrokus, Faule Grete oder Herbstlilie genannt. Knollenpflanze mit sechsblättrigen rosafarbigen Blüten, die denen des Krokus ähneln. Die lanzettartigen, stiellosen Blätter wachsen mitsamt den Früchten im Frühling und verschwinden vor der Blüte im September/Oktober. | **Inhaltsstoff:** Colchicin | **Vergiftungserscheinungen (Latenzzeit bis zu sechs Stunden):** Brennen, Übelkeit, choleraartige Durchfälle, Krämpfe, Lähmungen, Cyanose, starker Durst, Organversagen, Atemlähmung

Späte Rache

Carola saß reglos am Fenster und blickte auf die kaum befahrene Straße hinab. Dort, wo die mächtige Trauerweide stand und der schmale Streifen Asphalt in einen schlammigen Feldweg überging, dort hatte sie ihr Kind zum letzten Mal gesehen. In einem rosa Rüschenkleid hatte es neben der Weide gestanden und ihr zugewunken. Sechs Jahre war das nun her, und die gebrechliche Frau hegte keinerlei Hoffnung mehr, das kleine Mädchen je wiederzusehen. Es war gleich allem, was ihr einst wichtig und wertvoll gewesen war, für immer aus ihrem Leben verschwunden. Dennoch verweilte sie Tag für Tag in dem alten, speckigen Lehnstuhl und starrte auf die Straße, den Baum und das Feld. Mehr gab es hier, am Ende des Dorfes, nicht zu sehen, und das, was sie erblickte, konnte man kaum als erfreuliche Aussicht bezeichnen. Die Straße, die eigentlich eine Sackgasse war, glich einem schmutzig gefleckten Band aus Bitumen, Schotter und Pfützen, flankiert von ein paar Beifuß-Ambrosien, die man längst hätte ausrotten müssen, auf dem Feld wucherte seit geraumer Zeit eine Monokultur aus Monsanto-Mais MON 810, und die hundertjährige Salix alba »Tristis« machte ihrem Namen alle Ehre, indem sie die silbrig glänzenden Zweige traurig hängen ließ.

Doch Carola mochte den Anblick dieser Tristesse. Er passte zu ihrer Stimmung, die mit jedem Tag ein wenig schwärzer wurde. Selbst wenn die Sonne schien, die Vögel zwitscherten und die Temperaturen in frühsommerliche Höhen stiegen.

Auch an diesem strahlend schönen Dienstagnachmittag Mitte Mai harrte sie seit dem Mittagessen am Fenster aus, ihren Blick starr auf die Reglosigkeit der Landschaft gerichtet. Wie stets gab es nichts zu sehen, was einen zweiten Blick gelohnt hätte, doch genau das behagte der einst recht bekannten Schriftstellerin. Das reizlose Ödland harmonierte perfekt mit dem Trümmerfeld, auf dem sie mittlerweile ihr Dasein fristete.

Dabei hatte alles so traumhaft begonnen. Damals, vor fast fünfzehn Jahren, als sich dort, wo heute der genetisch modifizierte Mais des Pharmagiganten wucherte, noch eine lieblich blühende Streuobstwiese erstreckt hatte, auf der nicht nur sie sich gerne aufgehalten hatte, sondern auch Rehe, Hasen und Fasane. Wie oft war sie mit Knut, ihrem Mann, eng umschlungen zwischen den knorrigen, zum Teil hundertjährigen Apfelbäumen, den Mirabellen-, Kirsch- und Hirschbirnbäumen herumgeschlendert, das Herz in Aufruhr, den Bauch voller Schmetterlinge, vor den Augen eine rosarote Brille und im Kopf die Vision einer endlos glücklichen Zukunft, die niemals eintreffen sollte.

Manchmal, so wie jetzt, dachte Carola noch an diese magischen Momente zurück, in denen ihr jeder Tag wie eine einzige Verheißung erschienen war. Dann griff sie rasch nach einer der Flaschen Wein, die sie fast überall in ihrem Haus deponiert hatte, und begann zu trinken. Allein der Alkohol vermochte ihr noch ein Gefühl von Wärme und Wohlbefinden zu vermitteln. Nicht gleich beim ersten Glas, zu dem sie sich beinahe zwingen musste, und auch nicht beim zweiten, gegen das ihr Magen noch spürbar aufbegehrte, sondern erst beim dritten. Dann hatte ihr kranker Körper meist jeden Widerstand aufgegeben und fügte sich ins Unvermeidliche. Carola Helmprecht wusste, dass sie klinisch betrachtet längst als Alkoholikerin galt. Aber das war ihr egal, sie würde ohnedies bald sterben – und Knut, ihren Mann, mit ins Verderben reißen.

Knut Helmprecht stand reglos hinter dem Tresen seiner Apotheke und blickte auf den neu bestückten Warenständer neben der Kasse. Jetzt, da die warme Jahreszeit begonnen hatte, gingen seine kleinen grünen Chlorophylldragees gegen jede Art von Körpergeruch wieder weg wie warme Semmeln. Zwar gab es bislang keinerlei wissenschaftlich fundierte Beweise für die Wirkung von Chlorophyllinpräparaten wie »Odoril«, aber Naturheilprodukte und Nahrungsergänzungsmittel lagen voll im Trend. Beinahe ein Drittel seines Umsatzes machte er inzwischen mit selbst entwickelten pflanzlichen Arzneimitteln. Dass neben den botanischen Wirkstoffen, die er von ausgesuchten Biobetrieben im ganzen Land bezog, auch weniger naturreine Substanzen wie Siliciumdioxid, Polyvinylpyrrolidon und Carboxymethylcellulose, besser bekannt als E 466, in die allseits beliebten Kapseln, Tabletten und Dragees kamen, interessierte zum Glück die wenigsten. Besonders E 466, ein unverzichtbarer Emulgator für pharmazeutische Erzeugnisse, hatte in letzter Zeit zu heftigen Kontroversen zwischen Chemikern, Ärzten, Pharmazeuten und der Gesundheitsbehörde geführt, da die unerwünschten Nebenwirkungen bei Tierversuchen Darmschäden, Gewichtszunahme und erhöhte Entzündungswerte verursacht hatten. Was durchaus auch bei Menschen der Fall sein konnte, ihn jedoch nicht sonderlich kratzte, solange die aus Holz, Baumwolle oder Maisstängeln gewonnenen Celluloseverbindungen nicht offiziell verboten wurden. Aber das würde so schnell nicht der Fall sein, fand sich das Bindemittel ja beinahe überall, in Marmeladen, Fischstäbchen, Joghurt, Mayonnaise und Fertiggerichten. Sein »Odoril« schmeckte aber längst nicht so fad wie Suppe aus der Tüte oder Kartoffelpüree aus dem Beutel, denn er hatte überall eine ausgewogene, laut Kundenmeinung sogar prickelnde Palette an Aromen beigemengt. Schokoladenminze, Parakresse, Zitronenmelisse und korsischer Thymian gaben den Bonbons eine unverwechselbar delikate Note.

Die kleine Franziska, die eben die Apotheke betreten hatte, erschien Knut allerdings noch viel appetitlicher als seine Dragees. Vorfreudig leckte er sich über die Lippen. Die Tochter der Sallinger Pepi war wirklich ein Appetithappen, wie man ihn selten zu sehen bekam. Die Elfjährige mit den dicken blonden Zöpfen, den rosigen Wangen und den ersten Anzeichen eines knospenden Busens war zum Anschauen eigentlich viel zu schade. Reinbeißen hätte man wollen in dieses zarte, junge Fleisch, sein Haupt in der kecken Kuhle zwischen Halsansatz und Schulterblatt vergraben und sich am milchigen Geschmack ihrer Haut laben.

Aber Knut wusste sich zu beherrschen. Die Gelegenheit

könnte schlechter nicht sein, und bei seinen Annäherungsversuchen achtete er seit jeher darauf, nicht das geringste Risiko einzugehen. In seinem Geschäft, flankiert von Melitta und Gisela, zwei ältlichen, aber äußerst kompetenten Apothekengehilfinnen, gestattete er sich nicht einmal, das knusprige Mädchen mit den Augen auszuziehen, geschweige denn, ihr sozusagen versehentlich nahezutreten.

Als Inhaber der einzigen Apotheke von Kleingutenberg durfte er sich keinen Fleck auf seiner makellos weißen Weste leisten. Selbst die kleinste Rauchschwade aus der dörflichen Gerüchteküche könnte zu einem flächendeckenden Schwelbrand an böswilligen Verleumdungen, schwer widerlegbaren Unterstellungen und ruinösen Umsatzeinbußen führen. Gerade auf dem Land wurde das gesellschaftliche Getriebe ja meist durch Klatsch, Tratsch und Sensationsgier geschmiert. Also begrüßte Knut das Mädchen freundlich und erkundigte sich betont teilnahmslos nach seinen Wünschen.

»Die Mama hat mich um«, sie warf einen raschen Blick auf den zerknitterten Zettel in ihrer Hand, »um einer Tube Voltaren geschickt. Sie hat sich gestern nämlich ganz böse am Backrohr gestoßen.«

Der Gedanke, dass die Mutter sich wehgetan hatte, schien das engelsgleiche Geschöpf zutiefst zu betrüben. Kurz schimmerten in den Augen des Mädchens Tränen, die Knut am liebsten gleich auf der Stelle weggeküsst hätte. Rasch bückte er sich nach dem Voltaren-Gel, das er aufgrund der hohen Nachfrage in einer Schublade direkt unter dem Tresen aufbewahrte.

»Und dann soll ich noch eine Packung Popschischtop mitbringen.«

Der Apotheker musste kurz überlegen, worum es sich dabei handeln könnte, bis ihm einfiel, dass die Sallinger Pepi unter chronischer Verstopfung litt. Vermutlich meinte die Kleine also »Obstistopp«, ein gleichfalls von ihm entwickeltes Mittel gegen Darmträgheit auf Basis von Rhabarberwurzeln, Wermut, Kermesbeeren und gelbem Enzian. Auch ein Verkaufsschlager, wie die meisten seiner »Naturprodukte«.

Während Franziska einen kleinen Marienkäfer aus Leder aus dem Einkaufskorb hervorkramte, ihm zwanzig Euro entnahm und den leicht zerknitterten Schein zwischen ihren Händen zu glätten versuchte, bevor sie ihn ordentlich auf den Tresen legte, wickelte Knut den Einkauf in Packpapier und überreichte ihn ihr gemeinsam mit einem Bonbon.

»Auf Wiedersehen und vielen Dank«, strahlte sie ihn oder besser gesagt das Bonbon an, dann nahm sie die zwei Euro Restgeld vom Tresen, drehte sich rasch um und ging zum Ausgang.

»Tschüss und grüß mir deine Mutter«, entgegnete der Apotheker, während er sich nicht sattsehen konnte an Franziskas Hinteransicht. Allerdings stand gerade Gisela neben ihm und wühlte in der Kassenlade nach Kleingeld, daher schob er noch ein unverfängliches »Ein reizendes Kind« nach, was ganz nach gütigem Vater klang.

Seine Tochter wäre heute in einem ähnlichen Alter, würde sie noch am Leben sein. Doch ein unverständlicher Schicksalsschlag hatte Camilla mit nur sechs Jahren, drei Monaten und siebzehn Tagen aus seinem Leben gerissen.

»Spargel war leider schon aus«, meinte Gertrude Kronbichler mit so viel Bedauern in der Stimme, als hätte sie gerade den nahenden Weltuntergang verkündet.

Carola nickte. Sie hatte ohnedies bereits vergessen, den Spargel überhaupt auf die Einkaufsliste geschrieben zu haben. In letzter Zeit ließ ihr früher mal phänomenales Gedächtnis zunehmend nach. Vielleicht hatte sie aber auch nur das Interesse am banalen Bodensatz des Alltags verloren.

»Stattdessen hab ich frische Pfifferlinge bekommen. Schauen Sie mal, wie schön die sind. Bestimmt die ersten der Saison«, fuhr die Kronbichlerin beinahe euphorisch fort und hielt ihr stolz eine Handvoll der gelben, intensiv duftenden Schwammerln unter die Nase, als hätte sie sie persönlich im Wald gesammelt.

»Schön, sehr schön«, erwiderte Carola und rang sich ein

breites Lächeln ab. »Damit haben Sie mich jetzt aber gerettet. Knut regt sich immer so auf, wenn mit dem Essen etwas nicht passt.«

Gertrude Kronbichler schien kurz nachzudenken, plapperte dann aber munter weiter. Mit Ehestreitigkeiten wollte sie nichts zu tun haben. »Ach, aber Pfifferlinge schmecken ihm bestimmt. Sie haben ja gesagt, dass Sie einen Rehbraten machen, und da hab ich mir gedacht, da passen Pfifferlinge doch eh viel besser dazu als Spargel«, entgegnete sie und hoffte insgeheim auf ein dickes Lob für ihre kulinarische Kombinationsgabe.

Drei Mal pro Woche erledigte sie den Einkauf für die Apothekergattin, wie man Carola ungeachtet ihrer literarischen Berühmtheit im Ort noch immer nannte. Provinznester wie Kleingutenberg zollten intellektuellen Leistungen keinen Tribut, schon gar nicht, wenn diese auch noch von einer Frau stammten. Sie hätte den Nobelpreis gewinnen können, für die Leute im Dorf wäre sie dennoch die arrogante Apothekergattin geblieben, die sich nie unters Volk mischte. Dass die Autorin seit Jahren gehbehindert war und sich mit Krücken gerade noch unfallfrei von Raum zu Raum schleppen konnte, weitere Wege für sie aber mit großem Aufwand und noch größeren Schmerzen verbunden waren, bedachten die Einheimischen nie. Wer schlecht zu Fuß war, konnte immer noch Auto fahren, lautete die allgemeine Ansicht. Und wer, wie Carola, nicht einmal den Führerschein gemacht hatte, galt schlichtweg als minderbemittelt, egal, wie viele Studienabschlüsse er aufweisen konnte.

Gertrude Kronbichler war die Einzige im Dorf, die sich Carola gegenüber einigermaßen nett verhielt. Vielleicht, weil sie nie geheiratet hatte, vielleicht aber auch, weil sie selbst nicht Auto fuhr und daher gleichfalls nicht als vollwertiges Mitglied der örtlichen Gesellschaft galt. Carola war der Nachbarin für deren Einkaufshilfe jedenfalls sehr dankbar. Allein auf sich und ihre Krücken gestellt, hätte es sie Stunden und Schmerzen gekostet, um alles Notwendige für den unersättlichen Hunger ihres Mannes einzukaufen und heimzuschleppen. Eine noch größere Erleichterung wäre es allerdings gewesen, hätte Knut ihrem Wunsch nach einer Zugehfrau entsprochen. Aber er duldete keine »Fremden« in seinem Haus.

»Ich hab schon den lieben langen Tag mit Menschen zu tun«, hatte er sich zu rechtfertigen versucht, »in der Apotheke geht es zu wie im Bienenstock, da will ich wenigstens daheim meine Ruhe haben.«

Was schlichtweg gelogen war, wie Carola mittlerweile wusste. Knut wollte nur niemanden im Haus, weil er befürchtete, dieser könnte die Nase womöglich in seine Angelegenheiten stecken. Er hatte schließlich genug zu verbergen. Aber dass auch sie, wenn sie ständig hinter ihm nachräumen musste, auf gewisse Dinge stoßen konnte, die nicht für ihre Augen bestimmt waren, auf die Idee war er noch nicht gekommen.

»Du sitzt doch eh nur am Computer, da kannst du das bisschen Hausarbeit doch nebenher erledigen«, hatte er sie bereits mehrmals angeblafft und quasi mit dem Staubtuch vom Schreibtisch vertrieben.

Von wegen ein bisschen. Hundertvierzig Quadratmeter putzte man nicht mal so mit links, noch nicht mal beidhändig. Das kostete sie täglich mehrere Stunden, die ihr dann beim Schreiben fehlten. Bestimmt hatte sie sich schon Hunderte Nächte denkend und tippend um die Ohren geschlagen, weil sie tagsüber Holzdielen gebohnert oder zwei Dutzend Herrenhemden gebügelt hatte. Zudem verlor sich jeder rote Faden im kunstvollen Geflecht literarischer Ausdrucksweisen, wenn man den kreativen Flow ständig unterbrechen musste, um am Herd, mit Waschmaschine, Staubsauger oder Fliesenspray zu hantieren. Knut rührte ja keinen Finger, was den Haushalt betraf, er führte nur das große Wort.

Und sie dumme Kuh hatte ihm anfänglich auch noch geglaubt, als er ihr seinerzeit den Himmel auf Erden versprochen hatte. Hingerissen hatte sie an seinen Lippen gehangen, während er von Liebe, Leidenschaft und einer gemeinsamen glücklichen Zukunft sprach. Heute glaubte sie ihm nichts mehr, hielt aber den Mund. Der Tag ihrer Rache war ohnedies nicht mehr fern.

Und bis dahin musste sie Stillschweigen bewahren. Knut durfte nicht das Geringste von ihren Absichten ahnen.

Rasch entlohnte sie die Kronbichlerin, wechselte noch ein paar belanglose Nettigkeiten mit ihr, bedankte sich erneut überschwänglich für ihre einkäuferische Eigeninitiative und humpelte anschließend an den Herd, um das opulente Abendmenü für ihren verhassten Gatten zuzubereiten. Rehschulter mit Semmelknödel hatte der Vielfraß sich gewünscht. Und sie hatte ihm seinen Wunsch erfüllt. Schon bald würde er ohnedies von Wasser und Brot leben müssen.

Es war kurz nach halb sieben, als Knut die Apotheke abschloss und sich auf den Weg zur Bank machte, um die Tageseinnahmen sicher zu deponieren. Danach gönnte er sich noch einen Aperitif im Café am Rathausplatz, ganz nach dem Motto »Sehen und gesehen werden«, plauderte ein wenig mit dem Gemeinderat für Kunst und Kultur, scherzte mit der Servierkraft und beglich seine Rechnung mit einem üppigen Trinkgeld, wie man es von einem Mann seiner Position erwartete. Auf dem Weg nach Hause kam er am Friedhof vorüber, wo seine Tochter begraben lag. Ich sollte sie wirklich wieder einmal besuchen, dachte er, doch der Groll über ihr frühzeitiges Ableben saß immer noch zu tief. Er hatte sich so um sein kleines Mädchen bemüht, und sie war einfach vor ihm weggelaufen – bis in den Tod.

»Ich bin wieder da!«, rief der Apotheker mit lauter Stimme, kaum hatte er das Vorzimmer betreten. Dadurch gab er seiner Gattin das Startsignal zum Auftragen der Speisen. Er hasste lauwarmes Essen. Und er hasste es mittlerweile auch, wenn seine Frau ihm Gesellschaft leistete, während er sein Abendmahl einnahm. Seit Madame Hinkebein, wie er sie insgeheim nannte, immer unansehnlicher, unleidlicher und unvernünftiger wurde, sprach er lieber der Trennkost zu. Symbolisch gesehen. Es schmeckte ihm einfach besser, wenn seine Gattin und er räumlich getrennt waren. Der Appetit stieg sozusagen im Quadrat mit der Entfernung. Was heute leider nicht der

Fall war, denn Carola ließ sich stöhnend auf einem Stuhl ihm gegenüber nieder. Sie selbst aß nichts, was meistens der Fall war, wenn sie bereits zu viel getrunken hatte. Knut ekelte sich vor trinkenden Frauen, mehr noch als vor brüllenden Kindern. Er schüttete ja auch nicht sinnlos Alkohol in sich hinein, sobald er ein Problem hatte. Und Probleme hatte er genug; mit säumigen Lieferanten, nervigen Kunden, langjährigen Schuldnern, mit Gesundheitsamt, Sozialversicherungsanstalt, Krankenkasse und natürlich mit ihr, die ihm mit ihrer Leichenbittermiene täglich mehr auf die Nerven ging. Seiner Überzeugung nach brauchte es im Leben einfach eine gewisse Härte, man durfte sich nicht alles gleich zu Herzen nehmen. Das war schlecht für die Gesundheit und noch schlechter für die Partnerschaft. Er war ja auch nicht wegen Camillas Tod zum Säufer mutiert, er hatte Fassung bewahrt. Aber was verstand eine Schriftstellerin schon vom wahren Leben. Oder von echter Arbeit. Dabei hatte er diese Frau einst wirklich geliebt, damals vor fünfzehn Jahren, als sie als aufgehender Stern am Literaturhimmel gehandelt wurde. Damals war sie ganz anders gewesen, attraktiv, lebenslustig, humorvoll und selbstbewusst – das hatte ihm gefallen. Zumindest kurzfristig. Langfristig gesehen rückte ihr Ablaufdatum allerdings spürbar näher. Dann würde er wieder frei sein für ein neues, jüngeres Abenteuer. Erst gestern hatte er über eine Endlösung nachgedacht, als …

»Schmeckt es dir?«, unterbrach Carola nun seine Gedankengänge und sah ihn lobheischend an.

»Ganz ausgezeichnet, meine Liebe«, erwiderte er so freundlich wie möglich und verbiss sich in das seiner Ansicht nach zu stark gewürzte Fleisch.

»Was tut sich denn bei deinen neuen Forschungen? Kommst du weiter mit der Eichentinktur?« Interessiert blickte sie ihn an und reichte ihm einen weiteren Knödel.

Knut wurde gleich etwas versöhnlicher. Er liebte es, über seine Produktentwicklungen zu reden. Wenngleich nicht mit ihr. »Eibentinktur, ich experimentiere mit Eibenextrakt. Mein Gott, wann wirst du dir das endlich merken?«

»Verzeih, Liebster, ich weiß, du hast das schon hundertmal erwähnt. Ich bin derzeit einfach ein wenig zerstreut. Das neue Werk strengt mich fürchterlich an.«

Mit einer Handbewegung, als wollte er eine lästige Fliege verscheuchen, tat Knut ihren Einwurf ab. Ihr Buch interessierte ihn nicht, so wie ihn kaum noch etwas an ihr interessierte. Oder an anderen Menschen. Sein Interesse galt einzig ihm allein, nur seine Worte hatten Bedeutung, nur seine Befindlichkeiten waren es wert, eingehend besprochen zu werden.

»Nun, die Studien schreiten voran, aber die Sachlage gestaltet sich äußerst komplex. Das Taxan, also der Wirkstoff von Taxus baccata, einem Pseudo-Alkaloid, hat ja leider nicht nur gute, sondern auch schlechte Eigenschaften. Genau genommen handelt es sich bei den Polyhydroxy-Diterpenen sogar um pures Gift, und chemisch betrachtet stellen sie auch keine einheitliche Substanz dar, sondern treten in zehn unterschiedlichen Zusammensetzungen auf, wobei Taxin B zu den schädlichsten zählt, abgesehen von etlichen cyanogenen Glykosiden, die nur in den Nadeln vorkommen. Aber wo viel Schatten ist, da ist auch viel Licht. Und genau dem versuche ich auf die Spur zu kommen. Denn Taxol, also ein isoliertes Taxan-Derivat, das sich vor allem in der Rinde findet«, Knut wurde immer aufgeregter, vergaß sogar, einen Nachschlag vom Braten zu verlangen, »also, dieses Taxol hat das Zeug, zum Superstar in der Krebsforschung zu werden. Wenn es mir gelingt, exakt diejenigen Wirkstoffe zu isolieren, die die Zellteilung hemmen, dann bin ich reich. Ach was, reich, weltberühmt. Vielleicht erhalte ich sogar den Nobelpreis.«

Der Apotheker hatte sich so in die – seiner Ansicht nach unfassbar gewinnbringende – Causa hineingesteigert, dass sein Blutdruck bestimmt schon in ungesunde Höhen gestiegen war, während sein Gesicht röter erschien als das Kommunistische Manifest. Was jetzt gar nicht seiner politischen Linie entsprach. Dabei war er noch gar nicht fertig mit seinem Monolog.

»Stell dir vor, Caro, wie vielen Menschen ich das Leben erleichtern könnte, oder nein, nicht erleichtern, wie viele Menschen ich von ihrem Leiden erlösen könnte, also im Sinn von ›heilen‹ natürlich. Ich würde sie mit meiner neuen Therapie von ihren Schmerzen, von bösartigen Tumoren und metastasierenden Geschwüren befreien, nur durch die Kraft der Natur.«

Der pharmazeutische Kurpfuscher sah sich bereits als Wohltäter aller Menschen, vermutete Carola, so fanatisch, wie er sich gebärdete. Dabei war Knut jemand, dem empathische Anwandlungen so fern lagen wie die Andromedagalaxie.

Dennoch gönnte sie ihm diesen kleinen Vorgeschmack auf seinen vermeintlich triumphalen Höhenflug. Umso tiefer würde er fallen.

Sie aber, sie würde in Bälde ihr Opus magnum beendet haben. Und das würde erstmals keine Fiktion sein, sondern eine wahre Geschichte, die sozusagen ihr Ableben schrieb.

Am Tag darauf saß Carola wie stets am Fenster und blickte auf die kaum befahrene Straße hinab. Allerdings hatte sie, obwohl es bereits fünf Uhr nachmittags war, noch nichts getrunken. Und sie hatte es auch nicht vor. Für ihren Plan musste sie einen klaren, wachen Geist bewahren. Mühsam zwang sie sich in eine aufrechte Haltung, auch wenn sie dabei umgehend einen heftigen Schmerz im Unterleib verspürte. Auf gar keinen Fall durfte sie jetzt schwach werden oder gar einknicken, musste zum ersten – oder eher letzten – Mal in ihrem Leben Rückgrat beweisen. So wie beim Schreiben brauchte es auch beim Morden ein ausgefeiltes Konzept und einen bis ins Detail geplanten chronologischen Ablauf, um die Sache mit maximaler Glaubwürdigkeit über die Bühne zu bringen. Wobei in diesem Fall vor allem die Nebenhandlungen und Nebenwirkungen von Bedeutung waren. Schade, dass sie dieses Werk nicht mehr zu Papier bringen konnte. Es hätte sich bestimmt gut verkauft. Bedächtig zog sie ein abgegriffenes, in altes Zeitungspapier eingeschlagenes Notizbuch aus ihrer Schürzentasche und studierte die diversen noch zu erledigenden Punkte. »Chronik einer unangekündigten Vernichtung«, das schien ihr ein passender Titel zu sein für das, was sie vorhatte.

Als Erstes musste sie erneut mit ihrem Frauenarzt reden, dessen Befund bereits vor zehn Tagen eingetroffen war. Mit seiner Diagnose eines metastasierenden Endometriumkarzinoms hatte er den Stein von Knuts Untergang definitiv ins Rollen gebracht. Da Carola wegen ihres Hüftleidens, das sie einem Treppensturz mit bösen Mehrfachbrüchen verdankte, die ersten Schmerzen in der Gebärmutter eben jener Verletzung zugeschrieben und daher viel zu lange ignoriert hatte, war der Gebärmutterkrebs inzwischen recht weit fortgeschritten. Ihr Arzt, Dr. Klinghammer, hatte dennoch einen Behandlungsplan erstellt; in nicht einmal einer Woche würde die Strahlentherapie beginnen. Und das war gut so. Damit konnte sie ihren ungebrochenen Lebenswillen demonstrieren, was zwar eine glatte Lüge war, aber ein wichtiger Punkt bei ihrem Vernichtungsfeldzug gegen Knut.

Sie verließ ihren Fensterplatz und griff zum Telefon. Dr. Klinghammer zeigte sich sehr erfreut über ihren Kooperationswillen, zollte ihrem Kampfgeist größte Bewunderung und klärte sie pflichtbewusst über den genauen Ablauf der Radiotherapie auf.

»Wenn Sie noch Fragen haben, scheuen Sie sich nicht, mich einfach anzurufen«, meinte er zuvorkommend und hörte sich dabei sehr ehrlich an.

»Das werde ich, Herr Doktor«, erwiderte Carola. »Ich bin zwar ein wenig nervös, aber ich hänge sehr an meinem Leben. Um mir das zu bewahren, würde ich alles tun.«

»Eine gute Einstellung«, befand der Arzt. »Und eine gesunde noch dazu. Trotzdem werde ich Ihnen vorsorglich ein Beruhigungsmittel und zwei Analgetika verschreiben. Damit Sie weder Schmerzen haben noch Unruhe verspüren.«

»Ach, das brauchen Sie nicht«, meinte Carola und versuchte zu lächeln, weil sich das angeblich auf den Klang der Stimme übertrug. »Sie wissen ja, mein Mann ist Apotheker, der versorgt mich zuverlässig mit den besten Medikamenten. Er betreibt sogar Studien mit tumorhemmenden Pflanzenpräparaten, aber ich fürchte, so lange kann ich mit meiner Heilung nicht warten. Seine Forschungen dauern sicher noch Monate, wenn nicht gar

Jahre.« Wieder lächelte sie. Und diesmal gelang es ihr schon besser.

»Gut, wie Sie meinen, Frau Helmprecht, dann weiß ich Sie bis nächste Woche ja in besten Händen. Aber wie gesagt, scheuen Sie sich nicht, mich beim geringsten Problem anzurufen.«

Carola verabschiedete sich freundlich, beendete das Gespräch und strich im Notizbuch Punkt zwei auf ihrer Liste durch. Für die Erledigung von Punkt eins, dem Motiv, hatte freundlicherweise ihr Opfer selbst gesorgt, indem es vor zwei Monaten – »Wir werden alle nicht jünger, Liebling« – eine Lebensversicherung für sie abgeschlossen hatte. Über eine exorbitant hohe Summe. Selbst der Versicherungsmakler war ziemlich verwundert gewesen, doch ihr Gatte hatte jeden Zweifel durch eine überzeugende theatralische Darbietung beseitigt. Zumindest beim Versicherungsheini.

Er hätte in seinem bisherigen Leben schon so schwere Verluste hinnehmen müssen, hatte Knut mit Tränen in den Augen erklärt, zuerst seine Eltern, danach seine Tochter; selbst sein schwarzer Kater wäre einem tragischen Unglück erlegen.

Dabei hatte dieser Unmensch das arme Tier, das eigentlich ihr gehört hatte, einfach vergiftet, weil er Katzen nicht leiden konnte. Das wusste Carola mit Bestimmtheit, weil sie das Rattengift gefunden hatte. Im Garten unter dem üppig blühenden Hortensienbusch, einem Lieblingsplatz des Katers.

Und nun täuschte ausgerechnet Knut, dieser Heuchler, Betroffenheit aus allen Poren vor.

Würde auch noch seiner über alles geliebten Frau etwas zustoßen, jammerte der falsche Fuffziger in klagendem Tonfall, wäre er völlig am Ende. Dann bliebe ihm allein die pharmazeutische Forschung, um seinem Leben weiterhin Sinn zu verleihen. Mit seinen Naturheilmitteln könne er den Menschen sehr viel Gutes tun, aber dafür brauche es halt leider auch sehr viel Geld. Der Policenfritze war ernsthaft gerührt gewesen von dieser Dreifachdosis an Nächstenliebe. Ohne weitere Einwände hatte er die hohe Vertragssumme abgesegnet.

Nun stand also Punkt drei des Vernichtungsplanes an. Der

schwierigste. Wie gern hätte Carola jetzt zur Flasche gegriffen, um sich Mut anzutrinken, doch manchmal, wenn die Dinge eine hohe Konzentration oder absolute Selbstkontrolle erforderten, konnte Alkohol sich recht schnell vom Freund zum Feind entwickeln. Entschlossen stellte sie den Wein zurück und trank stattdessen ein Glas Leitungswasser gegen ihre ausgetrocknete Kehle. Dann holte sie mit zitternden Händen die im Putzmittelschrank verborgene Metalldose hervor. Außen stand »Powerfix – Scheuerpulver« drauf, darin befand sich der schrecklichste Teil von Carolas Leben.

Als die Schriftstellerin den Deckel aufschraubte, hatte sie das Gefühl, die Büchse der Pandora geöffnet zu haben. Einen furchtbaren Moment lang sah sie wieder das Gesicht ihrer Tochter, bleich und blass unter der Trauerweide, wie sie die Hand zum Gruß gehoben hatte. Sechs Jahre lag der Tod Camillas nun zurück, und erst vor drei Monaten war sie zufällig der Wahrheit auf die Spur gekommen. Einer derart grauenvollen Wahrheit, die sie schier in den Wahnsinn getrieben hatte. Und für die ihr Mann bald büßen würde bis ans Ende seines Lebens.

Es war im Dezember geschehen, an einem besonders kalten Wintertag, Eisblumen hatten die Fenster verziert, der Wagen – damals hatte sie noch einen Chauffeur besessen – hatte nicht anspringen wollen, Camilla beim Frühstück herumgetrödelt und Knut nach dem Starterkabel gesucht. Sie war, wie stets vor einer Lesetour, reizbar und nervös gewesen, hatte drei Mal kontrolliert, ob sie auch wirklich die richtigen Unterlagen eingepackt hatte, noch schnell nach den Dragees gegen Stimmbandreizung gegriffen, den Gatten hektisch umarmt und mit großer Verspätung den Wagen bestiegen.

Die erste Lesung hatte in Berlin stattgefunden, und alles war gut gelaufen. Danach war es nach Bremen gegangen, und am dritten Tag, als sie sich gerade auf den Weg nach Hannover hatte machen wollen, war der Anruf gekommen, der alles verändert hatte.

»Camilla ist tot«, hatte Knut gestammelt, dann war seine Stimme gebrochen, und er hatte nur noch in den Hörer geheult.

Und sie hatte mitgeheult, es anfangs nicht glauben können, an ihrem Verstand gezweifelt, danach Gott verflucht und später auch sich selbst, weil sie der Ansicht war, ihre Tochter für ihre Karriere geopfert zu haben.

Ihr kleines Mädchen war auf den Dachboden gestiegen und dort aus einem Fenster gefallen. Direkt auf die schmale Straße mit der harten Eisschicht drauf. Schnee hätte ihren Aufprall vielleicht dämpfen können, aber es hatte nicht geschneit. Warum sie überhaupt auf den Speicher gegangen war und dort ein Fenster geöffnet hatte, war für lange Zeit ein unerklärliches Rätsel geblieben. Nach Camillas Tod war Carola selbst unzählige Male dort hinaufgestiegen, hatte nach irgendeinem Anhaltspunkt gesucht, aber nie etwas gefunden. Und dann, als sie bestimmt schon ein Dutzend Mal in dem kahlen Raum mit der gruseligen Atmosphäre gewesen war, in dem es außer Spinnweben, ausrangiertem Mobiliar und Truhen voller Altpapier nichts gab, war sie auf dem Rückweg die steile Treppe hinuntergestürzt, ein Fall, von dem sie sich nie mehr erholen sollte. Bis heute erinnerte sie sich nur noch daran, dass sie gerade den Riegel vor die morsche Speichertür hatte schieben wollen, als es geschah. War es ein Schwächeanfall gewesen? War sie vor etwas erschrocken und instinktiv einen Schritt zurückgetreten, oder hatte jemand nachgeholfen? Sie wusste es bis heute nicht. Aber wie ihr blonder Engel gestorben war, das wusste sie mittlerweile.

Camilla war nicht auf den Dachboden geklettert, um dort zu spielen oder auf Schatzsuche zu gehen. Die Sechsjährige hätte vermutlich nicht einmal die Tür zum Speicher allein öffnen können. Daher waren die Polizei und sie jahrelang davon ausgegangen, dass die Tür versehentlich offen gestanden hatte. Aber so war es nicht gewesen. Camilla war ihrem Vater gefolgt. Und das nicht freiwillig. Knut hatte seine eigene Tochter missbraucht, war ihr an die Wäsche gegangen, hatte Hand an sie gelegt und ihr Schlimmstes angetan. Beim Gedanken an die Todesängste, die ihr Kind hatte ausstehen müssen, spürte Carola wie stets stichflammenartigen Hass in sich auflodern. Wie böse musste ein Vater sein, um die Liebe seiner Tochter derart auszunutzen.

Carola nahm die Fotos zur Hand, auf denen Camilla nackt, mit offenem Haar und Gänsehaut in die Kamera blickte. Unendlich traurig sah sie aus, wie sie sich auf Geheiß des väterlichen Peinigers entweder an die Brust oder zwischen die Beine griff. Sie hatte sogar ähnliche Aufnahmen gefunden, wo die Hand zwischen den Beinen, an der Brust oder dem Po groß, kräftig und behaart gewesen war. So wie Knuts Hände.

Hätte Carola im Suff nicht den Schutzengelanhänger verloren, weil sie mit der Kette an einem Granulator hängen geblieben war, sie wäre niemals auf dieses Archiv des Schreckens gestoßen, das Knut, dieser Teufel in Menschengestalt, unter einer Palette angelegt hatte. Doch so war die Kette gerissen und das kleine goldene Schmuckstück genau unter sein Versteck gerollt. Die übel riechenden Behälter voller Fettemulsionen, die auf den Holzbrettern gestapelt waren, hatten wohl der Abschreckung dienen sollen.

Auch Carola hatte es vor diesen stinkenden Substanzen gegraut, doch die Vorstellung, dass ihr Mann den Anhänger ausgerechnet in seiner hochheiligen Forschungsstätte, zu der außer ihm und ein paar Pharmareferenten niemand Zutritt hatte, finden würde, war noch viel grauenvoller gewesen. Offiziell gab es nur einen einzigen Schlüssel zu seinem pharmazeutischen Refugium, und den trug er stets bei sich. Dass Carola bereits vor Jahren ein Duplikat hatte anfertigen lassen, das wusste niemand. Am allerwenigsten er. Hätte Knut geahnt, dass sie sich auf der Suche nach hochprozentigem Alkohol schon seit Jahren regelmäßig in seinen sterilen Räumlichkeiten herumtrieb, er hätte sie bestimmt erwürgt. Oder zu Tode geprügelt, während sie sich um Kopf und Kragen geredet hätte. Manchmal hatte sie sogar ein paar berauschende Substanzen geklaut, was Knut gleichfalls nie aufgefallen war. Alkohol verstärkt bekanntlich die Wirkung von Drogen, weshalb ihr stets kleinste Mengen genügt hatten, um eine ansprechende Wirkung zu erzielen.

Auch an jenem fatalen Tag war sie auf der Suche nach trinkbaren Spirituosen gewesen, doch das Schicksal hatte offenbar andere Pläne mit ihr gehabt und den Schutzengelanhänger direkt unter der verhängnisvollen Palette verschwinden lassen, so als hätte ihre Tochter ihn persönlich dort deponiert, um das Geheimnis um den Fenstersturz endlich zu lüften.

Carola konnte sich noch gut erinnern, wie sie sich nach dem Erinnerungsstück gebückt und dabei die großformatigen Horrorbilder entdeckt hatte. Nur das oberste Dutzend hatte sie sich genauer angesehen, mehr hatte sie nicht verkraftet, und war anschließend in eine Art komatöse Schockstarre gefallen, von der sie erst am Morgen danach auf dem kalten Fliesenboden des Labors wieder erwachte, eine leere Flasche Branntwein in der linken Hand. Auch in ihr hatte alles gebrannt, der Magen, die Kehle und vor allem ihr Herz. Ihr Mann ein Kinderschänder, der sich an der eigenen Tochter vergriffen hatte. Dafür würde er ewiglich in der Hölle schmoren, so wahr ihr Gott – oder auch der Teufel – helfe. Entweder würde sie ihn gleich bei seiner Rückkehr umbringen, was allerdings einen längeren Gefängnisaufenthalt für sie bedeutet hätte, oder mit dem belastenden Material Anzeige bei der Polizei erstatten.

Doch je länger sie die beiden Möglichkeiten gegeneinander abwog, desto unbefriedigender kamen sie ihr vor. Warum sollte sie einsitzen, wenn ihr Mann ein Mörder war? Und warum wurde Kindesmissbrauch nach wie vor wie ein Kavaliersdelikt behandelt? Möglicherweise galt die Tat mittlerweile sogar als verjährt, und Knut würde gar nichts passieren. Nein, sie musste sich definitiv ein anderes, besseres, wirkungsvolleres und vor allem schmerzhafteres Vorgehen für ihren pädophilen Ehemann einfallen lassen.

Und erneut half das Schicksal ihr weiter, denn bald darauf traf der Befund des Gynäkologen ein. Das bösartige Karzinom, das sich in ihr eingenistet hatte, bedürfe, so Dr. Klinghammer, einer monatelangen Strahlentherapie, verbunden mit massiven medikamentösen Maßnahmen. Nur dadurch sei sie zu retten. Doch Carola wollte gar kein Leben retten, ganz im Gegenteil, sie wollte das ihres Mannes zerstören.

Und auf einmal hatte die krebskranke Apothekergattin auch die passende Idee. Rasch steckte sie die inkriminierenden Pornobilder in ein A3-Kuvert und schob es unter ihr Bett, das sie längst mit niemandem mehr teilte. Die Fotos waren das vorletzte Glied ihres genial konzipierten Vernichtungsplans. Der Countdown hatte begonnen.

»Hättest du lieber zwei weiche Eier oder Rührei mit Schinken?«, fragte Carola ihren Mann an jenem alles entscheidenden Tag, während sie das Kännchen mit dem frisch geschlagenen Milchschaum auf den Frühstückstisch stellte.

Knut murmelte etwas, das vermutlich »Rührei« heißen sollte, und vertiefte sich wieder in die Zeitung. Früher einmal, da hatte sie dieses abweisende Verhalten als tiefe Kränkung empfunden, nicht verstanden, wie man, statt miteinander zu reden, eine Barriere aus Papier aufbauen konnte. Heute hingegen war sie froh, ihn nicht anschauen zu müssen. Zu sagen hatten sie sich ohnedies schon lange nichts mehr.

Erst als Knut seine Morgenmahlzeit mit Zeitungslektüre beendet hatte – ausgerechnet auf dem Kulturteil prangten nun schmierige gelbe Rühreiflecken –, erlaubte sich Carola, so etwas wie ein Gespräch zu beginnen.

»Ich fühle mich heute irgendwie kränklich. Die Hüfte, der Kopf, alles tut mir weh. Geschlafen hab ich auch schlecht. Du hast nicht zufällig ein paar deiner Stärkungspastillen daheim? Und ein paar Vitaminpräparate würden mir bestimmt auch nicht schaden.« Flehentlich sah sie ihn an.

Knut widerstrebte es zwar, Carola das Leben erträglicher zu machen, geschweige denn es zu verlängern, aber noch mehr widerstrebte es ihm, ausgerechnet seine Ehefrau mit »Fremdmitteln« zu versorgen. Immerhin war er selbst Produzent pharmazeutischer Produkte. Manche seiner Präparate hatte er sogar an Carola und seinen Angestellten gestestet, was ihm einen harschen Verweis von der Apothekerkammer eingebracht hatte. Seitdem zog er nur noch sein Weib als Versuchskaninchen heran, denn die beschwerte sich nie. Und schluckte alles.

»Aber sicher«, antwortete er also. »Ich such dir gleich was raus. Der atmosphärische Tiefdruck macht derzeit ja vielen Leuten zu schaffen.«

Mit aufgesetzter Freundlichkeit warf er Carola wenige Minuten später die zwei Schachteln auf den Tisch. Im Labor hatte er meist ein paar Probepackungen für die Pharmareferenten gebunkert. Oder eben für Carola, deren Befindlichkeiten seiner Ansicht nach ohnedies nur zwischen kränklich, schwächlich, unpässlich oder besoffen wechselten.

»Aber nimm nicht gleich alle auf einmal«, ermahnte er sie aus alter, wenngleich nicht lieber Gewohnheit, während er noch rasch ein paar Dosierungsvermerke auf die beiden Packungen schrieb. Dann blickte er gehetzt auf die Uhr, griff nach seiner Aktentasche, wünschte Carola einen schönen Tag – seine Standardfloskel für Laufkundschaft – und machte sich auf in Richtung Apotheke.

»Ich werde erst sehr spät zurück sein. Heute ist Gewerbestammtisch, das kann dauern. Und mittags muss ich mich endlich um die Buchhaltung kümmern, die ist für dieses Quartal schon längst fällig«, meinte er noch an der Tür und warf seiner Frau einen vorwurfsvollen Blick zu. Neben ihrer Rolle als Putzfrau und Köchin hätte sie durchaus auch noch den ganzen gewerblichen Papierkram erledigen können, fand zumindest Knut. Sie saß ohnedies nur daheim herum, entweder vor dem Computer oder vor der Weinflasche, ein nutzloser Kostenfaktor, den er sich irgendwann vom Hals schaffen müsste. Mit derart bösen Gedanken im Kopf verließ der Apotheker eilig das Haus.

Die Autorin hingegen war erstmals seit Langem bester Laune. Das große Finale stand unmittelbar bevor. Heute Mittag würde sie Punkt vier ihres Strategieplans in die Tat umsetzen. Dann galt es nur noch, abzuwarten und Tee zu trinken. Oder besser Wein. Sie hatte sich extra zu diesem Anlass einen guten Roten aus dem Burgenland bereitgestellt, einen Zweigelt Barrique. Mit ihm würde sie auf die letzten Tage ihres Lebens anstoßen. Und natürlich auf den Untergang Knuts.

Kaum erklang das Mittagsläuten, schritt Carola zur Tat. Unter Aufbietung all ihrer Kräfte schleppte sie die riesige Stereoanlage vom Wohnzimmer, das auf der Rückseite des Hauses lag, bis zu ihrem Fensterplatz. Dann kramte sie in der untersten Schublade ihrer Schlafzimmerkommode nach der CD. Es hatte sie unendliche Mühe gekostet, eine Sprachaufzeichnung von ihrem Handy auf die CD zu kopieren, aber letztlich hatte sie es geschafft. So wie bislang alles reibungslos funktioniert hatte. Auf ihren Einfall mit dem Ehekrach war sie besonders stolz. Vor etwa fünf Tagen hatte sie genau das Gegenteil von dem getan, was sie sonst seit Jahren tat. Sie hatte sich nicht betrunken. Als der Pillendreher spätabends nach Hause gekommen war, hatte sie sich lallend und spuckend auf dem Küchenboden gekrümmt, neben sich gleich drei leere Weinflaschen, und so getan, als müsste sie sich übergeben.

Knut hasste es, wenn sie trank, und noch mehr hasste er den Anblick von erbrochenem Mageninhalt auf dem sündhaft teuren Schiffsplankenboden. Er würde alles tun, um sie irgendwie vom Küchenboden Richtung Kloschüssel zu verfrachten, bevor sie den Boden versaute, war Carola überzeugt gewesen. Und sie behielt recht. Knut hatte verzweifelt versucht, sie aus ihrem fötalen Rollzustand in eine aufrechte Position zu bringen, um sie so auf die Toilette zu schleppen. Doch kaum hatte er sie berührt, hatte sie aus Leibeskräften und mit hysterisch-angstvoller Stimme gebrüllt: »Fass mich nicht an!« Sie kreischte in höchsten Tönen: »Lass mich los! Du bringst mich noch um!« Erneutes Gekreische. »Willst du mich vielleicht vergiften?«

Vergeblich hatte Knut versucht, sie einigermaßen zur Räson zu bringen, indem er mit leiser Stimme beruhigend auf sie einredete. Sogar ein Glas Wasser mit Rescue Tropfen hatte er ihr aufdrängen wollen, aber sie hatte sich weder beruhigen noch aufrichten oder gar zum Trinken zwingen lassen. Nach etwa einer Viertelstunde vertaner Zeit und Liebesmüh war ihr Gatte mit hasserfülltem Blick abgezogen und hatte, die perfekte Zugabe für Carolas Inszenierung, auch noch die massive Vollholztür zur Küche lautstark zugeschlagen.

Mehr hatte Carola nicht gebraucht. Sie hatte die Taste für Aufnahmestopp ihres Handys gedrückt und sich unter Ächzen und Stöhnen vom Boden erhoben, was jedoch ihrer Hüfte und nicht dem Alkohol geschuldet war.

Und heute würde sie die gesamte Siedlung in Stereofonie und bei aufgerissenen Fenstern an den dramatischen Zuständen ihrer Ehe teilhaben lassen. Der Tag war ideal gewählt, denn der Wettergott meinte es gut mit ihr. In spätestens zehn Minuten würde die Walkinggruppe des örtlichen Rentnervereins direkt an ihrem Haus vorüberziehen.

Carola legte die CD ein, drehte das Volumen hoch, betätigte die Pausetaste und wartete, bis sie die ersten Gestalten mit schwingenden Stöcken um die Kurve biegen sah. Dann drückte sie rasch auf Play, und los ging die Vorstellung. Die Urheberin dieses vermeintlichen Dramas verbarg sich derweil hinter einer Gardine und spähte vorsichtig nach unten auf die Straße.

Beim zweiten gekreischten »Lass mich los!« bremste das Grüppchen nahezu synchron ab und starrte fassungslos nach oben. Köpfe wurden geschüttelt, Hände gerungen, Haare gerauft, aber niemand schien so wirklich zu wissen, was nun zu tun sei. Carola konnte hören, wie ein paar Walker, genau genommen drei von dreizehn, für einen Anruf bei der Polizei waren, während alle anderen dafür votierten, das Geschehen zuerst mal in gebotener Ruhe weiterzuverfolgen, um dessen Brisanz besser einschätzen zu können. Dabei stand ihnen die Sensationsgier in die faltigen Gesichter geschrieben. Eine resolute, recht korpulente Frau – Carola glaubte, in ihr die alte Kirchenwirtin zu erkennen – brüllte schließlich zweimal »Hallo!« in ihre Richtung und wagte sogar, auf den Klingelknopf zu drücken. Doch zu weiteren Schritten konnte auch sie sich nicht durchringen. Zum Glück. Carola, die Dramaturgin dieser akustischen Performance, wäre in echten Erklärungsnotstand geraten, hätte auf einmal die Polizei vor der Tür gestanden und sie allein vorgefunden. Doch mit der Zivilcourage von Kleingutenberg war es beruhigenderweise auch nicht besser bestellt als anderswo. Alle gafften, alle standen herum, alle hatten vor Aufregung strahlende Augen und glänzende Wangen, aber niemand unternahm etwas.

Als die circa fünfzehnminütige Beschallung zu Ende war, blickten die Walker noch eine Weile erwartungsvoll zu den offenen Fenstern im ersten Stock hinauf, zogen letztlich aber gelassen weiter, jeder Hoffnung auf eine Fortsetzung beraubt.

In nicht einmal vierundzwanzig Stunden würde sich die Nachricht vom Helmprecht'schen Beziehungsdrama flächendeckend im ganzen Dorf verbreitet haben, dessen war sich Carola sicher. Angesehener Apotheker bedroht seine Frau, das war Balsam für ländliche Ohren. Hier passierte ja sonst nichts, sah man von größeren Alkoholexzessen am Stammtisch oder kleineren Handgreiflichkeiten beim Feuerwehrfest einmal ab.

Nur Knut würde davon nichts erfahren, auch davon war sie überzeugt, denn er hatte während ihrer grandiosen Vorstellung einsam, alleine und vor allem unsichtbar im Hinterzimmer der Apotheke gesessen und Steuerunterlagen sortiert. Und der abendliche Gewerbestammtisch, zu dem er sich noch begeben würde, fand im hundert Kilometer entfernten Rheinberg statt. Auch dort würde er bestimmt niemanden aus dem Ort zu Gesicht bekommen. Zudem war es äußert unwahrscheinlich, dass überhaupt jemand ihre Ehestreitigkeiten zur Sprache brächte, denn in Familienangelegenheiten mischte man sich aus Rücksicht, Nachsicht und vor allem Vorsicht nicht ein.

Und tatsächlich hatte Knut, als er am nächsten Tag wie üblich im Laden stand, nicht die geringste Ahnung, warum ihm Kunden wie Angestellte immer wieder verstohlene Blicke zuwarfen. Als eitler Mensch fragte er auch nicht nach, sondern führte das auffällige Interesse an seiner Person auf seinen neuen Seidenschal zurück, der ihm seiner Ansicht nach besonders gut zu Gesicht stand. Dabei galt die Aufmerksamkeit der Leute allein seinem gestrigen Ehekrach, von dem Knut nichts ahnen konnte. Er war ja nicht dabei gewesen.

Carola hingegen genoss den Anblick des Himmels, der in einem frühsommerlichen Blau erstrahlte. Zufrieden gönnte sie sich einen letzten Schluck Wein auf dieser Erde und rekapitulierte penibel die einzelnen Punkte ihres perfiden Plans.

Knut hatte eine Versicherung mit einer unverhältnismäßig hohen Summe auf ihr Leben abgeschlossen, was selbst den Makler verwundert hatte. Er würde sich umgehend an den Fall erinnern. Carola war zudem überzeugt davon, dass ihr Mann sie über kurz oder lang hatte töten wollen, aber da würde er nun leider Pech haben.

Der Frauenarzt wiederum konnte bezeugen, dass sie medikamentös von ihrem eigenen Gatten, der aktuell sogar zu tumorhemmenden Produkten forschte, versorgt worden war. Und den Angestellten in der Apotheke würde einfallen, dass ihr Chef sie als Versuchskaninchen für seine Naturheilmittel missbraucht hatte.

Die pädophilen Aufnahmen würden ihr Übriges tun, um Knuts Ruf bis in alle Ewigkeit zu ruinieren. Damit nicht genug, konnte die gesamte Nordic-Walking-Gruppe bezeugen, dass ihr Mann sie erst am Vortag ernsthaft bedroht hatte.

Und Gertrude, die brave, zuverlässige Gertrude, würde garantiert das autoritäre Gehabe des Apothekers ansprechen. Und die Angst, die Carola offenbar vor ihm gehabt hatte.

Das alles sollte ausreichen, um ihren verhassten Ehemann in sehr schlechtem Licht dastehen zu lassen.

Carola setzte das Weinglas ab und griff nach Knuts Vitaminpillen und Aufbaupräparaten, um die sie ihn gestern gebeten hatte. Da sie Handschuhe trug, würde man später allein seine Fingerabdrücke auf Schachtel und Inhalt sicherstellen. Sogar das Labor hatte sie gestern Abend noch stundenlang gereinigt, um jede Spur ihrer Anwesenheit zu tilgen.

Die kleinen gelbgrünen Kapseln waren das perfekte Mordinstrument. Sie mit einer Pinzette zu öffnen war ein Kinderspiel gewesen. Ihr Inhalt, ein weißliches Pulver, bestand laut Beipackzettel aus einer Mischung aus Traubenzucker, Brennnesseln, Giersch, Guarana und Karottenpulver. Carola hatte die Hälfte des Pulvers in den Abfluss gekippt und durch Eibenextrakt ersetzt. Knut experimentierte im Rahmen seiner größenwahnsinnigen Antikrebsstudie ja gerade mit diesen extrem effizienten und sehr gefährlichen Wirkstoffen der Eibe. Ganze zwei Regalreihen waren mit Substanzen der Taxus baccata gefüllt, wobei er die giftigen – und an Eiben war nahezu alles bis auf den Samenmantel giftig – mustergültig mit einem Totenkopfsymbol gekennzeichnet hatte.

Leider hatte Carola keine Ahnung von der exakten letalen Dosierung, auch wenn dieser Baum der Trauer bereits in der Antike den Weg in die Unterwelt gesäumt hatte und als Pfeilgift, Mordinstrument und sogar lebensbedrohliches »Volksarzneymittel« äußert beliebt war. Die historisch verbürgten, garantiert tödlichen Mengenangaben wiesen dennoch eine beachtliche Streuung auf. Also beschloss sie, lieber auf Nummer sicher zu gehen und besser zu viel als zu wenig zu schlucken. Sie nahm fünfzehn der mörderisch präparierten Kapseln in die behandschuhte Hand und würgte eine nach der anderen unzerkaut hinunter. Eine für jedes Jahr, das sie mit diesem Monster von Mann verbracht hatte.

Danach verstaute sie die Pinzette wieder im Necessaire, warf die Handschuhe in den Putzmitteleimer zu den anderen, deponierte die pädophilen Aufnahmen neben den giftigen Tabletten auf dem Küchentisch, ließ die Haustüre einen Spaltbreit offen stehen und legte sich zum Sterben nieder. Ihre Tochter war gerächt. Spät, aber doch.

Als Gertrude Kronbichler gegen dreizehn Uhr mit den Einkäufen vom Bauernmarkt erschien, war Carola bereits mausetot. Die Nachbarin erstarrte, stieß einen Schrei aus und rief umgehend Notarzt, Rettung und Polizei.

Als Knut Helmprecht, der samstags nach Geschäftsschluss stets im Nachbarort ein paar Runden Tennis mit den heimischen Honoratioren spielte, gegen siebzehn Uhr sein Haus betrat, erwartete ihn bereits ein Kommissar vom Landeskriminalamt, eingerahmt von vier weiteren Polizisten und der Spurensicherung. Dazu hatte sich das halbe Dorf gesellt, das sich neugierig vor dem Gartentor zusammendrängte, nachdem es die Gesetzeshüter bereits in epischer Breite über das gewalttätige Eheleben der Helmprechts in Kenntnis gesetzt hatte.

Der Kommissar trat auf Knut zu, hielt ihm einen Haftbefehl hin und sagte: »Ich verhafte Sie wegen Mordes an Ihrer Frau. Sie haben das Recht zu schweigen …«

Und weil dem Apotheker erstmals in seinem Leben wirklich die Worte fehlten, machte er von seinem Recht Gebrauch.

Eibe, Taxus baccata (sehr giftig)

Mord- und Selbstmordbaum

Die Eibe gilt zu Recht als einer der bedrohlichsten Bäume der Welt. Bei den Römern war sie der Unterwelt geweiht, bei den Griechen galt das Nadelgehölz als Baum der Trauer. Generell steht sie gerne auf Friedhöfen herum, doch sollte man nie in ihrem Schatten verweilen, es sei denn, man ist bereits tot. Ansonsten wächst die Lebensgefahr mit jedem Annäherungsversuch.

Bereits Plinius warnte davor, Wein aus Eibenholzbechern zu trinken, Iren und Kelten tränkten ihre Pfeile im Sud der Nadeln, um Opfern keine Chance zu lassen, und selbst der legendäre Ötzi trug einen Jagdbogen aus Eibenholz mit sich. Kurz gesagt: Das schmucke Gewächs hat eindeutig das Zeug zum Serientäter oder Massenmord.

Schon zu Cäsars Zeiten nahm sich der Eburonenfürst Catuvolcus mit Taxus baccata das Leben, und Tausende machten es ihm seither nach: ein Jüngling, der aus Liebeskummer vierzig Nadeln zerkaute, ein paar Gefängnisinsassen, die genug von schwedischen Gardinen hatten, lebensmüde Schwangere, die sich mitsamt ihren Föten ins Jenseits beförderten – die Reihe klinischer Fälle ist endlos. Allein in den USA vergifteten sich innerhalb von zehn Jahren über elftausend Menschen mit Rinde, Nadeln oder Samen – die Fruchtbecher sind, sofern man den Samen entfernt, harmlos –, allen voran Kinder, Weidevieh und ignorante Gesundheitsfreaks.

Aber nicht nur Selbstmord, auch Mord gelingt mit Eibenextrakten recht zuverlässig. Schon Agatha Christie tötete in »Das Geheimnis der Goldmine« damit, weil das Gift sehr wirksam und ungewöhnlich ist. Dass Taxol (ein Rindenextrakt) als tumorhemmendes Mittel bei der Chemotherapie Karriere gemacht hat und im Südburgenland oder der Türkei immer noch köstliche Eibenmarmelade produziert wird, wiegt die letalen Seiten der Pflanze nicht auf. Schon hundert Gramm reichen für einen Abgang. Denn wehe, die »Eibe schlägt an die Scheibe, ein Funkeln im Dunkeln …« (Theodor Fontane).

Info: auch Bogenbaum oder Todesbaum genannt, jedenfalls ein »Baum voller Gift und Niedertracht« (1240, Bartholomäus Anglikus). Immergrüner, harzloser und langsam wachsender Nadelbaum mit rotbrauner Rinde und roten, fleischigen Samenbeeren statt Zapfen. Eiben können sehr alt werden. Blüte: März–April, Früchte: September–Oktober | **Inhaltsstoff:** Taxin (am meisten findet sich davon in den Nadeln männlicher Pflanzen im Winter) | **Vergiftungserscheinungen:** Pupillenerweiterung, rote Lippen, Koliken, Nierenschäden, Arrhythmien, Erstickungskrämpfe, Leberversagen, Koma, Tod. Besonders toxisch ist Taxin für Pferde, ungiftig für Rehe und Hirsche.

Alles für die Katz ...

Lachspastete an Mohrrübenmousse oder Fasanenbrüstchen mit Kräuterkroketten? Hirschragout hatte es gestern erst gegeben, sollte ich demnach einen Fischtag einlegen oder weiterhin auf Waidmannskost setzen? Andererseits, die blauen Porzellanschälchen befanden sich gerade in der Spülmaschine, und das Mohrrübenmousse würde farblich ganz schlecht mit dem bordeauxroten Terrakottaservice harmonieren. Schließlich verlangte auch das Auge seinen Teil, da wollte ich keine Abstriche machen.

Entschlossen griff ich nach den gespickten Fasanenbrüstchen. Für den anspruchsvollen Gaumen meiner Liebsten war nur das Beste gut genug. Ich briet die Brüstchen kross an, streute ein wenig Parmesan drauf, legte zum Dessert ein knuspriges Baldrianplätzchen bereit und schüttelte noch rasch die Sofakissen auf – dann rief ich nach meinen Lieblingen.

Die graziöse Delilah kam stets als Erste. Ich konnte mich nicht sattsehen an ihrem eleganten, raubtierhaften Gang. Lautlos stolzierte sie über den Rasen, hoch erhobenen Kopfes betrat sie das Haus, und kaum sah sie mich, schmiegte sie sich auch schon zärtlich an meine Waden. Wie klein und hilflos sie einmal gewesen war – und heute eine ausgewachsene Schönheit.

Voller Mutterstolz blickte ich zu den blau gerahmten Fotos, die mittlerweile jeden verfügbaren Quadratzentimeter der Wohnzimmerwand einnahmen und den unglaublichen Werdegang meines Wonneproppens dokumentierten. Dennoch, der Wirklichkeit wurden sie kaum gerecht. Zwar kam Delilahs Noblesse auf ihnen recht gut zur Geltung, doch Sensibilität und Selbstbewusstsein ließen sich halt nicht ablichten. Man musste meinem Mädchen, dieser charmanten kleinen Persönlichkeit, einfach selbst gegenüberstehen.

Vor lauter Träumereien hätte ich beinahe das Mittagsläuten überhört. Als ich aufstand und mit Delilah auf den Fersen erneut die Küche betrat, starrte Rufus schon ungeduldig auf die Anrichte, wo die Fasanenbrüstchen lagen.

Dino, der seinem älteren Bruder auf Schritt und Tritt folgte, kauerte geduckt neben ihm. Er war zu Rufus' Schatten geworden, trieb sich stets in dessen Nähe herum und wagte keinerlei Alleingänge, was mir sehr angenehm war. Dadurch wusste ich ihn vor den mörderischen Gefahren der Außenwelt geschützt.

Schnell trug ich die Teller zum Sofa. Während die drei Samtpfoten sich hungrig über die Fasanenbrüstchen hermachten, nahm ich im alten Schaukelstuhl meiner Großmutter Platz und sah den Katzen beim Futtern zu. Es gibt doch nichts, was eine Mutter mehr beglückt als der gesunde Appetit ihrer Kinder. Und obwohl ich diesen Anblick jeden Tag genießen durfte, erfreute ich mich stets aufs Neue an den zarten rosa Näschen, die jedes einzelne der knusprigen Fleischstückchen erst einmal ausgiebig beschnupperten, bevor sie sich sittsam darüber hermachten.

Wie so oft kam mir dabei mein Egon – Gott hab ihn selig – in den Sinn. Sein Geschmatze bei Tisch hatte mich beinahe in den Hungertod getrieben, so sehr hatte ich mich davor geekelt. Egal, wie appetitlich der Braten auch geduftet hatte, kaum hatte dieser Vielfraß seine Zähne grunzend ins Fleisch geschlagen, war mir jeglicher Appetit vergangen. Nicht einmal mit dem Besteck hatte dieser Tölpel umgehen können. Ständig hatte er mit dem Käsemesser zwischen seinen Zähnen herumgestochert, hatte die Gabel benutzt, um sich am Rücken zu kratzen, oder mit dem Suppenlöffel nach meinen Lieblingen geworfen, um sie aus der Küche zu vertreiben.

»Ich will diese verlausten Viecher nicht in meiner Nähe haben!«, hatte er unweigerlich gebrüllt, kaum hatte sich auch nur der kleinste graue Schatten im Türrahmen gezeigt.

Dabei war seine Art der Nahrungsaufnahme der Bedeutung von »fressen« viel näher gekommen als alles, was meine Schlabbermäulchen mit ihrem Futter je angestellt hatten.

Zum meinem – und meiner Katzen – Glück war es mit der Gesundheit meines Gatten nicht zum Besten bestellt gewesen.

Zuerst hatte er es im Kreuz, danach mit seinem Vorgesetzten, und letztlich hatte er auch noch Herzprobleme bekommen. Einige Wochen lang hatte er unleidig gestöhnt und geschnauft, sich einfach nicht in sein Schicksal ergeben wollen, Gott, die Welt und vor allem mich wegen seines körperlichen Verfalls beschuldigt, aber nichts und niemand hatte ihm helfen können. Oder auch wollen. Nach monatelangem Protestgeheule war er endlich gestorben, was ich dann doch sehr nett von ihm fand.

Von meinen letzten Ersparnissen sowie der Versicherungsprämie, die mir nach Egons Tod zugefallen war, konnte ich mir sogar ein winziges Knusperhäuschen im Grünen leisten, um mich von meinem fünfunddreißigjährigen Gattinnenmartyrium zu erholen und meinen drei schnurrenden Lieblingen ein artgerechtes Leben zu ermöglichen. In diesem neuen friedvollen Paradies konnten sie endlich die lang ersehnte Freiheit genießen, die sie in der Großstadt so schmerzlich vermisst hatten. Eingezwängt zwischen Blumenkübeln, Müllcontainern und parkenden Autos, ständig bedroht vom Durchgangsverkehr, das war doch kein Leben für so aristokratische Tiere gewesen. Womöglich wären sie dort noch vor die Hunde gegangen. Aber hier waren sie endlich in Sicherheit. Natürlich musste man immer mit einem betrunkenen Rowdy am Steuer, einem frei laufenden Hund oder einem verirrten Wanderer rechnen, der in Begleitung einer lärmenden Kinderschar die Gegend unsicher machte, doch bis zum heutigen Tag hatte ich dergleichen nicht zu Gesicht bekommen.

Und mit meinen Nachbarn gab es auch keine Probleme. Linker Hand wohnte seit Ewigkeiten eine nette ältere Dame namens Mathilde, die zwar ein wenig schrullig war, dafür aber mit jeder Menge Klatsch und Tratsch aufwarten konnte. Mathilde hatte nie geheiratet und ihr Leben in den Dienst der hiesigen Pfarrgemeinde gestellt. Sofern sie nicht gerade im Garten werkelte. Außer vom Herrn Pfarrer und ein paar betagten Betschwestern erhielt sie auch kaum Besuch. Das Haus zu meiner Rechten hingegen stand seit einigen Jahren leer, was mir mehr als angenehm war.

Nun brauchte ich keine schlaflosen Nächte mehr zu verbringen, wenn sich meine Bande abends aufmachte, um auf Mäusefang zu gehen. Von ihren Streifzügen waren die drei bislang immer wohlbehalten, wenn auch ausgehungert, zurückgekehrt. Es ging halt nichts über das ruhige Leben auf dem Land, wo sich ein friedlicher Tag nahtlos an den anderen reihte.

Eines Morgens, ich saß gerade im Garten und las die Zeitung, reckte Mathilde ihren Kopf über den Zaun. Einem Plausch nicht abgeneigt, lud ich sie gleich zum Tee ein, denn der Informationsstand meiner Nachbarin war dem jeder Tageszeitung – sah man mal vom Sportteil ab – haushoch überlegen. Und auch diesmal hatte Mathilde wieder viel zu berichten. Etwa dass sich angeblich nun doch ein Käufer für das leer stehende Objekt neben meinem Haus gefunden habe. Also genau genommen eine Käuferin, alleinstehend und recht wohlhabend solle sie sein, aber mehr habe Mathilde bis jetzt nicht in Erfahrung bringen können.

Der Gedanke, eine neue Nachbarin zu bekommen, behagte mir ganz und gar nicht. Wäre sie jung, hätte ich mit lautstarken Grillfesten und ständig wechselnden Männerbekanntschaften zu rechnen. Außerdem besaßen junge Leute meist ein Auto, eine unsäglich stinkende und obendrein gemeingefährliche Errungenschaft dieser schnelllebigen Zeiten. Wäre sie hingegen alt, würden Heerscharen von Kindern und Kindeskindern durch den Garten rennen, mit Steinschleudern auf meine Lieblinge zielen und auf der Streuobstwiese eine Spur der Verwüstung hinterlassen. Was ebenso schlimm wäre.

Mathilde hatte mein Gartentor noch nicht richtig geschlossen, da stürzte ich bereits ins Badezimmer, denn nur von dort aus konnte ich die gesamte Einfahrt des Nachbarhauses überblicken. Während ich angespannt aus dem Fenster starrte, versuchte ich vergeblich, die apokalyptischen Visionen zu verbannen, die vor meinem inneren Auge aufstiegen. Eine alleinstehende Frau war schließlich immer noch besser als eine alternativ-ökologische Großfamilie mit landwirtschaftlichen

Ambitionen oder ein junger, männlicher Rabauke, der abends am Schlagzeug übte und tagsüber sein Motorrad reparierte. Außerdem handelte es sich bei mir und Mathilde doch letztlich auch um alleinstehende Damen, wahrscheinlich machte ich mir also ganz unnötig Sorgen.

Allein es half nichts. Unruhe hatte sich in mir breitgemacht. Nie zuvor hatte ich so wenig Zeit auf die Menüfolge meiner Rasselbande verwandt. Eilig stellte ich ihnen drei Schälchen mit Kalbsleberpastete hin und rannte umgehend zurück ins Badezimmer. Nicht einmal an die Baldrianplätzchen hatte ich gedacht. Beschämt nahm ich mir vor, das Versäumnis am Abend durch eine Extraportion Hühnerfrikassee und ganz viele Streicheleinheiten wiedergutzumachen.

Derweil verstrichen die Stunden, aber nichts geschah, niemand kam. Das Nachbargrundstück blieb leer. Fluchend verharrte ich bis zur Abenddämmerung auf meinem unbequemen Beobachtungsposten, bevor ich im wahrsten Sinn des Wortes das Handtuch warf. Das Kreuz tat mir höllisch weh, hatte ich doch beinahe den ganzen Tag auf dem Badewannenrand hockend zugebracht. Vor Schmerzen stöhnend, wünschte ich mir fast, dass die Neue ihr Domizil so rasch wie möglich in Beschlag nehmen möge, denn noch länger auf der Lauer zu liegen würde ich keinesfalls ohne Bandscheibenvorfall überstehen.

Zum ersten Mal in meinem Witwendasein verbrachte ich eine unruhige Nacht und konnte erst einschlafen, als bereits der Morgen graute.

Dennoch kauerte ich dank einer Doppeldosis Veronal bereits am frühen Vormittag erneut auf dem Wannenrand. Und diesmal schien sich tatsächlich etwas zu bewegen. Exakt zum Mittagsläuten bog ein Lastwagen um die Ecke. Drei kräftige Kerle stiegen aus und schleppten riesige Kisten, Truhen und Möbelstücke ins Haus, kurz darauf war lautstarkes Hämmern, Poltern und Bohren zu hören. Bis exakt siebzehn Uhr. Mit den ersten Schlägen der Kirchenglocke zogen die Männer wieder ab. Doch von der Neuen nach wie vor keine Spur.

Vielleicht hatte sich die Frau ja nur ein Wochenenddomizil

zugelegt, überlegte ich voller Zuversicht. Das wäre natürlich die allerbeste Nutzung der Immobilie – zumindest was mich und meine Katzen betraf. Diesen freudigen Gedanken an mich gedrückt, schloss ich die Augen.

Doch die angenehm ruhige Nacht endete mit einem schrecklichen Morgen. Zu Tode erschrocken fuhr ich aus dem Schlaf, da Rufus sich mit gesträubtem Fell in meine Bettdecke krallte, Dino es ihm gleichzutun suchte und Delilah erbost miauend neben meinem Kopfkissen herumtänzelte. So ein Theater hatten sie noch nie aufgeführt. An jedem einzelnen Tag in den vergangenen drei Jahren waren die Miezen morgens auf leisen Pfoten in mein Schlafzimmer geschlichen, hatten sich zufrieden schnurrend am Fußende meines Bettes eingerollt und waren dann rundum entspannt eingeschlummert.

Heute jedoch wirkten sie völlig verstört, und ich hatte keine Ahnung, warum. Ach, könnten sie mir nur sagen, was ihnen widerfahren war. Irgendetwas Schlimmes musste passiert sein. Etwas äußerst Bedrohliches.

Delilah war mittlerweile sogar zu mir unter die Decke geschlüpft und schmiegte ihren seidigen Körper an mich, fast schien mir, als würde sie zittern, während Rufus sich weiterhin ans Leintuch krallte. Und der arme kleine Dino hatte sich unter das Bett verkrochen, nur noch seine Schwanzspitze lugte hervor.

Was immer meine Armen derart in Panik versetzt hatte, ich würde es schon herausfinden. Beherzt warf ich mir meinen Schlafrock über und trat vor das Haus. Der Tau glänzte auf dem Rasen, Mathildes Blütenpracht verströmte einen angenehmen Duft, die ersten Vögel sangen in der frischen Morgenluft, und ein leichter Dunst lag über den Wiesen und Feldern. Kurz gesagt: Alles wirkte absolut ungefährlich. Ich verstand das Verhalten meiner Lieblinge einfach nicht.

Zwei Mal schritt ich mein gesamtes Grundstück ab, lugte hinter Büsche, spähte auf Bäume, hielt nach Greifvögeln Ausschau, zwängte mich sogar unter den riesigen Hortensienstrauch, dessen kugelige zartrosa Blüten mich immer an Zuckerwatte erinnerten, doch ich sah keinen noch so winzigen Grund zur Aufregung.

Schon wollte ich zurück ins Haus gehen – es war doch etwas kühl im Freien –, als ein Hund bellte. In unserer Siedlung gab es keine Hunde, dennoch schien mir das Gekläffe aus nächster Nähe zu kommen. Wahrscheinlich trieb sich irgendein ortsunkundiger Vollidiot mit seinem keifenden Köter in der Nähe herum. Dabei gab es so viele hübsche Wanderwege, da konnte man es doch wirklich vermeiden, gerade vor meinem Haus Gassi zu gehen. Womöglich noch mit einem frei laufenden Hund. Es war meine Mutterpflicht, mit diesem Störenfried ein ernstes Wort zu wechseln. Hunde waren nicht nur der Katzen Feind, auch Mathilde schätzte es nicht, in ihren prachtvollen Blumenbeeten auf tierische Hinterlassenschaften zu stoßen.

Ich hatte mir bereits einen höflichen, aber strengen Diskurs zurechtgelegt, als ich die Straße erreichte. Doch sie war leer, und der Hund bellte weiterhin. Verärgert blickte ich mich um. Das Vieh musste sich in nächster Nähe befinden. Und der Lautstärke nach handelte es sich um ein recht schwergewichtiges Tier.

Ich weiß nicht mehr, wie lange ich planlos auf dem Weg gestanden hatte, als mir der wohl schlimmste aller Gedanken kam: das Nachbargrundstück.

Es war zwar gar nicht so einfach, den angrenzenden Grund einzusehen, da die trennende Thujenhecke seit Jahrzehnten wild vor sich hin wucherte, aber letztlich schaffte ich es doch, meinen Kopf durch eine winzige Öffnung in dem dichten Gestrüpp zu stecken – und sah dem fleischgewordenen Alptraum aller Katzenfreunde direkt in die Augen. Einem Hund. Einem riesigen Hund. Einem Monstrum. Groß wie ein Kalb und schwarz wie der Tod stand er da, kaum einen Meter von mir entfernt. Schleunigst zog ich meinen Kopf zurück. Ich hatte mehr als genug gesehen.

Mit allem hatte ich gerechnet, nur damit nicht. Diese zottelige Bestie kam einem Todesurteil für meine Lieblinge gleich. Niemals wieder würden sie gefahrlos eine Pfote vor die Haustür setzen können, ohne gleichzeitig ihr Leben zu riskieren. Ich konnte meine armen Miezen doch nicht einsperren, hier auf dem Land, nachdem sie endlich die große Freiheit geschnuppert hatten. Und erklären, warum sie ab sofort nicht mehr durch die Thujen auf das Nachbargrundstück spazieren durften, konnte ich ihnen auch nicht.

Dagegen musste ich dringend etwas unternehmen, und zwar sofort. Entschlossen nahm ich mein bestes Kleid aus dem Schrank und sperrte meine Lieblinge vorübergehend ein, was mir schier das Herz brach. Doch ich durfte kein unnötiges Risiko eingehen.

Dann kochte ich mir in der Küche einen Tee, goss einen Schuss Brandy hinein, kippte ihn runter und machte mich auf den Weg.

Das Gartentor nebenan war verschlossen, eine völlig unnötige Maßnahme angesichts dieses brüllenden Raubtiers, und eine Klingel gab es nicht. Unschlüssig linste ich in den Garten. Das schwarze Ungetüm war verschwunden.

Von seiner Besitzerin gleichfalls keine Spur. Hätte ich ihren Namen gewusst, wäre mein Rufen bestimmt etwas höflicher ausgefallen, aber so musste ich mich auf »Hallo, ist da jemand?« beschränken. Ich hörte mich bestimmt wie in einem Kriminalfilm an. Oder gar wie eine Zeugin Jehovas.

Nach meinem zweiten »Hallo« schlug der Hund erneut an, dann ging endlich auch die Haustür auf, und eine ältliche Dame mit Stock schlurfte in Pantoffeln Richtung Gartentor.

»Ach, Sie Ärmste«, begrüßte sie mich unangebracht freundlich. »Sie stehen bestimmt schon die längste Zeit hier draußen, wo es doch noch recht kühl ist für diese Jahreszeit. Bitte, kommen Sie herein. Drinnen ist es viel angenehmer.«

Einladend wies sie Richtung Haus. Ich lehnte dankend, aber bestimmt ab. Nur keine Vertraulichkeiten. Ich wollte sofort zur Sache kommen, meine Mission ohne Umschweife erfüllen. Kurz und bündig klärte ich sie über die untragbare Situation auf, Garten an Garten mit einem Hund zu leben. Hatte man nicht schon genug von tödlichen Zwischenfällen mit diesen Tieren gehört? Hatten meine drei Kätzchen kein Recht darauf, ungestört im Grünen herumzustreifen, ohne auf Schritt und

Tritt von einer beißwütigen Bestie bedroht zu werden? Hatte sie denn überhaupt kein Gefahrenbewusstsein?

Ich geriet immer mehr in Rage, redete und redete und redete, doch dieses alte Weib stand einfach nur da und lächelte mich an. Gerade wollte ich zu einer neuen Attacke ansetzen, als sie mich, immer noch mit diesem dümmlichen Lächeln im Gesicht, am Unterarm berührte und meine Hand zu tätscheln begann.

»Ich bitte Sie, nun beruhigen Sie sich doch einmal. Sie sind ja ganz aus dem Häuschen.«

Dabei tätschelte sie unaufhörlich weiter, als wäre ich ein ängstliches kleines Kind auf dem Zahnarztstuhl.

»Ich kann Ihre Sorgen ja wirklich verstehen, aber mein Attila ist ein ganz Lieber, der keiner Fliege etwas zuleide tut, geschweige denn einer Katze.«

Tätschel, tätschel.

»Außerdem können Katzen auf Bäume klettern, was mein Dicker nicht kann, und deshalb sehe ich da überhaupt kein Problem. Tilli kann ja nicht mal aus dem Garten raus, bei mir ist alles eingezäunt, davon können Sie sich gern überzeugen.«

Endlich gelang es mir, meine Hand durch einen starken Ruck zu befreien, was die Nachbarin ein wenig aus dem Gleichgewicht brachte. Dennoch führte sie ihren Beschwichtigungsmonolog unbeirrt weiter.

»Sie haben Ihre Katzen gern und ich meinen Hund. Und deshalb bin ich mir sicher, dass unsere Tierliebe uns noch zu guten Nachbarn werden lässt.«

Und bevor ich darauf noch etwas erwidern konnte, hatte mich ihr zartes kaltes Knochenhändchen auch schon wieder Richtung Tor geschoben. Dann drehte sie sich erstaunlich schnell um und ließ mich grußlos stehen.

Ich hätte schreien können vor Wut und heulen vor Verzweiflung. Dieses Weib hatte mich eiskalt abserviert, und ich hatte es geschehen lassen. Betreten schlich ich nach Hause und schwor bei allem, was mir lieb und teuer war, diese Niederlage nicht auf mir sitzen zu lassen.

Ich würde es ihr und ihrem Köter schon zeigen. Doch nichts, was ich gegen diese vierbeinige Anmaßung zu unternehmen versuchte, führte zum erhofften Ziel.

Zuerst berief ich mich auf den Tatbestand der Lärmbelästigung. Dieses Dauergebell grenzte doch eindeutig an akustische Kriegsführung, selbst die Vögel stellten ihr Tschilpen ein, kaum dass das Vieh sein riesiges Maul aufriss. Ganz zu schweigen von den behördlich verordneten Ruhezeiten, an die es sich natürlich auch nicht hielt.

Mit einer Unterschriftenliste, Zornesfalten und drei Schichten Make-up im Gesicht, um die hässlichen Pusteln zu kaschieren, mit denen meine Haut auf den allzu innigen Kontakt mit der Thujenhecke reagiert hatte, schritt ich siegesgewiss von Tür zu Tür. Stunden später, nach unendlichen Debatten und unzähligen Tassen Tee war ich erschöpft am Ende der Straße angelangt – und niemand hatte unterschrieben. Weder die Maiers, deren Sohn seit Monaten eine Posaune malträtierte, noch die Biedermanns, berüchtigt für ihre ständig ausartenden Grillfeiern, störten sich an dem Krawall. Stattdessen faselten sie etwas von gegenseitiger Toleranz. Dazu kamen die Tierfreunde, die meinten, so ein liebes Hundi mache halt manchmal Wauwau, und die zwei Schwerhörigen von schräg gegenüber, die nach eigenen Angaben nicht einmal Kanonenschüsse bemerken würden.

Als ich wieder zu Hause war, erlitt ich einen Nervenzusammenbruch. Nur meine Lieblinge standen mir treu zur Seite, schleckten mir zärtlich die Wangen und knabberten aufmunternd an meinen Ohrläppchen.

Am nächsten Tag wurde alles noch schlimmer. Ich hatte gerade die Putenfilets serviert, über die sich Rufus und Dino schnurrend hermachten, als das Telefon läutete.

Normalerweise hob ich nie ab, wenn wir zu Tisch saßen, aber da Delilah noch fehlte, griff ich letztlich doch zum Hörer … und erstarrte.

Meine verhasste Nachbarin teilte mir unüberhörbar belustigt mit, dass eine schneeweiße Katze auf ihrem Apfelbaum sitze, ob das wohl eine der meinigen sei? Ohne mir Zeit für eine Antwort zu nehmen, stürzte ich nach drüben und riss das diesmal unverschlossene Gartentor auf. Die Sorge um Delilah ließ mich sogar meine Berührungsangst gegenüber dem keifenden Köter vergessen, doch der war diesmal gar nicht zu sehen. Nur die alte Schachtel, »Elsbeth, nennen Sie mich doch bitte Elsbeth«, hatte sie sich zuvor am Telefon einschmeicheln wollen, stand neben dem Baum und winkte mich heran.

»Sagen Sie mal«, kicherte sie statt einer Begrüßung, »ich habe immer gedacht, Katzen wären geborene Klettertiere, aber Ihre scheint da die große Ausnahme zu sein. Die sitzt da oben irgendwie fest. Rufen Sie sie doch mal.«

Allein für ihr Grinsen hätte ich sie auf der Stelle erwürgen können.

»Sehen Sie denn nicht, wie völlig verschreckt das arme Tier ist?«, fauchte ich zurück. »Wenn Katzen sich in Todesangst auf einen Baum retten, kann es schon mal vorkommen, dass sie sich zu weit hinaufwagen. Sie sollten sich lieber fragen, was mein armes Mädchen so in Panik versetzt hat.« Ich fuhr die Krallen aus.

»Woher soll ich das wissen? Ich bin schließlich keine Katze. Aber wenn sie vor meinem Tilli Reißaus genommen hat, dann kann ich auch nichts dafür. Der will einfach nur spielen, das merkt doch jedes Kind.«

»Delilah hat keine Erfahrung mit Hunden«, erwiderte ich. Und so soll es auch bleiben, ergänzte ich in Gedanken.

Ich begann, sie zu locken und zu rufen, aber mein Mädchen rührte sich nicht vom Fleck. Zitternd saß sie auf einem Ast und miaute herzerweichend.

Elsbeth kicherte. In meinen Ohren klang es wie: Was für ein dämliches Tier, was für ein unerhört dämliches Tier.

Mit dieser arroganten Kuh würde ich später abrechnen. Jetzt galt es, Delilah endlich aus ihrer unangenehmen Lage zu befreien, doch vergebens. Beschämt musste ich Elsbeth schließlich zustimmen, dass ein Anruf bei der Feuerwehr wohl die beste Lösung sei. Was für eine Schande.

Die Spritzenmänner rückten gleich zu dritt an, fuhren die lange Leiter aus und griffen sich mein Mädchen. Dabei grinsten sie genauso beleidigend wie meine Nachbarin. Nicht einmal Geld wollten sie für ihre Rettungsaktion haben.

»Ist doch nicht der Rede wert, Frau Berghöfler«, lehnten sie meinen Fünfzig-Euro-Schein ab. »So lustige Einsätze haben wir eh viel zu selten.«

Elsbeth schloss sich dem allgemeinen Gelächter an, und ich räumte, meinen kleinen Liebling an mich gedrückt, wortlos, mit zusammengebissenen Zähnen und kochend vor Wut das nachbarschaftliche Feld. Eine derartige Demütigung war mir noch nie widerfahren.

Doch sosehr ich auch auf Rache sann, es wollte mir einfach kein guter und vor allem durchführbarer Plan einfallen. Es gelang mir nicht einmal, etwas an der untragbaren Situation zu ändern.

Nun waren es bereits drei Wochen, seit meine Samtpfoten eingesperrt waren und sich mit einem traurigen Dasein als Stubentiger begnügen mussten, und das nur, um nicht erneut zum Gespött von Elsbeth und der Feuerwehr zu werden.

Am liebsten hätte ich das schwarze Rabenaas Attila ja vergiftet. Dafür bräuchte ich nur ein paar mit Rattenköder präparierte Fleischstücke über die Hecke zu werfen und fertig. Allerdings würde der Verdacht sofort auf mich fallen, und ich hätte nicht nur mit Elsbeths Rache, sondern auch mit einer Anzeige zu rechnen.

Erwürgen konnte ich das Vieh auch nicht, dafür reichten meine Kräfte nicht aus, zudem hatte ich selbst große Angst vor dem riesigen Tier. Und Notwehr durfte ich erst geltend machen, wenn *ich* angegriffen würde und nicht meine schutzlosen Lieblinge. Vor dem Gesetz galt ein Katzenleben leider weniger als ein zerbissener Fahrradschlauch. Auf Radfahrer, denen dieser Köter an die Hosen oder sonst wohin gehen könnte, durfte ich in unserer Siedlung allerdings auch nicht hoffen. Zudem war Elsbeths Garten ausbruchsicher eingezäunt, zumindest für Hunde, da hatte die alte Vettel schon die Wahrheit gesagt. Das Vieh kam nicht raus, nur meine Katzen rein.

Ich fühlte mich hilflos, machtlos, und mittlerweile war ich auch schlaflos geworden. Nächtelang lag ich wach, zermarterte mir das Hirn, suchte nach Lösungsstrategien, verwarf aber nach eingehender Prüfung eine nach der anderen. Fast schien mir, dass es einfacher wäre, einen unliebsamen Mitbewohner zur Strecke zu bringen als ein verhasstes Haustier.

Nach weiteren zwei Wochen sah ich ein, dass es nur einen einzigen zielführenden Weg gab: Ich musste mehr über die Gewohnheiten dieser Bestie in Erfahrung bringen. Musste vorgehen wie in Kriminalromanen, in denen die Auftragskiller monatelang jede Bewegung ihrer Opfer studieren, um eine Angriffsstelle zu finden. Bisher wusste ich schließlich so gut wie nichts über Attila, dessen Vorlieben, Abneigungen oder gar Krankheiten.

Schon ein paar Tage später begann ich, meinen Plan in die Tat umzusetzen. Einen riesigen Strauß Osterglocken als Schutzschild vor mich haltend, machte ich mich auf den Weg zu Elsbeth. Zwar gab es noch immer keine Klingel an ihrem Gartentor, doch wenn man laut genug rief, schlug das Monster umgehend an, und sein Gebell hätte selbst Tote erweckt. Ich rief also zwei Mal laut »Elsbeth!« und wartete.

Kurz darauf öffnete sich die Haustür, der kläffende Köter sprang heraus und rannte direkt auf mich zu. Jedes Mal, wenn er dieses infernalische Bellen von sich gab, konnte ich seine spitzen, scharfen Zähne sehen. Wenn das nicht furchterregend war. Solange dieses Tier frei herumlief, würde ich Elsbeths Einladung – »Kommen Sie nur rein, meine Liebste!« – auf keinen Fall Folge leisten.

Doch bis dieses hüftlahme Weib das Tor erreichte, verging eine gefühlte Viertelstunde. Dann endlich ergriff sie ihr verlaustes Vieh am Halsband und meinte: »Jetzt kommen Sie schon, der Till tut Ihnen ganz bestimmt nichts.« Sie lächelte mich aufmunternd an und kraulte den Köter hingebungsvoll hinter den Ohren. Und dieses riesige Kalb starrte mich an und wedelte arglos mit dem Schwanz.

Wie grenzenlos dumm diese Tiere doch waren. Hatte der Hund denn gar keinen Instinkt? Spürte er nicht, dass ich ihm nur Böses wollte, keinen Funken Sympathie für ihn hegte?

Offensichtlich nicht, denn als ich den Garten betrat, wollte er sogar meine Hand abschlecken. Igitt, wie eklig. Es kostete mich die größte Mühe, meine Abscheu zu verbergen.

Zögernd folgte ich den beiden ins Haus, überreichte Elsbeth die Blumen und nahm noch zögernder auf einem altersschwachen Stuhl Platz. Offenbar eine echte Antiquität, denn sie wies mehrfach darauf hin, dass sogar schon Otto von Habsburg auf diesem Stuhl gesessen habe. Was mir ehrlich gesagt egal war. Von mir aus hätte er gerne auch heute noch darauf sitzen können. Ich ließ mich doch nicht von so einem wurmstichigen Krempel beeindrucken.

Während mir Elsbeth eine Tasse Tee zubereitete, sah ich mich ausgiebig im Wohnzimmer um. Eine – vermutlich gleichfalls antike – Sitzgarnitur, die ähnlich bequem aussah wie eine Streckbank, zwei kitschige Gemälde an den Wänden und ein stinkender Hundekorb machten fast das gesamte Mobiliar aus. Leider lag der Köter nicht in seinem Korb, sondern spielte mit einem zerbissenen Ball herum, der widerliche Geiferspuren auf den Holzdielen hinterließ.

Ein Wunder, dass Elsbeth nicht über diesen tobenden Wadlbeißer stolperte, als sie mit einem Tablett zurückkam. Stattdessen stieg sie ungelenk und vorsichtig über das Kalb hinweg und stellte Tasse, Kanne, Zucker, Milch und einen Teller Gebäck vor mich hin.

Am blassblauen Tellerrand klebte deutlich sichtbar ein langes schwarzes Haar. Ich murmelte etwas von Gallensteinen und beginnendem Zucker und schob die Kekse so weit wie möglich von mir weg.

Elsbeth bedauerte mich aufs Tiefste, erfreute sie sich doch bester Gesundheit, wenn man mal von ihrer Arthritis absah, und griff gierig nach dem Gebäck. Um nicht aus der Rolle zu fallen, musste ich meinen Tee ungesüßt trinken. Vor lauter Bitterkeit verzog ich den Mund, doch Elsbeth achtete gar nicht auf mich.

Mit honigsüßer Stimme flötete sie: »Attila, Tilli, wo bleibt denn mein kleiner Schnuckel?«

Prompt kam der schwarze Dreckbeutel angetrabt.

Während ich mich so weit wie möglich auf meinem Stuhl zurücklehnte, um das Überspringen von Läusen, Flöhen und ähnlichem Ungeziefer zu vermeiden, kramte ich in Gedanken bereits meinen Badezimmerschrank durch. Hatte ich das Desinfektionsmittel, das Egon – Gott hab ihn selig – sich stets literweise auf seine Hämorrhoiden geleert hatte, eigentlich weggeworfen oder nicht?

»Nun schauen Sie doch selbst, wie lieb mein Tilli ist«, unterbrach die Hundetante meine gedanklichen Entlausungsstrategien. Zu meinem unvorstellbaren Entsetzen nahm sie ein Plätzchen in den Mund und winkte dem Hund, woraufhin das zottige Kalb angetrabt kam, die Vorderpfoten auf ihren Rock stemmte und nach dem Keks schnappte. Ich wollte mich nur noch übergeben, stattdessen musste ich Beifall heucheln. Eher würde ich eine Küchenschabe küssen, als diesen wandelnden Abfallhaufen näher als drei Meter an mich heranzulassen.

»So geben Sie ihm doch auch einen Keks, langsam müssen Sie ja Freundschaft schließen. Nun machen Sie schon!« Vollen Ernstes hielt sie mir ein Plätzchen hin. Das konnte sie nicht von mir verlangen, nie, niemals.

»Er wird mir bestimmt in die Nase beißen, so ein großes Tier. Das trau ich mich nicht.« Dankend lehnte ich den Keks ab.

»Aber nein, das tut er auf gar keinen Fall. Sie dürfen nur keine Angst haben, das merken Hunde sofort, wissen Sie.« Energisch legte sie das Plätzchen wieder vor mich hin.

»Nun ja, wenn Sie meinen«, sagte ich und begann zu überlegen. Ich musste an meine Lieblinge zu Hause denken, an ihre Zukunft, die in meinen Händen lag. Daran, dass ich hergekommen war, um ihnen ihre Freiheit zurückzugeben. Nun konnte ich einfach keinen feigen Rückzieher machen.

»Aber ich versuche es erst mal auf die traditionelle Art.«

Vorsichtig griff ich nach dem Zuckerkringel und legte ihn in meine weit geöffnete Hand. Das hatte ich mal bei Reitern gesehen, so konnten einem die Pferde nicht gleich sämtliche Finger abbeißen. Dann schloss ich die Augen. Das Gefühl sabbernder Lefzen auf meiner Haut, das kurz darauf folgte, werde ich niemals vergessen. Keine Foltermethode konnte grausamer sein. Anschließend schmatzte das Vieh eine Weile und schleckte als Zugabe auch noch meine Finger ab.

»Sehen Sie, mein Tilli ist doch wirklich ganz harmlos. Er mag Sie, das habe ich gleich bemerkt.«

Elsbeth strahlte mich an, und ich versuchte zurückzustrahlen. Eine schauspielerische Glanzleistung, für die ich im Filmgeschäft bestimmt einen Oscar erhalten hätte. Dennoch fiel meine Antwort nicht sonderlich enthusiastisch aus. »Ein netter Kerl, wirklich.« Irgendwie hörte ich mich anders an als sonst, was vermutlich am Würgereflex lag, der meine Stimmbänder zu lähmen schien.

Elsbeth strahlte dennoch weiter.

Ich nahm meinen ganzen Mut zusammen und streichelte einmal kurz Attilas zottiges Fell, während ich zurücklächelte.

Die alte Schachtel war sichtlich zufrieden und lehnte sich entspannt zurück. Der Moment für einen kleinen Plausch war gekommen, denn dafür war ich schließlich hier. Zu Hause hatte ich bereits eine Liste von Dingen erstellt, die ich unbedingt in Erfahrung bringen musste.

»So ein riesiges Hündchen frisst bestimmt ungeheuer viel, oder? Was füttern Sie ihm denn so?«, begann ich die Fragestunde.

»Ach, so viel braucht er gar nicht. Und ihm schmeckt sowieso alles; er frisst Gemüsesuppe genauso wie Dosenfutter, ganz problemlos also«, erwiderte Elsbeth arglos und warf dem Todeskandidaten einen ganz verliebten Blick zu.

Aha, das Kalb war demnach ein Allesfresser. Gut zu wissen.

»Und wo schläft Attila eigentlich?«, heuchelte ich weiter Interesse an dem widerlichen Hundsvieh. »Und was ist das für eine Rasse? Er sieht ja irrsinnig beeindruckend aus. Und wer schaut nach ihm, wenn Sie in den Urlaub fahren? Oder nehmen Sie ihn mit? Der Kleine bleibt sicher nicht gern allein.«

Fragen über Fragen, die mir Elsbeth ohne Zögern beantwortete. So erfuhr ich recht schnell, dass der Köter mal hier und mal dort pennte, je nach Wetterlage und Hungerzustand, dass es sich bei ihm um einen reinrassigen Neufundländer handelte – wer hätte das gedacht, die Dreckschleuder besaß sogar Rasse – und dass das gute Frauchen so gut wie nie in den Urlaub fuhr, weil ihr das zu anstrengend war.

Damit wollte ich mich erst einmal zufriedengeben, denn langsam wurden meine Sauerstoffvorräte knapp. Ich hielt wegen der üblen hündischen Ausdünstungen ja ständig die Luft an. So freundlich wie möglich dankte ich für die nette Bewirtung und zwang mich, ohne Eile Richtung Gartentor zu schlendern.

Zu Hause stellte ich mich erst einmal unter die Dusche. Ich fühlte mich, als hätte ich mit einer riesigen Nacktschnecke getanzt. Stinken musste ich außerdem, denn meine Lieblinge gingen mir eindeutig aus dem Weg. Sie dachten bestimmt, ich hätte sie verraten, wäre ausgerechnet mit einem Hund fremdgegangen. Dabei hatte ich mich nur für ihr Wohlergehen geopfert.

Obwohl ich nun einiges über meinen Gegner in Erfahrung gebracht hatte, wollte mir dennoch kein Plan für einen perfekten Mord einfallen. In Romanen war halt alles ein bisschen leichter. In Wirklichkeit aber vergingen die Tage, und ich kam keinen Schritt voran.

Verzweifelt riskierte ich sogar eine weitere Stunde in Gesellschaft von Elsbeth und dem Zottelkalb, aber die zündende Idee stellte sich wieder nicht ein.

Selbst mein Vorhaben, die Hundetante zu mir zu locken und an ihr Gewissen zu appellieren, fruchtete nicht.

Elsbeth erschien zwar pünktlich zum Tee, fand meine Katzen auch ganz allerliebst, doch damit war das Thema für sie beendet. Dass ich in großer Sorge um meine Tiere war, wollte sie einfach nicht verstehen. Vermutlich fragte sie sich insgeheim sogar, warum ich überhaupt Katzen hielt, wenn diese mir nichts als schlaflose Nächte, Sorgen und Kopfzerbrechen bereiteten.

Katzen waren halt etwas für sensible, einfühlsame und verantwortungsvolle Menschen, das war mir immer schon klar gewesen. Und Elsbeth gehörte offensichtlich nicht dazu, was sie beim Tee eindrucksvoll bewiesen hatte. Meine Mission war erneut gescheitert.

Weil mörderische Gedanken allein nicht töten konnten, lief das Untier auch drei Monate und Dutzende Gesprächsrunden später immer noch frei durch den Nachbarsgarten. Und – was beinahe ebenso schlimm war – die gefühllose Schreckschraube betrachtete mich wegen unserer zahlreichen Hausbesuche langsam als gute Freundin. Außer mir empfing sie kaum Gäste, nicht einmal den Pfarrer und die Betschwestern. Aber wer wollte auch schon freiwillig den ersten Kreis der Hölle betreten, wo einem ein schwarzer Teufel an die Gurgel gehen konnte.

Zum Schutz meiner Katzen hatte ich schließlich sogar einen hohen Maschendrahtzaun vor der gefährlichen Grenze zum Hunderevier aufstellen lassen, was furchtbar unschön aussah und leider auch nicht half. Bereits am zweiten Tag kletterte Rufus über das Drahtgeflecht, sprang in Elsbeths Garten und wollte sein lang vermisstes Revier durchstreifen. Leider kam auch ihm das Monstrum in die Quere. Rufus erschrak wie zuvor Delilah, kletterte aber keinen Baum hinauf, sondern rannte zurück zum Zaun und blieb beim Versuch, ihn so rasch wie möglich zu überwinden, mit der linken Hinterpfote in einer Drahtmasche hängen. Resultat: ein angerissenes Band, drei Hausbesuche vom Tierarzt, eine Rechnung über vierhundert Euro, und zum erlittenen Schaden gesellte sich zudem ein unwillkommener Kondolenzbesuch von Elsbeth.

»Du guter Gott, der arme Kater«, flötete sie gänzlich ohne Schuldbewusstsein und überreichte mir drei Schälchen banales Katzenfutter. Als würden meine Samtpfoten Fast Food aus dem Supermarkt fressen. Doch damit war die Sache noch nicht ausgestanden. Die dumme Kuh hielt mir auch noch einen Vortrag über die Gefahren von Maschendrahtzähnen für Haustiere. Bei all diesen Drahtschlingen sei es doch nur eine Frage der Zeit, bis sich eine Pfote darin verfangen würde, meinte sie mit erhobenem Zeigefinger und sah mich dabei anklagend an. Sie persönlich würde ihren Attila niemals und unter überhaupt absolut gar keinen Umständen einem solchen Risiko aussetzen. Dass genau ihr Attila DAS Risiko war, das zu dem Drahtzaun geführt hatte, wollte sie einfach nicht verstehen.

Und so vergingen die Monate. Meine freiheitsliebenden Katzen hatten Hausarrest, das beschränkte Hundsvieh hingegen genoss uneingeschränkten Freilauf. Eine himmelschreiende Ungerechtigkeit. Doch mein Jammern und Lamentieren stieß auf taube Ohren. Bei Elsbeth, bei Mathilde und beim lieben Gott.

Doch eines schönen Morgens im Spätsommer hatte das Schicksal endlich ein Einsehen. Ich lag noch dösend im Bett, die Miezen neben mir, als das Telefon läutete. Unwillig schlurfte ich zum Flur, unwillig nuschelte ich ein verschlafenes »Hallo« in den Hörer, und noch unwilliger stellte ich fest, dass es Elsbeth war. Meine verhasste Nachbarin.

Sie liege mit einem schweren Rheumaanfall im Bett, teilte sie mir mit, und natürlich wolle sie mich keinesfalls belästigen, aber vielleicht könne ich ja irgendwann ein wenig Zeit für sie erübrigen und ihren Einkauf erledigen. Es ginge ihr einfach gar nicht gut, sie sei nahezu ans Bett gefesselt, doch Attila brauche dringend Futter. Ich wollte schon etwas von Hexenschuss oder Heuschnupfen meinerseits faseln, als der Groschen fiel.

Und ob ich so nett war. Das war *die* Gelegenheit, die lang ersehnte Gelegenheit, meine bösen Absichten durch gute Taten zu verschleiern. Während Elsbeth mir also ihre bescheidenen Wünsche diktierte, zog ein innerliches Stimmungshoch in mir auf. Selten hatte ich etwas so rasch und zielstrebig erledigt wie ihren Einkauf. Zur Feier des Tages spendierte ich ihr sogar noch einen hübschen Blumenstrauß.

Nach einer unendlich langen Zeit planloser Untätigkeit hatte mir Elsbeth endlich einen vielversprechenden Anhaltspunkt geliefert. Knochen. Laut Einkaufsliste hatte der Köter eine Vorliebe für große fette Rindsknochen. Warum war mir das eigentlich nicht schon viel früher eingefallen? Hunde und Knochen, das lag doch auf der Hand. Kurz ärgerte ich mich über meine eigene Dummheit, aber dann sagte ich mir, besser spät als nie.

Abgesehen von den Rindsknochen und den vier Hühnerbrüsten, die ich ganz frisch in der Fleischerei erstanden hatte, waren Elsbeths Wünsche recht bescheiden ausgefallen. Ein paar Eier, Zitronen, etwas Brot, Taschentücher sowie die neuesten Tageszeitungen. Und eine Tafel Schokolade. Ich brachte ihr sogar zwei. Um den Schein der Nächstenliebe zu wahren, setzte ich außerdem den Teekessel für sie auf, leistete ihr ein Stündchen Gesellschaft und ließ mich sogar dazu herab, dem Köter zum Abschied übers Fell zu streicheln. Immerhin waren seine Tage nun gezählt.

Aber womit sollte ich das Vieh nun eigentlich vergiften? An genau dieser Frage war ich ja bereits einmal gescheitert. Giftmord war definitiv nichts für Anfänger. Angestrengt dachte ich nach. Rattengift wäre viel zu auffällig, Strychnin hatte ich nicht zur Hand, Arsen kannte ich nur von Agatha Christie – und schon war ich am Ende mit meinem Wissen über tödliche Substanzen. Angeblich stand zwar auch Nikotin im Ruf, ein tödliches Gift zu sein, wenn man es aß und nicht rauchte, aber ich hatte nicht die blasseste Ahnung, ob die Rede da vom handelsüblichen Tabak, von der Pflanze oder gar von der Wurzelknolle war. Ich kannte mich einfach viel zu wenig aus. Tollkirschen etwa galten ja seit jeher als potentes Gift, von dem man, so hieß es, zudem schöne große Augen bekam. Aber abgesehen davon, dass ich mir nicht sicher war, diesen Strauch in freier Wildbahn überhaupt zu erkennen – womöglich würde ich einfach Brombeeren oder Schwarzbeeren sammeln –, erinnerte ich mich noch gut an den Neffen meiner Halbschwester, der einmal Wachteln gegessen hatte und auf der Intensivstation des örtlichen Krankenhauses in ein lebensbedrohliches Verdauungskoma gefallen war, weil sich die Wachteln vor ihrem Tod den Bauch mit Tollkirschen vollgeschlagen hatten. Für Vögel stellten die Beeren eben keine Gefahr dar. Und womöglich waren auch Hunde immun gegen so ein Gift. Dann wäre die ganze Mühe umsonst gewesen.

Langsam begann ich, die antiken Giftmischerinnen mit einer gewissen Ehrfurcht zu betrachten. Um auf dem Sektor der umweltfreundlichen Meuchelmorde erfolgreich zu sein, bedurfte es ganz offensichtlich umfassender botanischer Fachkenntnisse und viel Fingerspitzengefühls. Zu meinem großen Leidwesen fehlte mir beides. Rattengift, Strychnin, Arsen, Tollkirsche, Nikotin schieden alle wegen unzuverlässiger Resultate aus, Eiben gab es hier keine, und die Maiglöckchen waren längst verblüht.

Ich dachte und dachte, fand mich aber in einer ergebnislosen Endlosgedankenschleife gefangen. Jetzt, da ich den alleinigen Zugriff auf Attilas Futter hatte, also eigentlich kurz vor dem Ziel stand, jetzt musste sich doch auch das passende Gift finden lassen. Meine anfängliche Euphorie schlug langsam in Verzweiflung um. Immerhin musste der von mir präparierte Knochen zu einem zuverlässigen und gleichzeitig unauffälligen Tod führen. Was einfach gedacht und schwierig getan war.

Während ich auf dem Sofa lag und an meinen bescheidenen Giftkenntnissen verzweifelte, jagten Rufus und Dino fauchend durchs Badezimmer. Plötzlich gab es einen lauten Knall, dem anhaltendes Gepolter folgte. Alarmiert stürzte ich ins Bad. Meine verspielten Lieblinge hatten es geschafft, den Badezimmerschrank zu öffnen und dessen gesamten Inhalt auf den Boden zu werfen. Auch das noch. Verärgert machte ich mich an die Beseitigung dieser Bescherung. Paracetamoltabletten kullerten gemeinsam mit Hühneraugenpflastern, Vitaminampullen, Betablockern, Augentropfen, den Scherben einer halb geleerten Flasche Hustensaft, diversen Pülverchen gegen Sodbrennen und Magendrücken sowie den Herztropfen meines verstorbenen Mannes – Gott hab ihn selig – auf den Fliesen herum.

Schon wollte ich Egons abgelaufene Tropfen gemeinsam mit den Glassplittern in den Abfalleimer werfen, als mir die warnenden Worte unseres ehemaligen Hausarztes einfielen. Der besorgte Mediziner hatte mich und meinen Mann wiederholt auf die Wichtigkeit einer exakten Dosierung hingewiesen, weil das Zeug sonst pures Gift wäre. Ich nahm die kleine Flasche genauer in Augenschein und las: »Cardiofit, 200 ml, Digitalispräparat, zu verwenden bis 31.10.2003«. Meine Güte, das Zeug war seit über fünfzehn Jahren abgelaufen. »Inhaltsstoffe: Cardenolidglykoside, Bernsteinsäure, Maisstärke, Lactose-Monohydrate, Cellulose, Magnesiumstearat und Siliciumdioxid«. Nichts davon half mir weiter, schließlich hatte ich Friseuse gelernt, kein Chemiestudium absolviert. Schon wollte ich das Medikament im Restmüll entsorgen, als ich das kleine Bild auf der Vorderseite des Fläschchens bemerkte. Das war doch eindeutig eine dieser hübschen Blumen, die in Mathildes Garten standen. Die mit den wunderschönen roten Blütentrauben und den flauschigen Blättern. Wie hieß die bloß? Irgendwas mit Hut war das gewesen. Sturmhut, Frauenhut, Hexenhut … Der Name wollte und wollte mir einfach nicht einfallen. Mein Gedächtnis war halt auch schon porös, nicht nur die Knochen. Wild wirbelten die Wortfragmente in meinem Kopf durcheinander, während ich vor lauter geistiger Anstrengung an meinen Nägeln kaute. Schon als Kind hatte ich dieses monotone Knabbern als sehr beruhigend empfunden. Die einen kratzten sich am Kopf, andere an den Eiern, mein Bruder hatte stets in der Nase gebohrt, wenn ihm etwas nicht eingefallen war, und ich biss an meinen Fingernägeln herum. Zu meiner Freude half es auch heute noch. Fingerhut, das war's. Die Pflanze hieß Fingerhut.

Eilig machte ich mich auf zu Mathildes Vorgarten. Und hatte gleich doppeltes Glück. Zum einen, weil die gottesfürchtige Tratschtante jeden Dienstagnachmittag beim Bibelkränzchen war und ich deshalb ungestört agieren konnte. Und zum anderen, weil die Fundamentalkatholikin eine äußerst penible Gärtnerin war, die neben jedes ihrer Gewächse ein schmuckes Namensschild aus Holz steckte. Ringelblumen kannte ich ja gerade noch, aber bei Mathilde wuchsen auch ein prächtiger Dictamnus albus, daneben eine mir völlig fremde Blume namens Lantana camara und am Rande des herrlich blühenden Beetes stand der Fingerhut. Ein Volltreffer, von Mathilde pflichtbewusst als Digitalis purpurea etikettiert und sogar mit einem kleinen Totenkopfsymbol versehen. Zur Sicherheit warf ich noch einmal einen Blick auf Egons Tropfen: »Digitalispräparat«. Und dieses Zeug war in entsprechender Dosierung giftig. Tödlich giftig, wie der Arzt damals gemeint hatte.

Dass die Dosis bekanntlich das Gift macht, war selbst mir klar, doch wie viel Pflanzenmaterial ich pro Kilo Hund benötigte, das wusste ich natürlich nicht. Ich beschloss, so viel mitzunehmen, dass es für mehrere Versuche genügen würde. Ich zog meine Putzhandschuhe an – der üble Ausschlag durch die Thujenhecke war mir noch gut in Erinnerung – und pflückte zwei Handvoll Blüten und Blätter. Bei der Menge an Pflanzen würde es Mathilde bestimmt nicht merken, wenn ein paar Exemplare etwas zerrupft aussahen.

Beschwingt und mit vollen Taschen machte ich mich flugs auf den Heimweg. Schließlich durfte ich Elsbeths nächsten Anruf auf gar keinen Fall versäumen. Der Arzt, der gestern noch da gewesen war, hatte ihr für zumindest eine Woche zu strikter Bettruhe geraten, deshalb würde sie ihre Einkäufe auch weiterhin nicht selbst erledigen können. Und die vier Hühnerbrüste hatte sie bestimmt längst aufgegessen, war doch kaum etwas Nahrhaftes dran an so magerem Fleisch.

Tatsächlich klingelte bereits am Abend das Telefon. Ob ich wohl nochmals so nett sein könne …?

Natürlich war ich wieder so nett. Diesmal standen neben den Knochen und der Tageszeitung auch zwei Packungen Butterkekse und drei Schweinskoteletts auf der Einkaufsliste. Eine gute Wahl. Weitaus besser als die mickrigen Hühnerbrüste.

Zeitig am nächsten Morgen spazierte ich ins Dorf, erledigte die Einkäufe, erwarb erneut einen Blumenstrauß – diesmal Gladiolen – als Krankenbettdekoration und schritt eilig nach Hause. Das Werk musste vollbracht werden. Bereits am Vortag hatte ich einen Kaffeebecher voll Fingerhut zu einer feinen Masse püriert, die ich heute nur noch in einer Spritze aufziehen musste.

Rasch legte ich die beiden großen Rindsknochen auf ein Stück Pappkarton, verpasste ihnen ein paar Injektionen in die gallertartige Masse, wickelte die Mordwaffen wieder ordentlich ein und machte mich auf zu Elsbeth.

Meine kranke Nachbarin empfing mich mittlerweile wie eine alte Freundin. Dank meiner Hilfsbereitschaft und den Medikamenten gehe es ihr schon viel besser, strahlte sie mich an, und Attila wedelte zustimmend mit dem Schwanz. Sorgfältig verstaute ich den Einkauf, die präparierten Knochen kamen ganz vorne in den Kühlschrank, bereitete der Kranken wie stets eine Kanne Kräutertee, stellte die Blumen in eine Vase, erkundigte mich mitfühlend nach ihrem Befinden und erzählte ihr ein paar banale Begebenheiten aus dem Dorfgeschehen. So viel Zeit musste sein. Erst als Elsbeth sich mühsam erhob und ins Bad schleppte, verabschiedete ich mich.

Dann geschah vier Tage lang gar nichts.

Am fünften Tag starb Elsbeth an akutem Herz- und Kreislaufversagen. Am Tisch sitzend habe der Hausarzt sie gefunden, den Kopf in einen Teller kalte Rindsbrühe getaucht, ließ Mathilde mich ganz aufgeregt wissen. War das nicht furchtbar? – Und das war es in der Tat.

Wie sich später aufgrund der Reste im Futternapf herausstellte, waren sowohl die Hühnerbrüstchen als auch die Schweinskoteletts im Magen des Hundes gelandet. Nur die Knochen hatte die dumme Kuh für sich selbst gekocht.

Am siebten Tag erhielt ich einen Anruf vom Notar. Kurz angebunden ließ er mich wissen, dass Elsbeth, die eine sehr vermögende Dame ohne nahe Verwandte gewesen sei, vor zehn Tagen ihr Testament geändert und mich zur Haupterbin erkoren habe. Mein zukünftiger Reichtum sei allerdings an die minimale Klausel geknüpft, dass ich den zweijährigen Hund der Dame zu mir nehmen und ihm bis zu seinem natürlichen Ableben liebevolle Zuwendung und artgerechte Betreuung zukommen lassen müsse.

»Meinen herzlichen Glückwunsch!«, tönte es aus dem Hörer, dann fiel ich in Ohnmacht.

Fingerhut, Digitalis purpurea (sehr giftig)
Der Klassiker für Giftmörder

Der Blutdruck steigt, der Puls fällt, das Herz bleibt stehen. (Selbst-)Mord durch Digitalis war und ist äußerst beliebt, da bereits zwei bis drei seiner Blätter tödlich sein können. Berühmte Autoren wie Agatha Christie hatten eine Vorliebe für das potente Herzmittel. So heißt es in ihrem Roman »Alter schützt vor Scharfsinn nicht«: »Und, ist sie gestorben? An was?« – »Jemand hat beim Spinatschneiden ein paar Fingerhutblättchen erwischt – ein reines Versehen ...«

Aber auch im wahren Leben beziehungsweise Sterben hat das Kraut viel Schaden angerichtet. Der Arzt Monsieur Couty de La Pommerais brachte seine Ex-Geliebte damit um, die belgische Serienmörderin Marie Alexandrine Becker griff gleich elf Mal zu Digitalis, 1976 wurden in einem deutschen Krankenhaus zahlreiche Patienten damit zu Tode gepflegt, und der österreichische Industriemanager Heribert Apfalter, die Schlüsselfigur des Noricum-Prozesses, starb angeblich durch Digitalis. Sogar Cangrande I. della Scala, einstiger Stadtherr von Verona, so vermuten neue Untersuchungen, fiel 1329 einer Überdosis Fingerhut zum Opfer. Doch auch heute noch sorgen die beiden Herzglykoside Digoxin und Digitoxin unverändert für Schlagzeilen: Gesundheitsbewusste Kräuterteetrinker sterben, weil sie statt nach Melisse nach diesem bitteren Kraut greifen, Selbstmörder bereiten sich Auszüge zu, und weil sich die giftigen Substanzen, sofern sie nicht gleich erbrochen werden, im Körper anreichern, riskieren auch Herzpatienten, denen Digitalis vom Arzt verschrieben wurde, durch Überdosierung manchmal den Tod. Dabei ist der Fingerhut seit seiner therapeutischen Entdeckung durch den englischen Arzt William Withering (»Abhandlung vom rothen Fingerhut und dessen Anwendung in der praktischen Heilkunde«, 1786) unverzichtbarer Bestandteil von Medikamenten bei Herzleiden. Und hat so gesehen auch manches Leben gerettet.

Info: auch Waldglöckchen, Fuchskraut, Elfenkraut oder Liebfrauen-Handschuh genannt. Mehrjähriges, krautiges Wegerichgewächs mit roten (gelben oder wolligen), glockenförmigen Blüten, die traubenartig angeordnet sind und in ihrer Form an Fingerhüte erinnern. Wollige, behaarte Blätter. Blüte: Juni–August | **Inhaltsstoffe:** Herzglykoside Digoxin und Digitoxin | **Vergiftungserscheinungen:** Übelkeit, Erbrechen, Sehstörungen, Schwindel, Absinken der Pulsfrequenz, Delirium, Herzstillstand

From Wellness to Hellness

Beinahe hätte Karl den Wellensittich erwürgt, so erschrak er beim Anblick seiner Frau. Herta sah aus, als wäre sie mit einer Gemüseplatte kollidiert. Petersilienstängel klebten ihr im Haar, Gurkenstreifen zierten das Dekolleté, und auf ihre Hände hatte sie eine karottenrote Masse geschmiert.

Vorsichtig setzte er den Sittich in den Käfig zurück. Dem kleinen Tier wollte er nicht an den Kragen. Wenn, würde seine Gattin Federn lassen. Ein tröstlicher Gedanke, den Karl leider nicht weiterverfolgen konnte, denn Hertas nebulöse Erscheinung verschleierte ihm die Denkfähigkeit.

»Bärli?«

Bedrohlich tanzten die Petersilienstängel vor seinen Augen auf und ab.

»Bärli, das musst du dir ansehen!«

Unnachgiebig zupften die Karottenfinger an seinem Hemd und hinterließen kleine, schmierige Streifen auf dem Stoff.

»Hier, schau mal!« Aufgeregt tippte Herta mit ihren Käsestiften auf den Hochglanzprospekt. »Im ›Jungbrunnen-Resort‹ in Großpickelsdorf gibt's jetzt ein Waaaaaahnsinns-Phytobiodermiezentrum.«

Seit einigen Wochen war alles der »Wahnsinn« bei ihr, von der grindigen Großwetterlage bis zu den kleingeistigen Auswüchsen ihres derzeitigen Lieblingsgurus. Nur ihren eigenen Zustand nahm sie offensichtlich davon aus.

»Phytobiodermie«, Herta zischte ihn an wie eine Schlange, während sie ihm vorlas, »ist eine vitalisierende Kosmetik, die mit den Prinzipien von Yin und Yang, kosmischen Farblichtbädern und der energetischen Fünf-Elemente-Philosophie«, dabei zischte sie erneut, was vermutlich an ihrem Unterlippenpiercing lag, »alle Hautprobleme von der Wurzel her beseitigt.«

Auch Karl hätte gerne so einiges beseitigt. Sein esoterisch-eklektisches Eheweib etwa. Aber da Salzsäurebäder nicht im

Ruf standen, besonders vitalisierend zu sein, zumindest nicht für den Badenden, fanden sich derartige Angebote nie. Ihm schwebte so eine Art Wellness für zukünftige Witwer vor; daran hätte bestimmt nicht nur er seine Freude.

»Jetzt hör doch mal zu, Bärli!«, rief Herta ihn harsch in sein ehemännliches Dasein zurück. »Die hätten da auch ein ayurvedisches Pretty-Woman-Anti-Aging-Paket mit basischen Kartoffelwickeln im Angebot. Das stell ich mir für unseren nächsten Urlaub waaaaahnsinnig toll vor. Im Februar wollen wir doch eh wieder weg. Das könnten wir dann gleich mit der Zistrosen-und-Granatapfel-Kuschelkoma-Kur verbinden. Oder«, hektisch bewahrte sie eine ihrer gurkigen Busenpailletten vor dem Absturz in die profanen Tiefen des Teppichbodens, »wir nehmen die erotisierenden Zweisamkeitstage mit sonnenerdiger Tonerdedrainage und stimulierender Sauerkrautmassage, was meinst du?«

Karl konnte sich nichts weniger Erregendes vorstellen als Herta am Hals und Sauerkraut auf der Haut. Oder auch umgekehrt. Diese kosmisch-kulinarischen Dimensionen der modernen Wohlfühlwelt waren eindeutig nicht nach seinem Geschmack. Und die verworrenen Vorstellungen seines Eheweibs stießen ihm sowieso sehr sauer auf. Dieses ganze Geschwafel von ganzheitlicher Selbstfindung etwa. Warum sah sie nicht einfach in einen großen Spiegel, das wäre doch genauso effizient. Auch ihrem kryptischen Gerede von stimulierenden Chakren, simulierten Orgasmen und sinusierten Erdschwingungen konnte er wenig mehr abgewinnen als Magendrücken und Mieselsucht.

Aber gegen Hertas energetisierte Eloquenz anzureden hatte wenig Aussicht auf Erfolg. Sie kommunizierte bevorzugt in sphärischen Klangdimensionen. Und die verstand er genauso schlecht wie etwa Zwölftonmusik. Ihre Dialoge scheiterten am gemeinsamen geistigen Nenner, der sich immer seltener fand. Wie so vieles andere auch.

Denn während Herta ihrem Leben in gewellnessten Häppchen auf den faltenfreien Grund ging, wühlte er sich durch den banalen Bodensatz der Alltagsprosa. So wie erst gestern Morgen.

»Herta, hast du meine grauen Socken gesehen?«

»Weiß ich nicht, Bärli. Frag mal das Universum. Das Universum weiß alles. Und es wird dir auch antworten, wenn du offen dafür bist.«

»Heeeeerta! Hier sind nur drei offene Schubladen. Ohne graue Socken! Ich hab's eilig, ich muss zur Arbeit.«

»Schatz, das Universum lässt sich nicht drängen. Und du solltest dich nicht aufregen, das schadet nur deinem Karma. Außerdem bekommst du hässliche Falten davon.«

»HEEEERTA! Die grauen Socken. Ich bitte dich.«

»Hör dir lieber mal das hier an, Bärli.« Standhaft verweigerte Herta ihre Rolle als Sockensuchhund. Sie sah lieber nach den Sternen. »›Steinbock: Sie müssen mit Turbulenzen rechnen, denn derzeit steht Jupiter in einem starken Spannungsverhältnis zu Mars. Versuchen Sie, Ihre Emotionen zu kontrollieren, und bemühen Sie sich um kosmischen Ausgleich.‹ Da hast du's.«

Nachdenklich rührte sie in ihrem morgengräulichen Fühl-dich-wohl-Tee, auf dem ein paar zerrupfte Gänseblümchen schwammen.

»Das Universum ist aufgewühlt. Daher wühlst du in deinen Kommoden. Sobald die Lage der Planeten sich etwas entspannt hat, wirst du auch deine blauen Socken finden.«

»Die grauen. Ich suche meine grauen Socken.«

Aber als einzige Antwort erklang das tibetische Bambuswindspiel, denn Herta war zur Morgentaumeditation in den Garten gegangen. Und Karl verließ mit schwarzen Socken und ebensolchen Gedanken das Haus.

Als Lagerverwalter des Kleinteilsortiments von Baufix & Co. hätte er natürlich selbst im Matrosenkleid seinen Dienst antreten können, ohne dass es aufgefallen wäre. Er trug sowieso einen grauen Arbeitskittel, graue Handschuhe und eine graue Kappe. Doch gerade deshalb war ihm die Sockenfrage nicht egal. Karl tendierte zu einer monochromatischen Lebensform. War die Arbeitskleidung grau, hatten es auch die Socken zu sein.

Grau zu Grau und Blau zu Blau. Das entsprach nicht nur seiner Weltsicht, sondern auch seiner Farbenwelt. Er führte gerne ein Schattendasein. Das verlangte ihm weniger Präsenz ab. Zudem war die Natur seiner Ansicht nach bunt genug, da musste der Mensch keine Akzente mehr setzen. Fand zumindest er.

Herta sah das natürlich ganz anders. Ständig lag sie ihm mit haarsträubenden Abhandlungen über altersgerechte Adaptierungen im Ohr. Worunter sie allerdings weniger Automatikgetriebe oder Treppenlifte verstand, sondern Dinge, die »L'Oreal Herbstzeitglanz« oder »Schwarzkopf Spätsommerschein« hießen und mit denen sie ihm unbedingt an seine ergrauten Haare wollte.

»Schau dich doch mal an, Bärli. Du siehst aus wie fünfzig«, hatte sie ihm eines Morgens an den gebeugten Kopf geworfen.

»Was soll das heißen?« Karl hasste Unterbrechungen, wenn er gerade den Sportteil las. »Ich sehe aus wie fünfzig, weil ich fünfzig bin.«

»Aber heute schaut niemand mehr so alt aus, wie er ist.« Herta griff entschlossen nach seiner Zeitung. Sie tolerierte keinerlei Ablenkung, wenn es um wesentliche Themen ging. Und Karls ästhetische Empfindungslosigkeit war ein solches. Da konnten Bayern München und Juventus Turin spielen, wie sie wollten. »Aber du könntest locker wie fünfundvierzig aussehen, wenn du mehr auf mich hören würdest.« Dabei rollte sie die Zeitung zusammen und klopfte ihm damit ganz sachte auf die Finger.

»Warum sollte ich aussehen wie fünfundvierzig, wenn ich fünfzig bin?« Er verstand sie schon wieder nicht. Ein runder Kopf war eben nicht dazu bestimmt, mit ihm um die Ecke zu denken.

»Weil du dich dann besser fühlen würdest, selbstbewusster, attraktiver.«

»Aber ich fühle mich ausgezeichnet.« Solange ich in Ruhe den Sportteil lesen kann, fügte er in Gedanken hinzu.

Das offensichtliche Unverständnis ihres Gatten überstieg wiederum Hertas Verständnis. Da mutierte er zunehmend zum visuellen Problemfall und schien auch noch zufrieden damit.

Wochen später erstrahlte Karls Haupt dennoch in makellosem Herbstzeitglanz. Um des häuslichen Friedens willen. Und weil am Frühstückstisch nun wieder Ruhe eingekehrt war, fühlte er sich tatsächlich ein klein wenig besser.

Nur Hertas neue Leidenschaft für botanische Tischdekoration störte die fragile häusliche Harmonie. Ständig hing ihm ein Gerberastängel in den Suppenteller, das Gräserensemble neben dem Wasserkrug reizte ihn zu Niesanfällen, und beim Griff nach dem Brotkorb hatte er sich schon zwei Mal böse an der Stechpalmenskulptur geschrammt, die den halben Esszimmertisch einnahm. Als reichte das ganze esoterische Wohlfühlbrimborium nicht schon, musste sein hirnloses Eheweib nun auch noch einen Kurs zur Emotionalisierung durch Pflanzen besuchen.

»Das ist waaaaaahnsinnig spannend«, erklärte sie ihm eines Abends, während er verzweifelt versuchte, sich mit den dornigen Früchten eines opulenten Gebindes aus Buchenzweigen – ein Symbol für Klarheit und Vernunft –, Rainfarn – gegen böse Kräfte – und Einblättern – für eine friedliche Stimmung – zu arrangieren, zwischen dessen Auswüchsen Herta seine pampigen Vollkornnudeln platziert hatte. »›Blumen spiegeln die Seele des Universums‹, hat unsere Kursleiterin gesagt. Sie besitzen magische Kräfte, die uns ein glücklicheres Leben bescheren. Du glaubst ja gar nicht, was man von ihnen alles lernen kann«, schwärmte sie.

Karl schwieg. Besseres Essen und freie Sicht auf den Suppentopf hätten ihm schon zu seinem Glück gereicht. Resigniert schüttelte er sein herbstzeitlich glänzendes Haupt und stocherte lustlos in den matschigen Nudeln herum. Wenn Blumen die Seele des Universums spiegelten, zählten Hertas biologische Küchenexperimente wohl zu den kosmischen Ausscheidungsprodukten.

So vergingen die Wochen. Statt Vollkornnudeln favorisierte Herta inzwischen Urgetreide, und die floralen Staubfänger auf dem Tisch hatten Adventsgestecken weichen müssen.

Nur Karl war immer noch der Alte. Genau genommen fühlte

er sich mittlerweile sogar um einiges älter, als er wirklich war. Was nicht nur am vorweihnachtlichen Kundenansturm im Baumarkt lag, sondern auch an den nahezu überall grassierenden Festtagsbräuchen.

Zwar glitzerten auch in diesem Jahr keine güldenen Lichtlein auf verschneiten Tannenspitzen, aber blinkende Rentiere, hell leuchtende Plastikbäume und kunterbunte Deko-Kugeln machten aus den sonst so beschaulichen Gassen seiner Heimatstadt eine augenbetäubende Angelegenheit. Karl widerte diese Ansammlung von kommerziellem Kitsch unsäglich an. Weihnachtskarpfen, die »Jingle Bells« sangen, Wichtelmännchen, die an Wintermänteln klebten, Wundertüten, die mit den Flügeln schlugen – aber nirgendwo eine Spur von wärmenden Wollsocken, die er seinem Weib an die stets eiskalten Füße legen wollte. Stattdessen wurde ihm fusselige Flauschware ans Herz gelegt.

»Damit hat die Gattin garantiert ihre Freude«, meinte der glatzköpfige Verkäufer, um dessen Hals sich eine goldene Krawatte mit aufgedruckten Elchen oder auch Rentieren, Karl kannte sich da nicht so aus, schlang. »Am besten, Sie nehmen auch gleich diese wundervolle Wohlfühldecke mit. Die passt ausgezeichnet zu den hübschen rosa Kuschelsöckchen.« Mit diesen Worten drückte er ihm auch noch eine blassbeige Decke mit goldenen Fransen und aufgestickten Engeln in die Hand.

Karl stand bereits an der Kasse, bevor er protestieren konnte.

Zwar hatte er keine Ahnung von den Besonderheiten einer Wohlfühldecke, aber er persönlich fühlte sich bereits beim Anblick des Preisschildes alles andere als wohl. Mitsamt den Socken, einem klobigen Brotbackautomaten der Marke »Bärli, so was hat heute wirklich schon jeder« und der traditionellen Großpackung Ildefonso war der Gabentisch seiner Ansicht nach jedenfalls zur Genüge beladen.

Um den Rest würde sich wie immer seine Gattin kümmern. Ihn hielt sie für zu geschmacklos, um einen kochtauglichen Karpfen zu kaufen. Er wiederum hielt Karpfen für zu geschmacklos, um kochtauglich zu sein. Ähnlich verhielt es sich auch mit dem Christbaum, nur dass dieser nicht küchen-, sondern konkurrenztauglich sein musste. Offenbar diente dieses nadelige Schmuckstück weniger der Zierde des Wohnzimmers denn der Bewunderung durch die Nachbarschaft. Zumindest in Hertas Augen. Im Grunde eine Art perfekt inszenierter Penisneid, fand Karl insgeheim, wenn die Freundinnenrunde sich gegenseitig mit kräftigem Wuchs, stattlicher Größe und ornamentalem Aufputz zu übertrumpfen suchte.

Doch da Herta in diesem Jahr um zwei Wipfellängen vor ihrer besten Freundin lag, verlief das Weihnachtsfest in einigermaßen friedvollen Bahnen.

Nach der harmonischen Bescherung – für ihn hatte es blaue Kuschelsöckchen sowie eine getiegelte Auswahl an Schönheitsprodukten gegeben – zog Herta mitsamt ihrer neuen Decke aufs Sofa um. Karl blieb alleine am Gabentisch zurück. Rasch schob er die kryptische Auswahl an Age Perfect Hydra-Nutrition Golden Balm Moisturizer for Men zur Seite, um an die Keksdose zu gelangen. Mit derart schmierigen Angelegenheiten wollte er nichts am Hut und schon gar nichts an der Haut haben. Wozu Fassadenpflege betreiben, solange es Vanillekipferl gab? Er hielt das alles für einen einzigen Etikettenschwindel. Nicht nur, dass einem beim Lesen der Produktbeschreibung schon ganz schwindlig wurde, nein, es wurde einem auch noch vorgegaukelt, dass Mann in diesen modernen Zeiten neben seiner Familie und seinem Bauch auch noch sein Gewebe zu ernähren hätte.

Angesichts all der unverständlichen sprachlichen Anreicherungen, die mittlerweile aber nicht nur in Cremetiegel, sondern sogar in den Kochtopf flossen, verging ihm ohnedies sein gesunder Appetit. Was an Geschmack fehlte, wurde seiner Meinung nach an Beschreibung draufgeschlagen. Und statt köstlichem Fett fanden sich nur noch fade Fasern im Essen. Sein geliebtes Backhendl etwa galt mittlerweile nicht nur in den tadelnden Augen Hertas, sondern selbst beim bodenständigen »Kirchenwirt« als altbackene Cholesterinkatastrophe für Ewiggestrige.

Stattdessen standen Rebhühner im Steinsalzmantel oder Sulmtaler Geflügelvariationen mit Austernpilzen und Eiskraut auf der Karte.

Auch seine Herta hatte eine beachtliche Fertigkeit in der Kunst entwickelt, köstliche Kalorien durch üppige Worte zu ersetzen. Aus nichtssagenden Ingredienzen schuf sie einen sättigenden Ohrenschmaus, bei dem der Magen größtenteils leer ausging, während sich der Kopf mit unnützem Wissen füllte.

So wie an jenem trüben Donnerstag kurz nach Weihnachten, als Karls virile Standhaftigkeit vor lauter Fleischeslust zum Erliegen kam.

»Und, Bärli? Wie findest du mein Brennstoffsupperl mit Bärlauchcroûtons nach Hildegard Bingen?«, hatte Herta ihn bei Tisch freudig angestrahlt, während er zweifelnd in der dünnen Brühe rührte. Dass diese mit einer dicken Schicht kleiner blauer Blüten bestreut war, machte sie in seinen Augen auch nicht appetitlicher.

»Ist das nicht ein Waaaaahnsinn? Da sind Biopastinaken drin und Koriander. Und sogar eine Prise Astragalus, die Wurzel ist total gut für das Herz- und Leberfeuer. Weil wir ja alle ein Problem mit dem Nieren-Yin haben.«

Karl hatte allerdings weniger mit den Nieren als mit den Nerven ein Problem. Und daran war kein spärliches Feuer im Herzen, sondern die Sparflamme des Küchenherds schuld. Wie sollte er sich mit Hertas vergeistigtem Geschwafel auch den Bauch vollschlagen können? Wenn das so weiterging, würde er bald schon den Löffel abgeben. Aber sollte er wirklich an der vollen Schüssel verhungern, nur weil sein Weib unter Mangelerscheinungen der Gehirnsubstanz litt?

Die Suppe sah aus wie pürierter Kompost, und sie schmeckte auch wie pürierter Kompost. Ein Festtagsmahl für jeden Regenwurm.

Aber Karl hatte nicht vor, deshalb ins Gras zu beißen.

»Hör mal, Liebling«, setzte er zögernd zu einem Plädoyer für Schweineschnitzel und Co. an. »Die Suppe ist schon gut und, äh, sicher auch sehr gesund, aber … wir Männer … also, wir stehen halt mehr auf Fleisch. Das fette Zeugs, na ja, du weißt schon, so wie früher. Paniert oder mit Knödeln. Ich mein, ich … also«, verzweifelt kramte er in seinem minimalistischen Vokabular nach mehr Überzeugungskraft, »ich werd einfach nicht satt von deiner Kost.«

»Tatsächlich?« Zärtlich zwackte Herta ihm in die Wange. »Mein armes Bärli, du verstehst das einfach noch nicht. Dir fehlt die Reife, um dein mantrisches Bewusstsein zu erkennen.« Sie sah ihn an wie das Kaninchen den Kopfsalat. »Weißt du, im Leben geht es nicht darum, Fettzellen zu mästen, sondern kosmische Energien zu sammeln. Und dafür brauchst du weder Messer noch Gabel, sondern harmonisierende Substanzen.«

Karl fand zwar, dass Schweinsbraten und Semmelknödel sehr gut miteinander harmonierten, aber diesen Gedanken behielt er für sich.

Herta war weniger zurückhaltend. Was ihr am Herzen lag, stieß umgehend an sein Ohr.

»Bärli« – die Vokale schrammten gefährlich nahe an seinem müden Haupt vorbei – »jetzt komm mal her, Bärli, ich erklär dir das.«

Zwar wollte er weder kommen noch aufgeklärt werden, aber sie zog ihn bereits entschlossen mit sich.

Als sie ihn auf das Ehebett stieß, fehlten ihm die Worte.

Als sie ihn in die Horizontale kippte, stockte ihm der Atem.

Als sein Weib ihm an die Wäsche ging, erstarrte er, wenngleich nur innerlich.

Sie hingegen flötete: »Entspann dich doch, Liebling«, und gab brummige Töne von sich. Und während sie ihm irgendwas über Nabel- und Milzchakra vorgurrte, massierte sie mit öligen Fingern seinen Nabelbereich.

Karl war entspannt wie die chinesische Mauer. Ihm gelüstete nach Schweinebauch, nicht nach Bauchschweinereien. Aber es kam noch schlimmer.

»Und nun wollen wir mal sehen, wie es um dein Wurzel-Energie-Chakra bestellt ist«, befand Herta und nahm Dinge in den Mund, bei denen es ihm vor Entsetzen die Haare aufstellte. Allerdings auch nur die. Seine sonstige Teilnahme hätte ätherischer nicht sein können. Karl fragte sich, ob es wohl am pürierten Kompostsüppchen lag, dass er sich auf einmal fühlte wie ein Regenwurm.

Nach einer Zeitspanne, die ihm länger als der Untergang des Römischen Reichs vorkam, nahm Herta endlich wieder Worte in den Mund. Doch auch die versprachen wenig Gutes. Da kam die Rede auf kosmische Orgasmen, universelle Bewusstseinsebenen, polarisierte Verschmelzungen und spiritualisierte Erotik.

Karl dröhnte der Kopf, während sein Magen leise knurrte.

Das mit seiner Fleischeslust hatte sein Weib wohl gänzlich missverstanden. Ihm stand weder der Sinn noch Sonstiges nach erotisch-esoterischen Höhenflügen, ihn verlangte allein nach kulinarisch-kalorischer Bodenständigkeit. Was, wie vieles andere auch, nicht zu vereinen war.

So kam es also, dass Herta seiner fehlgeleiteten Lust durch wegweisende Wellness-Behandlungen auf die Sprünge helfen wollte, während er seine körperlichen Genüsse bevorzugt aus der Stimulierung von Geschmacksknospen zog.

An der Fleischtheke des dörflichen Rund-&-G'sund-Marktes etwa fühlte er sich heimischer als daheim. Dort konnte er sich hemmungslos allem hingeben, was ausreichend fett und vor Ort zu verzehren war. Mit der Zeit brachte ihm sein Verbrauch an Leberkäse, Lungenstrudel und Fleischlaberln nicht nur so manche Extraportion ein, sondern auch zunehmend bewundernde Blicke der knackigen Wurstverkäuferin.

»So ein gstandenes Mannsbild«, flüsterte diese eines Nachmittags der Kollegin vom Käse zu. Und während Karl sein lauwarmes Brathendl verschlang, verschlang sie ihn mit heißen Blicken.

Herta wusste natürlich nichts von den sättigenden Seitensprüngen ihres Mannes. Zwar wunderte sie sich über dessen wachsenden Bauchumfang, litt er daheim doch stets unter chronischem Appetitmangel, aber derlei Ungereimtheiten würden sich während ihres gemeinsamen Urlaubs schon in Luft auflösen. Die exklusiven Behandlungen im »Jungbrunnen-Resort« brachten die erschlafften Lebensgeister bestimmt wieder in gesunde Höhen und Karls konturlosen Körper in Form.

Bereits die Vorfreude auf sieben Tage voller streichelzarter Versuchungen versetzte sie in euphorische Zustände, während Karl sich eher in vorauseilenden Vermeidungsstrategien übte.

Doch keine davon funktionierte. Obwohl er Überstunden, Hühneraugen, Magendrücken, Männergrippe und den völlig überraschenden Besuch eines Onkels aus Vorarlberg anführte, musste er seinen partnerschaftlichen Wellnesstrip dennoch pünktlich antreten.

Und bereits der erste Morgen im Großpickelsdorfer »Jungbrunnen-Resort« hatte es in sich.

»Bärli«, beglückt schlappte Herta mit ihren rosafarbenen Badepantoffeln neben ihm her, »Bärli, ich muss gleich zur Aquafit-Amphibiengymnastik. Bitte vergiss nicht, dass du um halb zehn für die ayurvedische Senfkornmassage angemeldet bist.« Rasch drückte sie ihm einen Ingwer-Papaya-Smoothie-Kuss auf die Lippen. »Wir sehen uns dann um elf wieder zum gemeinsamen Faserschmeichler-Peeling.« Dann eilte sie Richtung Hallenbad davon.

Karl blieb im Foyer zurück. Die Klangschalen-Kakofonie, die das ganze Haus erfüllte, zerrte an seinen Nerven. Noch nerviger fand er allerdings die Aussicht auf eine Senfkornmassage. Er war kein Mensch, der auf Handgreiflichkeiten stand. Und er wollte auch nicht von Würstlgewürzen aufs Korn genommen werden. Er wollte weg von hier.

Allerdings fiel ihm nur ein einziger Ort ein, wo er von akustischem Sperrmüll und anzüglichen Knetmaschinisten gleichermaßen verschont bleiben würde. Der Imbissstand direkt am Parkplatz. Dort roch es auch nicht so invasiv nach Räucherwerk und Lavendel-Potpourris, sondern nach appetitlichem Bratenfett.

Nach einer doppelten Portion Käsekrainer und zwei Bier fühlte er sich zunehmend wohler in seiner Haut. Selbst der Gedanke ans bevorstehende partnerschaftliche Faserschmeicheln hatte ein wenig von seinem ursprünglichen Schrecken verloren.

Reglos ließ er alle gut gemeinten Handgreiflichkeiten über sich ergehen. Kurz bevor er ins Verdauungskoma fiel, hörte er noch, wie Herta ihn anfuhr: »Mein Gott, jetzt leg doch endlich deine Hand auf meinen Busen. Sonst klappt das mit der Thermosensitivität« – wieder dieses unangenehme Zischen – »ja nie.«

Sie hatte gar nicht »Bärli« gesagt, fiel ihm noch auf, dann schlief er ein.

Das Erwachen war weniger schlimm als erwartet. Zwar spürte Karl ein dumpfes Pochen an den Schläfen, aber weder Herta noch der Esoterikfuzzi schienen böse auf ihn.

»Ich glaube, du ruhst dich heute Nachmittag besser aus«, meinte seine Gattin nur. »Ich muss später zu meiner moussierenden Abdomenstimulation, und der dynamische Blütenkochkurs steht ja auch noch an. Das wird dauern.« Und schon war sie weg.

Karl konnte sein Glück kaum fassen. Herta hatte ihn verlassen. Zumindest für den Rest des Tages. Kein Zwang zur Zweisamkeit mehr, kein glitschiges Zeug im Gesicht, kein Körndlfutter auf dem Teller. Auch nicht am nächsten Tag. Oder am übernächsten. Endlich schien Herta ihn zu verstehen. Er durfte durch Abwesenheit glänzen, sie strahlte ihn dennoch an.

»Muss ja nicht sein«, war fortan alles, womit sie seine Flucht vor kuschelkomatösen Behandlungen kommentierte. »Mach dir einfach einen schönen Tag.«

Sogar mit dem Wangenzwacken hatte sie aufgehört. Ein Wunder schien geschehen. Sie klärte ihr Bewusstsein mit Wadenwickeln und Wohlgefühlen, er trübte das seine mit Hopfen und Malz. Und beide waren zufrieden damit. Doch der Friede währte nicht lange. Dafür war ihr Aufenthalt im »Jungbrunnen-Resort« zu kurz.

Kaum zu Hause, fehlte es ihnen an praktikablen Vermeidungsstrategien. Und da sie sich nicht aus dem Weg gehen konnten, gingen sie sich auf die Nerven.

Die häusliche Großwetterlage glich einer stabilen Gewitterfront. Karl schlich herum wie ein wandelndes Tiefdruckgebiet, Hertas Stimmungshoch hingegen war äußerst spannungsgeladen. Trafen sie aufeinander, brach ein Unwetter los. Sie entlud sich in verbalen Hagelschauern, er reagierte mit nachhaltigem Grollen. Beruhigenderweise bekamen sie sich jeden Tag weniger zu Gesicht. Was nicht nur an Karls immer längeren Dienstzeiten lag, sondern auch an Hertas Blumenarrangements, die längst nicht nur den Esstisch vereinnahmten, sondern auch Nachtkästchen, Küchenanrichte, Garderobenschrank, Spiegelkonsole und die hübsche Kommode im Flur zierten. Da gab es Pflanzen, die Liebe brachten, andere, die für Geldsegen sorgten, Gewächse, die böse Geister vertrieben, und solche, die gegen Zahnschmerzen halfen. Karl war's egal, solange er sie nicht essen musste. Und das musste er auch nicht, denn er ging längst kulinarisch fremd, während Herta kosmisch neue Horizonte erkundete.

»Lass uns doch mal den Kranich machen«, gurrte sie dann verzückt, während die sphärische Verschmelzung mit ihrem Guru zügig voranschritt.

»Reich mir doch mal die Kalbsbrust«, säuselte Karl derweil schwärmerisch, während seine fleischliche Annäherung an die Wurstverkäuferin gleichermaßen gedieh.

Nur daheim kam ihnen kein nettes Wort über die Lippen. Über ihre außerehelichen Ausflüge schwiegen sie ohnehin. Karl deklarierte seine appetitliche Sättigungsbeilage als notwendigen Dienst am Kunden, Herta konsumierte ihre Fleischeslust unter dem Deckmäntelchen einer Einführung in die anthroposophische Ernährungswissenschaft.

»Warum geht ihr nicht einfach getrennte Wege?«, fragte der Guru sie eines Abends und biss ihr genüsslich in den Oberarm.

»Das geht nicht. Die Hypotheken auf das große Haus, den Garten und die neue Einbauküche sind astronomisch hoch«, erwiderte sie bedauernd. »Ohne Karl könnte ich mir nichts mehr leisten. Dann wäre ich arm wie eine Kirchenmaus. Ich müsste das Auto verkaufen, hätte keine Kräuterspirale mehr, keine Vitalocare-Cremes und keine Induktionskochfelder.« Was sie nicht wollte. Und ihr Privatmasseur schon gar nicht.

»Warum trennt ihr euch nicht?«, fragte die Wurstverkäuferin Karl an einem anderen Abend und biss ebenso genüsslich in die Schweinshaxe.

»Viel zu teuer.« Karl war kein Mensch langer Reden.

Aber manchmal schritt er zur Tat. Zur erlösenden Tat, wie er selbst fand. Es ging ganz einfach. Und unglaublich schnell. Er hätte sich nicht einmal die ganze Woche extra dafür freinehmen müssen.

Als sein Weib wieder einmal Zutaten für eine ihrer pflanzlichen Verschönerungssalben zusammenrührte, mischte er mit. Und zwar mit fein geschabter Seidelbastrinde.

Daphne mezereum, so hatte er in einem von Hertas magischen Pflanzenratgebern gelesen, der eines Tages statt seiner Sportzeitung auf dem Klo lag, also Seidelbast, war ein hochgiftiges Gewächs. Zwar hatte man die bereits im Spätwinter blühende Staude früher gegen Lustseuchen, Zahnschmerzen und Stuhlverstopfung eingesetzt, aber deren tödliche Nebenwirkungen übertrafen eindeutig die erhoffte Heilwirkung. Doch Karl wollte auch niemanden heilen, ganz im Gegenteil. Er beabsichtigte, die hautreizende Wirkung der Pflanze zu nutzen, um ein wenig an Hertas hübscher Fassade zu kratzen. Immerhin war der Teufelsstrauch auch dafür bekannt, auf der Haut schlimme nekrotische Wunden hervorzurufen. Bettler hatten sich diese einst sogar freiwillig zugefügt, indem sie sich Seidelbastpomade vorsätzlich auf Arme und Beine schmierten, um dank der dadurch verursachten eitrigen Blasen und blutigen Entzündungen mehr Mitleid zu erregen. Karl allerdings hatte kein Mitleid mit Herta. So eine kleine Abreibung hatte sie sich seiner Ansicht nach redlich verdient. Da der Baumarkt, in dem er arbeitete, auch über eine gut sortierte Gartenabteilung verfügte, war es ein Leichtes für ihn gewesen, in den Besitz von etwas Rinde zu kommen.

Und die mischte er, als Herta kurz in der Speisekammer verschwand, um etwas Bienenwachs zu holen, rasch unter die cremige Masse. Neben den bereits pulverisierten Weidenrindenextrakten fielen die Seidelbastspäne gar nicht auf.

Nun musste er nur noch warten. Wie stets applizierte sich die Salbenrührerin nach getaner Arbeit gleich eine dicke Schicht auf Stirn und Wangen, um die Konsistenz ihrer Mixtur zu prüfen.

Karl beäugte sie dabei erstmals ganz aufmerksam, was Herta nicht entging.

»Schau nicht so blöd, das ist eine Weidenrindenextrakt-Honigmaske gegen Hautunreinheiten. Würde dir auch nicht schaden«, blaffte sie ihn an. »Du wirst ja mit jedem Tag hässlicher. Und fetter auch.« Gereizt rieb sie sich die Augen. Offenbar tat der Seidelbast schon seine Wirkung. »Aber ich hab mir eh schon was für dich überlegt, wirst sehen, dann hast keine Figurprobleme mehr.«

Das hätte sie nicht sagen sollen. Seit seiner Annäherung an die Wurstverkäuferin verspürte Karl nicht nur erste Anflüge von Eitelkeit, er verspürte auch puren Hass bei der Vorstellung, erneut in Hertas formgebende Hände zu fallen. »Was immer du schon wieder vorhast, ich mache bestimmt nicht mit«, setzte er in ungewohnt autoritärem Tonfall an, doch sein Weib nahm ihn gar nicht mehr wahr.

Hektisch kratzte sie sich im Gesicht, stöhnte leise auf und tappte mit halb geschlossenen Augen ins Badezimmer, wahrscheinlich um sich von der schmerzenden Maske zu befreien. Und Karl, einer bösen Eingebung folgend, schlich ihr nach.

Als Herta gerade nach dem Waschlappen greifen wollte, um sich zu reinigen, nutzte er die Gunst der Stunde. Ein kräftiger Stoß von hinten, die Bremskraft der Waschmaschine von vorne und ein Schleudergang auf dem Fliesenboden, mehr brauchte es nicht für den ewigen Frieden. Schnell wischte er ihr die giftige Creme vom Gesicht, schmierte ihr anschließend sogar noch etwas Ringelblumenlotion drauf – zur Beruhigung der Haut –, griff nach der Glasflasche mit dem Rotkleeblütenöl und warf sie schwungvoll auf den Boden, wo sie pflichtbewusst zerschellte und die Badezimmerfliesen in eine Rutschbahn verwandelte.

Danach atmete er ein paarmal tief durch und rief den Arzt.

Die Formalitäten waren rasch erledigt.

»Ich sag es immer wieder, gerade im Haushalt lauern die größten Gefahren«, meinte der Amtsarzt und stellte seufzend den Totenschein aus. »Sie ist ja noch so jung gewesen.«

»Mein herzliches Beileid, Herr Haslinger. Wer hätte das gedacht …«, sagte der Mann vom Bestattungsunternehmen und nahm mit geübtem Auge Maß.

»Schlimme Sache, ganz schlimme Sache«, bemerkte der Versicherungsmakler wenig erfreut, »aber dafür bekommen Sie jetzt eine schöne Stange Geld.«

Der verwitwete Karl schwieg. Innerlich jubilierte er, äußerlich war er zu Tode betrübt. Hin und wieder schniefte er lautstark in sein Taschentuch, damit man das Knurren seines Magens nicht hörte.

Kaum waren die Herren wieder abgezogen, zog es ihn in die Küche. Es war Mittagszeit, und ihm war keinesfalls der Appetit vergangen. Ganz im Gegenteil.

Der Kühlschrank gab wie gewohnt kaum Nahrhaftes her, aber das würde sich bald ändern. Nicht einmal Bier war eingekühlt, doch egal, im Keller musste noch eine volle Kiste stehen.

Beschwingt schritt Karl zur Kellertür, beschwingt lief er die steile Treppe hinab, und beschwingt stürzte er über den dünnen Blumendraht, den Herta dort im dunkelsten Bereich gespannt hatte. An der Bierkiste, die sie strategisch günstig platziert hatte, fand sein Schwung ein abruptes Ende.

Karl blieb gerade noch genug Luft, um »Verdammmmmt!« zu rufen, dann hauchte er sein Leben aus. Der Weg für ein Wiedersehen mit Herta in der Hölle war frei.

Seidelbast, Daphne mezereum (sehr giftig)

Spanisches Fliegenpflaster und letales Syphilismittel

»Ist dein Lehnsherr dir verhasst, gib ihm einfach Seidelbast«, lautet eine alte Redensart, die vermutlich mehr über dieses ungewöhnliche Gewächs aussagt als die meisten Pflanzenratgeber. Schon drei der höllisch scharfen Früchte bringen ein Schwein um, zehn einen erwachsenen Menschen ins Grab. Doch auch die schmucken Blüten, die Rinde und Wurzeln sind nicht gerade bekömmlich. Mancherorts verendeten ganze Viehherden, weil sie an den Büschen knabberten, während Bettler sich einst eine Art Borkenpomade als »spanisches Fliegenpflaster« auf die Haut schmierten, um böse aussehende nekrotische Wunden hervorzurufen und dadurch die Spendenbereitschaft der Passanten zu erhöhen.

Selbst als Heilmittel gegen die seinerzeit grassierende »Lustseuche« (Syphilis) griffen Ärzte im 18. Jahrhundert gerne zur Rinde. Wobei die unerwünschten Nebenwirkungen oftmals die erwünschte Wirkung übertrafen. So warnt die »Allgemeine Geschichte der thierischen und mineralischen Gifte« 1806 explizit vor diesem Gewächs: »Die Beeren nebst der ganzen Pflanze ziehen Blasen an der Haut auf, und erregen im Schlunde einen mit heftigem Brennen verbundenen, unlöschbaren Durst, hitzige Fieber, anhaltende Leibesschmerzen und den Tod.« Und »Das Handbuch des Straf-Verfahrens in den Königlich Preußischen Staaten« berichtet von einer »ärztlichen Vergiftung durch 12 Beeren vom Seidelbast«. Sogar der Rauch des Holzes ist schädlich.

Dieses hochtoxische Gewächs wurde allerdings nicht nur im vergeblichen Kampf gegen Geschlechtskrankheiten eingesetzt, sondern auch als vermeintlich harmloses Abführmittel, eine gleichfalls oft lebensbedrohliche Medikation, über die der Homöopath Samuel Hahnemann schreibt: »Die Zeiten sind vorbei, wo man zwei bis drei solcher Körner als ein drastisches Purgiermittel eingab, oft mit Verlust des Lebens.« Nur die Zeiten, in denen Kinder durch den Verzehr von Pflanzenteilen auf der Intensivstation landen, sind leider noch nicht vorüber.

Info: auch Hundsbeere, Schlangenholz, Elendsbluth, Warzenbast, Kellerhals, Deutscher Bergpfeffer, Brennwurz, Beißbeere, Purgier- oder Teufelsstrauch genannt. Niedriger Strauch mit kleinen blassgrünen Blättern, die erst nach den rosaroten, wohlriechenden und direkt am Stamm wachsenden Blüten erscheinen. Im Sommer trägt der Seidelbast kleine scharlachrote Früchte. Blüte: Februar–März, Früchte: Juni–August | **Inhaltsstoffe:** Daphnin, Daphnetoxin, Mezerein | **Vergiftungserscheinungen:** Brennen im Mund, Schluckbeschwerden, verkleinerte Pupillen, Fieber, heftige Krampfanfälle, Nekrosen auf der Haut und Magenschleimhaut, Nierenschäden, Lähmungen, blutiger Durchfall, Benommenheit, Kreislaufkollaps, Tod

Die Gänseblümchen-Diät

Mit hängenden Schultern stand Holger vor dem großen Spiegel im Flur und betrachtete missmutig sein unförmiges Ebenbild, wie es dastand und versuchte, den riesigen Bauch einzuziehen. Ein tieftrauriger Anblick. Holger seufzte. Mittlerweile sah er wirklich aus wie eine Skulptur aus gefärbtem Schweinefett. Keine Spur mehr von dem schlanken sportlichen Mann, in den sich die Frauen einst reihenweise verliebt hatten. Nach zwanzig Jahren ehelicher Vollpension und einer sitzenden Tätigkeit war er aufgequollen wie ein Walross und träge wie der berühmte Sack Reis, der höchstens mal etwas schwungvoller ins Bett fiel. Genau genommen bestand seine einzige Bewegung ja längst nur noch darin, jeder Bewegung aus dem Weg zu gehen. Nicht einmal mehr zum Rasenmähen oder zur Heckenpflege hatte er sich aufraffen können und daher lieber seinen Garten faulenzertauglich umgestaltet. Das Ergebnis war ebenso hässlich wie er: Der halbe Garten zubetoniert und statt der blühenden Ligusterhecke umsäumten Gabionenmauern sein Haus. Ein Anblick, der einem naturverbundenen Menschen beinahe Augenkrebs verursachte, einem Fettwanst wie ihm das Leben aber ungemein erleichterte. Zwar waren die bunten Blumenrabatten zu einem Brachland aus Bitumen und Beton mutiert, doch er litt bei deren Pflege nicht mehr unter Atemnot und Bandscheibenproblemen. Nun ragten nur noch ein paar mickrige Gänseblümchen und Löwenzahnblüten zwischen den Zementfugen hervor, und die ließ er einfach stehen.

Holger, der vor drei Jahren in den Witwen- und vor zwei in den Ruhestand getreten war, wusste, dass er die optische Zumutbarkeitsgrenze bereits um etwa fünfzig Kilo überschritten hatte. Von den gesundheitlichen Kollateralschäden bei hundertdreißig Kilo Lebendgewicht ganz zu schweigen.

»Mein Speck muss weg«, sagte er mindestens drei Mal täglich zu sich. Dann nickte er zustimmend und setzte in Gedanken hinzu: Aber was soll ich denn machen, ich ess halt so gern … Und vor lauter Resignation musste er anschließend meist gleich noch ein Stück vom Plundergebäck in sich reinstopfen.

Alle bekannten Diäten – und auch viele unbekannte – hatte er bereits ausprobiert, aber ohne den geringsten Erfolg. Weder Low Carb, Paleo oder Dinner Cancelling noch FdH, Trennkost und Dr. Mayr hatten funktioniert. Selbst bei den Weight Watchern wurde er mittlerweile als Streichresultat geführt. Tagsüber hatte er sich zwar brav an deren strengen Menüplan gehalten, etwa zweihundert Gramm Spinat, ein halber Teelöffel Olivenöl, hundertzwanzig Gramm Putenbrust, ein Dutzend Salatblätter und vier Körnchen Salz, aber in der Nacht hatte er seine geheimen Vorräte geplündert und jede kalorische Einsparung doppelt und dreifach mit Schokowaffeln, Instantpudding und Schmalzbroten wettgemacht.

Kurz gesagt, der fettleibige Rentner hatte jede Hoffnung aufgegeben, je wieder eine männlich-menschliche Form anzunehmen, als er während seiner Klolektüre auf die Anzeige stieß.

»Zu viel Fett? Zu wenig Figur? Garantierte Gewichtsabnahme von zehn Kilo in nur zehn Tagen. Und das Schönste daran: Sie dürfen alles essen und so viel Sie wollen. Kein Zwang, kein Sport, keine chemischen Präparate und dennoch eine Erfolgsquote von neunzig Prozent. Machen auch Sie Urlaub im Schlank-und-fit-Schlaraffenland. Mit Gourmetküche, Ganztagsbetreuung und idyllischer Gebirgskulisse. Bei Nichterfolg Geld zurück.«

Essen, so viel er wollte. Was er wollte. Noch dazu Gourmetküche. Und dennoch zehn Kilo verlieren. Logisch betrachtet konnte das nie und nimmer stimmen. Für zehn Kilo müsste man nur von Brot und Wasser leben und dazu täglich mindestens einen Marathon laufen. Bestimmt war das alles nur Lug und Betrug.

Doch zwei Wochen und weitere angefressene drei Kilo später nahm Holger die Zeitung erneut zur Hand und studierte die Annonce noch einmal eingehend. Es gab immerhin eine Geld-zurück-Garantie bei Nichterfolg, etwas, was ihm die

Weight Watchers hartnäckig verweigert hatten. Wenn er sich nicht an die Vorgaben halte, trügen sie auch keine Schuld, hatten sie ihm erklärt und keinen müden Cent rausgerückt.

Gewöhnliche Diäten waren bei ihm offensichtlich zum Scheitern verurteilt. Vielleicht sollte er es diesmal wirklich mit dieser ungewöhnlichen Art der Gewichtsabnahme versuchen. Ein Anruf kostete ja nichts. Schließlich musste er irgendetwas unternehmen, wollte er seine Hosen auch weiterhin in einem Kleidergeschäft und nicht beim Zeltmacher kaufen.

Dennoch vergingen noch ein paar Tage, bis Holger endlich zum Hörer griff und die Nummer der wundersamen Diätanstalt wählte.

Nach dem dritten Klingeln wurde abgehoben, und eine Stimme erklang, für die selbst er freiwillig einen ganzen Tag lang auf jede Nahrungsaufnahme verzichtet hätte.

»Schlank-und-fit-Schlaraffenland, einen wunderschönen guten Tag«, flötete es in sein Ohr. »Was darf ich für Sie tun?«

Holgers Schweißdrüsen liefen zur Höchstform auf, während seine Stimmbänder spürbar anschwollen und ihm beinahe die Luft zum Atmen nahmen.

»Ich, also, ich bin der Holger«, stammelte er und schwitzte aus allen Poren. »Und ich bin zu dick«, konnte er mit einer nahezu heldenhaften Kraftanstrengung gerade noch hervorpressen, bevor er wieder um Atem rang. Er war kein Freund großer Worte, liebte eher raumfüllendes Schweigen vor der leisen Hintergrundmusik zart knisternder Chipstüten.

»Holger, was für ein hübscher Name«, schmeichelte das weibliche Wesen derweil. »Ein paar Kilo zu viel sind doch gar kein Problem. Sie kommen einfach zu uns, genießen eine Woche Urlaub in unserem Romantikhotel und lassen es sich gut gehen, während Ihre Pfunde purzeln.«

Das klang zu schön, um wahr zu sein.

»Und ich darf wirklich alles essen?«, fragte er, immer noch recht skeptisch, nach. Eine Diät, bei der man weder Hunger leiden noch wochenlang Ananassaft trinken noch zwischendurch anstrengende Bauchmuskelübungen machen musste, schien ihm einfach undenkbar. Immerhin hatte er ausreichend Erfahrung mit über drei Dutzend Methoden der Gewichtsreduzierung gesammelt. Mehr oder weniger qualvoll waren sie alle gewesen.

»Natürlich, was immer Sie wollen. Und was die Küche anbietet. Aber ich kann Ihnen garantieren, es ist für jeden Geschmack etwas dabei. Und wir reden hier nicht von klarer Gemüsebrühe oder pampigem Kohleintopf, oh nein, unsere Gerichte stellen auch anspruchsvolle Genießer zufrieden. Wir kredenzen Ihnen Langustenconsommé und Thunfischtartar, Lammkronen und Kaviarkroketten, dreierlei Parfait von handgeschöpfter Schokolade und natürlich knackig frisches Gemüse, Eier von glücklichen Hühnern und selbst gebackenes Brot.«

Nun lief Holger nicht nur der Schweiß von der Stirn, sondern auch das Wasser im Mund zusammen.

»Das Ganze ist allerdings nicht ganz billig, wie Sie sich vorstellen können. Unsere Auslagen sind hoch, unsere Erfolgsquote allerdings auch. Zehn Kilo in zehn Tagen bei Vierundzwanzig-Stunden-Verpflegung in einer Luxusunterkunft ohne Einzelzimmerzuschlag und nervigem Hotelbetrieb, das hat logischerweise seinen Preis.«

Holger nickte ins Telefon.

»Aber wie gesagt«, fuhr die Frau unbeirrt fort, »wenn es mit der Gewichtsabnahme trotz allem nicht klappen sollte, was eigentlich so gut wie nie der Fall ist, kriegen Sie ja jeden Cent zurück. Das geben wir Ihnen auch schriftlich.«

Holger war inzwischen restlos davon überzeugt, die Lösung seines hundertdreißig Kilo schweren Problems gefunden zu haben. Ihm war kein Haken aufgefallen, sosehr er seine gleichfalls recht träge Gehirnmasse auch durch rasche Gedankenfolgen strapaziert hatte. Die Firma schien seriös, das Angebot auch. Er wollte nur noch drei Dinge wissen.

»Was kostet es, wann kann ich kommen, und was muss ich mitbringen?«

Und schon erklang erneut diese unglaublich erotische Stimme aus dem Hörer, eine Stimme, die auch Tote zur Auferstehung bewogen hätte.

»Mein lieber Holger, das ist ganz unkompliziert. Sie brauchen nichts außer bequemer Kleidung, Turnschuhen und Hauspantoffeln, dazu ein aktuelles ärztliches Attest über Ihre Herz- und Kreislauffunktionen sowie den Blutdruck, und dann können Sie in drei Wochen schon bei uns sein. Ach ja, und vorab müssten Sie noch eine Anzahlung von siebenhundert Euro leisten, die restlichen tausend begleichen Sie dann bitte bei Ankunft direkt vor Ort.«

Der Wunsch nach einem ärztlichen Attest schien Holger ein zusätzlicher Beweis für die absolute Seriosität des Unternehmens zu sein. Einen derartigen Rekordverlust an lästigen Kilos in so kurzer Zeit durfte man auch bestimmt nicht auf die leichte Schulter beziehungsweise ein schwaches Herz nehmen, da brauchte es schon eine einigermaßen robuste Konstitution. Das leuchtete ihm völlig ein. Und tausendsiebenhundert Euro für zehntausend Gramm weniger war ein durchaus akzeptabler Preis. Vor allem angesichts der versprochenen kulinarischen Opulenz.

Die verführerische Stimme am Telefon teilte ihm noch die genauen Kontodaten mit und versprach, sich nach Eingang der Anzahlung gleich wieder bei ihm zu melden.

Mit einem vorfreudig warmen Gefühl im Bauch beendete Holger das Telefonat. Als Rentner, der weder große Ansprüche stellte noch kostspielige Hobbys pflegte, hatte er genug Geld für eine längere Fett-weg-Woche auf der hohen Kante. Außer für Nahrungsmittel und Fernsehzeitschriften gab er kaum etwas aus. Für diesen besonderen Anlass würde er sich jedoch ein Paar neue Jogginghosen leisten, seine alten waren gleich ihm ziemlich aus der Form geraten.

Doch der Kauf gestaltete sich schwieriger als gedacht. Allein die Anprobe der sofatauglichen Schlabberhosen stellte ihn vor ungeahnte Schwierigkeiten. Beim Versuch, in der engen Umkleidekabine auf einem Bein stehend das andere in die Hose einzufädeln, stellte er sich an wie ein Nilpferd beim modernen Ausdruckstanz. Nicht nur, dass das klaustrophobische Kabuff seinen Bewegungsspielraum einengte, es gab auch keine Haltegriffe. Zwei Mal wäre er beinahe vornübergekippt, hatte sich gerade noch aufrichten können, beim dritten Versuch riss er auf der Suche nach Standfestigkeit eine Schütte mit reduzierter Damenunterwäsche zu Boden, die direkt vor der viel zu kleinen Kabine platziert war. Eine an Peinlichkeit kaum zu überbietende Performance.

Holger, dem nichts daran lag, amüsierte oder gar mitleidige Blicke auf sich zu ziehen, ließ Anprobe Anprobe sein, griff eilig nach zwei dunkelblauen Exemplaren in XXXL und watschelte zur Kasse. Probieren konnte er die Hosen schließlich auch zu Hause direkt auf dem Sofa, das war ungefährlicher.

»Zehn Kilo in zehn Tagen?« Der Assistenzarzt, der Holger gerade für dessen EKG verkabelt hatte, blickte abrupt von seinen Messgeräten auf. Entweder war er soeben einer akustischen Halluzination erlegen, oder der Fettsack hatte es weniger am Herzen denn am Hirn.

Holger murmelte ein zaghaftes »Ja«, während er unentwegt die seltsamen Linien auf dem Bildschirm anstarrte, die ihm ein wenig Angst machten. Nicht dass er bereits unter Herzverfettung litt.

»Damit Sie so viel Gewicht in so kurzer Zeit verlieren, müsste ich Ihnen den Unterarm amputieren«, entgegnete der Arzt und schüttelte kaum merklich den Kopf. Die Leute wurden immer irrer. Auch das Walross hatte seinen Verstand ganz offensichtlich tiefergelegt. Drei Kilo weniger in zehn Tagen wäre bereits eine beachtliche Leistung, das würde nur in Verbindung mit jeder Menge Sport funktionieren, aber ein ganzes Kilo Gewichtsverlust pro Tag war ähnlich wahrscheinlich wie die unbefleckte Empfängnis. Außerdem fielen zehn Kilo bei diesem Fettfleck gar nicht ins Gewicht, fand zumindest der Arzt.

»Und jetzt bleiben Sie hier bitte liegen, bis Sie jemand von den Drähten befreit«, sagte er und verließ den Raum.

Holger hingegen musste noch eine gute halbe Stunde lang seinem aufgezeichneten Herzschlag zusehen, bis endlich eine ältere Arzthelferin erschien und die Elektroden samt Verkabelung wortlos von seinem nackten Oberkörper entfernte. Er war bestimmt kein schöner Anblick. Noch nicht.

»Ziehen Sie sich bitte wieder an und warten Sie im Vorzimmer, bis Sie aufgerufen werden«, wies sie ihn an und ging.

Im Wartezimmer folgte die nächste Demütigung. Holger musste stehen bleiben, denn sein Hintern passte in keinen der dekorativ-fragilen Bugholzstühle.

Endlich war er an der Reihe.

»Blutfettwerte zu hoch, Blutdruckwerte und Cholesterinspiegel gleichfalls zu hoch, das Elektrokardiogramm ist allerdings relativ unauffällig. Ich habe Ihnen ein Mittel gegen Bluthochdruck und einen Lipidsenker verschrieben, aber abnehmen müssen Sie selbst. Der Speck muss weg.« Mit diesen Worten drückte ihm der Arzt Befund und Rezepte in die Hand. Es war zum Glück nicht derselbe Mediziner, dem er von der Zehn-Kilo-Radikaldiät erzählt hatte.

Erleichtert, wenngleich nur in symbolischer Hinsicht, trat Holger den Heimweg an. Es war geschafft. In neun Tagen würde er seine Reise ins Schlank-und-fit-Schlaraffenland antreten.

»Meine lieben Kriegerinnen und Krieger im Kampf gegen überflüssige Pfunde. Ich bin unsäglich stolz auf euch, dass ihr ungeachtet der schwierigen Anfahrt hierhergefunden habt. Lasst mich euch erst mal ganz herzlich willkommen heißen bei unserem zehntägigen gemeinsamen Abenteuer, aus dem ihr gestärkt, aber auch verdünnt«, hier schenkte die Schlank-und-fit-Dame der Gruppe ein besonders aufmunterndes Lächeln, »hervorgehen werdet. Aber ihr seid bestimmt erschöpft, daher wird euch unser Hausdiener jetzt auf eure Zimmer bringen, wo bereits ein kleiner Imbiss wartet. Macht euch frisch und ruht euch aus. Wir treffen uns um neunzehn Uhr im Speisesaal zum Abendessen.«

Holger war beeindruckt. Alles schien reibungslos zu funktionieren. Sein Gepäck hatte Kurt, der Hausdiener, bereits nach oben verfrachtet, die Formalitäten waren im Nullkommanichts erledigt gewesen, er hatte nur den Rest des noch ausstehenden Betrags zahlen und eine Geheimhaltungserklärung über alles, was er hier erleben würde, unterzeichnen müssen. Was ihm angesichts der ungewöhnlichen Diätmethode durchaus vertretbar schien. Denn wenn sich herumsprach, wie rasch und schmerzfrei man hier abnehmen konnte, würden sich sicher viele Nachahmungstäter finden, und das Schlank-und-fit-Schlaraffenland hätte bald ausgedient.

Der einzige Wermutstropfen war, dass sein Zimmer im zweiten Stock lag. Ohne Lift. Dabei geriet Holger bereits beim Gedanken an Treppen außer Atem.

Keuchend und pfeifend quälte er sich nun Stufe für Stufe voran, stets darauf bedacht, nicht lauter zu schnaufen, als die Dielenbretter knarzten. Hätte seine Bleibe im dritten Stock gelegen, er hätte ein Sauerstoffzelt für den Aufstieg benötigt. Mit hochrotem Kopf, ächzenden Lungenflügeln und einem rasenden Herzen erreichte er endlich die Tür mit der Nummer elf.

Das Schlimmste war geschafft, dachte er in einem Anfall von Optimismus und betrat den schmucken, sonnendurchfluteten Raum. Zwei Fenster eröffneten einen Weitblick, der schlichtweg spektakulär war. Der ferne Horizont wurde von einer Bergkette eingerahmt, deren schneebedeckte Gipfel überirdisch zu strahlen schienen. Davor erstreckte sich eine schier unendliche Einsamkeit aus Wäldern und Wiesen. Außer dem romantischen Chalet, in dem die Diätkongregation untergebracht war, war die Gegend absolut unverbaut. Kein Haus, kein Stall, nicht einmal eine Almhütte zeugten von der Anwesenheit anderer Menschen. Selbst die Straße, auf der man sie vom Bahnhof unten im Tal hierher in luftige Höhen gebracht hatte, hatte Holger eher an einen Saumpfad für Bergziegen erinnert. Schmal, steil und unwegsam. Nicht umsonst waren sie einzeln und per Traktor abgeholt worden. Dennoch hatte Holger bei der Fahrt auf dem holprigen Zufahrtsweg beinahe einen Bandscheibenvorfall erlitten.

»Damit ihr nicht einmal auf die Idee kommt, einen Fluchtversuch zu riskieren«, hatte der Hausdiener, der offenbar auch als Chauffeur fungierte, gemeint, als Holger ihn auf diese hals-

wie karosseriebrecherische Piste angesprochen hatte. Ein Satz, an den er sich schon bald wieder erinnern würde.

Noch genoss der fettleibige Rentner allerdings seinen Aufenthalt. Die landschaftlichen Reize gingen ihm zwar ziemlich am dicken Arsch vorbei, aber die kulinarischen Verlockungen, die ihnen zum Willkommensdinner serviert wurden, versetzten ihn in nahezu euphorische Zustände.

»Als Gruß aus der Küche haben wir hier eine kleine Kernöl-Terrine mit geräucherten Fasanenbruststreifen, danach dürfen wir Sie mit einer feinen Wachtelbouillon und hausgemachten Champagnernockerln verwöhnen.«

Elegant platzierte die Servierkraft ein schlichtes Holzbrett mit diversen Schälchen und einem gut gefüllten Brotkorb vor jedem der insgesamt vierzehn abnehmwilligen Tischgenossen.

»Sie dürfen sich natürlich jederzeit einen Nachschlag erbitten, ansonsten geht es weiter mit zart gebratenem Filetsteak vom Almochsen in Cognacsoße mit Rosmarinkartoffeln. Statt der Cognacsoße können Sie aber auch gerne Bärlauchsoße haben.«

Selbst die Weinbegleitung, für die der Chauffeur-Hausdiener zuständig war, ließ keine Wünsche offen.

Holger konnte sein kulinarisches Glück kaum fassen und schlug sich begeistert den riesigen Bauch voll, seine Kommensalen taten es ihm gleich. Bei Tisch herrschte eine beinahe wettkampfmäßige Atmosphäre, jeder schaufelte so viel er konnte so rasch wie möglich in sich hinein. Bei Tieren hätte man wohl von Futterneid gesprochen. Erst nach dem Dessert, einem lauwarmen Apfelstrudel mit Vanillesoße, kamen die im Übermaß gesättigten Gemüter zur Ruhe. Nach einem derartigen Genussmarathon wähnte sich die ganze Gruppe kollektiv im siebten Gourmethimmel. Wenn das eine Diät war, würden sie nie wieder normal essen wollen. Entspanntes Verdauungskoma machte sich breit, vereinzelt war ein dezent unterdrückter Rülpser zu hören, doch die Mehrheit der Anwesenden hielt den Mund.

Der Hausdiener trug das Geschirr ab, während Karoline, die nette Empfangsdame, noch ein paar gleichfalls nette Worte an die Diätkongregation richtete.

»Meine lieben Schlank-und-fit-Schlaraffen und -Schlaraffinnen, ich hoffe, es hat euch allen gemundet und ihr habt euch reichlich bedient, damit ihr die Stunden bis zum Frühstück übersteht, das wir ab sechs Uhr morgens servieren werden.«

Beim Gedanken an das bestimmt ebenso opulente Morgenmahl erschien ein Lächeln auf den Lippen der vollgestopften Runde.

»Aber nehmen wir auch wirklich ab, wenn wir so viel essen?«, fragte eine dickliche Dame in einem wursthautartigen Kleid.

»Aber natürlich, ihr werdet sehen, schon bald purzeln die Pfunde. Zehn Kilo, zehn Tage und das, obwohl ihr esst, so viel ihr wollt und was ihr wollt.«

»Aber wie soll das funktionieren?« Die Dame, die ihre Vermögenswerte in zahlreichen Fettdepots angelegt hatte, schien dennoch nicht restlos überzeugt. »Mischen Sie uns vielleicht etwas ins Essen, das Kalorien tötet?«

Eine Vorstellung, die bei den anderen Abnehmkandidaten für schallendes Gelächter sorgte, dabei lag die Wursthautlady mit ihrer Hypothese gar nicht so falsch.

»Aber nein, natürlich nicht.« Auch die nette Karoline konnte sich ein Lächeln nicht verkneifen. »Kalorien kann man doch gar nicht töten, das sind ja keine Lebewesen.«

»Was interessiert Sie das überhaupt?«, mischte sich nun ein recht jugendlicher Fettwanst ein. »Hauptsache, wir nehmen ab. Wie, warum und wodurch, ist mir total egal.«

Zustimmendes Nicken von allen Seiten. Sie waren nicht hier, um Überlegungen zu biochemischen Prozessen anzustellen, sondern um sich, figürlich gesprochen, wieder ein wenig näher zu kommen. Die meisten der Anwesenden führten ja längst eine Fernbeziehung mit ihren unteren Extremitäten, weil ihr Bauch jeden Annäherungsversuch schlichtweg verhinderte.

Auch Holger verspürte nicht die geringste Lust, den Feinheiten des diätetischen Stoffwechsels auf den Grund zu gehen. Der Gedanke an den bevorstehenden Aufstieg in den zweiten Stock strengte ihn bereits ausreichend an. Er konnte keine Energien an Gehirntätigkeiten verschwenden, bevor er diese gefühlt dreitausend Höhenmeter nicht bezwungen hatte.

Dem Rest der Tafelgesellschaft schien es ähnlich zu ergehen, denn bis auf die nette Dame, die mit einem freundlichen Winken Richtung Küche enteilte, machten sich alle eher schleppend auf den beschwerlichen Weg in ihre Zimmer. Auch Holger kämpfte bei jedem Schritt aufwärts gegen seine Schwerkraft an, was beileibe kein leichtes Unterfangen war. Nicht für ihn und auch nicht für die Treppenstufen, die erneut ein gequältes Knarzen von sich gaben.

Als er endlich sein Zimmer erreicht hatte, fiel er mitsamt seinem Joggingoutfit erschöpft ins Bett. Morgen war ein neuer Tag. Und allen Diätprognosen zufolge müsste er dann bereits um tausend Gramm leichter sein.

Es lag noch dichter Frühnebel über der idyllischen Landschaft, als Holger bereits die Decke zurückschlug. Er verspürte ein leichtes Hungergefühl, dem abgeholfen werden musste. Schwerfällig rollte er sich aus dem Bett und schlurfte ins Badezimmer, um sich zumindest olfaktorisch für das Frühstück herzurichten. Über den unkooperativen Spiegel, der die halbe Wand neben der Dusche einnahm, sah er vorsätzlich hinweg. Sein dickwanstiger Anblick würde ihm garantiert auf den leeren Magen schlagen.

Der hofeigene Hahn setzte gerade zum Morgenappell an, als Holger seine Massen ächzend treppab schob, wobei ihm die Erdanziehung zumindest ein wenig zu Hilfe kam.

Im Frühstücksraum herrschte ungeachtet der frühen Uhrzeit schon Hochbetrieb. Ein paar Diätkollegen standen ungeduldig vor der Schauküche an, wo der chauffierende Hausdiener Kurt sein Mehrfachtalent als Rühreikoch unter Beweis stellte, die Speckrolle – diesmal im himmelblauen Wursthautkleid – eine statisch recht gewagte Komposition aus Obstkuchen, Toastscheiben, Melonenspalten und Käseecken auf ihren Teller türmte und die nette Karoline mit strahlendem Lächeln frisch gepressten Orangensaft ausschenkte.

Schöner kann ein Tag nicht beginnen, dachte Holger und

nahm sich eine Dreifachportion Rührei mit Schinken, dazu vier Buttersemmeln und zwei Stück Streuselkuchen. Der Gesundheit zuliebe legte er noch ein paar Gurken- und Tomatenscheiben dazu.

Danach suchte er sich schwer beladen einen Platz am Fenster und genoss die erste Mahlzeit des Tages. Ihm gegenüber schaufelte ein rüstiger Mitesser in militärisch anmutender Tarnkleidung eine akribisch in gleich große Teile zerstückelte Schinkenrolle in sich hinein. Dabei tropfte ihm bei jedem zweiten Bissen etwas Mayonnaise auf sein Shirt. Offenbar hatte die Tarnkleidung einen rein praktischen Sinn, denn auf dem Camouflagemuster fielen die Mayoflecken kaum auf. Selbst Blutspuren hätte man auf dieser grau-grün-braunen Patchworkschattierung vermutlich nicht bemerkt. Aber Holger gehörte ohnedies nicht zu den Menschen, bei denen auch das Auge mitessen wollte. Hätte man ihm ein Backhendl im Schuhkarton serviert, es hätte ihm genauso gut geschmeckt wie von poliertem Tafelsilber.

Er wandte sein Gesicht zum Fenster und warf einen Blick auf die Reize der Natur. Karoline, die nette Dame, kniete direkt vor ihm, das perfekt geformte Hinterteil keck nach oben gereckt. Offenbar traf sie bereits Vorbereitungen fürs Mittagessen, denn sie rupfte mit ausladenden Gesten an großen, buschigen Stauden herum. Liebstöckel, hätte die durchschnittlich begabte Hausfrau oder der emanzipierte Hausmann gewusst, doch Holger interessierte sich nicht für Grünzeug. Er kannte nur krause Petersilie und Cremespinat aus dem Tiefkühlregal, hatte wegen des geringen Nährwerts von Gemüse und Kräutern aber auch nie das Bedürfnis verspürt, sich näher mit deren aromatischen Seiten zu befassen. Doch das sollte sich sehr bald ändern.

Schon beinahe vierundzwanzig Stunden teilte das diätwillige Grüppchen nun bereits Tisch und Unterkunft, dennoch hatten sich bislang weder Bekanntschaften entwickelt noch ein Gemeinschaftsgefühl eingestellt. Die Teilnehmer nahmen pünktlich ihre Mahlzeiten ein, wegen der immensen Mengen an geschmackvollen Gerichten kamen jedoch keinerlei Gespräche zustande. Jeder kaute, schmatzte und schluckte nahezu autistisch vor sich hin. Nur die Dame in Wursthautoptik hatte sich mehrmals an der Aufnahme von Sozialkontakten versucht, war allerdings stets an den vollen Mündern der anderen gescheitert. Doch auch das sollte schon bald ganz anders sein.

Wie bereits tags zuvor hatte Holger die Zeit zwischen Mittag- und Abendessen für ein Verdauungsschläfchen genutzt, um seinen strapazierten Magenschleimhäuten Zeit zur Regeneration zu geben. Sogar die nachmittägliche Kaffee-und-Kuchen-Runde hatte er verschlafen, ein Versäumnis, das er am Abend mit einer Doppeldosis Dessert wieder wettzumachen gedachte.

Da es ohnehin schon siebzehn Uhr war – Dinner wurde ab achtzehn Uhr dreißig serviert –, zog er sein bequemes Joggingoutfit an und beschloss, eine kleine Runde durch den Garten zu drehen. Irgendwo hatte er mal gelesen, dass Frischluft den Stoffwechsel ankurbeln würde. Vielleicht nahm er dadurch sogar etwas mehr als die prognostizierten tausend Gramm pro Tag ab.

Der großzügig bemessene und sorgfältig gepflegte Bereich rund um das Chalet glich einer einzigen Augenweide. Den üppig bepflanzten Gemüsegarten etwa hatte man – vermutlich der alleskönnerische Hausdiener – mittels schmucker Holzgeflechte bedürfnisgerecht parzelliert, damit die Tomaten sich nicht an den Karden stachen und die Stangenbohnen den Schnittsalat nicht in den Schatten stellten. Zwischen den einzelnen Beeten wucherten Ringelblumen, Storchenschnäbel und Akeleien, hinter dem Gemüsebeet erstreckte sich ein Kartoffelacker, und neben den dekorativen Blumenkübeln wuchs eine steinerne Kräuterspirale empor. Die Vielfalt der Düfte nahm Holger für einen kurzen Moment den Atem. Nie zuvor hatte er Schokoladenminze gerochen oder Ysop, Currykraut, Eberraute, Guavensalbei und Anisbasilikum. Die intensiven Wohlgerüche drangen ihm in die Nase und ließen sich am Gaumen nieder, was sein erneut recht hungriger Magen mit einem lauten Knurren quittierte. Noch aber trennte ihn fast eine Stunde von dem opulenten Abendmahl, das in gewisser Hinsicht auch sein letztes hier sein würde. Er schlug den kleinen, mit Lavendel und Rosenstöcken flankierten Weg zu der schattenspendenden Baumgruppe ein, unter der ein paar Liegen und eine Sitzgruppe zum Verweilen einluden, suchte sich den am stabilsten aussehenden Stuhl aus, nahm vorsichtig Platz und atmete tief durch. Hier würde er die Zeit bis zum Essen geruhsam und ungestört verbringen können.

Die gesprächige Dame, diesmal in eine abendlich elegante nachtblaue Wursthaut gewickelt, wollte sich gerade ein Räucherforellenpastetchen von der Vorspeisenplatte nehmen, als es passierte. Der schmuddelige Typ in Bundesheerklamotten, der ihr schräg gegenübersaß, schnappte hörbar nach Luft und kippte rücklings vom Stuhl. Beim Fallen riss er das Tischtuch samt Schüsseln, Tellern, Gläsern und Besteck mit sich, was ein ohrenbetäubendes Scheppern und Klirren zur Folge hatte. Vor Schreck über den Krawall biss sich der ältliche Mann mit der spiegelglatten Glatze am unteren Ende der Tafel so heftig auf die Zunge, dass er einen Schwall Blut auf die blütenweiße Serviette in seinem Schoß spuckte.

»Arrrrggghhhh«, stöhnte der gefallene Vielfraß in Bundesheerklamotten, gefolgt von weiterem Gepolter.

Nun stellten alle das Essen ein und beobachteten reglos die beängstigende Szene. Auch Holger setzte entsetzt den Frühlingskräutersmoothie ab und starrte auf den Mann, der sich mit Schaum vor dem Mund und schmerzverzerrtem Gesicht auf den Terrakottafliesen wälzte. Das konnte kein Gesundheitsdrink sein, das war bestimmt Gift. Er hatte genau gesehen, wie das Opfer dieses grüne Gesöff in einem Zug hinuntergekippt hatte. Unmittelbar darauf war der Mann zu Boden gegangen.

»HILFE! So helft ihm doch«, erklang nun die hysterisch eingefärbte Stimme der Wursthaut, deren leichenblasser Teint sich unvorteilhaft mit dem Nachtblau ihrer Kleidung schlug.

»Ein Arzt, ist denn kein Arzt unter uns?«, stammelte ein duckmäuserisches Mauerblümchen, dessen Existenz bislang niemandem aufgefallen war. Leider sprach es so leise, dass es wie stets von niemandem bemerkt wurde.

Der Rest der Anwesenden befand sich noch immer in Schockstarre und schwieg.

Bis auf Holger, der unvermittelt losbrüllte: »Der wurde vergiftet. Mit dem grünen Zeug da, das sie uns allen vorgesetzt haben.« Er hielt sein Glas mit dem Frühlingskräutersmoothie hoch über den Tisch. »Ich hab's genau gesehen. Er hat es in einem Zug ausgetrunken, gleich drauf ist er umgekippt.«

Sofort brach Panik aus, alle redeten wild durcheinander, Hände wurden gerungen, Köpfe gekratzt, Rufe nach Polizei, Notarzt, göttlichem Beistand und sofortiger Abreise wurden laut, doch mehr fiel den Abnehmkandidaten auf die Schnelle auch nicht ein. Vor lauter Sorge um das eigene Wohlergehen hatten sie den Mann auf dem Fliesenboden, der mittlerweile reg- und lautlos dalag, fast vergessen.

»Kliiing!«

Die nette Karoline, die niemand hatte kommen sehen, schlug mit einem Dessertlöffel gegen Holgers halb geleertes Glas.

»Wenn ihr mir trotz der Aufregung euer Ohr leihen könntet«, hob sie in völlig unaufgeregtem Tonfall an, »wäre das ungemein nett von euch.«

Die Tischgesellschaft horchte auf. Da lag ein Toter im Speisesaal, und die Frau hörte sich an wie bei einem Kindergeburtstag. Völlig verrückt.

Derweil war der Hausknecht erschienen und hatte sich neben das Opfer des Giftanschlags auf den Boden gekniet. Mit einer kleinen Taschenlampe leuchtete er dem Mann in die Augen, fühlte an Hals und Handgelenken nach einem Puls, legte sein Ohr auf dessen Brust und verkündete in die allgemeine Stille hinein: »Der ist tot. Hat wohl was Falsches gegessen.« Dann lud er sich die schwergewichtige Leiche auf die Schultern und verließ schwankend den Raum.

Die angespannte Stille mutierte zu atemloser Stille. Alle hielten die Luft an. Nur Karoline, die nette Dame, atmete ungerührt weiter. »Also, wenn ihr mir nun wie gesagt euer Ohr leihen würdet.«

Die Aufmerksamkeit war ihr gewiss. Augen und Ohren drehten sich schlagartig in ihre Richtung.

»Wie unser Faktotum Kurt bereits ganz richtig festgestellt hat, ist Herr Sandgruber leider von uns gegangen, woran wir nicht ganz unschuldig sind. In einen der grünen Smoothies haben wir nach dem Zufallsprinzip pürierte Eisenhutblätter gemischt. Es hätte also jeden von euch erwischen können. Aconitin, der Wirkstoff der Pflanze, gilt immerhin als das stärkste Pflanzengift Europas. In Kombination mit etwas Zaunrübenextrakt und Rizin einfach unschlagbar effizient in seiner Wirkung. Tut zwar kurz höllisch weh, aber dafür muss man nicht lange leiden.«

Die Tafelgesellschaft saß da wie in Stein gemeißelt. Das konnte doch nicht wirklich passieren, was da gerade geschah. Das war ein Diätcamp, kein Panic-Room, kein Gruselworkshop und schon gar kein Kurs für mörderische Giftmischerei.

»Sie haben ihn umgebracht, einfach umgebracht«, stieß die Wursthaut mit letzter Kraft hervor, bevor sie kollabierte.

»Ja, das haben wir«, entgegnete die in den Augen der Abnehmwilligen nun gar nicht mehr nette Karoline völlig teilnahmslos. »Aber man muss halt bei jeder Diät Opfer bringen, auch bei dieser. Wir haben euch zehn Kilo in zehn Tagen versprochen, und dieses Versprechen halten wir. Die Wahl der Methode müsst ihr schon uns überlassen. Ihr dürft auch weiterhin essen, was immer ihr wollt und wie viel ihr wollt, aber seid gewarnt, wir werden täglich eine unserer exquisiten Speisen vergiften.«

»Sie sind ja wahnsinnig, total durchgedreht, Mörder!«, brüllte nun ein anderer Teilnehmer und sprang so schnell von seinem Stuhl auf – was man ihm bei seiner Figur gar nicht zugetraut hätte –, dass dieser mit lautem Krachen zu Boden fiel.

»Ich rufe die Polizei. Jetzt und auf der Stelle.« Ein Mann, der in indisch anmutende Gewänder gehüllt war, zog sein Handy hervor und verschwand mit flatternden Tüchern aus dem Speisesaal.

Doch bevor die anderen ihm folgen konnten, schlug Karoline erneut mit dem Löffel gegen das Glas.

Die verbliebene Gruppe drehte sich wie auf Befehl zu ihrem Todesengel um.

»Ihr könnt es eurem Leidensgenossen«, dabei wies sie auf die Tür, »natürlich nachmachen, aber es wird euch nichts bringen. Hier oben gibt es keinen Handyempfang, wie ihr bestimmt schon bemerkt habt. Und der Weg ins Tal kommt einem Todesurteil gleich, zumindest für euch. Tausendeinhundert Höhenmeter stellen selbst durchtrainierte Mountainbiker vor extreme Herausforderungen.« Kurz ließ sie ihren Blick über die Runde schweifen und sah dabei aus wie der Fuchs im Hühnerstall. »Leider seid ihr ja weder durchtrainiert, noch habt ihr ein Fahrrad. Pech für euch.«

Betreten zogen alle die Köpfe ein.

»Ach ja, und noch was: Sollte doch jemand auf die gewagte Idee kommen, zu Fuß den Abstieg zu versuchen, dann rate ich ihm, ganz vorsichtig zu sein. Hinter der zweiten Kehre beginnen nämlich unsere Almweiden. Dort herrscht artgerechte Tierhaltung, also mit Mutterkühen, Kälbern und natürlich einem Stier. Und ich kann euch versichern, so ein Stier kann unglaublich schnell rennen, wenn man bedenkt, dass er beinahe eine Tonne wiegt.«

Dann drehte sich die ehemals nette Karoline auf dem Absatz um und verließ den Raum. Nur das Grauen blieb zurück. Und ein kalt gewordenes Abendessen.

Holger zählte zu denjenigen, die keinen Fluchtversuch gewagt hatten. Er riskierte ja bereits beim Treppensteigen einen veritablen Hals- und Beinbruch. Stattdessen hatte er die ganze Nacht wach gelegen und Pläne gewälzt. Bestimmt hatte er allein durch intensives Nachdenken schon einige Pfunde verloren. Vom Angstschweiß, der ihm literweise aus den fettigen Poren geflossen war, ganz zu schweigen. Eingefallen war ihm allerdings nichts, außer für die restlichen acht Tage auf jegliche Nahrungsaufnahme zu verzichten, was er sich jedoch weder vorstellen konnte noch durchhalten würde. Schon nach dem ausgefallenen Abendessen am Vortag hatte er sich ja aller Kräfte beraubt gefühlt.

Aber vielleicht besaß einer der anderen Todeskandidaten mehr Hirnschmalz und war auf einen praktikablen Ausweg gestoßen.

Mit diesem hoffnungsvollen Gedanken begab Holger sich Richtung Frühstücksraum, als er die Wursthaut sah, die gestikulierend im Foyer stand, mit weithin sichtbaren Schweißflecken unter den Achseln und umringt von den anderen. Offenbar wollten sie den Saal gar nicht betreten.

»Und ich sage euch, das ist die einzige Möglichkeit«, hörte er ihre Stimme, während die Gruppe, die ihm etwas geschrumpft schien, trübsinnig nickte.

»Was ist die einzige Möglichkeit?«, wollte er wissen, da er wie stets den Anfang vom Ende versäumt hatte.

»Wir müssen unsere Nahrung selbst suchen«, erklärte die Wursthaut.

»Versteh ich nicht«, stammelte Holger. Die Leere in seinem Magen schien seinen Kopf erfasst zu haben.

»Na, ist doch ganz einfach. Wir gehen in den Garten und sammeln unser Essen dort. Nur so können wir sicher sein, dass kein Gift beigemengt wird.«

»Ich soll mich von Grünzeug ernähren? Den Karnickeln die Lebensgrundlage wegfressen? Du bist ja total durchgeknallt«, empörte sich ein dickwanstiger Jüngling, der bislang kaum etwas gesagt hatte. »Schau ich vielleicht so aus, als könnte ich von Photosynthese leben, oder was?«

Und schon war er im Speisesaal verschwunden, aus dem nicht einmal zehn Minuten später ein schrecklicher Schrei drang, gefolgt vom Geräusch kaputten Geschirrs und dem dumpfen Aufschlag eines schweren Körpers auf dem Fliesenboden. Danach erklang markerschütterndes Heulen.

»Das ist gemein, soooo gemein«, schluchzte das Mauerblümchen auf und rannte ins Freie.

Die anderen blickten sich betreten an. Keiner hatte Lust auf eine Leiche zum Frühstück, daher schlichen auch sie nach draußen.

»Das ist der reinste Psychoterror«, meinte Holger zum Mauerblümchen, das eigentlich Rosi hieß. »Überall riecht es nach Essen, überall stehen die feinsten Happen herum, und wir können nichts davon nehmen, weil die uns umbringen werden.« Unvermittelt schossen auch Holger die Tränen in die Augen, denn erst jetzt wurde ihm das wahre Ausmaß der Tragödie bewusst.

Unschlüssig stand die Schicksalsgemeinschaft, die inzwischen aus nur noch elf Personen bestand – zwei Vergiftete und einen Geflohenen hatte man bereits zu beklagen –, vor dem Gemüsegarten. Vor lauter Hunger fühlten auch sie sich schon mehr tot als lebendig.

Der ältere Herr mit der Spiegelglatze fiel beim Anblick der gelben Stangenbohnen gleich schwerfällig auf die Knie, riss an den Ranken und versuchte gleichzeitig, sich eine Handvoll Schoten in den Mund zu schieben, bevor Rosi Mauerblümchen ihn am Arm packen konnte.

»Hören Sie auf damit, rohe Bohnen sind giftig. Die enthalten Phasin und können Schockzustände, schlimme Bauchkrämpfe und sogar Magenblutungen hervorrufen.« Das Mauerblümchen spielte eindeutig in der botanischen Oberliga.

Der Senior, dessen Kleidung aus dem Einzugsgebiet des Warschauer Pakts zu stammen schien, streckte sich dennoch weiter nach den Ranken, während er die Schoten fest im Griff hatte.

»Rosi hat recht! Wenn Sie rohe Bohnen in sich reinstopfen, können Sie genauso gut das Frühstück im Speisesaal essen«, mischte sich nun auch die Wursthaut ein und griff nach dem zweiten Arm des Mannes. Mit vereinten Kräften brachten sie den Tobenden aus der Gefahrenzone und nahmen ihm die Schoten weg.

Auch die anderen hätten vor lauter Appetit mittlerweile alles gegessen, doch Rosi gelang es tatsächlich, ihren Heißhunger auf weniger Unverdauliches zu lenken.

»Fangt mit den Tomaten an, aber esst nur die roten, also die ganz reifen, die können euch nicht schaden«, meinte sie mit mütterlichem Gehabe und zeigte ihnen die entsprechenden Stauden, über die sich die ausgehungerte Meute sogleich wie eine biblische Heuschreckenplage hermachte.

Dann ging es weiter zu den Zucchini und den Gurken, die mitsamt Stiel und Schale vertilgt wurden.

Dennoch nagte das Hungergefühl weiter an ihnen wie eine Ratte am Speck. Schon bald hatten sie die Gemüsebeete in einen Kahlschlag verwandelt, selbst Zwiebeln, Knoblauch und Karotten verputzt, den Schnittsalat zur Gänze geerntet und die Erde auf der Suche nach versteckten Radieschen und Regenwürmern flächendeckend umgegraben.

Der Boden hatte nichts mehr zu bieten.

Stöhnend und ächzend versuchte die Truppe, wieder auf die Beine zu kommen, doch die Arbeitsmoral ihrer erschlafften Muskeln ließ keine sportlichen Höchstleistungen mehr zu. Erst als sie zur Teamarbeit übergingen und sich gegenseitig in die Höhe zogen, klappte es mit der körperlichen Auferstehung.

Anschließend trieb Rosi sie wie eine Herde Schafe mit Schrumpfhirn weiter zur Kräuterspirale, wo sie ein paar Blättchen Anisbasilikum zur besseren Verdauung abrupfen durften.

Als hätten wir irgendetwas zu verdauen, dachte Holger und kaute an seinen Nägeln herum.

»Und jetzt?«, fragte der Mann mit den indischen Gewändern, den der Anblick des imposanten Stiers kurz zuvor zu einer reumütigen Rückkehr in die Gruppe bewogen hatte. Verzweifelt starrte er abwechselnd auf Holger und einen einsamen Petersilienstängel, der das kollektive Grünzeugmassaker überlebt hatte.

»Jetzt legen wir uns hin und halten ein Verdauungsschläfchen«, erwiderte die Wursthaut und schritt mit gutem Beispiel voran zu der Baumgruppe, unter der Holger bereits am Vortag geruht hatte.

»Aber wir haben doch gar nichts zu verdauen«, warf nun auch der Mann mit der Spiegelglatze recht zutreffend ein, was ihm einen bösen Blick von der Wursthaut einbrachte.

»Besser hungrig unterm Baum liegen als gesättigt im Sarg«, merkte Holger in einem seltenen Anfall philosophischer Klugheit an, und dem wollte dann doch niemand widersprechen.

Die nächsten Tage ähnelten ihren Vorgängern in kalorisch-asketischer Hinsicht wie ein Grashalm dem anderen. Nachdem der Garten nichts mehr hergab, rohe Kartoffeln gleich allen Nachtschattengewächsen auch tagsüber sehr gesundheitsschädigend waren und niemand in der Lage war, Vögel oder gar Hasen zu fangen, musste die Gruppe ihre Suche nach Nahrungsmitteln aufs freie Feld verlagern. Was zumindest den Vorteil hatte, sich fernab von gemeingefährlichen netten Damen und tödlichen Lockspeisen aufzuhalten.

Unter freiem Himmel entdeckten sie aber nicht nur die schönen Seiten der Natur, sondern auch die weniger schönen der Menschheit. Etwa hatte Otto, der Mann mit der Spiegelglatze, am dritten Tag doch glatt leichtes Unwohlsein vorgetäuscht, um hinter ihrer aller Rücken sämtliche Rosenkäferlarven aus den gemulchten Hochbeeten zu stehlen und zu verspeisen. Dabei waren die fetten eiweißhaltigen Dinger für das gemeinsame Abendessen bestimmt gewesen. Ein cholerisch veranlagter Intelligenzverweigerer mit fetten Haaren und einer unerträglichen Art hingegen, dessen Gehirn bereits im Normalzustand einer künstlichen Sauerstoffzufuhr bedurft hätte, hatte zum Entsetzen aller begonnen, sein eigenes Ejakulat zu essen, weil er von dessen Nährwert überzeugt war. Er bot sich sogar an, anderen einen runterzuholen, ein Vorschlag, den der sonst recht sanftmütige Inder mit einer saftigen Ohrfeige quittierte.

Selbst Holger, dessen Trägheitsmoment normalerweise durch nichts aus der Ruhe zu bringen war, entwickelte seltsame Eigenheiten. So schlich er jedem nach, aus Angst, der andere hätte eine Futterquelle entdeckt, von der er nichts wusste, was oftmals zu äußerst unangenehmen Szenen führte.

»Ich will pinkeln, du Blödmann«, hatte ihm etwa die Wursthaut mitsamt einem abgebrochenen Ast an den Kopf geworfen, als er ihr – in der Hoffnung auf Beeren oder Pilze – in den Wald gefolgt war.

Und Otto, der Spiegelglatzenmann, hatte ihn beinahe mit einem Messer bedroht, weil Holger ihm nächtens – aus Gründen der Sicherheit schliefen sie zusammen auf einem Matratzenlager am Waldrand – unter seine Decke nachgekrochen war, was jener als homoerotischen Affront verstand. Dabei hatte Holger sich nur von der kleinen Pillendosen angezogen gefühlt, die Otto wegen seines Nierenleidens mit sich führte.

Davon abgesehen verstrichen die Tage ohne nennenswerte Ereignisse. Und ohne nennenswerte Nahrungsaufnahme.

Ihr Überleben hatte die Gruppe letztlich allein Rosi, dem Mauerblümchen, zu verdanken, die als Biologielehrerin tätig war und daher bestens über Pflanzen und Blumen Bescheid wusste. Für alle anderen, abgesehen von der Wursthaut, die noch rudimentäre botanische Kenntnisse besaß, galten Pflanzen außerhalb von Blumenvasen schlichtweg als unbekannte Wesen. Rosen waren essbar, brachten aber nichts. Wandelröschen hingegen waren giftig, obwohl sie keine Dornen hatten, Löwenzahn war super, Giftlattich nicht, und das, obwohl beide nahezu identisch aussahen. Selbst vor einer Überdosis Petersilie hatte Rosi sie eingehend gewarnt, denn das Kraut besaß nicht nur psychedelische Eigenschaften, es verhalf auch dem Mann aufs Pferd und der Frau unter die Erd. So wollte es zumindest der Volksmund. Es war zugleich würzige Rauschdroge, botanisches Viagra und letales Mittel für einen Schwangerschaftsabbruch. Zudem bestand das Risiko, das Küchenkraut mit der Hundspetersilie zu verwechseln, die ebenso tödlich war wie der Gefleckte Schierling.

Das tragische Schicksal Sokrates' wollte die Gruppe natürlich nicht teilen, daher trauten sie nicht einmal mehr der grünen Wiese über den Weg. Wie hätten diese dickbäuchigen Menschen mit dem Naturverstand eines Pürierstabes auch je Melden, Honigklee oder Giersch erkennen sollen? Sie konnten ja nicht rund um die Uhr am Wursthautsaum oder den Lippen des Mauerblümchens hängen. Letztlich blieben ihnen also nur noch Gänseblümchen. Die konnten keinen Schaden anrichten und waren selbst von botanischen Blindgängern leicht zu identifizieren. Hin und wieder stießen sie sogar auf die Larve eines Maikäfers, was bereits in die Kategorie »Sonntagsmenü« fiel, aber im Allgemeinen ernährten sie sich von Gänseblümchen, Gänseblümchen und Gänseblümchen. Die wuchsen zuhauf. Aber bis sich bei dieser Blümchendiät ein rudimentäres Sättigungsgefühl einstellte, mussten sie stundenlang durch die Landschaft wandern und mit den Bienen um die fettesten Blüten konkurrieren.

Doch eines Tages nahm das groteske Geschehen unverhofft eine appetitliche Wende, deren Anfang Holger wie stets verpasste, weil er gerade eine gehaltvolle Grille verfolgte.

Aus der Ferne waren Traktorengeräusche zu vernehmen, und es schien der Gruppe, als wäre die Luft auf einmal von Bratenduft geschwängert. Elf Hungerkünstler hoben ruckartig den Kopf und schnupperten. Sie mussten unter kollektiven Wahnvorstellungen leiden, vielleicht einer Fata Futteriana, anders konnte sich niemand derartige Wohlgerüche erklären. Bis auf Holger, zwischen dessen Zähnen das Insekt gerade sein Leben ausstrampelte, stürzten die ausgehungerten Gänseblümchenesser geschlossen auf den Traktor zu, kaum hatte dieser die letzte Hügelkuppe überwunden. Das tuckernde Gefährt, dem tatsächlich ein Geruch nach Rosmarin, Rindsbraten und Ofenkartoffeln entströmte, hielt direkt vor der sabbernden Gruppe an. Am Steuer saß Hausdiener Kurt, neben ihm die strahlende Karoline.

»Meine allerliebsten Schlank-und-fit-Schlaraffen und -Schlaraffinnen«, übertönte sie das Knattern des Motors. »Ich bin ja sooooo unsäglich stolz auf euch. Heute ist der zehnte Tag, und ihr habt tapfer um euer Überleben gekämpft. Hunger und viel Bewegung an der frischen Luft sind halt immer noch die beste Diät.«

Die Wursthaut lief knallrot an und schien vor lauter Wut aus allen Nähten zu platzen, der Spiegelglatzenmann ließ sich zu einem lautstarken »Fick dich!« verleiten, dem Rest der Truppe fehlte die Energie für aktive Unmutskundgebungen.

»Und daher habt ihr euch eine Belohnung redlich verdient.«

Während der Hausdiener den Motor abstellte, stieg Karoline graziös vom Traktor und ließ sich eine große, glänzende Pfanne reichen.

»Als Abschiedsessen haben wir euch Rindsbraten mit Rosmarinkartoffeln zubereitet, garantiert ohne Gift.«

Zum Beweis aß sie selbst ein Stück Fleisch und zwei Kartoffeln, bevor sie die Pfanne vorsichtig auf den Boden stellte und einen Schritt zurücktrat, um dem Ansturm der Hungerkünstler auszuweichen. Hätte der Ochse gewusst, dass sich Menschen um ihn prügeln würden, er wäre vielleicht mit leichterem Herzen gestorben.

Als Holger endlich am Ort des kulinarischen Geschehens auftauchte, war von dem Braten nichts mehr übrig. Er musste sich mit dem Scherzl und einigen Erdäpfeln begnügen, doch selbst die schmeckten ihm himmlischer als jede Götterspeise.

Und weil all diese so schmerzhaft vermissten fleischlichen Genüsse sämtliche Rachegedanken in den Hintergrund gedrängt hatten, verspürte auch niemand mehr die geringste Lust auf geistige Duelle oder gar körperliche Auseinandersetzungen. Ermattet – und endlich satt – sank die Gruppe zu Boden.

»Ihr habt nun circa zwei Stunden, um eure Sachen zu packen, danach wird Kurt euch zurück ins Tal zum Bahnhof bringen«, wies die in ihren Augen vorübergehend erneut zur netten Dame mutierte Karoline sie nun an.

Niemand widersprach. Der Gedanke, daheim im eigenen Bett zu schlafen, den Kühlschrank zu öffnen und dabei keine Giftanschläge befürchten zu müssen, war einfach zu schön.

Auch Holger sah sich nicht ein einziges Mal nach dieser Stätte kulinarischen Grauens um, als er auf dem unbequemen Traktor den halsbrecherischen Saumpfad nach unten holperte. Nicht einmal am Bahnhof wandte er den Blick zurück, sondern stieg mit zitternden Knien und schlotternden Hosen eilig in den Zug. Zehn Kilo hatte er bestimmt abgenommen.

Es fehlten nur noch wenige Minuten bis zur Abfahrt, als ein Mann in Tarnklamotten Holgers Waggon betrat und ihm mit einer kleinen Verbeugung ein in Butterbrotpapier gewickeltes Paket überreichte, auf dem ein dekoratives Gänseblümchen klebte.

»Für den kleinen Hunger zwischendurch«, meinte der Jausenbrotbote, während Holger erst entgeistert auf die Mayonnaiseflecken auf dessen Brust starrte und dann dem Mann direkt ins Gesicht.

»Äh, wir kennen uns doch«, stotterte er und fixierte fassungslos die mysteriöse Erscheinung. »Aber Sie sind tot. Sie, äh, Sie müssen tot sein, Sie sind vor meinen Augen gestorben. An dem grünen Giftsaft. Die Schlaraffen-Diät –« Weiter kam er nicht.

Der Schauspieler in Bundesheerkluft bedeutete ihm, zu schweigen, klopfte ihm sachte auf die Schulter und erwiderte: »Keine Angst, ich bin kein Gespenst, ich bin eher so eine Art Motivationstrainer.« Er lächelte Holger vielsagend an. »Und ich war gut, finden Sie nicht? Viel besser als mein später gestorbener Kollege.« Erneut lächelte er. »Aber nun vergessen Sie mich. Und ihn. Und vor allem alles, was dort oben passiert ist. Also kein Wort mehr. Zu niemandem. Sie haben schließlich ein Schweigegelübde abgelegt. Sogar schriftlich.«

Und während Holger seinen Augen und Ohren immer noch nicht ganz traute, drehte der auferstandene Tote sich um und verließ grußlos das Abteil.

Blauer Eisenhut, Aconitum napellus (sehr giftig)
Serienkiller und letaler Waschmittelzusatz

And the winner is: Aconitum napellus, denn schlimmer geht nimmer. Die wohl giftigste Pflanze Europas galt bereits im antiken Rom und bei den Hellenen als »Lösungsstrategie Nummer eins«. Selbst Kaiser Claudius (54 nach Christus) und Papst Hadrian VI. (1523) wurden durch Aconitin rasch ins Jenseits befördert, während der berühmte Dichter Ovid den Eisenhut als Gift bezeichnete, das die Stiefmütter benutzen. Aber nicht nur. Getrocknete und pulverisierte Wurzelextrakte beendeten zuverlässig Erbschaftsstreitereien, Eifersuchtsdramen und Herrschaftsdispute. Zwar stand auf den Besitz des Aconits, des Blauen Eisenhuts, die Todesstrafe, dennoch lebten viele Giftmischer recht gut damit, da ihre Dienste häufig gebraucht und Giftmorde selten aufgeklärt wurden. Kaiser Trajan verbot 117 nach Christus sogar kategorisch den Anbau dieser teuflischen Pflanze, doch ohne Erfolg. Als Mordinstrument, Pfeilgift, Rauschdroge oder für Hexensalben war sie stets erste Wahl.

Bis vor gar nicht langer Zeit nutzte man die hübsche blaue Blume in unseren Breiten zudem als beliebtes »Witwenkraut«, indem man Bettwäsche und Pyjama unliebsamer Ehemänner mit einer Abkochung aus Eisenkraut schwemmte. Da dieses perfide Gift auch über die Haut aufgenommen wird, verfielen die Gatten in ein langsames Siechtum, verstarben recht unauffällig, und niemand schöpfte Verdacht. Der Verzehr von Blättern, Wurzelwerk oder Blüten hingegen führt zu einem äußerst schmerzhaften – demnach kein Gift für Selbstmörder – und raschen Tod.

Zur Freude der Sargtischler passiert auch heute noch genug durch diese Pflanze. Immerhin reichen vier Blätter oder zwei Gramm Wurzelextrakt zum Atemstillstand. Egal, ob böswillig von einer Münchner Hausfrau in die Kaffeedose geraspelt oder im Zuge einer allzu naturnahen Pflanzenkost unabsichtlich verzehrt, was den kanadischen Schauspieler Andre Noble das Leben kostete, der psychedelische Eisenhut hat immer Saison.

Info: auch Mönchskappe, Herrgottslatsche, Gifthut, Wolfswurz, Würgling, Apollonienkraut, Ziegentod oder Fuchswurz genannt. Mehrjähriges Hahnenfußgewächs, das bis zu 150 cm hoch werden kann. Die robuste Staude besitzt knollige Wurzeln, handförmige, tief eingeschnittene Blätter und traubige, helmförmige Blütenstände in Blauvioletttönen. Blüte: Juni–August | **Inhaltsstoff:** Aconitin in allen Pflanzenteilen | **Vergiftungserscheinungen:** Frösteln, Brennen, Übelkeit, Durchfälle, Lähmungen, Tod durch Herzversagen oder Atemlähmung – bereits 20 Minuten nach Einnahme; kein Antidot bekannt | **Dosis:** ab 0,2 g toxisch, ab 2 g Wurzelstock tödlich

Verräterische Hortensien

Hätte Graf Gunnar von Grubenstein sich mehr für Gartenpflanzen und weniger für Gebäudesanierungen interessiert, würde er jetzt nicht vor Gericht stehen. Angeklagt wegen Mordes an seiner Schwester Rosalia und deren in Gunnars Augen lächerlichen Liebhaber. Von einer kaltblütig geplanten und skrupellos ausgeführten Tat zum alleinigen Zweck der Selbstbereicherung hatte der Staatsanwalt gesprochen. Eine Ansicht, die der beschuldigte Adelige in seiner anmaßenden Arroganz nicht einmal ansatzweise teilte. Ganz im Gegenteil, er war von seiner moralischen Unschuld zutiefst überzeugt.

Der Tod seiner Schwester war eine betriebswirtschaftliche Notwendigkeit gewesen, das damit verbundene gewaltsame Ableben ihres Lovers ein logischer Folgeschaden. Gunnar verstand nicht, warum das Gericht diesen zwingenden Schritt nicht nachvollziehen konnte. Seit Jahren schon war Rosalia zu einem untragbaren Kosten- und Risikofaktor geworden, den es im Interesse des jahrhundertealten Herrschaftshauses zu eliminieren galt.

Er war ohnedies der Meinung, dass im Grunde nur seine Schwester die Schuld an diesem Schlamassel trug. Sie und ihr verfluchter grüner Daumen, mit dem sie ihm noch aus dem Grab heraus einen Strick gedreht hatte.

Und während die Vertreter der Anklage das gräfliche Sündenregister verlasen, versank Graf Gunnar von Grubenstein in Selbstmitleid, schwieg und ließ sein verpatztes Leben Revue passieren.

Begonnen hatte die Tragik seiner Existenz bereits am Tag der Geburt, fand zumindest er. Mit exakt drei Stunden Vorsprung auf seine Zwillingsschwester hatte er das Licht der Welt erblickt. Hundertachtzig Minuten, für die er dreißig Jahre lang büßen musste, denn Rosalia war von Anfang an ein furchtbarer Tollpatsch gewesen. Noch im Mutterleib hatte sie sich in Steißlage gedreht, mit der Nabelschnur verheddert und stundenlang festgesteckt. Gestorben war sie dennoch nicht, was Gunnar im Nachhinein als persönlichen Affront empfand. Als Einzelkind wäre ihm vieles erspart geblieben – und seiner Zwillingsschwester auch. Doch leider hatte sie sich, blau angelaufen und halb tot, letztlich doch nach draußen gekämpft. Schweigend – ihr Sprachzentrum sollte sich nie mehr vom Sauerstoffmangel während der Geburt erholen – und blass war sie danach monatelang im Brutkasten gelegen, ein untergewichtiger Krüppel, an dem – zu Gunnars späterem Leidwesen – nicht einmal der plötzliche Kindstod Interesse gezeigt hatte.

Doch kaum zu Hause, wurde das missratene Kind zum Mittelpunkt der elterlichen Fürsorge. Jeden Wunsch hatten Vater und Mutter seiner Schwester von den blassblauen Augen abgelesen, während er sich die Seele aus dem Leib brüllen musste, um auf seinem angestammten Recht als Erstgeborener zu beharren. Jahrein, jahraus – und stets vergeblich.

»Du bist jung, gesund und kräftig«, hatte es unweigerlich und in recht anklagendem Tonfall geheißen, wenn er um Zuwendung, Hilfe oder eine Verdopplung seines kargen Taschengelds gebeten hatte, »was willst du mehr?«

Denn sein verhasster Zwilling war zeit seines Lebens weder gesund noch kräftig gewesen, was ihn automatisch zum Alleinempfänger allseitiger Aufmerksamkeiten gemacht hatte. Rund um die Uhr. Wenn das Balg wenigstens hübsch gewesen wäre, hätte Gunnar vielleicht noch verstanden, warum immer nur nach ihm gesehen wurde, doch auch das war nicht der Fall gewesen. Rosalia hatte ihrem Namen nicht die geringste Ehre gemacht. Ihr mickriger, farbloser Anblick erinnerte eher an verwelktes Suppenkraut denn an blühende Rosen. Nicht einmal Dornen hatte sie besessen, nur eitrige Pickel, eine vorstehende Nase und ein riesiges rotes Feuermal mitten auf der Stirn. Dennoch, oder vielleicht gerade deshalb, hatte sie Blumen von klein auf über alles geliebt.

Jede freie Minute war sie voller Begeisterung zwischen den Beeten, Bäumen, Büschen und Blumenrabatten herumgehumpelt und hatte das Areal rund ums Schloss im Lauf der Jahre in ein botanisches Wunderwerk verwandelt. Und die Eltern hatten wohlwollend zugesehen. Gunnar hingegen hatte bereits damals gefunden, dass Blumen nur Blätter abwarfen, aber keinen Gewinn. Daher war er in die Großstadt gezogen, um Tourismuswirtschaft zu studieren. Geld regierte bekanntlich die Welt.

Er hatte bereits kurz vor seinem Studienabschluss gestanden, als seine Eltern bei einem Flugzeugunglück ums Leben kamen. Was nicht so schlimm gewesen wäre, hätten sie Schloss und Ländereien ihm und nicht seiner Schwester vererbt. Aber er war testamentarisch nur mit lebenslangem Wohnrecht und einem kargen Aktienpaket abgespeist worden.

Eine himmelschreiende Ungerechtigkeit.

Nach diesem bösartigen Schicksalsschlag hatte der nahezu mittellose Graf sich fast zehn Jahre lang abgestrampelt, um den riesigen Besitz zu erhalten, während seine Schwester mit Schaufel, Rechen oder Harke durch den Garten gewandelt war, die Augen ausschließlich auf ihr blühendes Reich gerichtet. Dass der Verputz von den altehrwürdigen Fassaden bröckelte, das Dach undichte Stellen hatte und ein Schimmelpilz den gesamten Nordflügel zu okkupieren versuchte, war ihr ebenso egal gewesen wie die Heizkostenabrechnung oder der Holzwurm im Biedermeiermobiliar. Und ihm hatten die Mittel für die aufwendigen Renovierungsarbeiten gefehlt. Um diese zu finanzieren, hätte er das Ackerland oder den Herrschaftswald verkaufen müssen, doch beides befand sich in Rosalias Besitz.

»Ich mag dieses dekadente Flair, und ich mag nichts verkaufen«, hatte sie ihm mit Hilfe eines ihrer Kommunikationszettelchen erklärt und sich hartnäckig all seinen Veräußerungs- und Verbesserungsvorschlägen verweigert. Dabei hatte Gunnar äußerst gewinnbringende Pläne für den alten Kasten gehegt, ihn vor seinem geistigen Auge bereits als luxuriöse Herberge für zahlungskräftige Kunden gesehen, mit privatem Spa, persönlichem Butler und einer ausgedehnten Poollandschaft. Aber seiner Zwillingsschwester hatte nichts an Renovierungen, Änderungen oder gar Neuerungen gelegen, und fremde Menschen auf ihrem Grund und Boden hatte sie kategorisch abgelehnt, egal, ob Handwerker, Angestellte oder Gäste.

»Dann verstaub halt in deiner Einsiedelei und pass auf, dass du keine Spinnmilben bekommst, wenn du nur mit Blumen, Bienen und Blattläusen verkehrst«, hatte er ihr mehr als einmal an ihren sturen Kopf geworfen, doch Rosalia hatte nur die Schultern gezuckt und sich erneut in ihre blumigen Angelegenheiten vertieft.

Da das geerbte Aktienpaket trotz akribischem Studium der Börsenkurse kaum etwas abwarf, hatte der Graf sich bereits damit abgefunden, seinen untadeligen und leider auch unadeligen Lebensunterhalt durch auswärtige Arbeiten als Unternehmensberater bestreiten zu müssen. Immerhin war er tatsächlich jung, gesund und kräftig, was man von seiner schwächlichen Schwester nicht behaupten konnte. Sie würde sowieso nicht mehr lange leben, davon war er überzeugt gewesen, und dann wäre ihm die Alleinherrschaft über den Stammsitz der von Grubensteins in jedem Fall sicher. Ein tröstlicher Gedanke, zumindest, bis die rachitische Rosalia ihm erneut einen Strich durch seine hoffnungsvollen Pläne gemacht hatte.

Der Strich hatte Sven geheißen, ein schlaksiger, schmalbrüstiger und wortkarger Schwede, der eines ganz und gar nicht schönen Tages auf dem Schloss aufgetaucht war. Woher er gekommen war und was er auf dem gräflichen Anwesen gewollt hatte, hatte Gunnar nie erfahren, denn seine Schwester schwieg und die Bohnenstange verstand kein Deutsch. Allerdings hatte der mickrige Nordländer nicht nur Rosalias Liebe zu den Blumen geteilt, sondern schon bald auch ihr Bett. Und bevor Gunnar das wahre Ausmaß der Tragödie hatte absehen können, war Rosalia vor ihn hingetreten und hatte ihm mit strahlendem Lächeln einen Zettel überreicht, auf dem »Sven und ich werden heiraten« geschrieben stand.

Ein lapidarer Satz mit weitreichenden Folgen. Der Graf konnte sich noch gut an diesen schrecklichen Moment erinnern, der seine gesamte Zukunftsplanung mit nur vierundzwanzig Buchstaben zum Einsturz gebracht hatte. Würde Rosalia in den Ehestand treten, hätte das nicht nur katastrophale Auswirkungen auf die Erbfolge in der Familie, sondern – im Falle von bestimmt erwünschten Nachkommen – auch auf das Ansehen des Adelsgeschlechts. Ein kränkliches Mauerblümchen mit einem Feuermal im Gesicht und ein kraftloser Spargeltarzan mit Dauersonnenbrand würden seiner Ansicht nach kaum einen würdigen Stammhalter in die Welt setzen können. Gunnar beschloss, seiner Rolle als heldenhafter Hüter der noblen Dynastie endlich gerecht zu werden.

Schon am Tag nach dem unsäglichen Zettel hatte er für den Fortbestand des alten Adelsgeschlechts erfolgreich das zu Ende gebracht, was ihn noch heute mit unsäglichem Stolz erfüllte.

Ein kräftiger Schlag mit dem großen gusseisernen Löwenkopf, der seine Funktion als Türklopfer längst eingebüßt hatte, als Mordinstrument aber noch gute Dienste versah, mehr hatte es zur Problemlösung nicht gebraucht. Die beiden Turteltäubchen, die händchenhaltend auf der steinernen Bank hinter dem Neptunbrunnen gesessen hatten, hatten keine Chance auf Gegenwehr gehabt.

Danach hatte er erstmalig selbst zur Gartenschaufel gegriffen und unter einer der zahlreichen Stauden, die den schmalen Weg zu den einstigen Pferdestallungen säumten, ein üppig bemessenes Loch ausgehoben, um die leblosen Körper mitsamt Sack und Pack zu vergraben. Kleidung, Wertsachen, Reisepässe, sogar deren Zahnbürsten hatten die zwei als Grabbeigabe mitbekommen, um Gott und der Welt Glauben zu machen, dass sich Rosalia und ihr Lover aus purer Liebe, starkem Fernweh und tiefer Sehnsucht nach neuen botanischen Horizonten in den Norden abgesetzt hatten. Wobei Gunnar in Wahrheit nicht an Gottes Urteil gelegen war, sondern nur an weltlichem Verständnis. Und tatsächlich hatten ihm alle seine weinerlich vorgetragene Lügengeschichte vom romantischen Neubeginn seiner Schwester in Svens Heimat, der nordischen Naturlandschaft, geglaubt.

Rosalia hatte weder Freunde noch Vertraute besessen, sich so gut wie nie in der Öffentlichkeit blicken lassen und war daher auch niemandem wirklich abgegangen. Selbst die Polizei hatte keinen Grund gesehen, sich mit zwei erwachsenen Sonderlingen zu befassen, die ihr gemeinsames Dasein lieber als Waldmenschen denn als Gutsherren zu fristen gedachten. Kurz gesagt, Gunnar war überzeugt gewesen, den perfekten Mord begangen zu haben. Zumindest neun Monate lang.

Dann war die Sache mit den Hortensien passiert. Der Graf hatte sich dank seiner perfekt gefälschten und von der Bank anstandslos akzeptierten Generalvollmachten bereits am Ziel seiner unternehmerischen Träume gewähnt. Infolge beträchtlicher Investitionen erstrahlte das baufällige Herrschaftshaus in neuem Glanz, die pompös adaptierten Regenten-Suiten waren Monate im Voraus ausgebucht, eine Heerschar an Bediensteten sorgte für maximalen Komfort, und die Kassen hatten endlich zu klingeln begonnen.

Rundum zufrieden mit sich und der Welt, hatte Gunnar es sich zur Gewohnheit gemacht, täglich von seinem Turmzimmer aus auf die Gäste zu blicken, die gemessenen Schrittes durch den Park flanierten, die prachtvolle Gartengestaltung bewunderten oder in der Rosenlaube am Champagner nippten. Nun hatte sich die gärtnerische Gabe seiner Schwester also doch noch bezahlt gemacht, befand er und verspürte sogar leichte Anflüge von Dankbarkeit.

Florian hingegen, der mittlerweile zur Grünraumpflege engagierte Gärtner, verspürte beim Anblick der frisch erblühten Hortensien an dem verwilderten Fußweg zu den alten Stallungen starke Anflüge von Neugierde. Eine ganze Reihe stattlicher Exemplare der Gattung Hydrangea macrophylla wucherte dort vor sich hin, und alle blühten sie blau, bis auf die Letzte, die erstrahlte in kräftigem Rosa. Was eigentlich unmöglich war, wie Florian wusste. Die Farbe von Hortensienblüten wurde bekanntlich vom pH-Wert des Bodens bestimmt. War er sauer, führte das zu blauen Blüten, war er alkalisch, zu rosaroten. Mischformen an ein und derselben Stelle kämen einem floralen Wunder gleich.

Das kann nicht mit rechten Dingen zugehen, dachte der Gartenfachmann und beschloss, diesem unerklärlichen Phänomen auf den humosen Grund zu gehen. Er griff nach seiner Pflanzkelle und begann zu graben. Nach zehn Minuten stieß er auf Rosalias völlig verfaultes Schulterblatt, nach dreißig Minuten traf die Polizei am Tatort ein, nach drei Tagen wurde Gunnar wegen zweifachen Mordes festgenommen und in Untersuchungshaft gesteckt und nach einer aufsehenerregenden Verhandlung zu einer lebenslänglichen Freiheitsstrafe verurteilt.

»Hätte ich gewusst, dass mich die Farbe der Hortensien verraten würde, hätte ich die Leichen unter dem Holunderbusch vergraben«, lauteten seine letzten Worte als freier Mann.

Hortensie, Hydrangea macrophylla (giftig)

Berauschender Blausäure-Kick

So wie es scheinheilige Menschen gibt, existieren auch scheingiftige Pflanzen. Zu Letzteren zählt die prachtvolle Hortensie, einst Zierde aller Vorgärten – heute begehrte Beute von Kleinkriminellen. Egal, ob Eferding, Bremen oder Fulda, kaum zeigen sich die ersten zaghaften Triebe, fallen junge Leute auf der Suche nach einem kostenlosen botanischen Drogenrausch wie Heuschreckenschwärme über die Hortensienbüsche her. Offenbar unterliegen auch Nachwuchskiffer akuten Frühlingsgefühlen. Ein Joint aus getrockneten Blättern, Blüten oder Stängeln liegt seit Jahren vermehrt im Trend – Hobbygärtner, Gewächshausbetreiber und lokale Polizeidienststellen können ein leidiges Lied davon singen.

Dabei erfreut das hübsche Gewächs zwar das Auge, mehr aber auch nicht. Wissenschaftlichen Studien zufolge wurde bislang jedenfalls kein einziger Inhaltsstoff gefunden, der das Gerücht vom cannabisartigen Drogenrausch durch Hortensien-Joints bestätigen würde. Dennoch landet die vermeintliche Ersatzdroge Jahr für Jahr in den Schlagzeilen: »Pflanzendiebe in Oberösterreich unterwegs«, »Blütezeit der Hortensien-Kiffer« oder »Pflanzendiebstahl in großem Stil« liest man hier wie dort in schöner Regelmäßigkeit.

Schlimm daran sind aber nicht nur die Schäden an den Pflanzen, sondern vor allem die Kollateralschäden bei den Konsumenten, vor denen mittlerweile auch Arzt und Apotheker warnen.

»Die möglichen Folgen reichen von Bewusstlosigkeit und Störungen des zentralen Nervensystems bis hin zum Tod«, warnt etwa die deutsche »Pharmazeutische Zeitung«. Hortensien enthalten nämlich geringe Mengen an Blausäureverbindungen, die beim Rauchen freigesetzt werden, mit Marihuana allerdings absolut nichts gemeinsam haben.

Wer also einen »echten« Trip schmeißen beziehungsweise

rauchen will, sollte bedenken, dass Geiz nicht immer geil ist, sondern oft auch gesundheitsschädigend.

Info: verholzender, winterharter Blütenstrauch mit kugelförmigen weißen, rosafarbigen oder – nach Düngung mit Kaliumsulfat-Aluminium – blauen Blüten und wachsartigen Blättern | **Inhaltsstoffe:** Blausäure-Glykoside | **Vergiftungserscheinungen:** äußerlich allergieauslösend, innerlich Beklemmungszustände und Störungen des zentralen Nervensystems bis hin zum Tod durch Ersticken

Guerilla Gardening

Ein Blick auf das prächtige Grün hatte genügt, und noch am selben Tag unterschrieb ich den Mietvertrag. Schon als Kind hatte ich mir nichts sehnlicher gewünscht als ein Haus mit eigenem Garten.

Erst mit siebzehn, nach meinem ersten richtigen Kuss, verlor das Verlangen nach duftendem Edelflieder, blühenden Tulpenbeeten und einer von weißen Rosen und Waldreben umrankten Laube vorübergehend an Bedeutung. Stattdessen verzehrte ich mich nach einem Mann. Zwanzig Jahre später war ich immer noch auf der Suche nach Mr. Right. So wie Trillionen anderer Frauen auch. Später, mit vierzig, legte ich einen ideologischen Umkehrschwung ein, besann mich meiner Liebe zur Natur, und der Traum von selbst gezogenem Gemüse und adrett arrangierten Blumengebinden rückte erneut in den Vordergrund.

Zwar sah ich bald ein, dass das Angebot an hübschen und dennoch erschwinglichen Oasen der Stille in etwa dem an attraktiven, ungebundenen Männern entsprach, aber für mich stand mittlerweile außer Frage, dass ich keine weitere Absage an meine Lebensträume mehr hinnehmen würde.

Obwohl ich also im Anschluss an die erschöpfende Lektüre der Immobilienseiten stets bei einem halben Dutzend geldgieriger Haus-und-Garten-Besitzer vorstellig wurde, blieb die Liste der annehmbaren Mietobjekte dennoch unverändert leer.

Es war wie beim ersten Date mit einem Mann. Am Telefon versprachen sie dir das Blaue vom Himmel, brannten förmlich darauf, dir jeden Wunsch zu erfüllen, bevor du ihn überhaupt zu Ende formulieren konntest, zeigten sich verständnisvoll, großmütig und entgegenkommend, kurz gesagt, sie schürten in dir die unumstößliche Überzeugung, keine Minute mehr ohne dieses offensichtliche Geschenk des Himmels verbringen zu wollen.

Von Sehnsucht übermannt, folgte meist schnell der erste Besuch vor Ort. Und unweigerlich stellte sich beim Lokalaugenschein ebenso rasch die Einsicht ein, sehr wohl und sehr gut ohne besagtes Objekt existieren zu können.

Nun, mit den Gärten verhielt es sich wie gesagt nicht viel anders. Die als gepflegt, liebevoll gewachsen und pflegeleicht angepriesene Grünanlage stellte sich bei näherer Betrachtung als winziger, bemooster Hinterhofflecken heraus, auf dem neben einer gut sortierten Garde an Müllcontainern zwei vertrocknete Geranien ums Überleben kämpften.

Wer noch dazu über einen Wasseranschluss im Freien verfügte und einen zum Krüppel verschnittenen Hortensienbusch vorweisen konnte, deklarierte das Ganze bereits in der Rubrik Gartenanlage mit Wohnmöglichkeit.

Allerdings war mir nach einer derartigen Schuttplatzromantik zumeist die Lust vergangen, mich auch noch von den zweifelhaften Vorzügen der ansprechenden und luxuriösen Wohnräume überzeugen zu wollen.

Schon sehr bald begann ich, ein Gespür für die botanischen Abgründe zu entwickeln, die sich hinter dem blühenden Wortlaut einschlägiger Annoncen verbargen. »Gediegene Altbauwohnung inmitten gepflegter Grünfläche« entsprach in etwa der »klassischen Eleganz mit sicherem Einkommen« bei den Kontaktanzeigen. Unter Ersterem verbargen sich dann gewöhnlich zwei baufällige Zimmer im Tiefparterre, deren Vorderseite von dreißig Quadratmetern trittfestem Rasenteppich samt bonsaiartigen Friedhofchrysanthemen im Blumenkübel verunstaltet wurde. Bei besonders luxuriösen Anlagen fand sich sogar eine verwitterte Wäschespinne mit Efeutrieben im unverändert bemoosten Hinterhof. Der glutäugige Lover hingegen entpuppte sich ebenso unweigerlich als beamteter Sachbearbeiter mit Bauchansatz, der einen italienischen beziehungsweise türkischen Großonkel in der Ahnenlinie aufweisen konnte.

Dennoch gab ich die Hoffnung nicht auf.

Und meine verbissene Hartnäckigkeit führte tatsächlich zum ersehnten Erfolg.

Nach nicht einmal einem Jahr stieß ich auf einen unauffälligen Aushang im Tabakladen: »Kleines Haus mit Garten zu vermieten«, dazu eine Telefonnummer. So viel Mut zur minimalistischen Ehrlichkeit rief nach Belohnung. Ich griff zum Telefon und vereinbarte einen Besichtigungstermin.

Zwei Tage später warf ich einen Blick in den Garten und wusste, dass ich am Ziel meiner blühendsten Träume angelangt war.

Rasch waren die Formalitäten erledigt, und der Umzug in ein neues, naturverbundenes Leben konnte beginnen.

Das Haus, in das ich so triumphierend Einzug hielt, war ziemlich alt und ziemlich klein. Das zugehörige Gartenstück hingegen hatte die Größe eines Fußballfeldes. Ein paar riesige Obstbäume spendeten lauschigen Schatten, eine von Immergrün gesäumte Rabatte schien sehnsüchtig auf üppig blühende Bewohner zu warten, und auf der ungemähten Wiese erstreckte sich ein Teppich aus Gänseblümchen, Löwenzahn, Günsel und Goldnesseln, während Hortensienbüsche und Heckenrosen mein Paradies von dem des Nachbarn abgrenzten. Allerdings zeugte ein kleines, von Moos und Flechten überwuchertes Holztor von einer gewissen Verbundenheit zwischen den beiden Parzellen, doch bislang schien die andere Seite nahezu unbewohnt. Weder Kindergeschrei noch Hundegebell, kein Grillfetenkrawall und kein Rasenmäherensemble waren zu hören.

Ich war beseelt. Selbst himmlische Sphärenklänge hätten mich weniger erfreut als diese friedvolle Stille.

Mein botanisches Wohlfühlprogramm konnte beginnen.

»Veronika, der Lenz ist da«, trällerte ich bereits am nächsten Morgen, ignorierte die Schachteln und Kisten, die noch unausgepackt im Korridor standen, und machte mich umgehend daran, die für eine frischgebackene Gartenbesitzerin unverzichtbare Gartengrundausstattung zusammenzutragen. Ich hieß zwar Eva und nicht Veronika, und es war bereits Ende August, aber das Lied passte perfekt zu meiner Jubelstimmung.

Meine Welt war endlich grün. Ich hatte einen Garten, den blauen Himmel über mir, und schon bald würde ich über ein endlos blühendes Reich herrschen.

Nach eingehendem Studium des Sonnenverlaufs erwarb ich sechs Dutzend Blumenzwiebeln, Fliederbüsche und Sanddornsträucher, Rotkleesamen für die Bienen, Lupinen für die Erde, eine dekorative Staudenbeetmischung aus Schleierkraut, Prachtscharten, Kugeldisteln, Witwenblumen, Fetthennen und Schlangenköpfen, dazu ausgesuchte Samenraritäten für Russkaja-Gurken und Eiskraut – ich liebte dieses geschmackvolle Mittagsblumengewächs –, einen Gartentisch samt Stühlen, eine handgeflochtene Hängematte sowie einen ebensolchen Sonnenhut. Da mir eher die Vollendung des kultivierten Nichtstuns vorschwebte als ein adrettes Erscheinungsbild, kamen mir weder Unkrautvernichtungsmittel noch Rasenkantenscheren in den Einkaufswagen. Wildwüchsige Natur war immer noch am schönsten. Das galt für den Garten, aber auch für mich. Daher verzichtete ich im Interesse meiner Authentizität auch auf die garantiert bügelfreien Gartenkleidchen in den neuesten Trendfarben. Ich brauchte keinen elfenhaften Aufrissfetzen und keine modischen Accessoires. Was ich benötigte, war ein tropenerprobter Weinkühler. Immerhin hatte ich bereits drei Dutzend Flaschen im Keller gebunkert, um für sommerliche Umtrunke gerüstet zu sein.

Im Unterschied zum Mann fürs Leben schien mein Gartenprojekt eindeutig unter einem guten Stern zu stehen, denn der Wettergott war mir – im Unterschied zu Amor – durchaus wohlgesinnt. Seit meinem Einzug in das neue traute Heim hatte sich kein einziges Sommergewitter über mich und meine neu angelegten Beete ergossen. Freundlich stand die Sonne am spätsommerlich blauen Himmel, Amseln und Meisen trällerten um die Wette, und die prachtvollen Blumenrabatten erschienen mir wie ein irdischer Regenbogen. Entspannt rekelte ich mich in der Hängematte und trank Kaffee.

Dabei war ich wohl ein wenig eingenickt, denn ein barsches

»Was haben Sie sich eigentlich dabei gedacht?« riss mich schlagartig aus meinen Träumen.

Vor mir stand ein Mann, ein unbekannter Mann, die Hände provokant in die Hüften gestemmt, und blickte zornig auf mich hernieder. Erschrocken starrte ich zurück. Der Typ vor mir sah aus wie ein Sujet von den Plakaten der Welthungerhilfe. Dürr, hochgewachsen und schmalschultrig, warf er einen langen Schatten und stechende Blicke auf mich.

Da ich geschlafen und dabei überhaupt nichts gedacht hatte, wusste ich natürlich nicht, wovon hier eigentlich die Rede war. Der Mann sprach eindeutig in Rätseln.

»Wissen Sie überhaupt, dass Ihr Verhalten an Körperverletzung grenzt?« Dabei fuchtelte er bedrohlich mit seinen dürren Armen über meinem Kopf herum. »Eine Besitzstörungsklage könnte ich Ihnen auch noch anhängen, das ist Ihnen hoffentlich klar?«

Mir war gar nichts klar, außer dass ein Irrer auf meinem Grund und Boden tobte, nicht umgekehrt. Und wie in aller Welt konnte ich jemanden verletzen, von dessen Existenz ich bislang überhaupt nichts geahnt hatte? Um seine weiteren Vorhaltungen zu verstehen, hätte ich schon einen geistigen Allradantrieb gebraucht.

»Wer sind Sie überhaupt?«, konnte ich ihm endlich ins böse Wort fallen, während ich erfolglos versuchte, mich in der Hängematte aufzurichten. In meiner derzeitigen horizontalen Lage war ich diesem Menschen in jeder Hinsicht unterlegen.

Wie ein Drogenjunkie oder Triebtäter sah der Hungerhaken zwar nicht aus, aber vielleicht hatte er von den Stechäpfeln oder dem Bilsenkraut genascht, die ich in zwei alten Gulaschkesseln kultivierte. Auf mich hatten Hexenpflanzen schon immer einen besonderen Reiz ausgeübt, wenngleich nur in optischer Hinsicht, ansonsten hatte ich bislang brav die Finger von ihnen gelassen. Tobsuchtsanfälle und Wahnvorstellungen passten allerdings durchaus zu deren Symptomatik.

»Ja, kennen Sie mich denn nicht?«, beendete der gestörte Störenfried meine Überlegungen. »Ich bin doch Ihr Nachbar.«

»Und woher soll ich das wissen?«, entgegnete ich wütend. »Sie haben sich bislang nicht vorgestellt. Sie sind einfach hier eingedrungen, hier bei mir, auf meinem Grundstück, und werfen mir unverständliche Anschuldigungen an den Kopf.«

Zumindest hatte ich es mittlerweile geschafft, mich in eine aufrechte Lage zu manövrieren, sodass das Ganze jetzt wenigstens nach einem Streitgespräch auf Augenhöhe aussah.

»Sie werden mich schon noch kennenlernen«, fauchte der Nachbar weiter, gänzlich unbeeindruckt von meinem freizügigen Dekolleté, und marschierte schnurstracks auf meine liebevoll angelegten Beete zu. »Da. Sehen Sie mal, was Sie angerichtet haben!«

Aber außer prächtig blühenden Gewächsen sah ich immer noch nichts.

»Da, dieses Zeug da«, mit einem seiner Skelettfinger wies er auf das Eisenkraut, zitterte aber derart vor Wut, dass er durchaus auch die Pantoffelblume nebenan hätte meinen können, »das ist Gift für mich.«

Ich verstand immer weniger statt mehr. Die Giftpflanzen befanden sich ganz woanders, Pantoffelblümchen waren absolut harmlos, und Verbena officinalis verströmte nicht nur einen würzigen Duft, sondern galt schon seit der Antike als Heil- und Zauberkraut. Sogar böse Geister sollte es angeblich vertreiben, was in meinem Garten leider nicht zu funktionieren schien.

Der Nachbar, der sich immer noch nicht vorgestellt hatte, stand da wie ein Ausrufezeichen: unbeweglich, anklagend und unübersehbar.

»Die tun doch nichts, die beißen nicht mal«, konterte ich bemüht ironisch, aber an dem verbitterten Magermuffel prallten meine Bemühungen wirkungslos ab.

»Ich bin Pollenallergiker«, meinte er schließlich bedeutungsvoll, so als hätte er mir gerade das Geheimnis des ewigen Lebens verraten.

»Ja und?« Meines Wissens lösten um diese Jahreszeit nur ganz wenige Gartenpflanzen Allergien aus, und Pantoffelblumen oder gar Eisenkraut zählten bestimmt nicht dazu. Dann schon eher der Spitzwegerich, der am Rand der Beete wuchs und gut gegen Husten, Heiserkeit und Insektenstiche war. Doch derartiges »Unkraut« nahm der namenlose Nachbar vermutlich gar nicht zur Kenntnis.

»Das bedeutet, dass Sie gefälligst nur Pflanzen setzen, die keine Gefahr für mich darstellen.« Und schon hatte er ein Büschel der seltenen Calceolaria arachnoidea, einer violett blühenden Pantoffelblume, ausgerissen.

Was einen Schreianfall meinerseits und einen Niesanfall seinerseits zur Folge hatte. Im Interesse seiner offenbar sehr fragilen Gesundheit wäre es eindeutig besser für ihn gewesen, er wäre weder mir noch meinen Gartenkräutern zu nahe getreten.

»Was glauben *Sie* eigentlich, wo Sie sind?«, viperte ich erbost über eine derartige Unverfrorenheit.

»In der Seidenbergstraße Nummer 4«, kam die prompte Antwort. »Ich wohne ja nebenan.«

Dann packte mich dieses ausgedürrte Ekelpaket sogar am Arm und zog mich mit sich an die Grundstücksgrenze.

»Sehen Sie das?« Schon wieder fuchtelte der Mann erregt mit seinen Armen in der Luft herum, als würde ihn ein Hornissenschwarm bedrohen. Dabei wies er mit dem Kopf in seinen Garten.

Dort erblickte ich allerdings nichts, sah man von einer monotonen, millimeterkurz gestutzten Rasenscholle einmal ab. Und die wirkte, als hätte mein Nachbar sie auch noch geplättet. Mehr gab es meiner Ansicht nach nicht zu entdecken.

Doch der Irre mit der Schnupfnase, der sich seit seiner Annäherung an meine Blumenrabatte zudem ununterbrochen räusperte, riss nun auch das morsche Holztor auf, blaffte mir ein »Sie warten hier!« um die Ohren, als wär ich ein Hund, und betrat seine Graswüste.

Dort ging er in die Knie, zog etwas aus dem Boden und kehrte mit unheilschwangerem Blick zurück.

»Hier, das ist eine bodenlose Sauerei! Das kommt von Ihnen, und das werden Sie mir büßen.«

Dabei hielt er mir mit spitzen Fingern eine Löwenzahnblüte

vors Gesicht, als wäre sie ein benutztes Kondom. Dieser Typ musste mehr als nur einen Sprung in der Schüssel haben, befand ich.

Dachte der etwa, ich wäre nächtens in seinen Garten geschlichen, um diese misslungene Golfrasenattrappe mit Löwenzahn zu dekorieren?

Betont desinteressiert zuckte ich mit den Schultern. »Das ist Löwenzahn, wächst auf ganz natürlichem Weg, den hab nicht ich auf die Welt gebracht.«

»Oh doch, das haben Sie.«

Langsam wurde mir angst und bange. Der Mann war ja durchgedrehter als eine Waschmaschine im Schleudergang.

»Sie«, erneut wedelte er mit dem gelben Blütenköpfchen vor meinen Augen herum, »Sie vermehren dieses furchtbare Zeug durch Ihre florale Promiskuität, Sie Gartenschlampe, Sie!«

Und bevor ich noch nach Luft schnappen konnte, um zu widersprechen, setzte er seinen gelehrten rhetorischen Rundumschlag schon fort.

»Ich werde Ihnen jetzt mal was sagen. Bei mir wächst gar nichts auf natürlichem Weg, denn in meinem Garten bestimme ich – und nur ich! –, was wo wann und wie hoch wachsen darf. Und Unkraut gehört ganz bestimmt nicht dazu.«

Der schien wohl ernsthaft von arischen Rasengesetzen zu träumen. Ungewollten Zuwanderern ging er jedenfalls radikal an die Stängel.

»Was glauben Sie, wohin die Samen von Ihrem Grundstück fliegen? Zu mir natürlich. Und dort treiben sie dann aus. Ich habe über zehn Jahre gebraucht, um jegliche Ausbreitung von Unkraut zu verhindern. Da brauchen jetzt nicht Sie zu kommen und auf Samenschleuder zu machen.«

Nach dieser abstrusen Anklage warf er den Löwenzahn mit wutverzerrtem Gesicht auf meine Seite.

Einen dramatischeren Abgang hatte nicht mal das zornbebende Rumpelstilzchen hingelegt.

»Sie haben sich übrigens immer noch nicht vorgestellt«, murmelte ich ihm hinterher, während ich konsterniert den geköpften Löwenzahn betrachtete. Mein Nachbar zählte offenbar zu den Menschen, denen weniger der dritte Weltkrieg als ein verirrtes Samenkorn Angst machte. Ganz bestimmt hatte der im Geiste Verarmte bei der Mindesthirnverteilung in der allerletzten Reihe gestanden. Und wollte sich nun ausgerechnet in meinem Garten in den Vordergrund drängen.

Ich musste zumindest in Erfahrung bringen, mit wem ich es zu tun hatte. Da der Hungerhaken immer noch in gebückter Haltung auf seinem Bonsairasen stand und vermutlich nach weiteren botanischen Invasoren Ausschau hielt, schlich ich mich auf die Straße und warf einen Blick auf sein Klingelschild.

»Mag. Dr. phil. Georg Knapp«, stand da. Nicht schwarz auf weiß, sondern in perfekt ziselierten goldenen Lettern. Mit so viel Noblesse konnte mein blassgelbes Post-it an der Tür natürlich nicht konkurrieren. Aber der Name passte zu diesem Kastrationsmeister der botanischen Gartenvielfalt.

Erst sehr viel später, als ich bereits schlaftrunken im Bett lag, stieg in mir ein schrecklicher Zweifel auf: Ob die günstige Miete meines vermeintlichen Paradieses etwas mit der Nachbarschaft dieses Scheusals zu tun hatte?

»Kkkkkkkrrrrrrrrkkkkkk.«

So klang kein Vogel. Erschrocken fuhr ich aus dem Schlaf auf. Das hörte sich an, als würden Flugsaurier die Obstbäume attackieren.

»Kkkkkkkkrrrrkkkkk.«

Verstört schleppte ich mich ans Fenster. Die Saurier mussten linker Hand von mir sein.

Tatsächlich, da stand jemand, wenngleich kein Saurier, sondern mein Nachbar. Knapp beschnitt seinen Baumbestand – und das nicht zu knapp. Genau genommen beschnitt er auch nicht, es sah eher nach Generalkastration aus. Nicht nur die Äste, auch jedes noch so winzige Zweiglein wurde gnadenlos eliminiert. Und das um sieben Uhr morgens. Diesem Unmenschen schwebte wohl eine Art Eunuchengarten mit Bonsaibewuchs vor. Der Mann war ein klarer Fall für ein gartenbautechnisches

Umerziehungslager. Es war Ende August, da schnitt man doch keinen Baum zurück. Wenn Knapp keine Äste an seinen Hochstammgewächsen wollte, hätte er ja gleich Zementpfeiler aufstellen können. Oder ein paar griechische Säulen.

»Krrrrrrrrrrrk.« Ast um Ast landete auf dem minimalistischen Rasen.

Ich seufzte. Den Garten Eden hatte ich mir definitiv etwas ruhiger vorgestellt. Letztlich hielt mich zwar meine Unkenntnis der geltenden Gesetzesvorschriften über Ruhestörung und Lärmbelästigung davon ab, gewalttätige Sofortmaßnahmen zu ergreifen, aber ungeschoren davonkommen würde mir dieser Pflanzenhasser bestimmt nicht.

Missmutig trat ich vom Fenster zurück und beschloss, den Morgenkaffee doch besser drinnen zu mir zu nehmen. Und das, obwohl draußen die warme Morgensonne auf meine blumige Wiese schien.

Erst ein paar Tage später, als heftige Sommergewitter einsetzten, legte auch Knapp die Waffen nieder. Kein Laut drang mehr aus seinem botanischen Planquadrat, und in mir begann die leise Hoffnung auf Ruhe und Frieden zu keimen.

Doch die Regenzeit dauerte nicht ewig an, schon bald kehrte ein spätsommerliches Hoch zurück, und ich konnte mein Frischluftrefugium erneut in Besitz nehmen. Paradiesische Zustände umfingen mich. Während ich an einem Gläschen Wein nuckelte, ließ ich gedankenverloren meinen Blick schweifen, von den Rosen zum Rainfarn und weiter zum Brombeerbusch, dem Kirschbaum und dem Salatstrauch. Salatstrauch? Ich hatte doch gar keinen Salat gepflanzt, nirgendwo. Nur Gurken, Zucchini und Kürbisse. Und ungeachtet meiner eher bescheidenen Kenntnisse im Gemüseanbau wusste ich doch mit Bestimmtheit, dass Salat nicht an Sträuchern wuchs.

Der Hypothese vom übermäßigen Alkoholgenuss widersprach allerdings die beinahe volle Flasche auf dem Tisch. Und an der Sonne konnte es auch nicht liegen, denn ich trug einen Sonnenhut und saß außerdem im Schatten.

Aus der Nähe betrachtet erwies sich der Salatstrauch allerdings als ganz normaler Hortensienbusch, auf dem zahlreiche Salatköpfe und ein Brokkoli im Zustand fortgeschrittener Verwesung prangten. Von selbst waren die bestimmt nicht dorthingelangt. Über Zäune klettern konnte Gemüse aber auch nicht, selbst wenn das morsche Holzgeflecht keinen Meter hoch war. Da musste schon jemand nachgeholfen haben. Was aber noch viel schlimmer war: Hinter den Hortensien erhob sich ein stinkender Komposthaufen, auf dessen Gipfel ein angefaulter Kohlrabi thronte, der früher oder später bestimmt auch auf meiner Seite landen würde.

Das war doch die Höhe. Biomüll, verwurmter, stinkender Biomüll, direkt an der Grenze zu meinem Garten. Noch vorgestern war dort garantiert nichts gewesen außer millimeterkurz gemähtem englischen Rasen.

Für dieses eklige Kompostbataillon, umschwirrt von Tausenden Insekten, belagert von ebenso vielen Schnecken und angereichert durch Würmer jeglicher Art, würde ich grausame Rache üben.

Mit Hilfe meiner neuen Grillzange gelang es mir, die Salatköpfe zurück auf das gegnerische Feld zu katapultieren. Mit den Schnecken gestaltete sich das Unterfangen leider ungleich schwieriger. Sie flogen schlecht, und Golfschläger hatte ich bislang nicht zu den grundlegenden Heimgartenutensilien gezählt.

Knapp, der Erbauer dieses muffigen Haufens, war vermutlich außer Haus. Jedenfalls reagierte er nicht auf mein wütendes Klingeln an seiner Tür. Als Wertschätzung seiner Kompostierbemühungen musste ich mich damit begnügen, ihm den mumifizierten Kohlkopf auf die Fußmatte zu legen. Die dazugehörigen Nacktschnecken passten durch den Briefschlitz. Ich warf den widerlichen Tierchen sogar noch ein paar Kartoffelschalen hinterher, als Wegzehrung sozusagen.

Drei Tage später bekam die Knapp'sche Ungeziefersammelstelle Verstärkung. Zum Komposthaufen gesellte sich eine riesige rote

Regentonne, zu den Käfern, Schnecken und Ratten Scharen beißwütiger Insekten.

Ich erwog die Anschaffung eines Leguans, scheiterte jedoch an den rigiden Tierschutzbestimmungen. Stattdessen erwarb ich eine Tankfüllung Autan, ein Moskitonetz und drei Packungen Rattengift.

Und während ich unter dem Moskitonetz mit dem Weinglas in der Hand auf Rache sann, knatterte mein neuer Feind emsig mit seinem Rasenmäher herum. So hatte ich mir meine Oase im Grünen nun wirklich nicht ausgemalt. Von paradiesischer Ruhe hatte ich geträumt, von einem biblischen Garten Eden und von himmlischen Düften, stattdessen hing ich apokalyptischen Visionen nach. Fehlten nur noch ein paar Heuschreckenschwärme und der Musikantenstadl in Stereofonie.

Es war definitiv die Zeit gekommen, dem Treiben Einhalt zu gebieten und diesen Berserker auf den Breitengrad des gärtnerischen Anstands zurückzutreiben. Man schichtete einfach keinen Komposthaufen zehn Meter entfernt von der Sitzgruppe seiner Nachbarin auf, man mähte seinen sterilen, bienenfeindlichen Golfrasen nicht stecknadelkurz ab, und man beraubte weder Birken noch Birnbäume ihrer Pracht. Eigentlich sollte man gar keinen Garten haben, wenn man jedem Auswuchs der Natur so rigoros an Wurzeln, Äste oder Blüten gehen wollte.

Eins war mir in den wenigen Wochen, die ich hier wohnte, jedenfalls klar geworden: Mein unleidlicher Nachbar sah seine Lebensaufgabe offensichtlich in der Vernichtung von naturwüchsigen Existenzformen. Doch mich würde er nicht vernichten. Eher biss er ins Gras.

Ich genehmigte mir einen letzten, großen Schluck und bereitete mich innerlich auf meinen Kampf vor, den ich mit weiblichen Reizen, diplomatischem Geschick und erprobten Strategien der Kriegskunst zu führen gedachte. Punkt eins: Wiegen Sie Ihren Feind in Sicherheit. Das würde ich. Und ihm noch dazu jede Menge Honig ums Maul schmieren.

Entschlossen legte ich meinen Schleier, sprich: das Moskitonetz, ab und begab mich zur Grundstücksgrenze. Mit einem

Lächeln auf den Lippen, das selbst Frühobst zum Erröten gebracht hätte, warf ich mich in Pose: Brust raus, Bauch rein. Dann flötete ich engelsgleich: »Herr Knapp? Dürfte ich Sie wohl einen Moment stören?«

Dabei strich ich hingebungsvoll über die als Biomüllablage missbrauchte Hortensie und senkte demütig das Haupt.

Rasch kam mein Opfer angetrabt. »Bitte?«

Das klang zwar nicht nach Hochzeitsglocken, sondern eher nach Schreckschusspistole, aber immerhin, er lieh mir sein Ohr.

»Nun, ich wollte mich nur für den Löwenzahn entschuldigen. Sie hatten recht, so ein ordinäres Gewächs hat auf Ihrem gepflegten Rasen nichts verloren. Ist ja wirklich sehr hübsch, Ihr Garten. Da haben Sie bestimmt viel Arbeit reingesteckt, damit er so ordentlich aussieht.«

In Gedanken bat ich mein üppig blühendes Grünland um Vergebung für eine derartige Verleumdung seiner Reize. Doch meine Taktik ging auf. Knapp schien angenehm überrascht vom Eingeständnis meiner Schuld und nahm meine Bewunderung geschmeichelt entgegen. Auf seinem hageren Gesicht erschien sogar ein verkümmertes Lächeln.

»Das freut mich aber, dass Sie sich einsichtig zeigen. Gartengestaltung ist halt eine Wissenschaft für sich, da können Sie der Natur nicht einfach freie Hand lassen. Für ein ansprechendes Gesamtbild benötigen Sie eine exakte Planung, viel Liebe zur gärtnerischen Sache und natürlich einen ausgeprägten Sinn für ästhetische Belange«, erwiderte der arrogante Arsch und bedachte seine unsäglich hässliche Gabionenmauer mit stolzgeschwellter Brust. »Ihnen scheint bei der Gestaltung von Grünanlagen noch viel Erfahrung zu fehlen. Und ein Auge für das Besondere.« Dabei konnte der Anblick seines botanischen Trümmerfelds auf lange Sicht bestimmt Augenkrebs oder Gehirnschnupfen verursachen.

Dennoch schenkte ich ihm ein zustimmendes Nicken, setzte einen bedauernden Gesichtsausdruck auf und bekannte mich dazu, ein totaler Neuling auf diesem spannenden Gebiet zu sein.

Besonders seine offenbar mit dem Winkelmaß gezogenen

»Blühareale« hätten es mir ungemein angetan, log ich ihm vor, dabei sahen diese eingeschotterten Dreiecke, auf denen er exakt in deren Mitte ein paar Töpfe mit kümmerlichen Stiefmütterchen platziert hatte, schlichtweg mitleiderregend aus. Die armen Gewächse waren bestimmt ebenso glücklich wie Hühner in Käfighaltung.

»Freut mich, dass sie Ihnen gefallen«, erwiderte der Verräter am guten gärtnerischen Geschmack mittlerweile vollends überzeugt von meinem ideologischen Gesinnungswandel und wies mich auch gleich auf seine Ruheoase hin. »Ich nehme ja täglich ein Waldbad«, meinte er und führte mich stolz zur hinteren, von meinem Garten aus uneinsehbaren Ecke, in der zwei Araukarien und ein rigoros gestutzter Buchsbaum Friedhofsflair verbreiteten. Umgeben von gräulichen Betonplatten wirkte das Ganze wie ein lieblos bepflanzter Grabplatz. Ein gleichfalls grauer Liegestuhl aus Aluminium bezeugte Knapps Worte.

Ein perfekter Platz zum Sterben, keine Frage, doch leben würde ich dort keine Minute wollen.

»Hübsch, sehr hübsch«, murmelte ich und sprach dem Buchsbaum in Gedanken mein Beileid aus.

»Wissen Sie«, kam Knapp langsam in Schwung, »eins der grundlegenden Dinge im Gartenbau ist der Baumschnitt.«

Ich nickte und versuchte, so wissbegierig wie nur möglich zu schauen. Knapp beschnitt seine Bäume ja nicht, er verunstaltete sie. Die beiden Birken und die Obstbäume, zwei Birnen und einen Apfel, hatte er in Grund und Boden getrimmt, die würden bestimmt nicht mehr tragen. Allerdings interessierte mich, ob er diese Baumschnittmassaker aus ästhetischen Gründen oder wegen eines angeborenen botanischen Sadismus veranstaltete. Derartige Zwergentriebe würden ja nicht einmal mehr dem Borkenkäfer genügend Angriffsfläche bieten.

»Aber sind Ihre Bäume nicht etwas radikal gestutzt?«, wagte ich zu fragen. Die armen Dinger erinnerten mich eher an Zaunstangen denn an Obstgehölz.

»Könnte man meinen, aber mir ist es lieber so. Sieht nicht nur ordentlicher aus, ist auch praktischer. So verlieren sie im

Herbst weniger Laub, und sie blühen auch weniger. Wie schon gesagt, ich bin ja leider allergisch auf Pollen, Bienen und Wespen.«

Stimmt, das hatte er schon mal gesagt, aber in meinen Augen schien seine Allergie eher für die Bäume und Blumen lebensbedrohlich zu sein. Doch offenbar fürchtete Knapp ernsthaft um seine Gesundheit, denn wozu sonst hätte er jeden Quadratzentimeter Grünfläche planiert, zementiert oder bis zur Grasnarbe glatt rasiert. Da hätte er doch gleich ein Penthouse in der Innenstadt beziehen können, fand ich insgeheim. Laut entgegnete ich: »Das verstehe ich voll und ganz, das muss sicher sehr schlimm und äußerst unangenehm sein.« Mehrfach versicherte ich ihm, noch in dieser Woche Pantoffelblumen und Eisenkraut zu verbannen, damit ihm keine Gesundheitsrisiken mehr aus meiner Gartengestaltung erwuchsen. Bei unserem ersten Zusammentreffen sei ich leider etwas überrumpelt von seinem Auftritt gewesen und hätte daher den Ernst der Lage nicht erkannt. Wofür ich mich ohnedies entschuldigen wolle. Erneut blickte ich demutsvoll zu Boden.

Knapp, der offenbar eine Schwäche für notorisch verlogene Faserschmeichler wie mich hatte, nahm meine reumütige Entschuldigung mit einem gnädigen Nicken an.

Da die Zeichen nun nicht mehr ganz auf Sturm standen, fasste ich mir sogar ein Herz und unternahm einen diplomatischen Vorstoß Richtung Komposthaufen. Bei so viel freiem Platz sähe ich eigentlich keine Notwendigkeit für diesen nicht unbedingt nach Rosen duftenden Berg direkt an der Grenze zu meinem Frischluftparadies, merkte ich wimpernklimpernd an.

Doch die Bedürfnisse anderer waren Knapp ebenso egal wie die verzweifelten Wachstumsbestrebungen seiner Pflanzen. Umgehend stutzte er mich wie seine Obstbäume zurecht, indem er mir im schneidenden Tonfall des Oberstudienrats erklärte, dass wegen der vielen Wespen leider nur der am weitesten entfernte Platz für seinen Komposthaufen in Frage komme. Und das sei halt die Grundstücksgrenze. Pech für mich, aber er wohne schließlich seit vierzehn Jahren hier und besitze damit

Gewohnheitsrecht, damit habe so ein Neuankömmling, wie ich es sei, sich kommentarlos abzufinden.

Vorgeblich betrübt betrachtete ich Knapps gebügelte Schuhbänder, die ähnlich kurz gehalten waren wie sein kümmerlicher Flachrasen.

»Leider benötige ich die Komposterde für meine Gemüsebeete«, heuchelte Knapp nun seinerseits Bedauern in homöopathischer Dosis. »Ich bin ja Vegetarier, und deshalb ist mir gesundes, biologisches Gemüse schon ein persönliches Anliegen.«

Ich horchte auf. Die Ansichten dieses schmalbrüstigen Rasenmähfetischisten waren ja verworrener als ein Strickmusterbogen. Da betonierte er seinen halben Garten zu, bekämpfte jeden Grashalm, der in die falsche Richtung wuchs, und verbiss sich dann ausgerechnet in gesundes Gemüse?

Suchend blickte ich mich um. Nun war ich wirklich neugierig, wo die wundersame Verwandlung seiner sterilen Rasenscholle in nahrhaftes Grünzeug vonstattenging. Und tatsächlich, hinter der Waldbadeecke erspähte ich zwei Hochbeete in grauer Ummantelung.

»Ich sollte mich ohnedies schon längst an die Arbeit gemacht haben«, erklärte Knapp ungefragt und wies auf die aufgeschüttete Erde. »Aber heute geht sich das nicht mehr aus, ich muss nämlich noch die Arbeiten über Ovid korrigieren. Morgen hab ich einen Arzttermin, aber dann wird wieder in die Hände gespuckt.«

Vorfreudig rieb er sich seine knochigen Finger, die nicht so aussahen, als wären sie je zuvor mit nackter Erde in Berührung gekommen. Vermutlich verwendete er bei der Gartenarbeit zweilagige Plastikhandschuhe mit integriertem Desinfektionsmittel.

»Sehen Sie.« Der Herr Oberstudienrat dozierte unüberhörbar gerne. »Hier muss ich noch eine Mulchschicht auf die Vorpflanzbeete ausbringen, danach werden die Saatrillen für die Mittelzehrer eingeschlämmt, und bei gutem Wetter kann ich in drei Wochen schon mit dem Pikieren beginnen. Dafür habe ich dann den ganzen Winter lang frischen Spinat, Grünkohl und knackige Radieschen.«

Äh? Ich legte ein Maximum an Bewunderung in meinen Augenaufschlag. War das jetzt Vulgärlatein, oder gab es neben Beamtendeutsch auch eine Hochsprache der Kleingartenbetreiber? Wie auch immer, ich hatte mein Ziel für heute erreicht.

Freundlichst für den informativen Rundgang dankend, ließ ich den Lateinprofessor in seiner bemulchten Steppenlandschaft zurück. Ein derartiger Garten stellte eindeutig den Sieg des Geistes über die Materie dar.

Anschließend herrschte zwei Tage lang herrliche Ruhe in Nachbars Garten, doch am dritten ging das Geknatter wieder los. Diesmal schwang Knapp einen Rasentrimmer über die zwergengleich kurzen Halme. Viel Lärm um nichts sozusagen.

Am vierten Tag war der Komposthaufen merklich in die Höhe geschossen und überragte die Hortensie bereits um ein gutes Stück. Ein grauenvoller Anblick, vom Geruch ganz zu schweigen.

Erneut begab ich mich durch die kleine Holztür in den Garten des Grauens, um mit Knapp ein wenig über meine diesbezüglichen Unwohlgefühle zu plaudern, doch vergeblich. Der Meister der Krüppelbotanik entpuppte sich als echter Emotionsminimalist. Während ich mein Bedürfnis nach Ruhe in den Ring warf, redete er über die Notwendigkeit, die alkalische Erdsubstanz durch Beimengung von Gartenkalk in Richtung sechs Komma fünf auszugleichen.

Dialoge hörten sich jedenfalls anders an.

Und je kürzer die Tage wurden, desto dunkler wurden meine Gedanken. Beim Nachbarn hingegen wuchs so einiges in unerträglichem Ausmaß. Sein Komposthaufen etwa oder der Knapp'sche Lärmpegel, denn der unleidliche Mensch wollte nun auch noch einen Brotbackofen bauen. Ein schreckliches Unterfangen, für das er zuerst ein weiteres Stück gemeuchelten Grünlands in eine Betonwüste verwandeln und danach tagelang Ziegel schlichten und zementieren musste. Bereits der Gedanke daran verursachte mir Übelkeit. Was Knapp allerdings nicht im Geringsten interessierte. Er war wild entschlossen, sich baldmöglichst sein eigenes Dinkelbrot zu backen. Keinesfalls wolle er weiterhin die ganze Chemie schlucken, die selbst in Biogebäck stecke, hatte er mir in seiner arroganten Art erklärt. Der eklatante Widerspruch zu seinem üppigen Sortiment an Unkrautvernichtungsmitteln, das er großzügig im ganzen Garten verteilte, fiel ihm nicht einmal auf. Zudem hätte der Rauch, der schon bald seinem Backofen entweichen würde, bestimmt eine abschreckende Wirkung auf Wespen und Bienen, was ihn gleichfalls sehr erfreute.

Ich konnte mich nur wundern. Er hatte den Insekten doch sowieso schon jegliche Nahrungsgrundlage entzogen. Wo nichts blühte, brauchte es auch keine Bestäuber.

Es war wirklich allerhöchste Zeit, Punkt zwei meiner Vertreibungsstrategie in die Tat umzusetzen. In Form von Ambrosia artemisiifolia.

Schon am nächsten Tag war ich zu morgengräulicher Zeit auf den Beinen und keuchte mit stierem Blick durch die Landschaft. Doch ich hatte kein Auge für die Schönheit der erwachenden Natur, sah weder den Morgentau, der auf den Feldern lag, noch die äsenden Rehe am Waldrand, die der Landschaft einen beinahe bukolischen Reiz verliehen, nicht einmal für Teufelszwirn, Rainfarn, Eselsdisteln oder Kornblumen bremste ich mich ein, um andächtig innezuhalten. Mein schweifender Blick galt allein dem Beifußblättrigen Traubenkraut, dem wohl schlimmsten Allergen unserer Breiten. Mit ihm würde ich meinen nachbarschaftlichen Vernichtungsfeldzug beginnen.

Der Korbblütler, der erst gegen Ende des 19. Jahrhunderts nach Europa gekommen war, galt als eine der atemraubendsten Pflanzen der Welt. Bis zu einer Milliarde Pollen konnte das aus gutem Grund auch als Asthmapflanze bekannte Gewächs freisetzen. Und einen Pollenallergiker wie Knapp damit garantiert zur Verzweiflung bringen – idealerweise sogar auf die Intensivstation.

Beschwingt von derart lieblichen Gedanken querte ich Wiesen voller Glockenblumen und Margeriten, schritt Bachläufe entlang, an denen neben Schwarzerlen, Ehrenpreis und Blutweiderich sogar ein paar Drachenwurzen mit ihren klebrigen roten Beeren standen, und zwängte mich durch Haselbüsche und Brombeerstauden, um zum aufgelassenen Kraftwerk zu gelangen. Jetzt gab es dort Kleeweiden, Sandbänke und sogar einen Abschnitt mit Kiesböden, ideale Bedingungen für den allgemein verhassten Korbblütler.

Und tatsächlich, neben einer verfallenen Baracke entdeckte ich das angenehm duftende Traubenkraut. Schnell sandte ich ein kurzes Gebet zum Himmel, um Gott für diese fette Beute und meine robuste Gesundheit zu danken, denn im Unterschied zu Knapp reagierte ich nur auf arrogante Ärsche höchst allergisch.

Flink zog ich mir feste Gartenhandschuhe an und grub den gesamten Ambrosia-Bestand aus.

»Arrgghh, hatschi, hust, keuch, röchel …«

Das Spektrum der Knapp'schen Ausdrucksvielfalt klang eindeutig nach den Pollen der Ambrosia. Ich hatte ihm gestern Nacht nur eine kleine Dosis in seine frisch gemulchten Hochbeete gemischt, doch die Wirkung konnte größer nicht sein.

Knapp stand röchelnd, niesend und keuchend im Garten, während er sich mit den Händen immer wieder an den Hals griff, als wollte er sich selbst strangulieren. Womit mir natürlich auch gedient gewesen wäre.

Aber den Gefallen tat mir dieser egozentrische Grashalmstutzer natürlich nicht. Mit tränenden, verquollenen Augen und unter ständigem Schniefen und Schnäuzen kam er auf mich zu, eine lebensbedrohliche Personalunion aus Berg und Prophet.

»Sie liederliches Weib, Sie!«, keuchte er los. »Was Sie da in Ihrem Garten treiben, das ist ein Anschlag auf mein Leben.« Er rang nach Atem. »Wo ist das Zeug, Sie Mörderin, Sie?« Erneut holte er Luft, als wollte er zum Jüngsten Gericht blasen, aber heraus kam nur ein pfeifendes Röcheln.

»Um Gottes willen, Sie Armer, Sie sehen ja schrecklich aus.«

Rasch ergriff ich den Flachbrustasthmatiker an seinem dürren Arm und führte ihn zu meiner Sitzgruppe, ohne auf dessen Anschuldigungen einzugehen. »Soll ich einen Arzt rufen? Brauchen Sie Hilfe?« Mitleidsvoll reichte ich ihm ein Glas Wasser und schwor beim Leben meiner Mutter – die bereits vor Jahren das Zeitliche gesegnet hatte –, seinem Wunsch entsprechend alle allergenen Risikofaktoren aus meinem Garten entfernt zu haben.

»Eine Frau hat einfach nichts im Garten verloren«, wütete Knapp kläglich weiter. »Das steht schon in der Bibel geschrieben. Hat man ja gesehen, was dabei rauskommt.«

Guter Gott, der Mann gab ja mehr kondensierten Schwachsinn von sich als unsere Bundesregierung. Vermutlich vertrat er noch die Ansicht, die Frau gehöre in die Küche und die Küche in den Keller. Typisch notorischer Junggeselle.

»Aber es geht Ihnen doch schon ein wenig besser, scheint mir«, meinte ich aufmunternd. Tatsächlich atmete Knapp nicht mehr wie ein Kompressor, sondern nur noch in Blasebalgmanier. Da ich die Pollen im Hochbeet hinter seinem Haus verstreut hatte, war die allergene Belastung in meinem Garten natürlich weitaus geringer.

Knapp schwieg. In Ermangelung von weiteren anklagenden Argumenten erhob er sich ruckartig und patrouillierte mit inquisitorischem Adlerblick durch meinen Garten, in der linken Hand ein vergilbtes Stofftaschentuch, die rechte prophylaktisch zur Faust geballt. Aber kein böses Blümlein fand sich, denn ich hatte in einer Nacht-und-Nebel-Aktion alle potenziell allergenen Pflanzen im Sinn von Punkt eins – den Feind in Sicherheit wiegen – in den Vorgarten verbannt. Nur Rosen, Ringelblumen und ähnlich harmlose Gewächse waren an Ort und Stelle verblieben, eine allerdings nur temporäre Maßnahme, denn ich hatte nicht die geringste Absicht, mein blühendes Reich nach den Vorgaben dieses moralinsauren Knochengerüstes zu gestalten.

Doch noch war Vorsicht besser als eine Anzeige am Hals. Ich hatte mich umgehört und erfahren, dass Knapp die Vormieter meines Häuschens mit einer Flut an Klagen förmlich hinfortgeschwemmt hatte. Aber ich würde nicht untergehen.

Das griesgrämige Scheusal hatte derweil seinen Rundgang durch mein Areal beendet, ohne eine Pflanze des Anstoßes entdeckt zu haben. Dennoch, vermutlich aus alter Gewohnheit, bedachte er mich mit einem zutiefst abschätzigen Blick, wobei er die Stirn in so tiefe Falten legte, dass er aussah wie ein verwelkter Kopfsalat.

»Ich komme wieder«, krächzte er zum Abschied, während ich ihm ein unhörbar leises »Auf Nimmerwiedersehen« hinterherflüsterte.

Knapp, der zwar Akademiker war, in zwischenmenschlichen Belangen allerdings über die Intelligenz einer Amöbe verfügte, ahnte in seiner nahezu autistischen Arroganz natürlich nichts von meinen bösen Absichten. Ich hingegen wusste um sein schweres Problem mit den Bienen und den Blumen. Und genau damit würde ich seinen Hochmut endgültig zu Fall bringen. Pollenflug und Bestäubungsrituale schienen ihm ja furchterregender zu sein als Beulenpest, Dickdarmkrebs oder der dritte Weltkrieg. Wobei er in seinem Fall sogar recht hatte, denn ich würde ihn allein mit Hilfe von Mutter Natur zur Strecke bringen. Umweltbewusst, skrupellos und so rasch wie möglich. Da der nachbarschaftliche Störenfried bereits damit begonnen hatte, schweres Geschütz in Form von Betonmischern und Fundamentplatten für seinen gemauerten Brotbackofen aufzufahren, drängte die Zeit. Ich musste zur Tat schreiten, bevor er dem letzten Stück Grünland an die Stängel ginge. Ich wollte Grillengezirpe genießen, keine Großbaustelle. Ein Mensch, der eine derart innige Beziehung zu seiner Rasenkantenschere pflegte, hatte in meinen Augen ohnedies keine Gnade verdient.

Zu nachtschwarzer Stunde schlich ich erneut durch das morsche Holztor in seinen Garten und bestreute die freudlosen Stiefmütterchen mit einer dicken Schicht vom Asthmakraut. Da die Ambrosia selbst bei Hautkontakt zu üblen Reizungen und Blasenbildungen führen konnte, hatte ich mir vorsorglich gleich zwei Paar Handschuhe übergestreift. So hinterließ ich nicht einmal Fingerabdrücke auf der Erde, dachte ich amüsiert und verspürte auf einmal große Lust, laut loszulachen.

Danach stach ich mit einem scharfkantigen Metalltrichter ein paar kreisrunde Rasenschollen in der Nähe der Brotbackofenbaustelle aus, entnahm etwas Erdreich und füllte die so entstandene Mulde mit meinen biologischen Geheimwaffen. Vierzig Stück der kleinen, gelb-schwarz gestreiften Vespula germanica hatte ich mühevoll eingefangen und mehrere Stunden im Obst- und Gemüsefach meines Kühlschranks gelagert. Dadurch waren die aggressiven Tierchen etwas unterkühlt und würden erst bei entsprechender Sonneneinstrahlung erneut ihre Betriebstemperatur erreichen. Was wichtig war, damit sie sich nicht allzu früh ihre Wege in die Freiheit bahnten. Um den Insekten die Flucht so einfach wie möglich zu gestalten, hatte ich ihnen mit dem Pikierstab sogar kleine Löcher in die erneut eingepflanzte Rasenscholle gebohrt. Die stacheligen Plagegeister sollten ja keinesfalls ersticken, sondern meinen Nachbarn peinigen.

Zum Schluss bestrich ich das Knapp'sche Werkzeug, das er sich für seine Brotbackofenboden-Versiegelungsaktion bereitgelegt hatte, noch mit etwas Honig. Nach ihren Grabungsarbeiten hätten sich die Wespen ein gesundes Frühstück verdient.

Die Kirchturmuhr schlug vier, als ich meine Vorbereitungen beendete. Nun brauchte ich nur noch zu warten.

Und erneut schlug sich das Schicksal eindeutig auf meine Seite. Bereits am frühen Vormittag – ich verfolgte das Geschehen von meinem Schlafzimmer aus – betrat Knapp seinen Garten. In blauer Arbeitskleidung und mit einer großen Rolle Papier in der Hand näherte er sich dem kleinen Campingtisch, auf dem sein Arbeitsgerät lag. Er breitete das Papier aus, vermutlich der Bauplan für den Brotbackofen, und griff nach dem Meterstab.

In derselben Sekunde störte ein schreckliches Geräusch die morgendliche Stille. Wie eine Posaune im Stimmbruch. Knapp schleuderte den Meterstab von sich und verfiel in unkontrollierte Zuckungen, wobei er trommelfellzerreißende Töne von sich gab. Die extrem allergene Wirkung der Ambrosia artemisiifolia tat hörbar ihre Wirkung. Mein heftig niesender Nachbar ließ sich auf einem Stuhl nieder, rieb sich wie wild die Augen, verweilte dort eine Weile, stand wieder auf, ging ins Haus und kam mit einem karierten Stofftaschentuch zurück, das er sich vor Mund und Nase knotete. Dazwischen warf er immer wieder böse Blicke in meine Richtung, doch da ich mich nicht im Garten zeigte, konnte er mir auch keine seiner fulminanten Szenen machen.

Endlich hob er den Meterstab auf und trat mit seiner improvisierten Atemschutzmaske erneut an den Campingtisch, um seinen Plan zu verwirklichen. Was diesmal endgültig misslang, denn auf der Suche nach Kelle, Spachtel, Fugenmasse oder Wasserwaage stach ihn eine Wespe, die sich vermutlich gerade am Honig labte.

Der Schrei, der dem Insektenstich folgte, fiel verhältnismäßig leise aus. Knapp ging offenbar schon die Luft aus. Mit unsicheren Schritten verschwand er aus meinem Blickfeld. Ich habe ihn nie wieder gesehen. Und das Letzte, was ich von seiner Seite zu hören bekam, war das Martinshorn des Rettungswagens.

Mit einem akuten anaphylaktischen Schock sei er auf die Intensivstation gebracht worden, erzählte mir tags darauf der Postbote. Mehr weiß ich bis heute nicht.

Doch eine Woche später prangte statt seines Namensschilds mit den in Gold ziselierten Buchstaben ein profaner Pappkarton an der nachbarschaftlichen Tür, auf dem »Zu vermieten« stand.

Ambrosia, Ambrosia artemisiifolia (sehr allergieauslösend)
Verantwortlich für den »Herbst-Katarrh«

Die Ambrosia zählt zu den wohl »atemraubendsten« Pflanzen der Welt. Allerdings – und zum Entsetzen aller Pollenallergiker – leider im wahrsten Sinn des Wortes. Eine einzige Pflanze kann bis zu einer Milliarde Pollen produzieren, die tagelang und kilometerweit durch die Luft fliegen, dazu Tausende von Samen, die noch nach Jahrzehnten auf fruchtbaren Boden fallen.

Das Beifußblättrige Traubenkraut gehört zu den stärksten Allergenen überhaupt, da schon fünf seiner Pollen pro Kubikmeter Luft zu akutem Schniefen, Schnaufen und Luftschnappen führen. Ganz zu schweigen von den Kreuzallergien, die dieses fiese Kraut mit Melonen, Bananen, Sonnenblumen oder Kamille auslösen kann. Manchmal genügt es schon, eine Pflanze zu berühren, um sich eine üble Kontaktallergie mit Blasenbildung, Ekzemen und Hautirritationen einzufangen. Ein negatives Multitalent sozusagen, das erst relativ spät, nämlich 1875, erstmals von dem amerikanischen Arzt Morrill Wyman in seiner allergenen Wirkungsweise erkannt und als »Herbst-Katarrh« beschrieben wurde.

Heute hingegen versetzt dieser bitter schmeckende, allerdings zumindest ungiftige Neophyt ganze Landstriche in Panik. Ausrotten, lautet das Gebot der Stunde, bevor ganze Nationen an Heuschnupfen und Bindehautentzündung leiden. Vielerorts gilt bereits Melde- und Bekämpfungspflicht. Selbst Personen, die nie zuvor unter Allergien gelitten haben, wurden und werden oft zu Opfern der Ambrosia. Ein ordentlicher anaphylaktischer Schock durch das Traubenkraut kann für empfindliche Personen sogar lebensbedrohlich sein. Ganz ohne Wespenstich oder Erdnusskern.

Einer europäischen Studie zufolge wurde bereits bei mehr als sechzig Prozent aller Patienten mit Atemwegsproblemen eine

Sensibilisierung auf Ambrosiapollen festgestellt, in der Schweiz wird das schleimhautreizende Kraut mittlerweile sogar per Gesetzeserlass bekämpft.

Info: auch als Beifuß-Ambrosie, Beifußblättriges Traubenkraut, Ragweed, Wilder Hanf oder Asthmakraut bekannt. Die ursprünglich aus Nordamerika stammende Pflanze aus der Familie der Korbblütler kam erst um 1860 in Europa an. Das Kraut kann bis zu 160 cm hoch werden, besitzt behaarte, reich verzweigte Stängel und unscheinbare gelbe, sehr angenehm duftende Blüten. Die Laubblätter sind gefiedert. Blütezeit: Juli–Oktober | **Inhaltsstoff:** Pollen | **Symptome der Ambrosia-Allergie:** Schnupfen, Bindehautentzündung, Asthma, Nesselsucht mit Quaddelbildung, Juckreiz im Mund bei Verzehr bestimmter Nahrungsmittel und Gewürze (Karotten, Pfeffer, Paprika, Sellerie etc.), Ödeme an den Lippen, Schleimhautschwellungen und schlimmstenfalls Schockzustände

Ein harter Schlag

Am Anfang war Alfred nur ein Mann unter vielen. Ich meine, er war weder besser noch schlechter als andere seiner Altersklasse. Doch die anderen bekam ich nicht zu fassen. Daher fasste ich mir ein Herz und gestand dem kleinen, dicken Nachbarssohn meine Liebe. Ich sehe ihn heute noch, wie er damals in seinen grasgrünen Schlabberhosen vor mir stand. Er war weder entzückt noch entsetzt, er drückte einfach stumm an einem seiner Pickel herum.

Nach langen Minuten und acht massakrierten Wimmerln äußerte er seine Bedenken. Er müsse sich die Sache gut durch den Kopf gehen lassen, ließ er mich wissen und zog langsam von dannen.

Fünf Tage später trafen wir uns erneut. Um die Sache nicht zu kopflastig werden zu lassen, ging ich dem Knaben nun direkt an die Hose. Was seiner Entscheidungsfindung sehr auf die Sprünge half. Wir wurden ein Paar. Zwar kein besonders hübsches und auch kein besonders glückliches, aber zumindest stabiler Durchschnitt. Was uns verband, waren weder fleischliche Genüsse noch geistige Ergüsse, sondern unser Hang zu geordneten Verhältnissen. Wir wollten ein sicheres Fundament, das Höhen wie Tiefen des Lebens unbeschadet überstand und den folgenden Generationen als Halt in unsicheren Zeiten dienen sollte.

Nach fünfzehn Jahren voller Hingabe an die gemeinsame Sache hatten wir es geschafft. Unser Eigenheim war finanziell und tektonisch auf sicheren Grund gebaut. Mit stolzgeschwellter Brust und einem mutterfreudigen Gefühl zogen wir ein. In unser Heim.

Abends, wenn ich entspannt auf der Veranda saß und meine Blicke über den Garten schweifen ließ, wurde mir so richtig warm ums Herz. Der Rasensamen war sichtlich auf fruchtbaren Boden gefallen. Manchmal kam es vor, dass auch Alfred, mein

Mann, sich neben mich setzte und gleichfalls übers Land sah. Dann legte sich ein leichter Schatten auf mein Gemüt, denn sein Samen war auf keinen fruchtbaren Boden gefallen. Nicht bei mir und anderswo bestimmt auch nicht. Alfred war kein sprunghafter Mensch.

Am Ziel unserer Bausparträume angelangt, war es seiner Meinung nach einfach Zeit zur artgerechten Reproduktion. »Liebet und vermehret euch«, pflegte er zu sagen, wenn die Erfüllung seiner ehelichen Pflichten anstand, und sah mir dabei ernst ins Gesicht.

Ich schwieg. Was wusste ich schon von Liebe. Ich konnte kochen, putzen, bügeln und treu sein. Aber Kinder kriegen konnte ich offenbar nicht. Während in Gottes freier Natur alles gedieh und in die Höhe schoss, was ich in die Hände nahm, blieben meine Versuche im ehelichen Gemach erfolglos. Was mir ehrlich gesagt egal war. Ich brauchte keinen kleinen Racker, der durch mein Tulpenbeet trampelte, grellbunte Plastikkräne über die Rasenscholle zog oder am Rosenspalier die ersten Klimmzüge machte. Mein Garten war mein Lebenszweck. Er füllte mich vollkommen aus. Jedes Pflänzchen war mir ans Herz gewachsen. Beim Anblick meiner ersten selbst gezogenen Clematis orientalis hatte ich vor Freude geheult. Was waren Hungersnöte und Flutwellen verglichen mit dem Schmerz, der mich ergriffen hatte, als meine Verbascum densiflorum der Gewitterfliege zum Opfer fiel? Was waren Liebe und Leidenschaft, wenn ich an das unvergessliche Glücksgefühl dachte, das ich gespürt hatte, als ich den Sieg gegen die Deckelschildlaus davontrug? Doch Alfred hätte lieber ein Kind gehabt, keine Clematis orientalis. In den ersten Jahren unserer Ehe hoffte er noch, doch irgendwann resignierte er, sah die Sinnlosigkeit seiner sexuellen Bemühungen ein und widmete sich fortan nur noch der Fortpflanzung seiner Fettzellen.

Und während mein Leben immer leichter wurde, nahm Alfred wortlos zu. An Gewicht und an depressiven Anfällen. Schon seit Monaten beschränkte sich sein Drang zur Reproduktion auf den morgendlichen Stuhlgang. Das »Liebet und vermehret euch« ersetzte er durch das viel einfachere »Lebet und ernähret euch«. Und wenngleich seine Tage noch immer in geordneten Bahnen – arbeiten, essen, schlafen – verliefen, schien seine natürliche Ordnung gestört.

Irgendwann bekam Alfred dann einen Herzinfarkt, der ihn vom Sofa und mich aus der gärtnerischen Routine warf. Gerade, als die Bougainvillea spectabilis meiner ganzen Aufmerksamkeit bedurft hätte, hatte sie sich doch einen bösen Necrovirus eingefangen.

Aber ich war und blieb nun einmal Alfreds Weib. In guten wie in schlechten Zeiten, so hatte der triefäugige Gottesbeamte es damals formuliert. Und ich hatte ihm Gehör und Glauben geschenkt. Also ließ ich dem Rekonvaleszenten dieselbe fürsorgliche Pflege angedeihen wie der kranken Pflanze. Letztlich kehrten beide ins Leben zurück, die Bougainvillea entwickelte sogar neue Triebe.

Drei Wochen nach dem Infarkt stellte der Arzt seine täglichen Visiten ein. »Mehr Bewegung und weniger fettes Essen«, hatte er mir noch nahegelegt und dabei einen tadelnden Blick auf Alfreds füllige Formen geworfen.

Also suchte ich, schlank und rank, wie ich war, als gutes Beispiel voranzugehen, um das Leben meines Gatten wieder auf Trab zu bringen. Schweren Herzens opferte ich sogar drei Reihen Portulakröschen für ein Gemüsebeet. Damit wollte ich nicht nur für vitale, fettarme Kost sorgen, sondern Alfred zudem zu etwas Gartenarbeit animieren. Doch im Unterschied zu den Radieschensamen ging meine Hoffnung nicht auf. Karotten, Erbsen und Blattspinat blieben ebenso unberührt wie Spaten, Krampen und Schubkarre. Alfred lag weiterhin reglos vor sich hin und sah dem Grünzeug bestenfalls beim Wachsen zu. Jahrein, jahraus.

Und eines schönen Tages im Mai trat er dann gänzlich und offiziell in den Ruhestand. Mehr als ein Vierteljahrhundert lang hatte er bei Rübesam & Co. den Rechenschieber geschwungen, nun schwang er sich mit dem gleichen Elan in die Frühpension. Mit allen Ehren, üppigem Büfett und einem Set plasmageschweißter Golfschläger mit Titaniumkopf. Damit er auch im hohen Alter noch was zum Einlochen habe – wie sein Chef grinsend bemerkte. Ich grinste mit. Aber das Lachen sollte mir bald vergehen.

Denn das Unglaubliche geschah. Nach einigen Tagen setzte mein Mann sich tatsächlich in Bewegung. Zwar nicht schnell und auch nicht eilig – es ging ja um Golf –, aber er fuhr tatsächlich auf die Driving Range, um – nomen non est omen – dort rumzustehen und den richtigen Abschlag zu lernen. Schon bald gesellten sich zu seinen Herz- und Kreislaufproblemen auch noch ein paar massive Bandscheibenschäden, ein steifes Daumengelenk und diverse Muskelbeschwerden hinzu, aber Alfred gab nicht auf. Er warf den Schläger weder ins Kornfeld noch sonst wohin, sondern wirkte geradezu begeistert von diesem bewegungstechnisch bedenklichen Eierlauf. Immer öfter kam er mit irrem Blick und schweißgetränkter Wäsche nach Hause und faselte etwas von Eagles, Birdies und Hole-in-ones, um dann stöhnend im Badezimmer zu verschwinden. Immer früher stand er auf, um seine endlosen Runden zu drehen, und ich konnte einfach nicht verstehen, warum ein Green so reizvoll für ihn wurde, sobald es sich auf einem Golfplatz befand. Das wundervoll gestaltete Grün, das unser Haus umgab, hatte er nie eines Blickes gewürdigt.

Dennoch freute ich mich für ihn. Er hatte einen Zeitvertreib und ich meine Ruhe. Was wollte ich mehr?

Schon sah ich uns für den Rest unserer Leben angenehm getrennte Wege gehen. Er schwang den Schläger von Loch zu Loch, ich die Harke von Beet zu Beet. Eine friedliche Koexistenz, mit der wir beide gut leben könnten. Dachte zumindest ich.

Doch eines Morgens riss mich ein dumpfes »Plopp!«, gefolgt von empörtem Vogelgekreisch, aus meinen blumigen Träumen. Es musste noch recht früh sein, denn weder Sonne noch Morgenzeitung waren zu sehen. Verschlafen schlich ich in den Garten, bereit, jedem Eindringling in mein botanisches Paradies den Garaus zu machen. Ich spähte unter alle Stauden, nahm jeden sich wiegenden Halm in Augenschein, aber nichts und niemand war zu sehen. Nur eins von Alfreds Ballschleudergeräten lehnte einsam und verlassen an einem Rhododendron. Der arme Busch. Liebevoll befreite ich die Blüten von ihrer Last. Offenbar hatte mein Mann den Unterschied zwischen einem dekorativen Lebewesen und einer Abstellkammer noch immer nicht kapiert.

Ich klemmte mir den Fremdkörper unter den Arm und ging zurück ins Haus, um noch ein wenig zu ruhen. Erst Stunden später, ich war gerade auf dem Weg zum Vorpflanzbeet, entdeckte ich es. Das Loch. Mitten im Rasen. Nicht allzu tief und auch nicht allzu groß, aber eindeutig ein LOCH.

Fassungslos starrte ich auf braune Erde und eine obdachlose Blumenzwiebel. Wer machte so etwas, wer konnte mir so etwas antun? Gerade hier, wo ich erst kürzlich die prachtvollen weißen Waldhyazinthen gepflanzt hatte. Eine Wühlmaus war es bestimmt nicht gewesen, deren Werk sah anders aus. Auch Katzen, Hunde, Maulwürfe und ähnliches Getier schieden bei näherer Untersuchung aus, und kleinwüchsige Kometen oder reife Kokosnüsse fielen in unseren Breiten nicht vom Himmel. Also was blieb?

Genau genommen sah das Loch gar nicht nach Naturgewalt, sondern eher nach geometrisch gezielter Aushubspräzision aus. Das fehlende Stück Rasenscholle war auffallend rechteckig, mit klaren Schnittkanten und einer ungewöhnlich gleichmäßigen Tiefe. Und warum hatten die Vögel so gezetert, als wären sie bedroht worden? Die saßen doch auf den Bäumen und liefen nicht auf der Wiese herum. Ich konnte keinen klaren Gedanken mehr fassen. Das Blut rauschte in meinen Ohren, eine Ohnmacht bahnte sich an. Im Laufschritt verließ ich die Stätte des Schreckens und suchte Zuflucht beim Inhalt des Arzneimittelschranks, um einer sich anbahnenden Migräne Einhalt zu gebieten.

Mittags hatte ich mich wieder so weit gefasst, dass ich erneut eine Tatortbegehung wagte. Und während ich so dastand und das Unfassbare zu fassen suchte, vernahm ich ein leises Zischen.

Etwas flog an mir vorüber. Mit rasender Geschwindigkeit. Etwas Kleines, Weißes, Rundes, das im Mirabellenbaum landete, vier Amseln in die Flucht schlug und große Ähnlichkeit mit einem Golfball hatte. Dann hörte ich das »Plopp!«, und direkt vor meinen Füßen setzte ein Stück Rasenscholle auf.

»Aaaaaaaaalfred!«, schrie ich wie von Sinnen. Mein Mann, mein eigener Mann, zerstörte mit seinem Schlag mein blühendes Lebenswerk. Erwürgen hätte ich ihn können, ihm seinen Schläger über das kahle Haupt ziehen, mit der Heckenschere jeden einzelnen seiner Finger stutzen ... Das war nicht mehr mein Alfred, das war ein Schädling. Bedrohlich wie Rüsselkäfer, Schildlaus und Weinbergschnecke zusammen. Ich musste ihn bekämpfen.

Zuerst versuchte ich es noch mit Worten, mit guten wie mit schlechten. Der alte Pfaffe hatte ja auch von guten *und* schlechten Zeiten gesprochen. Aber Alfred hielt wenig vom verbalen Schlagabtausch. Er verstand die ganze Aufregung wegen ein paar geknickter Blumen und verschreckter Vögel ohnedies nicht. Und was den Rasen anginge, der würde schon wieder nachwachsen. So ein Getue um ein paar Löcher in der Botanik. Ich solle mich nicht derart aufregen, das sei schlecht fürs Herz, meinte er abschließend noch, griff sich ein paar Bälle und ließ mich einfach stehen. Mich, sein angetrautes Weib vor Gottes Gnaden. Ich war empört. Wo doch gerade mein blumiges Paradies eine Herzensangelegenheit für mich war, was Alfred seit Jahrzehnten wusste. Doch nun machte mir ausgerechnet der eigene Ehemann mein blühendes Lebenswerk zunichte. Schlag für Schlag. Ohne Rücksicht auf Verluste, ohne jedes Mitgefühl und sichtlich auch ohne jede Reue. Ich musste diesen botanischen Massenmord stoppen. Und dafür musste ich Alfred stoppen. Nur wie?

Eine Scheidung kam nicht in Frage. Ich hatte ein Eheversprechen abgelegt, bis dass der Tod uns scheidet. Das zu brechen käme einer schweren Sünde gleich. Solange Alfred also am Leben war, konnte ich seinem mörderischen Treiben nicht Einhalt gebieten, nicht einmal meine Pflanzen vor seinen harten Schlägen schützen. Es war immerhin auch sein Grund und Boden, auf dem er diesen verwerflichen Kampfsport ausübte. Verzweifelt sandte ich ein Stoßgebet gen Himmel – und kurz darauf wusste ich, was zu tun war. Ein ganz einfacher Plan, für den Gott höchstpersönlich bereits gute Vorarbeit geleistet hatte. Ich brauchte sein Werk demnach nur zu vollenden und Alfred zu einem weiteren Herzinfarkt zu verhelfen. Das Leben eines Menschen lag letztlich doch in Gottes Hand, nicht in einem Medikamentenschrank.

Skrupel verspürte ich keine, denn im Grunde hatten wir uns weder geliebt noch vermehrt, wozu also weiter auf angetrauten Wegen wandeln? Besser ein Ende mit Schrecken als Schrecken ohne Ende. Noch am selben Abend – Alfred hatte einer Erdkröte, die sich zur falschen Zeit am falschen Ort befand, gerade das Fliegen gelehrt – leerte ich seine Herztabletten auf den Kompost. In die Pillendose kamen stattdessen harmlose handelsübliche Schüßlersalze. Calcium fluoratum D12, gut für die Knochen- und Zahnsubstanz. Damit er schon bald kräftig ins Gras beißen konnte.

Am nächsten Tag schrotete ich noch eine kleine Handvoll Apfelkerne und mischte sie unter Alfreds morgendliches Gesundheitsmüsli, das diesen Namen nun allerdings nicht mehr verdiente. Die harten Samen von Kern- und Steinobst enthalten bekanntlich Amygdalin, das im menschlichen Körper zu Blausäure umgewandelt wird. Eine schwer verdauliche Kost für einen schwer herzkranken Mann wie meinen Alfred.

Tatsächlich ging mein Plan schon Stunden später auf, denn um exakt fünfzehn Uhr siebzehn erreichte mich ein Anruf von der Driving Range. Mein Mann sei einem akuten Herzinfarkt erlegen. Nach einem tiefen Divot. Bei Loch Nummer dreizehn, an einem Freitag. Ein wirklicher Unglücksfall. Zumindest für ihn und das betroffene Rasenstück, denn es war bestimmt ein harter Schlag gewesen.

Apfel, Malus domestica (Kerne: giftig)
Tödlich für Kernbeißer

»*An apple a day keeps the doctor away*«, heißt es in einer bekannten Redensart. Denn Äpfel, genauso wie Birnen, Aprikosen oder Pfirsiche, sind gesund und gut für die Figur. Weiß jedes Kind. Die Geschichte mit dem vergifteten Apfel, dem Schneewittchen erlag, gehört allein ins Reich der Märchen. Das sagt einem schon der Hausverstand.

Trotzdem, so stand es in der »Neuen Zürcher Zeitung« zu lesen, musste ein Mann sterben, weil er eine Tasse voller geschroteter Apfelkerne zu sich genommen hatte. Apfelkerne enthalten Amygdalin, das im Körper zur gefährlichen Blausäure umgewandelt wird. Da man Apfelkerne aber üblicherweise nicht zerbeißt, werden diese wieder ausgeschieden, ohne Schaden anzurichten.

Bei Pfirsichen und vor allem Aprikosen (die Wachauer Marille enthält zuchtbedingt weniger Amygdalin) sieht die Sache allerdings schon anders aus. Ein bis zwei Milligramm Blausäure pro Kilo Körpergewicht gelten als letal, was – im Falle eines Kindes – etwa zwei bis drei Kernen entspricht. Tod durch Blausäure-Glykoside kommt leider immer wieder vor. Manchmal sogar im Glauben, seinem Körper etwas Gutes zu tun. Eine alternativmedizinische Schule etwa vertritt die Ansicht, Aprikosenkerne würden gegen Krebs helfen. Dieser Irrtum hätte im Vorjahr beinahe einen gutgläubigen Mann umgebracht. Im Zuge einer Routineuntersuchung konnte der siebenundsechzigjährige Franzose gerade noch vor einer letalen Zyanidvergiftung gerettet werden. Der Mann hatte jahrelang größere Mengen an Aprikosenkernextrakt, auch bekannt als Laetrile oder Vitamin B17, als Vorbeugung gegen eventuelle Krebserkrankungen zu sich genommen. Der in seinem Blut festgestellte Zyanidwert überstieg wegen dieser lebensgefährlichen Selbstmedikation die Unbedenklichkeitsgrenze um das Fünfundzwanzigfache. Ebenso letal können Pfirsichkerne sein.

Mit diesen wurde im alten Ägypten angeblich sogar die Todesstrafe vollzogen.

Info: Auch die Kerne von anderem Kern- beziehungsweise Steinobst wie Pfirsich, Marille, Kirsche, Pflaume oder Bittermandel sind, je nach Menge, schädlich bis tödlich. Die Kerne von Steinobst sowie von Äpfeln enthalten Amygdalin, ein Blausäure-Glykosid, wobei Aprikosenkerne am meisten enthalten können, nämlich bis zu 8 Prozent. | **Inhaltsstoff:** Amygdalin, wird im Körper in Blausäure (Zyanid) umgewandelt | **Vergiftungserscheinungen:** Kratzen im Hals, Speichelfluss, Erbrechen, Schwindel, Zyanose, Krämpfe, Bittermandelgeruch, Atemstillstand. Blausäure führt nach einer kurzen Erregungsphase zur Lähmung des Zentralnervensystems, die bereits nach 30 Minuten tödlich sein kann.

www.traumprinz.ade

Ich hatte es satt, eine Existenz als wandelndes Leerzeichen zu führen. Selbst der sprichwörtliche Strich in der Landschaft erregte mehr Aufmerksamkeit als ich. Von Luft und Liebe konnte ich jedenfalls nicht leben. Inmitten einer abgas- und testosterongesättigten Atmosphäre fühlte ich mich zunehmend zum Verhungern verdammt. Bestenfalls wurde ich nach männlicher Lust und Laune versetzt, schlimmstenfalls gar nicht zur Kenntnis genommen. Man(n) sah über mich hinweg wie über ein Stück Brachland in der Botanik. Warum, das wusste ich nicht. Keiner verlor ein Wort darüber, was wenig verwunderlich war, denn es sprach mich auch kaum jemand an. Die Zeit und ich waren eindeutig reif für eine Veränderung. Ich wollte kein Auslassungszeichen mehr sein, ich strebte ein Dasein als Doppelpunkt an. Vom Mauerblümchen zur Zimmerlinde sozusagen. Für dekorativere Daseinsformen wie Topfrosen oder gar Orchideen fehlten mir zwar die optischen Reize, doch ein angenehmes Raumklima konnte ich durchaus verbreiten. Und pflegeleicht war ich sowieso. Ich bedurfte nur etwas amourösen Düngers und zärtlicher Streicheleinheiten, dann würde ich bestimmt über mich hinauswachsen.

Natürlich musste es eine gleichberechtigte Zweisamkeit sein, erfüllt von Leidenschaften, die mir und ihm gleichermaßen am Herzen lagen. Eine Partnerschaft, die die Saat der Liebe zum Keimen brachte und den Stürmen und Dürreperioden des Lebens widerstand.

Doch dazu fehlte noch der Mann, der einen Blick für das Wesentliche im Leben hatte – nämlich für mich. Aber hätte ich ihn erst einmal gefunden, würde er mir Punkt für Punkt meine Wünsche von den Augen ablesen.

Dachte ich. Allein die Realität hielt meinen Vorstellungen nicht stand. Es war weitaus einfacher, gute Vorsätze zu fassen als einen guten Mann. Zwar war mein Alltag durchaus von

Anschauungsobjekten der Männlichkeit gesäumt, aber mir lag weder etwas am aussortierten Problemfallbestand der Cousine mütterlicherseits noch an vorzeitig gealterten Sachwaltern der Busengrapscherei. Aufrisstechnisch befand ich mich also in einer Art verkehrsberuhigten Sackgasse. Es galt, neue Wege zu beschreiten.

Zuerst folgte ich einschlägigen Ratgebern Richtung Baumarkt, aber einen Beziehungsbausatz fand ich dort nicht. Nur euphorische Jungfamilien mit Nestbautrieb und gräuliche Vertreter der Pensionsschockfraktion standen sich zwischen den Regalen im Weg. Auch der abendliche Ausflug zur Kühltheke im Supermarkt blieb ohne Erfolg. Im Angebot waren gestresste Mütter und geschmacklose Tiefkühlkost, aber keine appetitanregenden Happen. Was nun? Für das Fitnessstudio stand mir meine Figur im Weg, für den katholischen Lesezirkel meine Geisteshaltung.

Doch dann passierte die Sache mit Sonja, meiner Kollegin. Mit einer Vase in der Hand fiel sie in der Arbeit die Treppe hinunter. Die Vase brach, ihr Bein auch. Und zum ersten Mal in meinem Leben brachten Scherben wirklich Glück. In diesem Fall allerdings mir, denn ich musste ihren Aufgabenbereich übernehmen. Das Autohaus Stern, unser Brötchengeber, sparte nicht nur am Gehalt, sondern auch an den Mitarbeitern. Fiel einer aus, musste der andere eben doppelt schuften.

Missmutig begab ich mich an Sonjas Arbeitsplatz, um mir einen Überblick über deren dringlichste Agenden zu verschaffen. Der Beinbruch hatte sie ja vorwarnungslos vom Schreibtisch ins Krankenhaus befördert, weshalb ihr nicht einmal die Zeit geblieben war, den PC herunterzufahren. Ich nahm vor dem Bildschirm Platz, schob Kaffeetasse und Kekspackung von mir und riss vor Staunen die Augen auf, denn auf Sonjas Desktop erwartete mich nicht nur die Aussicht auf langweilige Exceltabellen, sondern auch das Fenster zu einer neuen Welt.

»Bussibär, 36, bärenstark und kuschelweich, träumt von dir in seiner Höhle. Ich steh auf Fußball, Faulenzen, flotte Kurven und natürlich auf DICH.« Daneben prangte ein prachtvolles Bild, das einen Yeti mit Bierbauch und FC-Bayern-Flagge zeigte, umrahmt von riesigen rosa Herzen.

Von Kostenstellen, Kreditvergaben und Kaufverträgen hingegen fand sich keine Spur an Sonjas Arbeitsplatz. Zumindest nicht auf den ersten Blick. Statt des offiziellen Gebrauchtwagenmarkts hatte meine umtriebige Kollegin offenbar lieber den inoffiziellen Schrottplatz der Gefühle sondiert. Schon wollte ich den bärtigen Bussibären in seine virtuelle Höhle zurückklicken, fand aber den Ausgang des Singleportals nicht. Meine verunfallte Kollegin schien ihre Lieblingsseiten unveränderlich gespeichert zu haben. Gewisse Tabs ließen sich einfach nicht schließen, immer wieder ploppten sie auf. Während ich mich deshalb durch aktuelle Staumeldungen, altbackene Zitronenkuchenrezepte und die einzigartig komfortablen Android-Apps des »Basewitzer Bürgeranzeigers« klickte, verfing sich mein Blick in einer auffällig unauffälligen Meldung.

»Nicht der Richtige?«, stand da. »Macht nichts. Weitere 7.341 Singles aus deiner Region hoffen auf Liebe und Zweisamkeit.«

7.341 – diese Zahl an potenziellen Prinzenfröschen überstieg mein sentimentales Vorstellungsvermögen um exakt 7.340. Unter denen musste doch wenigstens ein emotionskompatibles Exemplar für mich zu finden sein. Wo ich ohnedies so bescheiden war. Vermutlich stellte ich selbst an meinen Wasserkocher höhere Ansprüche als an das männliche Geschlecht. Ich hoffte schon längst nicht mehr auf ekstatische Offenbarungen, doch ein paar minimalistische Anforderungen an meinen zukünftigen Gefährten hatte selbst ich. So sollte er besser aussehen als das Michelinmännchen, in geordneten Verhältnissen leben, und natürlich durfte er das mit dem »Homo erectus« nicht allzu missverstanden haben. An Männern, denen ihr Erkenntnisorgan dauerhaft in die Hose gerutscht war, lag mir auch nicht sehr viel. Porentiefe Zärtlichkeit, herzerwärmende Zuneigung und seelische Kontaktpflege waren mir genauso ein Anliegen.

»Frau Hummelbrunner?«

Herr Kraus aus der Finanzabteilung hatte ein unvergleichliches Talent, selbst die unschuldigsten Tagträumereien zu durchkreuzen. Ein Blick von ihm und in Sekundenschnelle krachte das Fundament der schönsten Luftschlösser in sich zusammen. Ein Satz von ihm und die Welt schrumpfte auf Büroklammerformat. Sogar die robuste Dieffenbachie schien ihre panaschierten Blätter einzuziehen, kaum bog der Erbsenzähler um die Ecke.

Am liebsten hätte ich ihm ja einen Stängel dieser gefährlichen Pflanze in den Mund gestopft, galt das Aronstabgewächs doch seit Jahrhunderten als veritables Folterinstrument. Wer auf den Blattstielen der Dieffenbachie herumkaute, konnte danach wochenlang nichts mehr sagen, weil ihm Zunge und Schleimhäute bedrohlich anschwollen. Daher wurde das anspruchslose Gewächs auch Schweigrohr genannt.

Aber Kraus biss leider nicht ins Grünzeug. Stattdessen fauchte er mich an: »Frau Hummelbrunner, ich brauch endlich den Quartalsbericht über die außerordentlichen Aufwendungen bei den Familyvans der Siebenliterklasse.« Gleich einem Mahnmal wider dem weiblichen Müßiggang schritt er auf mich zu.

Gerade noch konnte ich »Herzbube39« und »Sperminator4you« – auf der Suche nach viel »Erotick«! – ins virtuelle Nirwana klicken, um mich pflichtschuldigst der ungeschlechtlichen Paarung von CO_2-Emissionen und Kraftstoffverbrauch zu widmen, als Kraus auch schon neben mir stand.

»Und wenn Sie vielleicht auch noch so nett sein könnten, mir drei Kopien des Warenwertminderungsindex von März und April zukommen zu lassen, dazu einen starken Kaffee mit drei Tropfen Milch und den aktuellen Stand der Overheadkosten für das laufende Geschäftsjahr?«

Zwar wollte ich weder nett sein noch Kaffee kochen, doch Kraus war mir innerbetrieblich überlegen, was weniger an seinem Diplom denn an seiner Geburt lag. Er war der einzige Sohn des Vorstandsvorsitzenden. Und hatte infolgedessen nicht nur das angestammte Recht auf ausufernde Arbeitszuteilungen, sondern auch auf sechs Tassen Kaffee täglich.

Als ich an diesem Tag endlich daheim war, konnte ich es kaum erwarten, mein Notebook aus seinem Dornröschenschlaf zu erwecken. Nur gut, dass Paul, mein Bruder, nie Verständnis für meine Abneigung gegen jegliche Art von Computerkommunikation gezeigt hatte. Gegen meinen Willen hatte er mir vor zwei Monaten sein altes Modell auf den Esstisch geknallt und mit einem mitleidigen Blick auf meine Einsiedelei bemerkt: »Irmi, du musst endlich mit der Zeit gehen. Ohne Internet kommst du doch gar nicht mehr unter Leute.«

Was mir egal war, denn ich wollte nicht unter die Leute, ich wollte unter die Haube kommen. Um Paul nicht allzu brüsk vor seinen großbrüderlichen Kopf zu stoßen, hatte ich mich danach gehorsam ein paar Tage auf Facebook und Co. rumgetrieben.

Der Sinnhaftigkeit freundschaftlicher Gefälligkeitsbekundungen auf Postings wie »Habe gerade meinen Goldfisch gefüttert« oder »Der Geschirrspüler spült schon wieder nicht« war ich allerdings nicht auf die Spur gekommen; und irgendwelchen zukunftsträchtigen Bekanntschaften auch nicht. Dafür war ich auf unser buchhalterisches Busenwunder Rita Rittenberger gestoßen, die ihre Anhängerschaft rund um die Uhr – Bürozeiten inklusive – mit ihren persönlichen Befindlichkeiten versorgte, deren intellektueller Tiefgang knapp unter dem eines Parkscheins lag. Dennoch scharten sich 1.498 Freunde um sie. Ich hatte es mit Müh und Not auf siebenunddreißig gebracht. Als ich selbst davon noch »Freundin« Franziska einbüßte, weil ich zu deren veränderten Beziehungsstatus »geschieden« den virtuellen Daumen erhoben hatte, kehrte ich Facebook wie Notebook den Rücken. Doch damals hatte ich noch nichts von www.traumprinz.de und den unendlichen Möglichkeiten einer Singlebörse gewusst.

Nun aber blätterte ich mich erwartungsfroh wie der pawlowsche Hund durch diese bunt bebilderte Palette der beziehungstechnischen Vielfalt. Da suchte »Olympus« nach einer griechischen Göttin, gemäß dem Motto »Lass uns gemeinsam den Himmel erstürmen und die Erde bezwingen«. Bei näherem Hinsehen ähnelte der Typ aber mehr dem Matterhorn als einem Göttersitz. Oder »Schlimmergehtimmer«, augenscheinlich ein Vertreter der prophylaktischen Selbstkasteiungsfraktion, der sich am eigenen gebrochenen Herzen labte.

Auch das ungemein aussagekräftige Profil von »Bardolino« –

»Ich bin ich und suche vielleicht dich« – hatte einen gewissen humoristischen Reiz, aber ich war nicht auf der Suche nach Spaß, sondern nach dem Ernst des Lebens.

Natürlich war nicht alles Gold, was glänzte, das war mir schon klar, aber die Vielfalt an eher einfältigen Lebens- und Liebensformen erstaunte mich dann doch. Die Herren der Schöpfung schienen vor allem an langbeinigen Legasthenikerinnen interessiert zu sein, mit denen sich ohne viele Worte ins Kuschelkoma fallen ließ. Ein ausgeprägter Gehirnschnupfen samt ebenso ausgeprägter Kleinkinderkollektion im Anhang machte ihnen sichtlich weniger aus als ein grenzwertiger BMI. Oder das Eingeständnis, weder an bierigen BBQ-Partys noch an den Zillertaler Schürzenjägern Gefallen zu finden.

Aber ich darf nicht ungerecht sein. Auf ein Dutzend geistiger Pantoffeltierchen kam zumindest ein Exemplar, das die Fähigkeit zu mehrsilbigen Ausdrucksformen und komplexeren Gedankengängen als »ich Tarzan, du Jane« besaß. »Tea-Time« etwa entpuppte sich als netter Beamter mit einem sympathischen Hang zur kalorischen Zügellosigkeit. Oder »O-sole-mio«, hinter dessen Pseudonym sich kein südländischer Sängerknabe auf Erotisierungsfeldzug verbarg, sondern ein boden- wie mittelständiger Unternehmer in Sachen Solarenergie.

Wenige Tage später verbrachte ich mit einer esoterisch eingefärbten Drogeriefachkraft sogar ein paar entspannte Stunden bei Kräutertee und Kerzenschein, doch der Funke wollte nicht überspringen.

Auf ihn folgte ein Date mit »Mr. Right«, für den ich Feuer und Flamme war. Gott sei Dank gelang es mir nicht, auch seine Leidenschaft zu entfachen, obwohl ich erstmals auf High Heels und Low Neckline gesetzt hatte und ihn – gleichfalls ganz gegen meine sonstigen Gewohnheiten – sogar in seinen eigenen vier Wänden aufsuchte. Für »Mr. Right«, einen wortgewaltigen Waldpädagogen, hätte ich gerne einen Stammhalter in die Welt gesetzt, aber unsere gemeinsame Zukunft endete bereits beim Prélude von Chopin.

Nach einer Doppeldosis a-Moll mit Champagnerbegleitung gestand der »richtige« Gerhard mir leider seine falschen Vorstellungen von Partnerschaft. Statt an trauter Zweisamkeit lag ihm eher an turbulenter Dreisamkeit. Und dafür schien ich ihm nicht ganz die passende Besetzung zu sein. Womit er zweifelsohne richtiglag. Als koitale Multiplikatorin wollte ich keinesfalls enden, da wäre selbst eine chronische Arthritis sentimentalis die bessere Option gewesen.

Aber ich ließ mich nicht entmutigen. Noch warteten theoretisch 7.337 Monogamisten auf mich.

Zum nächsten Rendezvous erschien ich ohne aufrisstechnische Accessoires. Mein Date mit dem Alias »Isegrimm« hatte aber gar nichts Wölfisches an sich, der Mann glich eher einem frisch geschorenen Lämmchen. Doch schon bald – wir saßen vor unserer Hauptspeise – zeigte auch der sanftmütige Werner seinen ausgewachsenen Bockhuf. Ich hatte mir gerade ein Agnolotto auf die Gabel gespießt, als mein Tischnachbar sein Hosenbein entblößte.

Mit den Krampfadern sei es halt wirklich ein Krampf, ließ er mich unbefangen wissen. »Gerade im Sommer«, seine blau geäderten Problemstellen rückten aufdringlich in mein Blickfeld, »also wenn es recht warm ist, schwellen sie leider ziemlich an und tun mir schon ein wenig weh.«

Eine Nacht mit solchen Schwellkörpern stellte auch ich mir ziemlich schmerzhaft vor, daher blieb es bei dem einen Abendessen.

Mein Enthusiasmus war schon etwas verflogen, als ich »nick1974« traf, den Mann, der mein Leben für immer verändern sollte. Es war beinahe Liebe auf den ersten Klick. Erich, der sein Alias in Anspielung auf Nick Cave gewählt hatte, entsprach in nichts seinen Vorgängermodellen. Er war tiefsinnig und freigeistig, humorvoll, ohne lachhaft zu sein, gut aussehend, aber nicht selbstverliebt – und schriftlich ausdrücken konnte er sich auch.

Dennoch vergingen noch beinahe zwei Wochen bis zu unserem ersten Lokalaugenschein. Wobei ich natürlich weniger das

Lokal als meinen Prinzenfrosch in Augenschein nahm. Genau so hatte ich mir den Mann an meiner Seite stets vorgestellt. Er entsprach allen Klischees weiblichen Wunschdenkens, war eine perfekte Mischung aus Brad Pitt, Bruce Willis und Jamie Oliver. Starke Schultern für schwache Stunden, heiße Gefühle und ein kühler Verstand – ich war am Ziel meiner Träume.

Auf den anregenden Abend folgte eine erregende Nacht, auf die Nacht ein wunderbarer Tag. Selbst Kraus mit seinem unstillbaren Verlangen, das Weltgeschehen zwischen zwei Aktendeckel zu pressen, konnte mich nicht aus meinem siebten Himmel katapultieren. Was waren schon drei Tropfen Milch im Kaffee im Vergleich zu den Eimern voller Glück, die mich dank Erich zu Hause erwarteten.

Dieser Mann überschüttete mich mit Zärtlichkeit. Stunde um Stunde badete ich in seiner ungeteilten Aufmerksamkeit, tauchte ein in eine Welt, in der es weder krause Vorstellungen noch glatte Zumutbarkeiten gab.

Ich war mir sicher, dass Erich der Gegenentwurf zu den eintönigen Lebensformen war, die bislang mein Dasein bestimmt hatten. Exzentrisch aus Überzeugung, unkonventionell aus Leidenschaft, kontemplativ aus Mangel an Alternativen. Stets hatte er zwei offene Arme für mich, nie sprach ich vor verschlossenen Ohren.

»Ach, Irmi, das tut mir ja so leid für dich!« Egal, ob mich die Buchhaltung, ein Pickel oder der Akustikmüll des Nachbarsohns plagte, Erich fand stets tröstende Worte. Und je näher wir uns kamen, desto ferner rückten meine Sorgen. Zumindest bis zum nächsten Morgen. Dann kehrte regelmäßig das Grauen des neuen Arbeitstages zurück.

Fuhr ich mit dem Wagen ins Büro, kostete es Benzin, fuhr ich mit den Öffis, kostete es Zeit, fuhr ich gar nicht, würde es mich meinen Arbeitsplatz kosten. Was auch nicht nach meinem Geschmack war. Also biss ich brav die Zähne zusammen und kämpfte mich weiterhin durch Zahlen, Ziffern und Zertifizierungen. Hatte ich meine täglichen acht Stunden abgedient, hetzte ich nach Hause, um nach Katze, Kühlschrank und

Bügelwäsche zu sehen. Da ich nicht mit der perfekten Figur aufwarten konnte, versuchte ich es eben mit dem perfekten Haushalt.

Wenn Erich dann endlich kam – er kam meist zu spät, was oft von Nachteil, in gewissen Dingen aber auch von Vorteil war –, waren selbst die Topfpflanzen auf Hochglanz poliert. Und ich strahlte mit den Badezimmerfliesen um die Wette.

Danach begann das kuschelweiche Schonprogramm, denn einen Schleudergang hätte Erich nicht unbeschadet überstanden. Bestimmt wäre seine zartbesaitete Seele dabei eingegangen. Zudem war er abends meistens erschöpft.

Sein Beruf als Hersteller von rigoros handgefertigten Spiegelsextanten verlange ihm maximale Konzentration bei minimalem Kräfteeinsatz ab. Das konnte schon ermüdend sein, wenn der Geist auf Hochtouren rotierte, während der Körper im Energiesparmodus lief. In manchen Fällen dauerte es Jahre, bis das Stück den präzisen Vorstellungen seines Schöpfers entsprach. In der Zeit wurde dann so lange gefeilt und gefräst, bis Kupferdrähte und Nerven gleichermaßen blank lagen.

»Rom wurde auch nicht an einem Tag erbaut«, erklärte Erich mir oft, wenn er über die komplizierte Problematik von Alhidaden, Gradbögen und Indexspiegeln sprach. Ich verstand zwar nur wenig davon, hing aber dennoch an seinen Lippen. Bisweilen kam ich ihm dabei so nahe, dass es ihm die Rede und mir den Atem verschlug. Was nicht weiter schlimm war, denn wir liebten uns auch ohne Worte. Hemmungslos, hüllenlos und ohne jede Hektik.

Nach sieben Monaten hatte er mich ausreichend oft ausgezogen, nun zog ich in seine Bleibe ein. Erich besaß ein kleines Häuschen, das er umsichtig hütete. Tag für Tag hockte er auf der Bank unter dem alten Apfelbaum und ließ seinen Blick pflichtgetreu über das Anwesen schweifen.

Überhaupt war mein Freund ein rundum treuer Mensch. Nicht nur mir hielt er zeit seines Lebens die Treue, sondern auch seinem Motto »Eile mit Weile«.

»Hör einfach weg«, lautete denn auch folgerichtig sein bevorzugter Kommentar, wenn ich ihn auf die Inkontinenz des Wasserhahns hinwies.

»Ich lieb dich ja auch ohne Make-up«, bekam ich zur Antwort, wenn ich den bröckelnden Verputz ansprach.

»Oh Gott, ich krieg schon wieder Migräne«, folgte üblicherweise auf meinen Wunsch, dem Rasen endlich ans Gras zu gehen.

In solchen Momenten absehbaren Mühsals nahmen seine Augen stets einen mitleidigen Schimmer an.

»Irmi, du machst dich noch ganz krank, wenn du dich immer mit solchen Sachen belastest. Stress ist furchtbar ungesund; schon so mancher ist daran gestorben.«

Natürlich konnte Erich nicht wissen, wie recht er damit haben sollte. Ich wusste es damals ja selbst noch nicht, denn ungeachtet unserer unterschiedlichen Betriebsgeschwindigkeiten hatten wir uns nach wie vor gern. Seinen vorwiegend ruhenden Pol empfand ich zwar vor allem in der Horizontalen als zunehmendes Trägheitselement, dem ich nicht auf die Sprünge helfen konnte, doch zumindest genoss ich seine Nähe. Mit der vertikalen Bewegung funktionierte es allerdings auch nicht viel besser. Die längsten Wegstrecken legte Erich mittlerweile zurück, um Dingen aus dem Weg zu gehen. Wenn er nicht grad ohne Eile weilte, dann galt »Abwarten und Bier trinken« oder »Kommt Zeit, kommt Klempner«. Und weil der eben nie kam, tröpfelte der Wasserhahn monatelang vor sich hin.

Doch statt eines Klempners hielt die Cepaea vindobonensis, besser bekannt als Gerippte Bänderschnecke, Einzug bei uns. Die unscheinbaren Tiere standen streng unter Naturschutz, wurden angeblich bis zu sieben Jahre alt und besaßen – so ließ mich Erich, mein neu ernannter Schneckenfachmann, wissen – einen relativ kurzen, aber dafür recht dicken Liebespfeil. Als würde mich das Liebesleben dieses kriechenden Ungeziefers interessieren.

Und obwohl diese häuslichen Schleimlinge als unschädlich für Flora und Fauna galten, fügten sie unserem Garten der Lüste ernsthaften Schaden zu. Denn Erich entwickelte eine obsessive

Zuneigung zu den Tieren. Mit nahezu missionarischem Eifer beobachtete er deren Wanderung querbeet. Im Schneckentempo, versteht sich. Diese schleppende Gangart kam seinem Bewegungsdrang ohnedies entgegen. Bereits am frühen Morgen, wenn seine schleimigen Studienobjekte die Fühler nach neuen Weidegründen ausstreckten, streckte er sich auf dem Liegestuhl aus. Danach graste er mit den Augen aufmerksam seine Herde ab, um die Zahl seiner zwittrigen Schar penibel auf einem Notizblock zu vermerken. Was Stunden dauern konnte, denn unter dem dichten Blattwerk waren die kleinen runden Häuser nur schwer auszumachen.

Hätte er wenigstens Pilze gesucht oder Heidelbeeren. Aber die wuchsen nicht im Garten, und längeren Fußmärschen stand Erichs Sesshaftigkeit im Weg. Zudem war es seiner Meinung nach aufwendig genug, den Überblick über seinen Kleintierbestand zu behalten.

Nur während der Mittagszeit zog auch Erich sich in sein Haus zurück. Seine Fettdepots mussten aufgefüllt, der Stress abgebaut werden. Was am besten durch eine hoch dosierte Zufuhr an kalorischen Verbundstoffen mit anschließender Solidierungsschlafphase gelang. Dem Abwasch wurde aus Zeitgründen allerdings meist eine Abfuhr erteilt. Und statt der Bügelwäsche ging Erich bestenfalls einem Huhn an den Kragen.

Auch das war eine Angewohnheit von ihm, die ich erst lustig, dann lächerlich und mittlerweile nur noch lästig fand. Seine Tante, die ganz in der Nähe wohnte, hielt Hühner und gab ihm immer wieder eins davon ab. Er schlug ihm den Kopf ab, den Rest überließ er mir. Kam ich dann von der Arbeit heim, fand ich auf der Anrichte ein kopfloses Federvieh vor. Ein Stillleben mit Tod, wie es beeindruckender nicht hätte sein können.

Derartige Hühnchen hätte ich gerne mit Erich gemeinsam gerupft, doch der schien sich an jenem schicksalsträchtigen Abend in Luft aufgelöst zu haben. Eine angesichts seiner Körperfülle beachtliche Leistung. Allein ein Zettel klärte mich über seinen Verbleib auf. »Wer viel arbeitet, braucht viel Fleisch. Bitte mach einen Braten draus. Ich bin auf der Suche nach Algen für die Schnecken«, las ich. »Komme spät zurück und hab dich lieb.« Dabei arbeitete dieses Faultier mittlerweile nur noch ganz selten. Seine Spiegelsextanten verstaubten unberührt in der Werkstatt, während Erich Stunde um Stunde mit den Schnecken verbrachte.

Es war bereits mitten in der Nacht, als ich hörte, wie die Eingangstür zuschlug. Es folgten ein Hustenanfall, die Wasserspülung und das Klirren von Besteck. Meinen Liebsten hatte offenbar wieder einmal die Lust auf einen kleinen Mitternachtsimbiss übermannt. Während sein Appetit auf fleischliche Genüsse an meiner Seite bereits seit Monaten zum Erliegen gekommen war, stand er vor dem Kühlschrank zu jeder Tages- und Nachtzeit seinen Mann.

»Das verstehst du nicht, Irmi«, hatte er mich vor Wochen über die seltsamen Begehrlichkeiten seines Stoffwechsels belehrt, »jeder Mann braucht sein Fleisch. Ohne ausreichend Kohlenhydrate und Eiweiß geht nichts.«

Vielleicht hätte ich ihn darauf hinweisen können, dass auch mit Schnitzel und Schweinsbraten schon längst nichts mehr ging, hielt aber dummerweise meinen Mund und starrte ihn einfach nur blöd an.

»Außerdem hab ich in letzter Zeit ziemlichen Stress, aber das kriegst du natürlich nicht mit. Ständig muss ich hinter den Schnecken her sein, die Hühner von Tante Erna füttern, die Post holen, das Essen aufwärmen, den Einkaufszettel schreiben, ganz zu schweigen vom neuen Spiegelsextanten, für den ich erst die Pläne zeichnen muss.«

Ich wollte noch anmerken, dass der alte auch noch nicht fertiggestellt war, weil er seit Monaten keinen Fuß mehr in seine Werkstatt gesetzt hatte, doch Erichs Redefluss war nicht zu stoppen.

»Dazu der ganze Haushalt. Der wächst mir schon über den Kopf. Arbeit, überall nur Arbeit. Alleine in der vorigen Woche habe ich drei Glühbirnen ausgetauscht, zweimal die Wäsche aufgehängt und die lockeren Schrauben an der Fritteuse angezogen. So was geht arg an die Substanz.«

Hätte er besser seine eigenen Schrauben angezogen, wäre das Leben sehr viel einfacher gewesen. Denn was ich anfangs noch für niedliche Marotten einer exzentrischen Persönlichkeit gehalten hatte, hatte sich mittlerweile zu bedrohlichen Sprüngen in der Hirnschale ausgewachsen.

War es wirklich notwendig, sich bei Tisch stets an den großen Zehen zu kratzen, während ich gerade meine Suppe aß? Andere Männer kratzten sich wenigstens die Eier, was zwar auch nicht appetitlicher war, aber zumindest männlicher wirkte. Musste Mann mit seiner farblich sortierten Sammlung alter Schnürsenkel unbedingt die Besteckschublade vollstopfen? Welchen Sinn machte es, zentnerweise Rasierschaum zu horten, wenn man einen Vollbart trug? Und warum in aller Welt konnte dieser Mann nur in gelb karierter Bettwäsche schlafen? Waren die Karos mal blau oder grau, machte Erich vor lauter Angst die ganze Nacht kein Auge zu. Was letztlich auch mich um den Schlaf brachte.

»Irmi, hör doch mal« – schon hatte er mich aus meinen Träumen geschubst – »die Birke rauscht heute so sonderbar. Ich glaub, da ist was im Geäst.«

Dann musste ich aufstehen, die Gummistiefel anziehen und mit der Taschenlampe unter jeden einzelnen Zweig leuchten, während Erich mir vom Schlafzimmerfenster aus zitternd zusah. Natürlich saßen keinerlei finstere Gestalten im Baum, sondern schlimmstenfalls ein Nachtvogel, aber allein die Überzeugungsarbeit kostete mich Stunden meiner Nachtruhe. Oft schlief ich bis zum Morgengrauen nicht wieder ein, was die Zeit im Büro zum Alptraum werden ließ.

In den ersten Jahren tat mir dieser Mann ja noch leid wegen all seiner erschöpfenden Eigenheiten, doch mit der Zeit begann ich, mir um ein Vielfaches leider zu tun. Letztlich hatte ich immer mehr Arbeit, weil Erich zu immer weniger zu gebrauchen war.

Hatte nicht schon Goethe gesagt: »Die Tat allein beweist der Liebe Kraft«? Und was tat mein Liebster? Er warf ein wachsames Auge auf seine Bänderschnecken, aß brav seinen Teller leer und legte alle heiligen Zeiten an sonderbaren Sextanten Hand an.

Der Kopf tat ihm auch des Öfteren weh. Zumindest, wenn ich ihm mit ungebührlichen Forderungen nach anstehenden Arbeiten oder ausständigen Annäherungen im Ohr lag. Für gärtnerische, haustechnische oder gar amouröse Belange bliebe ihm nun wirklich keine Zeit, das müsse ich schon verstehen, meinte er dann verdrießlich. Es gab schließlich wichtigere Dinge im Leben als tropfende Wasserhähne, unbefriedigte Freundinnen oder ausufernde Moosteppiche. Die Frage des Winterquartiers für seinen schleimigen Schleichtrupp etwa.

Irgendwie hatte ich alles langsam satt. Seine faulen Ausflüchte lagen mir im Magen, seine wirren Ansichten stießen mir auf, und seine großen Zehen riefen akute Ekelgefühle hervor.

Nur gut, dass Erich sich eines Tages mit dem Fahrrad bis in die Stadt bemühen musste, um nach Lötkolben für seine Sextantenschmiede zu fahnden. Als die Tür ins Schloss fiel, fiel mir ein Stein vom Herzen. Wo war der Traumprinz geblieben, dessen erotische Performance alle Mängel seiner Alltagstauglichkeit mehr als kompensiert hatte? Mittlerweile bekam er nicht mal mehr seinen Hintern hoch, geschweige denn andere Dinge. Es war einfach eine wirklich unbefriedigende Situation für mich. Stundenlang zerbrach ich mir den Kopf, wie ich diesen Frust wieder in Lust verwandeln könnte, als mir auf einmal einfiel, dass Liebe ja bekanntlich durch den Magen ging. Und dass Erichs Tante den Masthähnen stets Kräuter unter die Körndlkost mischte, damit diesen die Lust auf das Bespringen der Hühner verging. Angeblich hatten auch die klösterlichen Gottesanbeter früher zu Mönchspfeffer und Weinraute gegriffen, um ihre Begierden zu zügeln. Wenn es aber Nahrungsmittel gab, die dem geschlechtlichen Treiben Einhalt gebieten konnten, dann musste es doch auch solche mit gegenteiliger Wirkung geben.

Austern und Champagner als Aphrodisiaka waren mir zwar durchaus bekannt, aber unverträglich mit dem Haushaltsbudget, also beschloss ich, mich auf die Suche nach kostengünstigeren Alternativen zu begeben.

Und wieder gebührte meinem Bruder der größte Dank dafür, dass er mich damals in die virtuelle Welt geschickt hatte. Bei einer Internetrecherche sparte man sich Zeit und Nerven, erzielte aber dennoch brauchbare Ergebnisse.

Es stellte sich sogar als weitaus einfacher heraus, nach aufreizenden Pflanzen als nach ebensolchen Männern zu suchen. Nach nicht einmal zwei Stunden – Erich war zum Glück immer noch außer Haus, und ich hatte mir einen Tag Zeitausgleich genommen – war ich bereits fündig geworden.

Unglaublich, was da so an anregenden Gewächsen im Garten, Wald, Blumencenter oder auf der grünen Wiese wuchs. Korallenbäume, Petersilie, Akelei, Muskatnüsse, Ginster, Einbeeren, Rosskastanien, Gottesgnadenkraut, Safran und Salomonsiegel, sie alle standen seit Jahrhunderten im Ruf, die Libido zu befeuern. So weit die Theorie. In der Praxis sah das freilich weitaus komplizierter aus. Immerhin waren die meisten Varianten dieses botanischen Viagra auch mehr oder weniger toxisch, weshalb man zur Verabreichung viel Fingerspitzengefühl für die exakte Dosierung benötigte. Oder viel Geld zur Beschaffung.

Daher schied Safran bereits a priori aus. Es mochte zwar durchaus stimmen, dass schon der römische Kaiser Marc Aurel dieses seit über dreitausend Jahren bekannte Zwiebelgewächs als aphrodisierenden Badezusatz genutzt und kiloweise in den Kochtopf geschmissen hatte, mit entsprechend orgiastischer Wirkung, doch alltagstauglich war das Zeug leider nicht. Dem Crocus sativus wurde sogar mehrfach nachgesagt, zu »Unkeuschheit zu reizen«. Allerdings zu einem Preis, der weit über meinem Jahreseinkommen lag. Zudem stieg die Sterblichkeitsrate schon ab zehn Gramm, wobei die Opfer zumindest unter maßloser Erregung und unkontrollierbaren Lachanfällen starben.

Das Gottesgnadenkraut hingegen, ein Zwitter der Naturheilkunde, das einerseits nymphomanische Zustände hervorrufen sollte, andererseits als lebensbedrohliches Abortivum bekannt war, schloss ich aufgrund seiner starken Giftwirkung gleichfalls von meinem Vorhaben aus. Ich wollte Erich ins Bett und nicht auf den Friedhof bringen. Der Mann ruhte eh schon zu lange, da brauchte es vielmehr eine echte Auferstehung des Fleisches. Und zwar nicht nur zur Osterzeit.

Optisch gesehen hätte mich ja die schmucke Akelei gereizt, die als Potenzmittel und Liebestrank eine überaus lange und bewegte Geschichte hatte. Kunstvoll verewigt von Dürer, da Vinci und Lucas Cranach dem Jüngeren, galt das edle Hahnenfußgewächs nicht nur als Symbol des Heiligen Geistes, der göttlichen Dreifaltigkeit und des Lebens, das über den Tod gesiegt hatte, sondern auch als hilfreiches Mittel gegen bösen Zauber und Hexenwesen.

Ein Mann namens Tabernaemontanus, so las ich, hatte einst sogar geschrieben: »So einem Mann seine Krafft genommen / und durch Zauberey oder andere Hexenkunst zu den ehelichen Wercken unvermöglich worden were / der trinck stätig von dieser Wurtzel und dem Samen / er genieset / und kompt wieder zurecht.«

Es sollte der Legende nach sogar genügen, den Samen dieser nicht umsonst auch als Venuswagen bezeichneten Blume in den Händen zu zerreiben und damit einer Frau an die Wäsche zu gehen, und schon würde sich beidseitige Erregung breitmachen. Eine andere Methode zur Erweckung der männlichen Libido wiederum besagte, dass Frau mit einer Abkochung der Pflanze das Glied des Gefährten waschen oder die botanische Schönheit zu einer potenten Hexensalbe verarbeiten solle.

Aber davon abgesehen, dass ich keine Ahnung hatte, welchen Teil der Pflanze man dafür verwenden sollte, würde mein Dauerschläfer bestimmt mit größter Verwunderung, wenn nicht gar Besorgnis auf derart ungewöhnliche Dienstleistungen im Badezimmer reagieren. Zudem fanden sich nirgendwo genaue Rezepturen oder gar Mengenangaben, was der erotischen Sache recht abträglich war. Bis ich nach Jahrzehnten unnützer Praxisforschung endlich herausgefunden hätte, ob Blüte, Samen, Wurzel, Stängel oder Blattwerk in welcher Dosis wie zu verarbeiten beziehungsweise zu verabreichen wären, würde meine Begierde sich vermutlich nur noch auf Haferschleim, Herztabletten und Filethäkelei beschränken.

Selbst die Mesquakie-Indianer Nordamerikas, die aus der Akelei einen traditionellen Liebestrank brauten und kein Geheimnis aus den Zutaten und der Zubereitung machten, halfen mir nicht weiter, denn die schnitten auch frisches Schlangenfleisch in den Kessel mit dem Zaubertrank. Und wo sollte ich schon eine frische Ringelnatter auftreiben? Aber vielleicht funktionierte das Rezept sowieso nur mit Anakondas oder Klapperschlangen? Fragen über Fragen, auf die ich keine Antwort wusste.

Muskatnüsse waren schon leichter aufzutreiben, denn diese aromatischen Samen kullerten eh in jedem durchschnittlichen Gewürzregal herum. Doch um eine ausreichende Effizienz zu gewährleisten, müsste ich eine ganze Nuss ins Essen reiben, was wiederum dem guten Geschmack, vor allem aber der geistigen Gesundheit abträglich wäre. Ich wollte Erich doch nicht in den Wahnsinn, sondern nur in meine Arme treiben. Wenn er statt meiner Reize nur Halluzinationen erlag, hatte ich wenig davon. Also auch weg mit den Nüssen.

Betrübt musste ich feststellen, dass die Liste botanischer Aphrodisiaka immer kürzer wurde. Zu giftig, zu teuer, zu unsicher – bei näherer Betrachtung stellte es sich als durchaus schwierig heraus, mit pflanzlichen Mitteln fleischliche Gelüste hervorzurufen.

Das Salomonsiegel etwa galt zwar als weniger gefährlich, zumindest was den unterirdisch wachsenden Teil betraf, allerdings hatte ich den richtigen Zeitpunkt verpasst, um meinem Faultier damit auf die partnerschaftlichen Sprünge zu helfen. Es war Sommer, und um den Mann »zu ehelichen Zwecken zu reizen«, hätte ich die Wurzeln bereits im Frühling ausgraben und zu Mehl verarbeiten oder mit Zuckerguss überziehen müssen. Sagten zumindest die alten Schriften. Doch mir wäre ohnedies kein Wald eingefallen, in dem ich nach dieser seltenen Pflanze hätte suchen können.

Blieben also noch Ginster, Korallenbäumchen, Petersilie und Einbeere. Letztere, auch als Pestbeere bekannt, wurde – so las ich mit Erstaunen – bevorzugt von Kaninchenzüchtern eingesetzt, um von Deckunlust befallene Rammler zu kurieren. Ich frohlockte. Im Grunde genommen hatte ich genau danach gesucht. Die homöopathischen Kügelchen könnte ich Erich bestimmt problemlos unters Essen mischen, ich würde halt einfach die zehnfache Kaninchendosis nehmen. Und wenn es nicht half, würde es zumindest auch nicht schaden.

Außerdem könnte ich, um ihm ein wenig Feuer unter dem trägen Hintern zu machen, zusätzlich ein paar Ginsterblüten verbrennen, die angeblich stets Bestandteil von euphorisierenden Räuchermischungen waren. Für einen flächendeckenden erotischen Schwelbrand reichte das Zeug aber bestimmt nicht aus. Den würden nur die hübschen Früchte des dekorativen Korallenbäumchens entfalten. Der Verzehr dieser Liebestomaten hatte einigen Menschen tatsächlich zu Dauererektionen verholfen, leider gepaart mit Schlafanfällen oder gar Kammerflimmern. Und was bitte nutzte mir der geilste Ständer, wenn Erich dabei schlief oder gar einen Herzinfarkt erlitt? Nichts, absolut nichts. So wenig wie die ausnahmsweise niedergeschriebene Rezeptur für den Auszug aus Rosskastanienblüten, die – gleich meinem Liebesleben – leider schon vor Monaten verblüht waren.

Blieb letztlich nur die gute alte Petersilie, die – glaubte man dem Volksmund – dem Mann aufs Pferd und der Frau unter die Erd helfen sollte. Als würziges Potenzmittel für ihn und tödliches Abtreibungsmittel für sie. Dass man als Frau selbst von hirnlosen Küchenkräutern derart benachteiligt wurde, fand ich zwar schon irgendwie ziemlich ungerecht, aber auf meine persönlichen Befindlichkeiten durfte ich nun keine Rücksicht nehmen. Ich musste an das Suppenkraut glauben und es am besten gleich in allen nur erdenklichen Formen zur Alltagskost erheben, selbst aber nur in geringen Mengen davon essen. In irgendeiner Zubereitungsart würde sich seine berauschend-erotisierende Wirkung schon zeigen, während ich selbst auf der sicheren Seite war. Lieber am Hungertuch als am Leichentuch nagen, fand ich.

Rasch klappte ich den Laptop zu, pflückte im Garten ein großes Büschel des aromatisch duftenden Krauts, grub zur Sicherheit auch noch eine Wurzel aus und eilte zurück in die Küche, um meinen sexuellen Siebenschläfer zu bekochen. Um die Rammlerpillen und die Rauchwaren würde ich mich am nächsten Tag kümmern.

Erich kam zum Glück erst zurück, als das Nachtmahl schon fertig auf dem Herd dampfte.

»Irmi, ich bin so erschöpft«, begrüßte er mich. »Du hast ja keine Ahnung, wie hungrig mich diese Rennerei in der Stadt gemacht hat. Ich brauch auf der Stelle was zu essen.«

Und schon ließ er sich auf die Küchenbank fallen, schmiss seine Schuhe ins Eck und begann, sich hingebungsvoll die linke große Zehe zu kratzen.

Ich wiederum trug ebenso hingebungsvoll Topf und Teller an den Tisch.

Der erste Gang bestand aus Kartoffelsuppe mit Würstchen und ganz viel Petersilie, gefolgt von Rindsrouladen, natürlich mit Petersilie gefüllt, und einer leichten Erbsensoße, ebenfalls mit Petersilie abgeschmeckt. Die Wurzel hatte ich pulverisiert in Erichs Bier gemischt. Rasch schenkte ich ihm ein volles Glas ein, dann labte ich mich an seinem Appetit.

Zwei Nachschläge – »Es hat herrlich geschmeckt, mein Schatz« – und zwei Krügerl später war Erich so weit gestärkt, dass er es aus eigener Kraft bis zum Sofa im Wohnzimmer schaffte. Dort fiel er allerdings nicht mir um den Hals, sondern in ein Verdauungskoma, das bis in die frühen Morgenstunden währte.

»Meine Güte, hab ich vielleicht gut geschlafen«, meinte er am Frühstückstisch und gähnte ausgiebig. »Und ganz toll geträumt habe ich auch.« Gierig griff er nach meiner bereits bestrichenen Buttersemmel. »Eigentlich war das sogar ein ziemlich arger Traum.« Er biss hinein. »Ich war total nackt, und überall sind Frauen gewesen, die waren auch total nackt. Arg, echt.« Mehr erzählte er nicht, kaute nur nachdenklich auf der Semmel herum.

Ich schwieg gleichfalls, weil ich nichts zu sagen wusste. Meine Petersilienkur hatte wohl einen ziemlichen Nachbesserungsbedarf. Erstens durfte der Mann nicht einschlafen, denn von erotischen Träumen hatte ich nichts, und zweitens sollte er, wenn schon, dabei gefälligst monogam bleiben und keine Vielweiberei betreiben.

Aber wie sollte ich das kulinarisch umsetzen? Nach weiteren Recherchen mit Dr. Google wusste ich schon mehr. Apiol, die sexuell erregende Substanz der Petersilie, steckte offenbar vor allem in der Wurzel, daher auch der Name Geilwurz. In Form eines anregenden »Stehsalats« ließe sich die Zahl heißer Liebesnächte verdoppeln und verdreifachen, versprach eine alte Quelle. Zudem war in einem historischen Kochbuch vom »sündigen Sud« zu lesen, der den idealen Treibstoff für sexuelle Triebe darstellen sollte. In Österreich hatte man zwielichtige Viertel mit vielen Bordellen daher früher auch als Petroseliengassen bezeichnet. Diverse naturheilkundige Websites verwiesen allerdings auch auf Basilikum, Sellerie, Kurkuma, Chili und Brennnesseln, welche gleichfalls luststeigernde Fähigkeiten besitzen sollten. Vielleicht sollte ich gleich einen bunten Smoothie für meinen Liebsten mixen, allerdings hegte ich Zweifel, dass Erich seinen geliebten Hopfentrank gegen einen gesunden Kräuter- und Gemüsesaft tauschen würde. Egal, einen Versuch war es wert.

Schon zum nächsten Mittagessen kredenzte ich ihm zu den Tiroler Speckknödeln mit Petersilienwurzelcreme und Brennnesselfülle ein Achtel dieser Mixtur.

Mit spitzen Fingern ergriff Erich das Glas mit dem angeblich so belebenden Trank. »Was ist denn das für eine Brühe? Sieht aus wie fermentierter Rasenschnitt.« Vorsichtig nippte er daran und verzog sofort das Gesicht. »Schmeckt auch wie fermentierter Rasenschnitt.« Er stellte das nahezu unberührte Glas ab und verlangte nach einem Bier, verschlang aber immerhin drei Knödel. Dass ich ihm sein Essen mit freier Aussicht auf meinen Busen serviert hatte, fiel ihm nicht ins Auge. Dabei hatte ich extra eine Woche Urlaub genommen, um meinen Plan auch optisch entsprechend zu inszenieren.

Erich allerdings hegte eine derart innige Beziehung zu seinem eigenen Feinkostgewölbe, dass er weder meine ungewöhnliche Anwesenheit zur Mittagszeit noch die ebenso ungewöhnliche Abwesenheit von Küchenschürze, BH und langen Hosen bemerkte.

»Jetzt bin ich aber ordentlich satt«, stöhnte er und lehnte sich auf der bequemen Sitzbank zurück. »Da hätt ich gleich Lust auf …«

»Jaaaaaa?« Schon gab ich mich der Hoffnung hin und reckte ihm meinen Busen noch etwas weiter entgegen.

»… auf ein Bett im Kornfeld.«

Das war nicht ganz die erhoffte Antwort, aber die Richtung stimmte schon mal.

»Das ist eine Superidee«, pflichtete ich ihm bei. »Ich bereite uns das Lager vor, das Wetter ist ja wirklich traumhaft.« In unserem Garten wuchsen zwar keine Kornblumen, aber zumindest Gänseblümchen. Doch da Erich nicht einmal einen Brombeerbusch von einer Rolle Stacheldraht unterscheiden konnte, würde ihm das bestimmt nicht einmal auffallen.

Aufreizend mit den Hüften wackelnd ging ich nach draußen und arrangierte eine Decke und ein paar weiche Kissen auf der Wiese. Gott sei Dank ließ sich keine der ekligen Schnecken blicken, stattdessen strahlte eine sommerlich warme Sonne vom Himmel. Vorfreudig erregt zog ich mich bis auf die Unterhose aus und versuchte, in der Horizontalen eine möglichst verführerische Position einzunehmen, wie man sie auf Werbeplakaten immer sah. Neben mir tanzten zwei Schwalbenschwänze verliebt durch die Luft, was ich als gutes Omen nahm.

Kurz darauf kletterte auch Erich aus seinen Hosen und legte sich zu mir. Zärtlich strich ich ihm mit der linken Hand durch sein wuscheliges Haar, während die rechte erst den Magen, dann den Bauch und letztlich den darunter liegenden Bereich liebkoste. Erich gab ein paar wohlige Grunzlaute von sich, drückte sich an mich – und schlief ein.

Am liebsten wäre ich ihm an die Gurgel gegangen. Da hatte ich die notwendigen Requisiten des Lustgewinns bereits in Griffweite gehabt, und dann entzog sich dieser Mistkerl meinen streichelzarten Handgreiflichkeiten einfach durch eine total verfrühte Tiefschlafphase. Sanft schnarchte er vor sich hin, während ich mal wieder selbst Hand an mich legen musste.

So kurz vorm Ziel – und wieder nichts.

Ich wollte meine erotische Wiederbelebungsplanung bereits

in den geistigen Biomüll werfen, doch da ich noch weitere vier Urlaubstage hatte, die ich nicht nutzlos verstreichen lassen wollte, beschloss ich, Erich und seiner geschrumpften Maneskraft eine weitere Chance zu geben.

Erneut verbrachte ich Stunden vor dem Monitor und scrollte mich durch traditionelle, esoterische, wissenschaftliche und kulinarische Aspekte der aphrodisierenden Naturapotheke, als ich den Fehler fand. Vor lauter Enthusiasmus hatte ich ein kleines, aber umso wichtigeres Detail ignoriert. Wie unglaublich dumm von mir. Da hatte ich Phenylpropane, Flavonoide und Furanocumarine studiert, mir ein beachtliches pharmakologisches Wissen über ätherische Öle angeeignet, mich mit toxischen Kollateralschäden und medizinischen Fallstudien herumgeschlagen und dabei völlig übersehen, dass Petersilie durch Erhitzen oder Trocknen viel von ihrer erwünschten Wirkung verlor. Kein Wunder, dass Erich nicht heiß davon wurde, wenn das Petroselinum sein Potenzial bereits in der Pfanne verdampft hatte.

Also startete ich am nächsten Tag eine neue kulinarische Versuchsreihe. Eine Topflappenlänge vom Herd entfernt kreierte ich am laufenden Band recht ungewöhnliche Gerichte, um den scharfen Geschmack roher Petersilie durch Beimengung verschiedenster Aromastoffe zu überdecken. Ich musste ja beträchtliche Mengen der ungekochten Geilwurz verarbeiten, was weitaus mehr Phantasie erforderte, als diese einfach als Dekoration über den Teller zu streuen.

Zuerst übte ich mich in der Kunst der Omelettezubereitung, gefolgt von Strudelvariationen, gebundenen Suppen und Rouladen jeglicher Art. Allen gemein war eine Zehnfachdosis aus gehackter, pulverisierter oder gestampfter Petersilienwurzel, vermengt mit Petersilienstängeln und -blättern sowie Minze, Rosmarin und Basilikum, um dem Auferstehungskraut zu seiner vollen Wirkung zu verhelfen. In die Grüne Soße rührte ich zudem Sauerrahm und Joghurt, um sie ein wenig gefälliger für den Gaumen zu machen.

Und tatsächlich: Nach drei Tagen tat sich etwas. Zwar noch

nicht im Lendenbereich, aber die restlichen Glieder kamen ein wenig in Schwung. Erich schlief nur noch halb so viel, warf erstmals seit Jahren unaufgefordert den Staubsauger an und hängte sogar die Wäsche auf.

Am vierten Tag – es gab faschierten Braten mit Grüner Soße und Petersilienkartoffeln – verzichtete mein Beischlafverweigerer sogar auf seine Mittagsruhe und strich mir, als ich gerade das Geschirr abwusch, vorsätzlich über den Hintern. Ich war derart überrascht, dass mir die schwere gusseiserne Bratenrein ins Wasser fiel, was eine Fontäne an Schmutzwasser zur Folge hatte. Aber dieses Opfer brachte ich gern. Hauptsache, es bewegte sich was in die richtige Richtung.

Abends, wir saßen auf der Terrasse, ergriff Erich meine Hand, rieb sein Knie an meinem Knie und gab mir vor dem Schlafengehen einen richtigen Kuss. Was schon seit fast einem Jahr nicht mehr vorgekommen war. Dann kuschelte er sich kurz an mich, und ich gab mich bereits Erweckungsphantasien hin, da sich nun endlich auch etwas im Lendenbereich rührte, als Erich mich abrupt von sich stieß und aufsprang.

»Ich Idiot. Jetzt habe ich doch total vergessen, die Tränke für die Kleinen aufzufüllen«, sagte er und klärte mich über die Risiken einer hochsommerlichen Wärmestarre bei den Mollusken auf. »Die Ärmsten würden an Tagen wie diesen sonst völlig austrocknen«, setzte er noch eins drauf.

Dass ich Ärmste gleichfalls eine bereits seit Ewigkeiten währende erotische Dürreperiode durchmachte, interessierte ihn nicht im Geringsten. Und das Badewasser hatte er mir auch noch nie aufgefüllt.

Ich musste wohl nicht nur meine aphrodisierende Kochkunst perfektionieren, sondern auch diese nutzlosen Rivalen aus dem Weg räumen, wollte ich wieder ins Zentrum von Erichs Aufmerksamkeit rücken.

An meinem letzten Urlaubstag setzte ich daher alles auf eine Karte – beziehungsweise auf die Speisekarte. Ich verwöhnte meinen Liebling mit einem einzigartigen Gericht nach meinem ganz persönlichen Rezept.

»Heute gibt's Geschnetzeltes nach Gärtnerinnenart«, strahlte ich ihn am Mittagstisch an. »Wie stets mit Liebe für dich gekocht.« »Gemetzeltes« kam der Wahrheit zwar näher, aber das wusste nur ich.

Erich langte herzhaft zu, ich sah zu und täuschte Magendrücken vor. Er nahm sich sogar zweimal einen Nachschlag und war sichtlich erfreut über dieses sättigende Mahl. Ich hatte mich dafür aber auch besonders ins Zeug gelegt.

Zuerst hatte ich an die sechzig dieser ekligen kleinen Schleimer einsammeln und aus ihrem Eigenheim werfen müssen. Danach hatte ich die obdachlosen Weichtiere schockgefrostet, in Mehl gewälzt, mit Knoblauch angebraten und in Rotweinsoße geschmort. Erst zum Schluss hatte ich sie in der unverzichtbaren roh gerührten Petersiliensoße ertränkt, diesmal verfeinert mit etwas Ingwer und einer Dreifachdosis Muskatnuss sowie begleitet von einem knackigen Selleriesalat. Wennschon, dennschon.

Erich leckte sich die Lippen. Leider noch seine eigenen, aber er hatte bereits einen viel wacheren Blick als normalerweise. Zweimal ertappte ich ihn sogar dabei, wie er mir kurzzeitig auf den Busen starrte, den ich unter einer nahezu durchscheinenden Bluse nur notdürftig verborgen hatte.

Als ich ihm zum krönenden Abschluss wimpernklimpernd eine Schüssel handgerührte Schokomousse mit echter Vanille, Granatapfeldekor, Feigenmarmelade und einer Prise Chili überreichte, sah es schon fast so aus, als würde er statt zum Dessertlöffel lieber nach meinem Blusenknopf greifen. Doch dann besann Erich sich wie stets eines Schlechteren und schaufelte auch noch den Nachtisch voller Begeisterung in sich hinein. Nach diesem anregenden Marathonmenü rieb er sich andächtig den vollen Bauch und machte ein kleines Bäuerchen.

»Lass uns ein wenig Siesta halten«, meinte ich, während ich die Teller abtrug und Erich einen verführerischen Blick zuwarf. Er schien gleich Feuer und Flamme zu sein, ob für mich oder den Verdauungsschlaf, das würde sich noch zeigen.

Und tatsächlich, das Wunder der Auferstehung geschah. Während wir beide auf dem frisch bezogenen Bett ruhten und meine Hand zielsicher zum Zentrum männlicher Lust wanderte, begann er etwas zögerlich meinen Busen zu streicheln. Langsam, unendlich langsam bewegten sich seine Finger irgendwann weiter nach unten, während sich sein bestes Stück aufrichtete. Wie lange hatte ich dieses erregende Gefühl vermisst. Beruhigenderweise oder besser gesagt befriedigenderweise hatte Erich nichts von seinem Talent zur Matratzengymnastik verloren.

Schon bald ereilte mich der kleine Tod, *la petite mort*, wie die Franzosen zu sagen pflegen, und ich ergab mich stöhnend dem puren Genuss.

Es sollte leider mein letzter gewesen sein.

»Iiiiiiiirmiiiiiii!«

Ich war wohl eingeschlafen, denn als ich mich umblickte, war Erich nicht mehr da. Dafür hatte mich sein schriller Schrei aus meinen schönsten Träumen gerissen. Er polterte bereits die Schlafzimmertreppe hoch, bevor ich wieder ganz bei Sinnen war.

»Irmi, die Schnecken sind weg. Ich hab keine einzige mehr gefunden, nicht auf den Hortensien, nicht im Gemüsebeet, nicht einmal auf dem Kompost.«

Der Schweiß ungewohnter Anstrengung und unverhohlener Verzweiflung glänzte auf seinem Gesicht. Natürlich waren die widerlichen Viecher weg, hatten sich längst in seinem Verdauungstrakt zur letzten Ruhe begeben, aber das konnte ich ihm keinesfalls sagen. Stattdessen rieb ich mir die Augen, bemühte mich um einen mitleidigen Blick und versprach, ihm sofort bei der sinnlosen Suche zu helfen.

Rasch zog ich mir ein Kleid über und folgte Erich im Eilschritt in den Garten. Doch ein rachsüchtiges Schicksal stellte mir kurz hinter der Terrassentür ein Bein. Und zwar in Form einer Schnecke. Sie hatte mein Gemetzel auf Gärtnerinnenart spürbar überlebt.

Ich glitt auf dem glitschigen Ding aus, prallte mit dem Hinterkopf gegen den Türstock und starb. Diesmal leider den großen Tod.

Petersilie, Petroselinum crispum (giftig)
Gefährliche Gewürzdroge für den Hausgebrauch

Eins vorweg: Im Unterschied zur lebensbedrohlichen Hundspetersilie, die glänzende, glatte Blätter besitzt und unangenehm riecht, kommt das aromatische Küchenkraut recht harmlos daher. Zumindest, wenn es in der Suppe oder auf den Bratkartoffeln landet. Bei Teekuren oder püriert als Smoothie hingegen sollte man bereits etwas Fingerspitzengefühl bei der Dosierung beweisen, denn Blätter und Samen können wegen ihrer Wirkung auf den Uterus zu einem – gewollten oder ungewollten – Schwangerschaftsabbruch führen. Was schon im Mittelalter bekannt war, weshalb die Pflanze als botanisches Viagra für Männer und probates Abortivum für Frauen gehandelt wurde. Der Volksmund erinnert sich heute noch daran, wenn er meint: »Petersilie hilft dem Mann aufs Pferd und der Frau unter die Erd.«

Das Gewürz besitzt aber auch eine psychedelische Seite, über die Hildegard von Bingen schrieb: »Im Geist des Menschen erzeugt sie Ernst.« Laut der »Enzyklopädie der psychoaktiven Pflanzen« wirkt Petersilie wegen ihres Inhaltsstoffes Myristicin »leicht erregend, berauschend und eventuell leicht halluzinogen«. Und vermutlich auch leistungssteigernd. Der österreichische Autor Robert Menasse etwa kaute während seiner schöpferischen Phasen gerne auf den Stängeln und bezeichnete sein literarisches Werk einmal sogar als »Stoffwechselprodukt von exzessivem Petersilienkonsum«. Richtig high wird man allerdings nur durch den Konsum von Samen, Wurzeln oder Öl. In der Schweiz soll dieses ecstasyähnliche Rauschmittel bereits als Einsteigerdroge Nummer eins fungieren, und in speziellen Drogenforen tauschen sich überraschend viele online über dessen Wirkungen und Nebenwirkungen aus. So warnt »Rumpelstilzchen« vor den Risiken schwerer Leberschäden, während »Träumer« von euphorischen Zuständen und einer aufgeputschten, kokainartigen Körperlichkeit berichtet. Durchfälle und Blähungen seien aber stets vorprogrammiert.

Info: auch als Bittersilchen, Peterle und Suppenkraut bekannt; zweijährige Gewürzpflanze aus der Familie der Doldenblütler mit glatten oder krausen, stark gefiederten Blättern und intensivem Geruch | **Inhaltsstoffe:** Apiol, Myristicin | **Vergiftungserscheinungen:** Magen-Darm-Beschwerden, Leberschäden, starke Uteruskontraktionen, Abort

Klaudia Blasl
MIEDERHOSENMORD
Broschur, 288 Seiten
ISBN 978-3-95451-355-0

»Ein teuflisches Vergnügen. Klaudia Blasl frönt in ihrem Buch ihrer Spezialdisziplin: gnadenlosem Humor. ›Miederhosenmord‹ ist ein saftiges und zugleich hoch artistisches Possenspiel. Erstaunlich diese Gabe, in jedem einzelnen Satz die Fallhöhe für eine Pointe zu konstruieren! Das schafft nur jemand, der eine teuflische Freude daran hat.« Via Airport Journal

Klaudia Blasl
GAMSBARTMASSAKER
Broschur, 256 Seiten
ISBN 978-3-95451-814-2

»Sprachwitzige Pointen, humorige Dialoge, wahre Worte.«
Die Presse am Sonntag